Kresley Cole
Poison Princess – In den Fängen der Nacht

DIE AUTORIN

Foto: © Deanna Meredith Studios

Kresley Cole lebt mit ihrem Mann in Florida. Mit ihrer paranormalen Romance-Serie *Immortals after Dark* eroberte sie die Bestsellerlisten und wurde mehrfach ausgezeichnet. *Poison Princess* ist der Auftakt ihrer ersten Jugendbuchserie.

Von Kresley Cole sind außerdem bei cbt erschienen:

Poison Princess (30898, Band 1)
Poison Princess – Der Herr der Ewigkeit
(30899, Band 2)

Kresley Cole

Poison Princess

In den Fängen der Nacht

Aus dem Englischen
von Katja Hald

Kinder- und Jugendbuchverlag
in der Verlagsgruppe Random House

Verlagsgruppe Random House FSC® N001967
Das für dieses Buch verwendete FSC®-zertifizierte Papier
Salzer Alpin wird produziert von UPM, Schongau
und geliefert von Salzer Papier, St. Pölten, Austria.

1. Auflage
Deutsche Erstausgabe Oktober 2015
© 2015 by Kresley Cole
Die amerikanische Originalausgabe erschien 2015
unter dem Titel »Dead of Winter.
The Arcana Chronicles« bei Simon & Schuster,
Children's Publishing Divisions, a trademark
of Simon & Schuster, Inc., New York.
© 2015 für die deutschsprachige Ausgabe by cbt Verlag
in der Verlagsgruppe Random House GmbH, München
Alle deutschsprachigen Rechte vorbehalten
Aus dem Englischen von Katja Hald
Lektorat: Christina Neiske
Umschlaggestaltung: Nele Schütz Design,
unter Verwendung eines Bildes von Shutterstock
© Vita Khorzhevska
he · Herstellung: kw
Satz: KompetenzCenter, Mönchengladbach
Druck und Bindung: GGP Media GmbH, Pößneck
ISBN: 978-3-570-31001-4
Printed in Germany

www.cbt-buecher.de

Dieses Buch widme ich in tiefer Verbundenheit
der außergewöhnlichen Christina Lauren
(Christiana Hobbs und Lauren Billings).
Alles begann in einem Bus ...

Das Schlachtfeld
Der Blitz, eine verheerende Sonneneruption, hat die gesamte Erdoberfläche zu Asche verbrannt und alle Gewässer verdunsten lassen. Die Pflanzenwelt und nahezu alle Tiere sind ausgerottet. Ein Großteil der Menschheit, sehr viel mehr Frauen als Männer, kam ums Leben. Nach Monaten der Dürre regnet es nun ununterbrochen. Die Sonne geht nicht mehr auf, es herrscht eine endlose Finsternis. Die Pest breitet sich aus.

Hindernisse
Verschiedene Milizen schließen sich zu größeren Streitkräften zusammen. Sklavenhändler und Kannibalen sind auf der Suche nach neuen Opfern. Sie alle machen unerbittlich Jagd auf Frauen. In der Dunkelheit sind gefährliche Wiedergänger unterwegs, vom Blitz erschaffene Zombies, deren Biss ansteckend ist. Sie sind auf der Suche nach Flüssigkeit, vor allem Blut.

Feinde
Die anderen Arkana. In jedes dunkle Zeitalter werden zweiundzwanzig Teenager mit übernatürlichen Kräften geboren. Wir sind dazu bestimmt, in einem Spiel um Leben und Tod gegeneinander zu kämpfen. Unser Schicksal ist auf den Karten eines Tarot-Decks abgebildet. Ich bin die Herrscherin. In diesem Moment spielen wir wieder. Ich habe die Liebenden im Visier, die Jack in ihrer Gewalt haben.

Arsenal
Um die Liebenden und die anderen Arkana zu besiegen, muss ich die Kräfte der Herrscherin einsetzen. Ich habe die Fähigkeit, extrem schnell zu heilen, und kontrolliere alles, was Wurzeln schlägt oder blüht. Ich kämpfe mit Dornentornados – und Gift. Ich bin die Prinzessin der Gifte …

– Die Großen Arkana –

0. Der Narr, Hüter des Spiels (Matthew)
I. Der Magier, Meister der Illusion (Finn)
II. Die Hohepriesterin, Herrscherin über die Tiefe
III. Die Herrscherin, Unsere Dornenkönigin (Evie)
IV. Der Herrscher, Oberster Herr der Steine
~~V. Der Hierophant, Herr der dunklen Rituale (Guthrie)~~
VI. Die Liebenden, Herzog & Herzogin der Perversion (Vincent & Violet)
VII. Der Wagen, Meister der Boshaftigkeit
VIII. Kraft, Herrin der Tiere (Lark)
~~IX. Der Eremit, Meister der Alchemie (Arthur)~~
X. Rad des Schicksals, Schicksalsbotin
~~XI. Gerechtigkeit, Herrin der Qual (Spite)~~
XII. Der Gehängte, Beherrscher des Unheimlichen
XIII. Tod, Herr der Ewigkeit (Aric)
~~XIV. Mäßigkeit, Trägerin der Last der Sünde (Calanthe)~~
~~XV. Der Teufel, Garstiger Schänder (Ogen)~~
XVI. Der Turm, Herr der Blitze (Joules)
~~XVII. Der Stern, Obskure Lenkerin~~
XVIII. Der Mond, Überbringerin des Zweifels (Selena)
XIX. Die Sonne, Heil der glorreichen Erleuchterin
XX. Gericht, Der Erzengel (Gabriel)
XI. Die Welt, Die Übernatürliche (Tess)

1

Tag 372 (oder 373?) n. d. Blitz
Irgendwo im Gebiet der Sklavenhändler

Ein, aus, ein, aus ...

Ich jagte auf meinem Pferd durch die Landschaft und vernahm dabei immer wieder ein tiefes, keuchendes Atmen.

Vom schwarzen Himmel fiel Regen, der mir ins Gesicht prasselte. Wind peitschte die Mähne meines Pferdes, die Kapuze meines Regenumhangs flatterte.

Und dennoch hörte ich das Atmen.

Die winzigen Härchen in meinem Nacken sträubten sich. Auch die Stute schnaubte und spitzte die Ohren. Obwohl ich weder Larks animalische Instinkte noch Selenas geschärfte Sinne einer Jägerin besaß, konnte ich spüren, dass mich jemand – oder etwas – beobachtete.

Mich verfolgte?

Ein, aus ...

Ich steigerte das Tempo, zwang mich, mein strauchelndes Pferd gefährlich schnell durch das felsige Gelände zu treiben.

Seit ich vor Tagen aus der geheimen Festung des Todes geflohen war, hatte ich nicht mehr geschlafen –

sofern man in dieser unaufhörlichen Dunkelheit überhaupt von »Tagen« sprechen konnte. Allein mein eiserner Wille hielt mich noch im Sattel. Ich war wie im Delirium.

Vielleicht verfolgte mich auch gar niemand, und es war nur mein eigener Atem, der fremd in meinen Ohren klang. Wenn ich mich doch nur für ein paar Minuten ausruhen könnte ...

Konzentrier dich, Evie! Es stand so viel auf dem Spiel. Es ging um Jacks *Leben*.

Ich war fest entschlossen, ihn vor den Liebenden, Vincent und Violet Milovníci, zu retten.

Der sadistische Vincent hatte ihn gefangen genommen und Violet war auf dem Weg, ihren Bruder zu treffen. Sobald sie vereint wären, würden die psychopathischen Zwillinge Jack mit ihren *Apparaten* foltern.

Um schneller zu sein als Violet, nahm ich enorme Risiken auf mich. Noch immer konnte ich kaum glauben, was ich getan hatte, um Aric zu entkommen.

Alle paar Minuten traf mich ein Regentropfen direkt im Auge und der stechende Schmerz verschleierte mir die Sicht. Während ich blinzelte, um wieder klar zu sehen, machte sich in meinem Kopf die Erinnerung an die letzte Begegnung mit dem Tod breit ...

Das Gefühl seiner von den Schwertgriffen rauen Hände um meine Taille. Seine heisere Stimme, als er mich auf sein Bett gezogen und mir ins Ohr geflüstert hatte: »Gibst du dich mir hin, so wirst du nur mir gehören. Wirst meine Frau sein, in jedweder Hinsicht. Dafür werde ich alles tun.« Er hatte sogar versucht, mich mit dem Versprechen zu nötigen, als Gegenleistung Jack zu retten.

Blinzel.

Sein Duft – Sandelholz, Pinie, Männlichkeit – war wie eine Droge gewesen, die mich schwach werden ließ und die Hitze des Gefechts in mir unterdrückte. Dennoch hatte ich es geschafft, mich ihm zu widersetzen. »So wie du dir das vorstellst, wird es nicht funktionieren.«

Blinzel.

Sein Gesicht war näher gekommen, ein intensiver Blick seiner bernsteinfarbenen Augen, dann hatten sich seine Lippen auf die meinen gelegt. Die Art, wie er mich küsste, brachte mich immer so durcheinander, dass ich alles andere vergaß.

Blinzel.

»So ist es schon besser«, hatte er gemurmelt, während er mir die Kleider abstreifte. »Ich will dich sehen ... berühren.« Mit seinen übernatürlichen Kräften musste es ihm schwergefallen sein, die Spitzenborte meines Slips nicht einfach zu zerreißen.

Ich hatte nackt vor ihm gelegen, wie hypnotisiert von den winzigen Lichtpunkten in seinen bernsteinfarbenen Augen, die wie Sterne funkelten. »Großer Gott, *Sievã*. Deine Schönheit ist demütigend.« Er hatte mir eines seiner seltenen offenen Lächeln geschenkt.

»Was ich empfinde, muss reines Glück sein.« Ich hätte heulen können.

Blinzel. Blinzel. Blinzel.

Energisch schüttelte ich den Kopf und versuchte, mich zu konzentrieren. Ich konnte es mir nicht leisten, mich in Erinnerungen zu verlieren – oder womöglich vom Weg abzukommen.

Während ich beim Tod panisch meine Ausrüstung und einen Überlebensrucksack zusammenpackte, hatte Matthew mir telepathisch eine Wegbeschreibung übermittelt: – *Folge dem rauschenden Wasser stromaufwärts ins Gebiet der Sklavenhändler. Finde das verkohlte Tal und durchquere es. Wenn du das Massengrab erreichst, bist du zu weit geritten. Reite den nächsten Berg hinauf in den Steinwald.* –

Seither hatte er allerdings auf keinen meiner Rufe mehr geantwortet.

Das Ende eines zu schwarzer Asche verbrannten Tals hatte ich nun erreicht und ritt bergauf. Es begann, in Strömen zu regnen.

Minuten (Stunden? Tage?) verstrichen. Trotz der Bedrohung, die ich spürte, konnte ich mich kaum noch wach halten. Immer wieder kippte mein Kopf nach vorne. Und wenn ich mich nur kurz ausruhte – nur für ein paar Sekunden? Ich ließ mich nach vorne fallen, legte der Stute die Arme um den Hals und schmiegte meine Wange in ihre Mähne.

Mir fielen die Augen zu.

Als ich sie wieder öffnete, war ich in Haven.

Die Stute war verschwunden. Kein Regen, kein Wind. Der Nachthimmel war sternenklar. Um mich her herrschte die gespenstische Stille der Zeit nach dem Blitz.

Befinde ich mich in einer deiner Visionen, Matthew? Alles fühlte sich so echt an. Bittere Asche benetzte meine Zunge. Ein Geruch nach verbrannten Eichen und Zuckerrohrfeldern stach mir in die Nase. In der Ferne erkannte ich Haven House, eine geschwärzte Ruine. Der Scheiterhaufen meiner Mutter.

Ich hatte unser Haus mitsamt ihrem Körper niedergebrannt.

Jack hatte ihr heimlich geholfen zu sterben. *Warum* er es getan hatte, konnte ich inzwischen verstehen, aber nicht, *wie* er es getan hatte. Ich konnte mich einfach nicht damit abfinden.

All die Lügen, die er mir erzählt hatte.

Eine tiefe Trauer um meine Mutter und unser Leben vor dem Blitz schnürte mir das Herz ein. Mein neues Leben war so brutal und unberechenbar, dass ich mich fragte, ob die Erinnerungen an die Zeit vor der Apokalypse nur ein verschwommener, märchenhafter Traum waren.

Was war wirklich? Was unwirklich?

Obwohl Matthew weggesehen hatte, als meine Mom starb, konnte er Szenen aus der Vergangenheit heraufbeschwören. Wollte er mir ihren Tod zeigen?

Eine leichte Brise strich über den aschebedeckten Boden und erzeugte ein wundersames Geräusch. Es klang wie ein Seufzen. Mit schwacher Stimme hörte ich meine Mutter zu Jack sagen: »Nimm das Kissen ...«

Nein, Matthew! Ich kann das nicht sehen! Noch nicht ...

Das Heulen eines Wolfs zerriss die Nacht.

Ich schreckte im Sattel hoch. Der Regen hatte sich in ein nebliges Nieseln abgeschwächt. Wie lange hatte ich geschlafen?

Ich rieb mir die brennenden Augen und hätte um ein Haar laut geschrien. Überall um mich her lauerten schattenhafte Gestalten.

Nein, Moment. Das waren keine *Gestalten*. Es waren Steinhaufen, aufgeschichtet wie Holz für ein Lagerfeuer. Von den Haufen gab es so viele, dass die Gegend an einen Wald erinnerte. Der Steinwald.

Wer würde seine Kraft vergeuden, um all diese Steine aufzuhäufen? Und warum wirkten sie auf mich so beängstigend?

Matthew, bist du da?

Endlich konnte ich seine Gegenwart in meinem Kopf spüren!

– Herrscherin! –

Ist Violet schon bei ihrem Bruder?

– Die ist nicht dort. –

Gott sei Dank!

– Bald. –

Verdammt! *Du hast gesagt, Vincent hätte sein Lager nur ein paar Tagesritte von der Festung des Todes entfernt aufgeschlagen. Ich reite schon seit TAGEN.*

– Überall sind Arkana. –

Wie durch ein Megafon hörte ich ihre Rufe …

– Die Augen zum Himmel, liebe Leute! – Joules.

– Gefangen in meiner Hand. – Tess.

– Ich beobachte dich wie ein Falke. – Gabriel.

– Siehe die Überbringerin des Zweifels! – Selena.

– Schau nicht auf diese Hand, schau auf jene. – Finn.

– Verrückt wie ein Fuchs. – Matthew.

– Wir werden dich lieben. Auf unsere Art. – Die Liebenden.

Wenn so viele Arkana in der Nähe waren, konnte das nur heißen, dass ich fast angekommen war.

– Schrecken aus der Tiefe! – Was?

Gerade wollte ich mich bei Matthew erkundigen, wem dieser neue Ruf gehörte, als mich plötzlich wieder das Gefühl überfiel, beobachtet zu werden. Ruckartig drehte ich mich um.

– Nur noch den Steinwald und eine Lichtung, Herrscherin. Da sind … Hindernisse zwischen uns. –

Bewegung. Aus den Augenwinkeln erspähte ich einen Mann, der von einem Steinhaufen zum nächsten huschte.

Kurz darauf folgt ihm ein zweiter. Das bewaffnete Paar trug Kampfanzüge und gruselige Nachtsichtbrillen. Soldaten der Armee der Liebenden?

Die aufgeschichteten Steine dienten ihnen zur Deckung, wie auf einem Gotchaspielfeld! Wie lange hatten die Männer hier wohl schon auf der Lauer gelegen?

Matthew, ich habe ein Problem! Ich gab der Stute die Zügel. Sie protestierte mit einem Wiehern, legte aber einen Zahn zu und galoppierte mit bebendem Brustkorb im Slalom um die Steinhaufen.

Ich blickte mich um. Aus zwei Soldaten waren zehn geworden, die mit den Waffen im Anschlag aus ihrer Deckung getreten waren. Hatten sie mich eingekesselt?

Das Gelände wurde flacher, die Steinhaufen weniger. Um besser sehen zu können, schirmte ich mit der Hand meine Augen gegen den Regen ab. Da, vor mir lag die Lichtung, von der Matthew gesprochen hatte!

Mein Gesicht wurde lang. Keine Vegetation. Nur ein Sumpf, der aus nichts als riesigen, mit Wasser und Schlamm gefüllten Kratern bestand.

Dahinter ragte eine fast zehn Meter hohe Mauer empor. Was sie wohl verbarg?

Ein Schuss war zu hören und eine Kugel zischte knapp an meinem Kopf vorbei. Der laute Knall ließ die Stute davonpreschen. »Lauf, LAUF!«

Die Panik verwandelte meine Fingernägel in Dornenklauen, deren messerscharfe Spitzen sich durch die Handschuhe bohrten. Auch meine Hieroglyphen kamen in Bewegung und wanderten über meine Haut.

Ein zweiter Schuss. Die Kugel verfehlte mich nur

knapp. Neben den Hufen der Stute spritzte der Schlamm auf. Sie wieherte und trabte schneller.

Die Soldaten schossen mit Absicht daneben. Sie wollten mich – und das Pferd – lebendig.

Frauen und Pferde waren seit dem Blitz eine begehrte Ware.

Ich musste mich dringend in Sicherheit bringen und richtete meinen verzweifelten Blick auf die Mauer. Männer bewachten ein hell erleuchtetes Tor.

– *Zum Tor, Herrscherin.* –

Ich würde meine Stute durch den Sumpf quälen müssen. Wie ein Graben lag er vor der Mauer. Bis ich dort wäre, hätten mich die Soldaten längst geschnappt.

Ein greller Farbfleck zog meine Aufmerksamkeit auf sich. An einem Pfosten hing ein handgemaltes Schild, auf dem ein roter Totenkopf mit überkreuzten Knochen prangte – zusammen mit der Warnung: VORSICHT! MINEN!

Das erklärte die Krater.

Machst du Witze, Matthew? Hinter mir Soldaten, vor mir Minen. *Wie soll ich denn über das Minenfeld kommen?*

Hinter mir erklang ein schmerzerfüllter Schrei.

Ich wagte einen Blick zurück. Es waren nur noch neun Soldaten, die mir folgten, aber sie kamen immer schneller auf mich zugerannt. Die Männer an den Flanken hatte die Waffen im Anschlag – zielten aber daneben.

Ein zweiter qualvoller Schrei.

Dann ein dritter.

Die Soldaten schossen wild um sich. Mündungsfeuer durchschlugen den Nebel, sodass ich nichts mehr erkennen konnte.

Ich drehte den Kopf wieder nach vorn und schrie auf.

Vor mir standen drei Soldaten, deren Gewehre auf mein Gesicht gerichtet waren. Die Stute scheute und schlug mit den Hufen nach ihnen.

Die Soldaten hatten mich in die Arme ihrer Kameraden getrieben!

Doch im Rücken der Männer tauchte aus dem Schatten eine schwarze Bestie auf. Ein einzelnes goldenes Auge leuchtete in der Nacht wie eine Laterne.

Zyklop! Hatte Lark ihren einäugigen Wolf geschickt, um mich zu beschützen?

Das Tier bleckte seine dolchgleichen Fangzähne und gab ein fürchterliches Knurren von sich. Die Männer drehten sich um ...

Zyklop stürzte sich auf die vor Schreck starren Soldaten und riss sie zu Boden. Seine scharfen Zähne gruben sich in ihre Gliedmaßen und Gewehre, zerbissen Knochen und Metall.

Körperteile flogen durch die Luft. Blut sprudelte wie aus einem Springbrunnen. Obwohl ich so etwas eigentlich gewohnt sein sollte, ließ mich der Anblick zusammenfahren.

Schließlich hob der Wolf den Kopf aus dem Blutbad, das er angerichtet hatte, und knurrte die entsetzten Soldaten hinter mir an. Diese Mistkerle hatten mich in eine Falle getrieben, doch Zyklop hatte die Falle gefressen.

Beim Anblick des bluttriefenden Mauls der Bestie flohen sie Hals über Kopf.

Für mich wedelte Zyklop mit seinem vernarbten Schwanz.

»Braver Wolf. Guter Junge.«

Matthew sagte: – *Reite zum Fort! Du musst es bis zur Mauer schaffen.* –

Was ist hinter der Mauer? Soviel ich wusste, schickte mich Mathew direkt ins Lager der Milovnícis.

– *Reite!* –

Ins Minenfeld? Wir werden in die Luft gesprengt! Selbstheilungskräfte hin oder her, von einem abgerissenen Kopf würde auch ich mich nicht mehr erholen.

– *Reite nach links.* –

Wollte er mich um die gefährlichen Stellen herumlotsen?

Ich wandte mich an Zyklop, der von unserem Kampf mit der Karte des Teufels noch immer humpelte: »Ich weiß ja nicht, ob du mich verstehen kannst, oder ob es Lark ist, die ihren Schutzgeist lenkt, aber wenn du dir keine neuen Läufe wachsen lassen willst, solltest du meinem Pferd auf Schritt und Tritt folgen.«

Er schnaubte, an seiner Schnauze bildeten sich Blutblasen. Dann wedelte er kurz mit dem Schwanz und schnappte sich trotzig einen abgetrennten Arm, den er wie ein Beißspielzeug in der Schnauze trug. Aber er trottete hinter mich.

Ich verlasse mich auf dich, Matthew. Mit einem Schlucken lenkte ich mein Pferd nach links.

– Von MIR aus gesehen links! –

Kleine Korrektur. Zyklop folgte mir.

– Schneller, Herrscherin, sonst findet die Aso den Weg durch unser Minenlabyrinth heraus. –

Durch euer was? Und wer oder was ist die Aso?

– A.S.O. Die Armee des Südostens. Jetzt drei Sekunden nach rechts. Dann wieder links. –

Ich hielt den Atem an und gab dem Pferd wieder die Zügel. Einundzwanzig, zweiundzwanzig, dreiundzwanzig. Dann zog ich rechts die Zügel.

– Schneller! –

Einen telepathischen Arkana im Kopf und einen riesigen Wolf auf den Fersen galoppierte ich durch das Minenfeld.

Wieder vernahm ich das feuchte Atmen. Natürlich, der Wolf war mir gefolgt! Sollte ich diese Nacht überleben, würde ich schwer in Larks Schuld stehen.

Vor mir öffnete sich knarrend das Tor und ich jagte mit der Stute ins Fort.

Ohne zu wissen, was mich dort erwartete ...

Direkt hinter Zyklops Schwanz schlug das Tor wieder zu.

Matthew erwartete uns mit einem ausdruckslosen Lächeln. Dann kam er mit ausgestreckten Armen auf mich zu. Ich ließ mich aus dem Sattel fallen, doch meine Beine fühlten sich an, als hätte ich keine Knochen mehr. Er fing mich auf und half mir zu stehen.

»Wo sind wir hier?« Keuchend sah ich mich um. Die Mauer war aus Schrott errichtet worden: Kühlerhauben, Straßenschilder, Stahlbetonbrocken. Auf einem beachtlichen Areal standen überall verteilt große Militärwohnzelte. An Seilen aufgehängte Lampen sorgten für Licht.

»Der Jäger hat hart gearbeitet, solange du weg warst.«

»Ist das Jacks Werk?« In einem Stall dösten Pferde, es gab ein Gehege mit gackernden Hühnern und Dutzende von Menschen gingen geschäftig auf und ab.

Nur Männer, versteht sich. Sie starrten aber nicht nur mich an – ein weibliches Wesen –, sondern auch meinen gigantischen einäugigen Bodyguard, der gerade das letzte Stück seines menschlichen Beißspielzeugs hinunterschlang. *Wölfe müssen nun mal fressen.*

Matthew machte sich von mir los und schob sich

den Ärmel hoch. »Zieh deine Handschuhe aus, Herrscherin.«

Ich gehorchte, zu erschöpft, um zu protestieren. In meinem Kopf drehte sich alles. Als wäre ich gerade aus einem Spielplatzkarussell gestiegen.

Matthew zückte ein Messer, und bevor ich ihn davon abhalten konnte, schnitt er sich in den blassen Arm. Dann malte er mit seinem Blut einen Strich über meinen Handrücken. »Das ist das Blut des Spielhüters. Hier stehst du unter seinem Schutz.« Quer über die beiden Male, die die beiden von mir getöteten Arkana symbolisierten, zog sich eine rote Spur. Als wären die Male durchgestrichen. »Hier gibt es viele Arkana, doch wir halten uns die Treue. Auf geheiligtem Grund greift keiner an.«

»Die Treue?«

»Die Treue. Wir sind die getreuen Karten«, sagte er und fügte dann finster hinzu: »Auf bestimmte Zeit.«

Matthew war es gelungen, mit Kräften, von denen ich bislang nichts gewusst hatte, eine befriedete Zone zu schaffen.

Ich sah zu ihm auf. In den letzten drei Monaten war er noch größer geworden. Hatte er schon Geburtstag gehabt? War er nun siebzehn? Er trug einen wasserfesten Parka, ein Wollhemd, Jeans und Wanderstiefel. Alles sah ziemlich neu aus. Hatte Jack Kleider für ihn aufgetrieben?

So wie Aric für mich?

Der Gedanke ließ mich innerlich zittern. »Danke, Matthew. Dafür, dass du mich sicher hierhergebracht hast.«

Er sah mich mit seinen herzerweichenden braunen Hundeaugen an. »Ist die Herrscherin meine Freundin?« Früher hatte er das immer lautstark verkündet, nun musste er sich vergewissern.

War ich noch sauer, weil er Jacks Lügen gedeckt hatte? Als er Aric erklärt hatte, wie er meine Kräfte neutralisieren konnte, war ich außer mir gewesen vor Wut. Letztendlich hatte er mir damit aber wahrscheinlich das Leben gerettet.

Vielleicht sollte ich einfach akzeptieren, dass alles, was er tat, einen Grund hatte. Ich hatte ihm vertraut, als er mich durch das Minenfeld lotste (wo wir gerade von teambildenden Maßnahmen sprechen). Und um dem Tod zu entkommen, hatte ich mich ebenfalls auf seine rätselhafte Führung verlassen.

Aber Matthew voll und ganz zu vertrauen, würde einem freien Fall gleichkommen. War ich dazu bereit?

Das Leben war schon vor dem Blitz zu kurz gewesen, um nachtragend zu sein. Und nun... »Evie *ist* deine Freundin.« Ich schlang meine Arme um ihn und drückte ihn fest an mich. Dann ließ ich ihn wieder los und fragte: »Wo ist Jack, Matthew?«

»Der Jäger ist nah.«

»Wie komme ich zu ihm?«

»Pferd.«

Ein unscheinbarer Mann mittleren Alters kam auf uns zu. Mit einem besorgten Blick in Richtung Wolf nahm er die Zügel des Pferdes und versprach, sich um das Tier zu kümmern. Ach ja, die Stute. Während er sie zu den Stallungen führte, nahm ich mir fest vor, eine kleine Belohnung für sie wachsen zu lassen. »Wer sind all die Leute?« Ein paar Männer reinigten unter einer bunten Plane, wie man sie früher oft auf rauschenden Gartenpartys gesehen hatte, ihre Waffen. Andere erhitzten Wasser und wuschen Wäsche.

»Menschen. Jack sammelt sie ein. Ich mag ihre Suppe.«

»Wissen sie, was wir sind?«

»Jack lässt sie glauben, wir wären Götter. Sie nennen das hier Fort Arkana, errichtet im Jahre 1 nach dem Blitz.«

»Und was ist mit der Geheimhaltung unserer Existenz? Hast du nicht gesagt, Arkana und Nicht-Arkana passen nicht zusammen? Und dass Menschen verbrennen, was sie fürchten?«

Über Matthews Gesicht huschte ein Schatten, der mich nervös machte.

»Es sind nicht genügend Menschen übrig, dass man sich sorgen müsste.«

Darüber würde ich später nachdenken. »Matthew, ich muss...«

»Der Wachturm!« Er betrat einen Bretterweg, eine

Art schmalen Steg, der wie eine Autobahn durch das schlammige Lager führte, und marschierte davon.

»Der was?« Meine Beine waren so schwer, dass ich kaum die Balance halten konnte, aber ich versuchte, mit ihm Schritt zu halten.

Neben mir her tappte Zyklop, dessen zerzaustes schwarzes Fell schimmerte. Seine vernarbte Schnauze befand sich so nah neben meinem Kopf, dass die Tasthaare fast meine Wange berührten. Von seinen riesigen Pfoten spritzte der Schlamm gegen meine Hosenbeine.

Steckte da ein Finger im dreckigen Filz unter seinem Kinn?

Ich folgte Matthew ans andere Ende des Forts. »Hast du mir eine Vision von meiner Mutter geschickt? Oder habe ich geträumt?«

Über die Schulter gab er zurück: »Unsere Feinde lachen. Wahnsinnig und gebrochen. Verfallen und getroffen.«

War das seine Antwort? Manchmal würde ich ihn am liebsten packen und schütteln.

»Wir sind da.« Am hinteren Teil der Mauer befand sich eine dreistöckige, mit Metallplatten verkleidete Konstruktion. Matthew stieg eine Leiter bis ganz nach oben.

Ich ließ den Wolf unten patrouillieren und folgte ihm. Keuchend und ächzend erklomm ich eine Sprosse um die andere. »Können wir ... bitte ... über Jacks ... Rettung sprechen?«

Auf der obersten Ebene angekommen, hob Matthew ein altes Nummernschild an und zeigte mir einen schmalen Schlitz. »Herrscherin.« Er bedeutete mir hindurchzusehen.

»Okay, wonach soll ich Ausschau halten? Oh, wow.« Wir befanden uns hoch oben auf einem stürmischen Aussichtspunkt. Vor uns eine steile Felswand, unter uns ein Fluss so breit wie der Mississippi. Ein beeindruckender Ausblick. Vor dem Regen hatte es hier noch keine solchen Gewässer gegeben.

»Die Lage des Forts ist genial.« Drei Seiten grenzten an das Minenlabyrinth, die vierte wurde durch eine steile Klippe und den Fluss geschützt.

»Jack«, sagte er nur. »Fort Arkana ist auch dein Werk. Die Mission ...« Als Jack nicht hatte herausfinden können, wo der Tod mich versteckt hielt, hatte er für mich – und für sich selbst – die Liebenden aufgespürt. Er wollte an den Milovnícis auch seine persönliche Blutrache üben.

Ich starrte über das Wasser auf die gegenüberliegende Klippe. Die Gegend war gesprenkelt von brennenden Feuern. Hinter ein paar schützenden Felskämmen erstreckten sich kilometerweit Zelte.

»Ist das die Armee des Südostens?« Sie war gewaltig. Wo hielten sie Jack wohl gefangen? Ich war so nah bei ihm ...

»Die halbe Aso. Aso Süd. Aso Nord lagert nicht allzu weit von hier.«

Was bedeutete, dass auch Violet ganz in der Nähe war. Wie konnte ich nur vor ihr zu Jack gelangen? »Dieser Wind lässt wahrscheinlich nie nach, oder?« Ich könnte von hier Sporen ausstreuen und die Soldaten betäuben. Dann müsste ich nur noch mit dem Boot übersetzen, ins Lager spazieren und Jack herausholen.

»Der Wind weht die ganze Nacht. Also, den ganzen Tag.«

Damit hatte sich dieser Plan erledigt ...

Aus dem Lager über dem Fluss ertönten Schüsse – viele Schüsse auf einmal. Als ihr Echo über das Wasser zu uns herüberhallte, sackte mir der Magen in die Knie. Ruckartig drehte ich mich zu Matthew um: »Jack?«

»Nein. Tägliche Exekutionen.« Damit sorgten die Milovnícis unter den gemeinen Soldaten also für Disziplin.

Ich war so erleichtert, dass ich mich schon fast schuldig fühlte. Dann fragte ich mich, wie die Schüsse wohl auf Jack gewirkt hatten.

»Er denkt, es kommt keine Hilfe«, flüsterte Matthew. »Er weiß, er kann nicht entkommen. Seine Freunde hält er für tot.«

Die Vorstellung, dass Jack ganz alleine und ohne Hoffnung war, zerriss mir das Herz. »Hat er ... Angst?«

»Er ist sich sicher, dass er sterben wird. Dafür hat er erstaunlich wenig Angst.«

»Woher weißt du das? Du hattest doch immer Probleme, seine Gedanken zu lesen.«

Ein Nicken. »Drei Monate Übung.«

»Aber seine Zukunft kannst du nicht sehen?«

Matthews Blick verfinsterte sich. »Ich wollte nicht, dass das passiert.«

»Kannst du ihm sagen, dass wir ihn befreien werden?«

Ohne ein weiteres Wort ging Matthew zur Leiter und kletterte hinunter.

Unbeholfen folgte ich ihm. Als wir wieder am Boden waren, sagte er: »Dein Bündnis ist verletzt.«

Wollte er mir damit sagen, dass meine Verbündeten verletzt auf der Bank saßen, oder dass mein Bündnis wackelte? »Bringst du mich zu Finn und Selena?« Ich hatte sie seit Monaten nicht gesehen.

»Über den Hof zu den Baracken.« Wieder balancierte Matthew über die schmalen Planken davon, diesmal in die andere Richtung.

Mit Zyklop an meiner Seite stampfte ich über die schlammverkrusteten Bretter durch einen kleinen, zentral gelegenen freien Bereich (*Hof* war wohl ein wenig übertrieben).

Vor einem der Zelte machte Matthew halt, und ich befahl dem Wolf, draußen zu warten. Mit einem empörten Schnauben ließ er sich in den Schlamm plumpsen.

Ich holte tief Luft, zog mir die Kapuze des Umhangs vom Kopf und trat ein. Matthew folgte mir.

Selena und Finn lagen auf Feldbetten. Die Bogenschützin hatte einen Arm – ihren Zielarm – in der Schlinge und strich mit der freien Hand über die Federn eines Pfeils, der auf ihrem Schoß lag. Es war ein Geräusch wie beim Kartenmischen. Sie schien ins Leere zu starren.

Finn hatte ein geschientes Bein, das er auf einem Überlebensrucksack hochgelagert hatte. Neben seinem Bett lehnte eine Metallkrücke.

In der Mitte des Zelts brannte unter einem Lüftungsloch im Dach ein Feuer. Um die Feuerstelle saßen auf Bänken noch mehr Arkana: der Turm, das Gericht und die Welt – ein Dreierbündnis.

Joules musterte mich von Kopf bis Fuß. Gabriel neigte zum Gruß einen seiner schwarzen Flügel und Tess Quinn winkte mir schüchtern zu. Ihre Fingernägel waren bis auf die Haut heruntergekaut. Matthew ließ sich neben sie auf die Bank fallen.

»Nun, wenn das nicht unsere holde Herrscherin ist«, sagte Joules mit seinem starken irischen Akzent.

Selena setzte sich ruckartig auf, sodass ihr das silberblonde Haar über die Schultern fiel.

»Evie!«, rief Finn. »Wie bist du dem Tod entkommen?«

Das konnte schwierig werden. »Ähm, es hat sich eine gute Gelegenheit ergeben ... mich davonzustehlen.« Und auch gleich noch ein Pferd mit Sattel, einen nagelneuen Überlebensrucksack und die Hightech-

Outdoor-Klamotten, die ich trug, mitgehen zu lassen. »Aber das ist nicht so wichtig. Hauptsache, ich bin hier.«

»Mein Angebot hast du nicht angenommen.« Joules' rotbraunes Haar war zerzaust. Argwöhnisch sah er mich an.

Selena – die mich nicht begrüßt hatte – meinte: »Wenn du dich mit dem Tod angelegt hast, um zu fliehen, warum hast dann nicht gleich Joules' Bezahlung mitgebracht?«

Aric war nicht der Einzige gewesen, der mir angeboten hatte, Jack zu retten. Nur dass Joules als Gegenleistung den abgeschlagenen Kopf des Todes verlangt hatte.

»So einfach ist das nicht«, gab ich zurück. »Die Dinge sind nicht, wie wir dachten.«

»Was soll das heißen? Hattest du nun die Gelegenheit, den Sensenmann zu töten, oder nicht?« Joules sah mich skeptisch an. Dann brüllte er: »Na klar, du hättest ihn verdammt noch mal erledigen können! Den Herrn der Ewigkeit, den ewigen Gewinner!«

Selena blieb der Mund offen stehen. »Der Tod stirbt, J. D. überlebt. Wo ist denn da das Problem?«

»Das können wir später noch besprechen.« Die Sorge um Jack schnürte mir die Luft ab und ich war zum Umfallen erschöpft. »Lasst uns jetzt erst mal überlegen...«

»Wir sind ein Bündnis gegen den Tod«, schnaubte

Selena. »*Du* hast uns zusammengeführt. Matthew hat gesagt, du hättest deine Kräfte zurück, und wir dachten, nun würdest du alles daransetzen, Jack zu retten – gerade vor den psychopathischen Liebenden.« Selena strich sich mit der Hand über das fahle Gesicht. »Stattdessen hintergehst du uns. Vor allem J. D.! Hast du überhaupt eine Vorstellung, was sie ihm antun werden?«

Meine Großmutter hatte mir erzählt, dass die Liebenden ihre Opfer entstellten und dann derart pervertierten, dass diese Folter und Schmerz am Ende als Lust empfanden. »Ich kann's mir vorstellen!« Auf meiner Haut erschienen Hieroglyphen, ein Zeichen, dass ich aufgebracht – und aggressiv – war. Dennoch versuchte ich, nicht die Geduld zu verlieren. »Deshalb sollten wir auch aufhören, über Dinge zu diskutieren, die wir ohnehin nicht mehr ändern können, und seine Rettung planen!«

Vielleicht hatte Gabriel ja schon einen Erkundungsflug über das Gelände der Armee unternommen und war mit den Gegebenheiten auf der anderen Flussseite vertraut. Wir könnten eine Befreiungsaktion auf die Beine stellen.

»Du willst planen?«, gab Selena höhnisch zurück. »Du hast also noch nicht einmal einen Plan? Deine Nerven möchte ich haben. Tauchst hier auf, wohlgenährt und in schicken Klamotten, aber ohne Ideen und ohne den Kopf des Todes.«

Tatsächlich sah ich im Moment genauso aus wie Selena, als ich sie das erste Mal getroffen hatte.

»Wegen dir muss J. D. gerade leiden.« Ihre Stimme wurde mit jedem Wort lauter. »Warum hast du den Turm nicht bezahlt?« Übernatürlich schnell sprang sie von ihrem Feldbett auf und stürzte sich auf mich.

3

Selenas gesunde Hand schwebte in der Luft, bereit, mich zu ohrfeigen. Instinktiv schossen meine Dornenklauen hervor ...

»Das Blut des Hüters!«, schrie Matthew.

Selena und ich heulten auf vor Schmerz. Auf unseren Händen glühten identische rote Spuren.

Gleichzeitig sprang Zyklop ins Zelt und fletschte seine monströsen Fangzähne. Ich machte mir Selenas Schockstarre zunutze und stolperte von ihr weg.

Tess wich wimmernd vor der Bestie zurück, Gabriel spreizte die Flügel.

»D... der Wolf war doch tot!«, stotterte Finn auf seinem Feldbett. »Die Kannibalen hatten Larks Kampfwölfe alle getötet.«

Joules öffnete die Hand und aus dem Nichts materialisierte sich ein silberner Stab. Es war einer seiner Blitzspeere. In einer Rauchschwade wuchs er zu voller Länge. »Ich habe diese Bestie schon einmal mit einem Blitz gebraten!«

Deshalb hatte Zyklop ein so krauses Fell. »Larks Schutzgeister sind ... zäh.« Die ganze Wahrheit, dass die drei Wölfe nämlich unsterblich waren, solange Lark selbst lebte, verschwieg ich.

»Er beschützt dich?«, fragte Selena entgeistert.

»Solange mir keine Gefahr droht, wird er niemandem etwas tun.«

»Hast du dich jetzt mit Lark verbündet?« Finns Augen wanderten zwischen Matthew und mir hin und her, als ob der Narr ihnen das hätte sagen müssen. »Obwohl sie uns verraten und verkauft hat?«

Matthew wiegte sich auf seiner Bank vor und zurück.

»Lark kannte uns nicht, als sie mit dem Tod den Deal machte, uns auszuliefern«, erklärte ich. »Für sie hätten wir genauso gut Kannibalen sein können, so wie die Gefolgsleute des Hierophanten.«

Finn sah den Wolf an. »Aber dann hat sie uns doch kennengelernt«, sagte er zu Zyklop.

Hoffte er, dass Lark uns durch ihren Schutzgeist hören konnte?

»Und sie hat uns trotzdem hintergangen. *Mich*. Wegen ihr haben wir tagelang dort unten festgesessen. Es war stockdunkel und das Wasser stieg immer weiter an. Wir wären fast ertrunken.« Die Erinnerung ließ ihn zittern. Der Wolf winselte leise. »Und als ich dann auch noch kapiert habe, dass sie nur ihre Spielchen mit mir getrieben hat, hat mir das endgültig den Rest gegeben.«

»Wenn sich die Herrscherin mit Lark zusammengetan hat, steckt sie auch mit dem Tod unter einer Decke«, sagte Joules. »Wahrscheinlich ist sie hier, um den beiden das Tor zu öffnen, während wir schlafen.«

Ich rieb mir den brennenden Handrücken. »Wir haben jetzt keine Zeit für diesen Unsinn!«

»Du hast ja nicht die leiseste Ahnung, was wir in den letzten Monaten durchgemacht haben.« Selena rückte ihre Armschlinge zurecht und ließ sich zurück auf ihr Feldbett fallen. »Und alles nur, um dich vor dem Tod zu retten!«

Finn strich sich die aschblonden Haare hinter die Ohren. »Während du dich mit unseren Feinden angefreundet hast, sind wir durch die Hölle gegangen.«

Glaubten sie wirklich, ich hätte einfach so die Seiten gewechselt? »Es reicht! Ihr habt alle viel durchgemacht, aber ich auch.«

Selena warf mir einen ihrer Was-du-nicht-sagst-Blicke zu, der mich anstachelte, etwas mehr zu erzählen.

»Wenn dir ein paarhufiges Monster verkündet, es würde sich an deinen Knochen laben – und du ihm glaubst –, dann ist das auch ein Höllentrip.« Meine Worte taten ihre Wirkung. »Lark hat Seite an Seite mit mir gegen Ogen gekämpft – auch dann noch, als er drei Stockwerke groß wurde! Und nun liegt sie mit gebrochenen Knochen im Bett, weil sie zu mir gehalten hat.«

Finn zuckte zusammen. Er war über das Mädchen noch lange nicht hinweg.

»Wären sie und ihre Wölfe nicht gewesen, wäre ich längst tot.« Ich deutete auf Zyklop, der eine majestätische, sphinxgleiche Pose einnahm, deren Wirkung allerdings unter dem Finger, der immer noch in seinem Fell steckte, ein wenig litt.

»Wir haben davon gehört, als Ogen enthauptet wurde.« Joules polierte mit dem Saum seines Mantels den tödlichen Speer. Das glänzende Metall war mit kryptischen Symbolen verziert. »Ich konnte allerdings kaum glauben, wer es getan haben soll.«

»Es war der Tod. Er hat Lark und mir das Leben gerettet.«

Joules sah hoffnungsfroh in die Runde. »Wenn er einen seiner eigenen Verbündeten getötet hat, ist er geschwächt. Oder bist du inzwischen der Ersatz für Ogen?«

Ich strich mir mit den Fingern über den Nasenrücken. Offenbar musste ich akzeptieren, dass ich diesen Arkana die Sache mit Aric nie würde erklären können. Und überhaupt, konnte ich mich wirklich für ihn verbürgen?

»Wirst du mir helfen, Jack zu retten, Joules?«

»Wer garantiert uns, dass du dich mit Vincent und Violet nicht auch anfreundest, so wie mit Lark und dem Tod? Mein Bündnis macht da nicht mit. Wir sind hergekommen, um einen Job zu erledigen. Der Job wurde gecancelt. Morgen sind wir weg.«

Obwohl Gabriel und Tess noch kein Wort gesagt hatten, konnte ich spüren, dass sie bereit wären, zu helfen. Aber Joules war ihr unangefochtener Gewerkschaftsführer.

»Womit könnte ich dich noch bezahlen, Söldner?« In der Hoffnung, in seinem Gesicht etwas zu entdecken, woraus ich einen Vorteil ziehen konnte, sah ich ihn abschätzend an – so wie der scharfsinnige Jack es oft tat. »Komm schon, Joules. Jeder will doch irgendetwas.«

Der Tod wollte mich ins Bett kriegen. Selena sehnte sich nach Jack. Lark wünschte sich, älter als zwanzig zu werden. Und Ogen hatte nach Opfern für seinen Altar gelechzt.

Joules ließ nichts durchblicken, ein Buch mit sieben Siegeln. Tess war zwar das genaue Gegenteil, aber da war nichts, wovon ich profitieren konnte. Und der geheimnisvolle Gabriel zeigte ein Pokergesicht.

»Ich will nur den Kopf des Todes, sonst nichts.« Aric hatte Joules' Freundin im Kampf getötet. »Und so wie's aussieht, bekomme ich ihn vielleicht doch noch. Sicher ist er hinter dir her, so wie in den anderen Spielen.«

Nichts und niemand konnte den Herrn der Ewigkeit aufhalten. Ich zitterte.

»Wir werden ihn erwarten.« Den Speer durch die Finger wirbelnd erhob er sich und verließ das Zelt, wobei er einen großen Bogen um Zyklop machte.

Tess, die ununterbrochen an den Nägeln kaute, folgte ihm. »Tut mir leid, Leute.«

Gabriel, der ebenfalls aufgestanden war, hielt am Zeltausgang noch einmal inne. »Gehabt euch wohl.«

Er warf Selena einen so flüchtigen Blick zu, dass ich die Sehnsucht in seinen grünen Augen fast nicht wahrgenommen hätte.

Schon vor ein paar Monaten hatte ich den Verdacht gehabt, dass er von der atemberaubenden Bogenschützin fasziniert war. Offensichtlich waren seine Gefühle stärker geworden. Konnte mich das irgendwie weiterbringen?

Er ging und ließ mich mit Selena, Finn und Matthew zurück.

In etwas versöhnlicherem Ton sagte Selena: »Du hast ja keinen blassen Schimmer, wie sehr Jack gelitten hat bei der Vorstellung, was der Tod dir alles antun könnte.«

»Das kann ich mir sehr wohl vorstellen. Ich war ja selbst außer mir vor Sorge, als ich hörte, er wolle es mit der Armee der Liebenden und anderen Arkana aufnehmen. Ich könnte genauso gut euch drei für seine Gefangennahme verantwortlich machen!«

»J. D. wollte einfach keine Vernunft annehmen.« Sie griff wieder nach ihrem Pfeil und strich wie zum Trost über die Federn. »Monatelang war er wie von Sinnen und dann hast du ihn einfach verlassen.«

Finn atmete hörbar aus. »Hör mal, Evie, die etwas schroffe Begrüßung tut mir leid. Wenn du einen Plan für eine Rettungsaktion hast, raus damit. Ich werde dir helfen, so gut ich kann.«

»Wie denn, Magier?«, fauchte Selena. »Du kannst

ohne Krücke nicht laufen und ich kann meinen Bogen nicht spannen. Wie sollen wir es da mit einer ganzen Armee aufnehmen? Joules und Gabriel waren unsere einzige Chance.«

Wir? »Ich könnte mich ins Lager schleichen«, schlug ich vor. »Bevor ich losgehe, verwandelt Finn mich in einen Soldaten – dazu müsste er das Fort gar nicht verlassen –, und sobald ich über den Fluss bin, betäube ich die Wachen mit meinen Sporen.« Vorausgesetzt, der Zauber hielt so lange vor.

»Das Lager ist riesig«, gab Selena zurück. »Woher sollen wir wissen, in welchem Zelt Jack steckt?«

»Der Wolf kann seine Fährte aufnehmen.«

Zyklop schnaubte, sein Atem ließ das Feuer aufflackern.

Finn rückte seine Beinschiene gerade. »Ich bin mir nicht sicher, ob ich in meinem Zustand einen Monsterwolf verzaubern kann. Menschen sind einfacher.«

»Außerdem können wir den Fluss nicht mit dem Boot überqueren.« Selena tippte sich mit dem Pfeil gegen das Kinn. »Er wird von der Hohepriesterin kontrolliert. Sobald wir auch nur in die Nähe des Wassers kommen, wird sie uns in die Tiefe ziehen.«

– *Schrecken aus der Tiefe!* – »Sie ist hier? Hat sie sich mit den Liebenden zusammengetan?«

Wir starrten alle fragend Matthew an, aber der sah nur auf seine Hand. Das bedeutete, für ihn war das Thema beendet.

Ich wandte mich wieder Selena zu. »Du sprichst immer von *wir*. Sagtest du nicht, du könntest keinen Bogen spannen?«

»Dann werde ich wohl eine Pistole benutzen müssen. Oder ein Schwert. Selbst wenn ich verletzt bin, habe ich immer noch meine übernatürliche Kraft und meine blitzartigen Reflexe.« Und auch ihre bewundernswerte Bescheidenheit hatte offenbar nicht gelitten!

Für einen Moment war ich unentschlossen, dann nickte ich. »Okay, dann müssen wir einen anderen Weg über den Fluss finden. Gibt es eine Brücke?«

»Ein paar Kilometer von hier«, sagte Selena. »Da haben sie J.D. geschnappt. Die Aso patrouilliert dort regelmäßig.«

Mit jedem ihrer Worte sank meine Hoffnung mehr. *Wie komme ich nur zu Jack? Wie ...?*

Mir kam eine Idee. »Wenn wir weder zu Fuß noch mit dem Boot über den Fluss kommen, dann fliegen wir eben.«

4

»Ich überrede Gabriel, dass er uns rüberfliegt.«

Selena verdrehte ihre dunkelbraunen Augen. »Großer Gott, hast du Alzheimer? Gerade eben haben die uns noch erklärt, sie machen bei gar nichts mit. Es sei denn, wir schnappen uns den Tod.«

»Haben das wirklich *alle* gesagt? Ich habe das Gefühl, Gabriel wird mir helfen.« Weil ich nämlich Selena dazu überreden würde, mit ihm zu flirten. Der Zweck heiligt die Mittel ... »Mag schon sein, dass die drei sich als Söldner verstehen, aber wer sagt denn, dass Gabriel nicht zwischendurch mal einen kleinen Nebenjob annehmen darf?«

»Er ist ein anständiger Kerl«, bestätigte Finn. »Es kann nicht schaden, ihn noch mal unter vier Augen zu fragen.«

»Ich geh und rede mit ihm.« An die Bogenschützin gewandt fügte ich hinzu: »Und sobald ich dazu komme, informiere ich dich dann, was Sache ist.«

Selena reagierte mit ihrem gewohnten Ach-ihr-könnt-mich-alle-mal-Gesicht. »Na gut! Ich zeig dir, wo ihr Zelt ist.« Sie legte sich den Mantel wie einen Umhang um die Schultern.

Zu Zyklop sagte ich: »Du bleibst hier bei Finn und Matthew.« Ich kam mir immer ein wenig lächerlich vor, wenn ich mit dem Wolf sprach, aber er war klüger als die meisten Tiere – und es war ja durchaus möglich, dass ich mit Lark sprach.

Im CLC, dem Irrenhaus, in das sie mich gesperrt hatten, durften die Patienten sich nur uralte Serien wie *Lassie* ansehen, und nun befürchtete ich, mir könnte jeden Moment ein Satz wie »Was ist los, Zyklop? Ist Timmy in einen Brunnen gefallen?« herausrutschen.

Kaum hatten Selena und ich das Zelt verlassen, begann sie auch schon herumzunörgeln. »Was deine Erfolgsaussichten angeht: Joules und Gabe sind *so* dicke.« Sie streckte zwei überkreuzte Finger in die Luft. »Die beiden verbindet eine echte Männerfreundschaft. Eins zu einer Milliarde, dass du es nicht schaffst. Du wirst wie eine Idiotin dastehen.«

Ich starrte sie böse an. »Weißt du, wie Efeuranken an glatten Mauern hochklettern? Sie bohren und bohren, bis sie eine weiche Stelle finden, in die sie sich hineingraben können. Und genau das werden wir auch tun. Es sei denn natürlich, du hast eine bessere Idee?«

Sie zog einen Schmollmund. Dann sagte sie: »Ich bin ja hier. Oder etwa nicht?« Sie hatte wohl bemerkt, dass meine Geduldsgrenze erreicht war.

»Okay, sprechen wir über die Liebenden.« Matthew hatte gesagt, er würde mir meine Erinnerungen nur sporadisch zeigen (damit ich nicht wahnsinnig wurde – haha).

Ich versuchte, mich an die Liebenden vergangener

Spiele zu erinnern, aber da war nichts. Vielleicht war ich ihnen ja nie persönlich begegnet.

Alles, was mir verschwommen in den Sinn kam, war ein Picknick mit meiner Großmutter. »*Was hast du da, Evie?*« Ich erinnerte mich vage, wie sie sich absichtlich mit einer Pekannussschale in den Daumen geschnitten hatte und das Blut hervorquoll.

»Also reden wir.« Graziös wie eine Gazelle sprang Selena mit ihren langen Gliedern von einer Planke zur nächsten.

Während ich hinter ihr herhumpelte, als hätte ich Gewichte in den Stiefeln. »Der Tod hat mir erklärt, sie würden nach Schmerz lechzen. Aber ich weiß nicht, warum.«

»Vielleicht weil sie abartig böse sind, wie der Hierophant und der Alchemist?«

Und Ogen? Und eventuell die Hohepriesterin? Was, wenn alle Arkana die Fähigkeit besaßen, wahrhaft böse zu sein? Was, wenn genau diese Fähigkeit uns erst zu Arkana machte? Mein Alter Ego, die rote Hexe, jagte sogar mir selbst Angst ein. »Sag mir, was du über die Kräfte der Liebenden weißt.«

Selena zögerte.

»Das ist jetzt nicht der richtige Moment, Informationen für sich zu behalten.« Mitten auf dem Hof blieb ich stehen. »Wir werden zusammenarbeiten müssen. Ich jedenfalls werde für diese Rettungsaktion mein Bestes geben. Und was ist mit dir?«

Sie kam zurück und baute sich vor mir auf. »Man hat mir beigebracht, die Informationen meiner Chronisten niemals preiszugeben. Matthew sagt doch immer: ›Zusammenhalten und haushalten‹. Mir wurde gesagt: ›Zusammenhalten, haushalten und geheim halten‹.«

Ich verschränkte die Arme vor der Brust, unnachgiebig wie eine Eiche.

Nach einer Weile sagte sie dann: »Für J. D. vergesse ich sogar mein jahrelanges Training. Ich werde für ihn da sein und ihm beistehen, bis in alle Ewigkeit. Nur leider brauche ich dazu deine Hilfe.«

Bis in alle Ewigkeit?

»In meinem Arkana-Lehrbuch wurde viel über die Liebenden spekuliert.«

Sie hatte ein Lehrbuch? Ich hätte auch gerne ein Lehrbuch gehabt.

Stattdessen musste ich mit meiner Großmutter vorliebnehmen. Sie war eine Tarasova, eine Wahrsagerin des Tarots, und wäre ein Quell des Wissens, wenn ich sie nur finden und zu ihr gelangen könnte. Aber Selena war ebenfalls eine gute Informationsquelle – wenn ich ihr *trauen* konnte.

»Es wird behauptet, wenn sie einem gleichzeitig in die Ohren flüstern, empfindet man Schmerz als Lust. Und indem sie sich an den Händen fassen und mit den Armen schwingen, verführen sie einen dazu, Böses zu tun, zu morden oder sich selbst zu töten. Passt das irgendwie zu dem, was du gehört hast?«

»Von ihren Verführungskräften habe ich gehört. Aber das war's auch schon.«

»Andere Chronisten halten sich völlig vage, was die Liebenden angeht. Der Herrscher? Jeder weiß, dass er Berge versetzen, Erdbeben auslösen und mit Lava töten kann. Die Hohepriesterin beherrscht das Wasser und ertränkt ihre Feinde. Das sind harte Fakten. Aber die Liebenden sind ein Mysterium. Vielleicht weil sie in den Spielen immer schon früh sterben. Oder weil sie ihre Kräfte gut zu verbergen wissen. Wie die meisten von uns.«

»Ich habe dir schon erzählt, was ich alles kann. Wie ist es mit dir? Welche Kräfte verbirgst du?«

Sie antwortete mit einer abwehrenden Geste. »Ich wusste nicht, dass Larks Tiere kugelsicher sind oder dass Ogen so riesig werden kann. Und wo wir gerade vom Teufel sprechen, du hast mir zwar erzählt, was Ogen getan hat, aber nicht, was der Tod mit dir gemacht hat.«

Der Tod? Er hatte mich fast dazu verführt, mich in ihn zu verlieben, und dann hatte er mir das Herz gebrochen. »Konzentrieren wir uns auf die Zwillinge, okay? Ich werde versuchen, aus Matthew noch mehr herauszubekommen.«

»Na dann viel Glück. Er redet noch wirrer daher als früher – falls das überhaupt möglich ist –, und er hat Anfälle. J.D. ist der Einzige, der ihn beruhigen kann.«

Es versetzte mir einen Stich, als ich hörte, dass Jack sich um ihn gekümmert hatte. »Haben Joules und seine Leute keine Infos?«

»Gabriels Familie hat als einzige Chroniken geführt, aber die sind schon vor Jahrhunderten zerstört worden.«

Ich hätte wetten können, Aric wusste alles über die Liebenden. Als dreimaliger Arkana-Champion lebte er schon seit Jahrtausenden und hatte genauso viel Wissen angehäuft wie unbezahlbare Altertümer ...

Zwei mit Gewehren bewaffnete Wachen in Tarnumhängen gingen an uns vorüber. Sie nickten uns höflich zu.

»Drehen die nicht durch, wenn sie Arkana sehen?«, flüsterte ich Selena zu. »Allein der Anblick von Gabriels Flügeln müsste sie doch umhauen.«

»Anfangs schon. Aber sie haben sich ein Beispiel an J. D. genommen. ›Den Jäger‹ verehren sie wie einen Helden.«

Der charismatische Jack konnte alle faszinieren – wenn er wollte.

»Mit der Hilfe von uns Arkana gelingt es ihm, hier die Disziplin zu wahren«, erklärte Selena. »Die Aso hat zwar die Zwillinge, aber Jack kann mit dreien von uns aufwarten – einem Hellseher, einer exquisiten Schützengöttin und einem Zauberer.«

»Wie ist das Fort entstanden?«

»Einen großen Teil der Mauer hat Jack mit eigenen

Händen errichtet. Er hat bis zur Erschöpfung daran gearbeitet. Sie würde einem Panzer standhalten.« Selena klang unheimlich stolz. »Er hat Botschaften für die Späher hinterlassen und so fähige desertierte Aso-Soldaten rekrutiert. Unter seiner Führung und mithilfe von Finns Illusionen haben wir der Armee tonnenweise Material gestohlen: Nahrungsmittel, Benzin und sogar die Minen, die J. D. im Festungsgraben verlegt hat.«

»Sieht aus, als ob ihr gerade die Oberhand gewinnt.«

Selena nickte. »Deshalb hat die Aso auch die Hälfte ihrer Truppen losgeschickt, um am anderen Flussufer ihr Lager aufzuschlagen. Noch sind ihre Waffen zu weit entfernt, um uns zu treffen. Aber wir gehen davon aus, dass die Aso Nord mit stärkeren Geschützen nachrückt. Und wenn die dann hier ankommen ...«

Noch etwas, um das ich mir Sorgen machen musste. »Wie wurde Jack gefangen genommen?«

»Wir hatten vor, die Brücke, von der ich gesprochen hatte, in die Luft zu sprengen. Und zwar zusammen mit Vincent. Wir haben Stellung auf einem Felsvorsprung bezogen, von dem aus man das Ganze überblicken konnte, und dort auf den Konvoi gewartet. J. D. hatte die Finger die ganze Zeit am Zünder.«

»Matthew sagt, Vincent hätte euch überrascht.«

»Der Mistkerl hat direkt vor der Brücke haltgemacht.

Und während wir uns einen neuen Schlachtplan überlegten, hat uns ein Konvoitruck, der die Brücke schon überquert hatte, mit einer 50-Kaliber unter Beschuss genommen.«

Ich nickte, als ob ich eine Ahnung hätte, was eine 50-Kaliber war. Klang auf jeden Fall übel. »Erzähl weiter.«

»Die Kugeln zerfetzten den Berg. Finn wurde getroffen. Aber J. D. und ich hielten irgendwie dagegen. Er kletterte weiter nach oben, um auf Vincent schießen zu können. Um den Beschuss auf mich zu lenken, stieg ich ebenfalls auf eine Erhebung. Dann wurde ich getroffen.«

»Woher wussten sie, wo ihr wart?«

Sie sah sich vorsichtig um. »Ich glaube, es gibt hier Verräter. Spitzel der Milovnícis.«

Ich rieb mir den Nacken.

»Wenn wir es schaffen, J. D. zu befreien, räuchern wir sie aus.« Sie deutete hinter mich. »Dort drüben ist Gabes Zelt, geradeaus über den Hof. Wie wollen wir ihn überreden?«

»Du flirtest mit ihm.«

»Bist du jetzt völlig übergeschnappt?«

»Er ist total verknallt in dich.«

Selena schnaubte ungeduldig. »Verständlicherweise. Aber wie soll uns das weiterhelfen? Willst du etwa, dass ich so tue, als würde ich ihn *mögen*? Der ist doch voll schräg.«

Ja, okay, er trug einen altmodischen Anzug mit einer merkwürdigen Krawatte (einer Art Halstuch oder so). Und ja, seine Sprache war etwas altertümlich. Aber ...

»Ich hätte gesagt exzentrisch.«

Sie schnaubte. Dann sagte sie mit gesenkter Stimme: »Tess hat mir erzählt, er sei auf einer einsamen Bergspitze in einer Art Arkana-Kloster aufgewachsen. Seine Chronisten waren Anhänger einer Sekte, die einen Flügel-Kult betreiben. Über Generationen hatten sie sich von der Gesellschaft abgeschottet und auf seine Geburt gewartet.«

Kein Wunder, dass er so altmodisch war. »Du sagst, seine Bücher sind zerstört worden?«

»Dorfbewohner brannten das Kloster der Sekte nieder, à la Frankenstein, und die Chroniken gingen in Rauch auf.«

Auch mich hatten Dorfbewohner in der Vergangenheit schon verbrennen wollen. *Sie verbrennen, was sie fürchten.*

»Selena, du sollst mit Gabriel ja keine Familie gründen. Ich bitte dich lediglich, ihn nett zu fragen, ob er uns rüberfliegen kann.« Ich strich ihr das Haar zurück und steckte ihr eine seidige silberblonde Locke hinters Ohr. »So wie wir aussehen, könnten wir beide ein bisschen Lipgloss vertragen.«

»Ach, halt den Mund. Ich kann einfach nicht glauben, dass ich da mitmache. Ich hasse es, mit den Waffen einer Frau zu kämpfen. Normalerweise würde ich ihn einfach würgen, bis er Ja sagt.«

Ich seufzte. »Das wäre dann Plan B. Efeu tut das manchmal auch.«

5

»Hey, Gabe!« Vor dem Zelt warf Selena mir noch einen schnellen Blick zu. »Ich muss mit dir reden.«

Geduckt und mit zusammengefalteten schwarzen Flügeln stürzte er heraus. Sein schwarzes Haar war zu einem Pferdeschwanz zusammengebunden und wie Lark hatte er Krallen und spitze Eckzähne. Seine Augen waren von einem dunklen Grün.

Er war ein gut aussehender, wenn auch etwas ungewöhnlicher Typ.

»Selena«, hauchte er mit geröteten Wangen. »Oh, und die Herrscherin.«

Warum war ich überhaupt mitgekommen? Matthew würde sagen: »Natur und Lauf. Blüte und Liebe.«

»Seid gegrüßt.« Er rückte seine Anzugjacke zurecht. Es musste ziemlich schwierig sein, die Schlitze im Rücken so zu setzen, dass die Flügel genau hindurchpassten. »Was ist euer Begehr, meine Damen?«

Selena verdrehte die Augen: »Du meinst wohl: *Was geht?*«

Wow, Selena wusste wirklich, wie man flirtet. Die reinste Herzensbrecherin.

Er nickte. »Ich für meinen Teil glaube ja, wenn etwas zwischen uns gehen würde, wäre das zum Besten aller.« Selena und ich sahen ihn mit großen Augen an.

»Wie auch immer.« Selena kam direkt zur Sache. »Wir werden J.D. retten und du wirst uns dabei helfen.«

Er warf einen kurzen Blick über die Schulter. »Joules hat seine Meinung diesbezüglich schon kundgetan. Unser Bündnis wird sich nicht ...«

»Ich frage nicht euer Bündnis«, unterbrach sie ihn. »Ich frage dich. Wir brauchen dich als Transportmittel. Du sollst uns nur über den Fluss fliegen. Das ist alles.«

Mir fiel noch eine weitere seiner übernatürlichen Fähigkeiten ein: animalische Sinneswahrnehmung. »Und um Jack aufzuspüren. Es würde mir sehr viel bedeuten – und Selena noch viel mehr.« Ich sah sie herausfordernd an.

»Oh ja. Es wäre mir wirklich wichtig, Gabe«, fügte sie hinzu und legte ihm dabei die Hand auf seinen muskulösen Arm.

Ihm blieb der Mund offen stehen und seine Flügel begannen unkontrolliert zu flattern. Moment, war er da nicht eben zusammengezuckt? War mit unserem Transportmittel womöglich etwas nicht Ordnung?

»Geht es dir gut?«, fragte ich.

Keine Antwort. Er starrte nur auf die Hand auf seinem Arm.

Ich rechnete Selena hoch an, dass sie ihn nun auch noch sanft drückte.

»Wir können uns also auf dich verlassen?«, fragte sie.

Offensichtlich war er noch unentschlossen – oder Selenas Berührung machte ihn völlig perplex. »Hilf uns, die Liebenden heute Nacht zu erledigen«, sagte ich. Zumindest einen der beiden.

Er sammelte sich wieder und sagte: »Ich dachte, du wolltest das Spiel nicht mehr spielen, Herrscherin.«

»Will ich auch nicht. Aber ich brauche Zeit, um herauszufinden, wie ich es beenden kann.« Ich stellte mir das Spiel wie eine Maschine mit einem Zahnradgetriebe vor – die ich gerne in die Luft sprengen würde. »Die Zwillinge werden niemals aufhören, uns alle zu jagen.«

»Wie ist dein Plan?«

»Finn verwandelt uns, du fliegst uns über den Fluss und wir spazieren unerkannt ins Lager der Liebenden. Ich nebele ihre Zelte mit giftigen Sporen ein. Dann holen Selena und ich Jack raus.«

Gabriel sagte lange Zeit nichts.

Erst als Selena ihre Hand wegnahm und ihn böse ansah, reagierte er. »Ich werde euch nicht nur als Transportmittel zu Diensten sein, sondern als vollwertiges Mitglied der Rettungsmannschaft. Unter einer Bedingung.«

»Lass hören.«

»Das Ziel muss sein, alle Milovnícis zu töten. Ohne Gnade. Wir werden sie nicht bitten, unserem Bündnis beizutreten.«

Damit war ich absolut einverstanden, auch wenn

ich nicht damit gerechnet hatte, dass er so knallhart war.

»Soldaten haben uns von den Taten des Generals und seiner Brut berichtet. Wir müssen ihnen Einhalt gebieten.«

»Wir werden sie töten«, versicherte ich ihm.

Er streckte mir seine Hand mit den Krallen entgegen und ich schüttelte sie. »Joules wird nicht erfreut sein. Ich rechne mit einer AC/DC-Reaktion.«

Was? »Sprichst du von der Band?«

»Nein, von elektrischer Ladung. Aber ich werde damit umzugehen wissen.«

»Das wirst du«, sagte Selena. »Bring ein Halstuch als Maske gegen die Sporen mit. Wir treffen uns Punkt Mitternacht am Wachturm.«

»Das sind ja noch Stunden«, stöhnte ich.

»Die Soldaten der Liebenden halten sich, genau wie wir hier, an einen strengen Zeitplan«, erklärte sie. »Der Weckruf ertönt schon vor Tagesanbruch. Das heißt, um Mitternacht werden nahezu alle im Lager schlafen.« An Gabriel gewandt fügte sie hinzu: »Und kein Wort zu niemandem.«

»Das versteht sich von selbst.«

Verstohlen trat ich Selena gegen den Stiefel. Sie richtete sich auf und sagte: »Ach ja. Danke, Gabe. Das werde ich dir nie vergessen.«

»Das Vergnügen liegt ganz auf meiner Seite, Selena. Ich sehe unserer Mission mit Freude entgegen.« Er bekam große Augen. »Oh, nicht dass der Anlass Grund zur Freude wäre, natürlich.«

Sie half ihm aus der Klemme. »Ich freu mich auch darauf, diesen Serienmördern ordentlich in den Arsch zu treten.«

Er grinste. »Genau das wollte ich damit sagen.«

Wir machten uns auf den Weg zurück zu Selenas und Finns Zelt. Auf halber Strecke murmelte sie: »Ich kann's einfach nicht glauben. Er hat sich tatsächlich gegen Joules gestellt! Ich hätte meinen Bogen verwettet, dass er Nein sagt. Verdammt, Evie, wenn das klappt, können wir J.D. noch heute Nacht retten...« Obwohl Selena sonst eine knallharte Nummer war, schimmerten ihre Augen feucht – ein kleiner Riss in der steinernen Fassade. »Wenn wir ihn zurückbekommen, werden wir beide wieder bessere Freundinnen sein.«

»Waren wir denn jemals Freundinnen?« Ich war das genaue Gegenteil von Selena und anfangs hatten wir uns sogar gehasst. Aber irgendwie waren wir immer besser klargekommen, bis wir uns schließlich in allem aufeinander verlassen hatten. Und nun schien ihr Misstrauen mir gegenüber weitgehend verschwunden. Noch während ich darüber nachdachte, verhärteten sich ihre Züge allerdings schon wieder.

»Ein Pfeil der Bogenschützin ist in jedem Spiel für die Herrscherin reserviert.«

Ich schnaubte. »Ja, schon klar. Ich erinnere mich.«

»In diesem Spiel könnte ich ihn schon verschossen haben.« Sie straffte die Schultern und wandte sich von mir ab.

Während sie davonging, wurden mir zwei Dinge klar:

Erstens, Selena würde niemals deutlichere Worte finden, um mir die Freundschaft anzubieten.

Und zweitens, ich würde ihr Angebot annehmen.

6

»Der Herrscherin steht eine Schlacht bevor.«

Es war kurz vor Mitternacht und Matthew und ich hatten es uns auf der obersten Ebene des Wachturms gemütlich gemacht. Wir saßen uns auf dem Boden gegenüber, Stiefelspitze an Stiefelspitze, und unterhielten uns mit gedämpften Stimmen – wie damals, als wir bei Selena und Jack hinten im Lieferwagen saßen.

Eine Gaslaterne flackerte. Draußen tobte ein Sturm, unten hielt Zyklop Wache.

»Ich bin bereit«, sagte ich. Es mit psychopathischen Massenmördern aufzunehmen und mich mit einem geflügelten Jungen in die Lüfte zu schwingen. Eine Bö ergriff den Turm und brachte ihn ins Wanken. Nicht gerade ideale Flugbedingungen ...

Nachdem Selena und ich Gabriel überredet hatten, uns zu helfen, hatte ich nach meiner Stute gesehen. (Es ging ihr schon viel besser, aber sie war immer noch sauer auf mich.) Dann war ich in Jacks Zelt gegangen, das er sich mit Matthew teilte, um mich ein wenig auszuruhen.

Doch sobald ich mich auf Jacks Feldbett gelegt hatte und von seinem vertrauten Geruch eingehüllt wurde, war mein Puls schneller geworden. Hin- und hergerissen zwischen meiner Sehnsucht nach ihm und der panischen Angst, was sie ihm in der Gefangenschaft antun könnten, hatte ich kaum geschlafen.

Nun fragte ich Matthew: »Möchtest du heute Nacht mitkommen?«

Er zuckte mit den Achseln, als hätte ich ihm ein Stück Kuchen angeboten. »Ich muss noch was erledigen.«

»Was denn?«

»Irgendwas.« Er klang wie ein bockiger Teenager.

»Erzählst du mir etwas über die Liebenden? Irgendwas?«

»Der Herzog und die Herzogin der Perversion.« Er sprach noch leiser. »Ihre Karte steht auf dem Kopf. Alles ist verdreht.«

»Aber was bedeutet das?«

Er wiegte sich vor und zurück. »Feindseligkeit, animalische Leidenschaft, Zwietracht, Streit, Eifersucht. Sagen sie *lieben*, meinen sie *zerstören*. Sie suchen Vergeltung, weil sie Chroniken führen und sich erinnern.«

»Welche übernatürlichen Kräfte besitzen sie?«

Das Wiegen wurde langsamer. »Sie nutzen sie nicht mehr wie zuvor.«

»Was hast du mit ›wahnsinnig, gebrochen, verfallen und getroffen‹ gemeint?«

Er nickte. »Manchmal dreht sich die Welt in die andere Richtung. Manchmal tun Schlachten das auch. Das Wort *Karussell* steht für wenig Schlacht.«

Ich nickte ebenfalls, als ob ich ihn verstanden hätte.

»Was werden sie Jack antun, wenn ich es nicht schaffe, Matthew? Werden sie ihn manipulieren? Ihm das Gehirn waschen?«

»Sie sind eitel und aufgeblasen. Üben ihr Handwerk aus. Mit scharfen Werkzeugen entfernen sie Dinge, werfen sie weg. Sie verändern die Leute. Man stirbt nicht als derjenige, als der man geboren wurde.« Ein Windstoß unterstrich seine geflüsterten Worte.

Mir kroch ein Zittern durch den Körper. Da saßen wir nun wie Kinder in einem Baumhaus und erzählten uns im Schein einer Laterne Gruselgeschichten.

In postapokalyptischen Zeiten waren die Geschichten allerdings wahr.

»Mehr willst du über ihr Handwerk nicht wissen.« Matthew zitterte. »Und *ich* auch nicht. Deine Bürde ist die Macht, meine das Wissen.«

»Welche Macht?«

»Du hast nun noch mehr Fähigkeiten.«

Obwohl mich der Mangel an Sonnenlicht immer mehr schwächte, hatte ich tatsächlich eine neue Fähigkeit dazugewonnen.

Als ich in den Gärten unter Arics Festung auf den Angriff des Teufels gewartet hatte, hatte ich, ohne es zu merken, das Wissen der Pflanzen dort in mich aufgenommen – zusammen mit dem aller anderen Pflanzenarten.

Davor konnte ich Pflanzen und Bäume nur beherrschen und wiederbeleben, hatte sie aber nicht wirklich *verinnerlicht*. Nun konnte ich sie auch ohne Samen wachsen lassen. Ich konnte verschiedene Sporen generieren, die Menschen für eine bestimmte Zeit – oder für immer – einschläferten. Dasselbe galt für das Gift auf meinen Lippen.

»Phylogenese«, sagte ich.

»Phylogenese«, wiederholte er feierlich.

»Wolltest du, dass ich gegen Ogen kämpfe? Damit das Blut zwischen all den Pflanzen fließt?« *Matthew zu vertrauen, war wie der freie Fall.*

»Hast du deine Krone schon aufgesetzt?«

Ich seufzte zum hundertsten Mal in dieser Nacht. »Wie auf meiner Karte?« Die Herrscherin – ich – war auf ihrer Tarotkarte mit einer Krone abgebildet, die mit zwölf funkelnden Sternen besetzt war. »Meinst du das?«

Er sah auf seine Hand. Thema beendet.

Okay... »Als ich gegen Ogen gekämpft habe, konnte ich Lark und den Tod verschonen. Ich hatte die rote Hexe unter Kontrolle.« Matthew *musste* mir einfach ein paar sinnvolle Tipps für unseren Angriff geben.

»Du kannst sie nun in Schach halten. Aber kannst du sie auch heraufbeschwören?« Dann eben keine Tipps.

Die Hexe heraufbeschwören? »Sie erscheint, wenn ich angegriffen werde.« Schmerz rief sie sofort auf den Plan. Zorn ebenfalls. »Sie kommt ohne mein Zutun. Warum sollte ich sie heraufbeschwören?«

»Jack wird vermisst.«

Ich seufzte und überließ ihm den Fortgang der Unterhaltung. »Ja, du hast recht.«

»Dein Herz tut wieder weh. Seins auch. Hoffnungen. Hoch. Zerschmettert. Liebe. Er denkt über sein Leben nach.«

»Woran denkt er?«

»Scheidewege und verpasste Gelegenheiten. Er bereut noch mehr als zuvor. Wünscht, er hätte dich nie belogen.«

»Das wünschte ich auch.« Er war ein ebenso begnadeter Lügner wie Menschenkenner. Ich erhob mich und ging zum Aussichtsschlitz. Mein Blick wanderte über die Landschaft, als könnte ich ihn dort irgendwo entdecken.

Obwohl ich befürchtete, ihm nie wieder vertrauen zu können, liebte ich ihn noch immer.

»Er würde dich gerne ein letztes Mal sehen.« Matthews Stimme wurde verschwörerisch. »Ich könnte dir seine Gedanken zeigen.«

Mich heimlich in Jacks Gedanken schleichen? Nun ja, er hatte sich die Kassette mit meiner Lebensgeschichte ja auch angehört – ohne meine Erlaubnis. »Du kannst mir zeigen, was er jetzt gerade denkt? Okay. Zeig es mir.«

»Durch seine Augen«, flüsterte Matthew.

Vor meinem inneren Auge tauchte eine Vision auf, die so intensiv war, dass die Welt um mich her verblasste. Ich verschmolz mit Jacks Erinnerungen und fand mich in der heruntergekommenen Hütte wieder, in der er mit seiner Mutter gehaust hatte. Durch die geöffnete Tür roch ich den Bayou und hörte die Frösche und Zikaden.

Seine Mutter lächelte auf ihn herab. Sie sah umwerfend aus: dunkler Teint, hohe Wangenknochen, langes, rabenschwarzes Haar. Haut- und Haarfarbe hatte Jack von ihr geerbt.

Doch als sie ihm ihre beiden Besucher vorstellte, fielen Schatten über ihre grauen Augen.

Maman ruft mich, damit ich sie begrüße: eine Frau mittleren Alters und ein Mädchen, das ungefähr so alt ist wie ich, acht oder so. Alle sagen, Maman und ich sind bettelarm, aber diese beiden sehen auch nicht viel reicher aus.

»Jack, das sind Eula und ihre Tochter Clotile. Clotile ist deine Halbschwester.«

Sie war sehr klein, hatte dürre Beine und große, mitfühlende Augen. Mir wurde schwer ums Herz. Ich kannte Clotiles Schicksal.

Etwas weniger als neun Jahre später würde sie die Apokalypse überleben – nur um dann in die Fänge von Vincent und Violet zu geraten.

Clotile war den beiden gerade so lange entkommen, dass sie sich erschießen konnte. Jack wusste noch immer nicht, warum sie das getan hatte. Damit er sich befreien konnte? Oder weil sie mit dem, was die Liebenden ihr angetan hatten, nicht weiterleben wollte?

»Ich hab keine Schwester«, erkläre ich Maman. Aber ich habe einen jüngeren Halbbruder. Anfang des Sommers war ich mit Maman bis nach Sterling gefahren. Sie wollte mir die Villa meines Vaters zeigen. Die sollte uns gehören, hat sie gesagt. Wir sahen Radcliffe und seinem anderen Sohn zu, wie sie sich im Garten einen Football zuwarfen.

Mein Halbbruder sieht mir irgendwie ähnlich, aber dieses Mädchen hier ist dürr, blass und hat hellbraune Haare.

»Ihr beide habt denselben Vater. Radcliffe.« Maman kann seinen Namen kaum aussprechen.

»Vielleicht, Hélène«, schnaubt Eula. »Die Chancen stehen eins zu drei.«

Clotile starrt an die Decke. Sieht aus, als wäre es ihr peinlich, nicht zu wissen, wer ihr père ist – aber sie scheint es gewohnt zu sein.

Eula kommt auf mich zu und schnappt sich auf eine Art, die mir zuwider ist, mein Gesicht. »Ah, ouais, du bist sein Fleisch und Blut. So viel ist sicher. Aber was spielt das schon für eine Rolle. Von dem seht ihr nicht einen Cent.« Sie lässt die Hände sinken. »Geh mit Clotile spielen. Deine mère und ich genehmigen uns ein paar Drinks.«

Wenn Maman trinkt, verwandelt sie sich in einen anderen Menschen. Ich werfe ihr einen Blick zu, der besagt: Tu's nicht. Aber sie dreht sich weg. Was hatte ich auch erwartet?

Clotile nimmt mit einem breiten Lächeln meine Hand und wir gehen nach draußen. Ich glaube, sie ist ganz nett. Sie kann ja nichts dafür, dass sie meine Schwester ist.

Ich nehme sie mit auf den schwimmenden Steg, den ich zusammengezimmert habe, und zeige ihr, wie man die Fallen kontrolliert. Sie sieht mir fasziniert zu, als würde ich Wasser in Wein verwandeln oder so.

Plötzlich sagt sie: »Ich glaub schon, dass du mein großer Bruder bist.«

Keine Ahnung, was ich davon halten soll. Sie ist gar nicht so übel, redet nicht viel. Ihr Magen knurrt, aber sie gibt nicht zu, dass sie Hunger hat. Ich habe immerhin gelernt, für mich selbst zu sorgen. Kann jagen und fischen und mir was kochen. Ich könnte ihr ab und zu was abgeben.

»Ja, vielleicht bin ich dein Bruder.« Doch dann kicke ich mit finsterem Gesicht eine Falle zurück ins Wasser. Das hat mir gerade noch gefehlt. Noch ein hungriges Maul zum Stopfen!

Ein lauter Laster kommt die schlammige Auffahrt heraufgerumpelt und parkt direkt vor unserer Hütte. Zwei grölende Männer stolpern hinein und bringen unserer Mütter zum Lachen.

Ich höre den metallenen Klang des Flaschenöffners, der an Bierflaschen schlägt. Dann wie der Hals einer Bourbonflasche gegen Schnapsgläser klirrt. Sie drehen die Musik lauter. Das Radio habe ich vor ein paar Monaten »gefunden«. Dann ziehen sie sich paarweise zurück.

Der Zydeco vermag nicht zu übertönen, was in der Hütte vor sich geht. Jetzt erst sieht Clotile verstört aus.

Was kann ich tun, damit diese dürre kleine fille *nicht anfängt* zu weinen? »Wir können uns eine Piroge leihen und rauspaddeln. Ich hab noch mehr Fallen.«

Sie ist total begeistert. Erst ein paar Stunden später kommen wir wieder zurück.

Kurz vor Sonnenuntergang schleichen wir uns die Stufen zur Hütte hoch. »Bleib hinter mir, Mädchen«, flüstere ich. Wenn Mamans beaux besoffen sind, müssen sie immer irgendjemanden verprügeln – meist mich oder meine Mutter.

Die Hütte ist ein Saustall. Eula und einer der Männer liegen nackt und weggetreten auf der Couch, auf der normalerweise ich schlafe. Clotile zuckt mit den Achseln, als wäre es ihr egal. Aber ihre Wangen sind gerötet und ihr Blick glasig.

Mamans Tür steht offen und ich höre den zweiten Mann auf ihrem Bett schnarchen. Ich werde mich hüten, da reinzuschauen.

Neben der Couch liegt ein Stapel mit meinen Büchern aus der Bücherei. Sie haben Schnaps darüber verschüttet. Das macht mich so wütend, dass ich am liebsten selbst jemanden verprügeln würde.

Ich beiße die Zähne zusammen und schnappe mir ein paar Bier aus dem Kühlschrank. Clotile zögert nicht lange und greift nach dem Flaschenöffner. Wir gehen zurück zum Steg. Während wir zusehen, wie zwischen zwei Zypressen die Sonne untergeht, macht sie uns zwei Flaschen auf. Sieht aus, als hätte sie das schon öfter getan.

Ich habe noch nie getrunken. Aber hey, was soll's? Ich nehme einen Schluck. Schmeckt nicht gerade überzeugend, aber ich werde mich schon noch daran gewöhnen.

Schon beim zweiten Bier geht es mir großartig. Ich fühle mich wohl in meiner Haut. »Clotile?«

»Hmm?« Sie wirkt entspannt und angeheitert.

»Alle sagen, wir hätten keine Chance, hier rauszukommen. Meinst du nicht, wir haben was Besseres verdient als das Basin?«

»Non«, sagt sie, ohne zu zögern.

Grübelnd nehme ich noch einen Schluck. »Ouais, ich auch nicht.«

Mir schwammen Tränen in den Augen.

Und dennoch hatte Jack sich irgendwann in den Kopf gesetzt, das Basin hinter sich zu lassen. Er wollte für ein besseres Leben kämpfen und hatte sich gegen alles, was sie ihm in seiner Kindheit beigebracht hatten, aufgelehnt.

Das erschien mir unglaublich tapfer.

Ob er wohl immer noch das Gefühl hatte, er hätte nichts Besseres verdient? Sollte Clotile je gewagt haben, sich nach mehr zu sehnen, war sie dafür mit sehr viel Schlimmerem bestraft worden als mit einem Leben im Basin.

Mit mir als Zeugin wanderten seine Gedanken in eine andere Zeit.

Jack und ich gingen Hand in Hand. Gerade hatten wir zum ersten und einzigen Mal miteinander geschlafen – der Kampf gegen die Kannibalen stand kurz bevor.

Noch nie hatte ich so beschissene Karten. Ich bin stocknüchtern. Und trotzdem geht es mir besser als je zuvor. Fühlt es sich so an, wenn man mit sich selbst im Reinen ist? Kein Wunder, dass sich jeder danach sehnt.

Evie sieht mich mit ihren blauen Augen an. Sie ist so verdammt schön, dass ich fast über die eigenen Füße stolpere. Sie riecht nach Heckenkirsche. Also ist sie genauso glücklich wie ich. Ihre Lippen kräuseln sich zu einem Lächeln. Das haut mich echt um. Sie bereut nichts.

Gut so. Denn ich werde sie nie wieder gehen lassen. Vielleicht greife ich ja nach den Sternen, aber sie scheint das nicht so zu sehen. Ich würde gerne was sagen zu dem, was wir gerade getan haben. Damit sie weiß, was ich fühle. Aber alles, was mir einfällt, könnte sie in den falschen Hals bekommen.

Also drücke ich nur ihre Hand und sage: »À moi, Evangeline.« Du gehörst mir.

»Für immer«, verspricht sie mir.

Und ich glaube ihr.

»Hey, Blondie!«, schrie Finn von unten hoch. »Ist das Baumhaus nur für Mädchen, oder was?«

Ich hob den Kopf. Die Verbindung mit Jack war unterbrochen.

»Du bist früh dran«, sagte ich zum Magier, während Matthew und ich die Leiter hinunterkletterten. Es blieben uns noch zwanzig Minuten.

»Wollte nur den Mitternachtsverkehr umgehen.«

Unten angekommen beeilten wir uns, wieder im Turm zu verschwinden. Die Wände dort bestanden aus Blechplatten, auf dem Boden lag schimmeliges Stroh. Möbliert war der Raum mit einem groben Holztisch und ein paar Bänken.

Finn ließ sich auf einer der Bänke nieder und legte sein Bein hoch. Matthew setzte sich neben ihn.

Zögernd kam Zyklop auf Finn zugetappt. »Das hier ist ein freies Fort«, grummelte er. »Setz dich, wohin du willst.« Als sich der Wolf direkt neben ihn fallen ließ, musste er dann aber doch grinsen.

»Wir hätten auch zu dir kommen können«, sagte ich. Für Finn musste es die Hölle gewesen sein, sich quer durchs Lager zu schleppen.

Er war völlig außer Atem und hatte Schweißperlen auf der Oberlippe. »Je näher wir sind, Leute, umso länger halten die Illusionen.«

Da der Wachturm nicht allzu weit von Finns Zelt entfernt war, fragte ich mich, wie knapp wir kalkulieren mussten.

Er legte sich die Krücke über den Schoß. Auf den Metallteilen klebten vergilbte Katzensticker. Wem sie wohl früher gehört haben mochte? »Also, eine Herrscherin, ein Pferd und ein Wolf kommen in ein Fort ...«

»Wenn das jetzt wieder einer deiner dreckigen Witze ist, halte ich mir die Ohren zu.« Der Humor des Magiers hatte mir gefehlt. Ich beugte mich zu ihm vor. »Du siehst nicht gut aus, Finn.«

Ob es wohl irgendwo eine Aspirin gab? Auch Selena hatte Schmerzen im Arm, aber sie hatte dank ihres exzessiven Trainings sicher ein paar Jedi-Tricks dagegen auf Lager.

»Ich fühle mich zwar wie ein Eimer Scheiße«, erklärte mir Finn, »aber ich bin bereit. Stimmt's, Matto?«

»Stimmt, Magier!«

Ich setzte mich auf die zweite Bank. »Ich habe gehört, du bist kopfüber vom Berg gepurzelt.«

»Ja, das kleine Missgeschick habe ich der Aso zu verdanken. Andererseits pusten die auch Widerlinge problemlos weg. Meine Bärenfallenverletzung ist nie richtig verheilt. Da war es keine Kunst, mir das Bein gleich noch mal zu brechen. Aber Selena hat es noch schlimmer erwischt. Ihr Arm war an zwei Stellen gebrochen, die Rippen angeknackst und das Schlüsselbein zertrümmert.«

Und das soll erst vor einer Woche gewesen sein? Irgendwie hatte ich schon geahnt, dass auch sie über eine beschleunigte Heilung verfügte.

»Trotzdem hat sie es geschafft, mich zurück ins Fort zu schleifen.«

Dass Selena einen anderen Arkana nicht einfach tötete, war schon erstaunlich genug. Aber dass sie Finn sogar das Leben gerettet hatte, war unfassbar. Sie hatte echte Loyalität bewiesen – und das nicht nur gegenüber Jack.

Die Zwistigkeiten zwischen ihr und Finn waren wohl ausgeräumt.

»Trifft sich ganz gut, dass ich jung sterben werde«, plapperte Finn munter weiter, »mit diesem Scheißbein wäre das Leben ohnehin kein großer Spaß mehr.«

»Jung sterben?« Das war *kein* Witz gewesen.

»Also ich hab mich damit abgefunden.« Er zuckte die Achseln. »Wahrscheinlich sollten wir das alle tun.«

»Wegen des Spiels? Aber wir wissen doch noch gar nicht, wie es endet.« Während ich sprach, heulte eine weitere Sturmbö um den Turm und peitschte den Regen horizontal gegen die Blechwände.

Finn horchte eingeschüchtert auf. »Nicht nur wegen des Spiels.«

Nachdem es drei Monate lang fast ununterbrochen in Strömen geregnet hatte, änderte sich das Wetter gerade. Gelegentlich gab es orkanartige Stürme und einen Nebel, der so dicht war, dass man das Gefühl hatte, ihn berühren zu können. »Hat es hier schon geschneit?« In der Nacht, in der ich von Aric weggegangen war, hatte ich glaubt, eine einzelne Schneeflocke entdeckt zu haben.

»Das wär nicht gerade mein Lieblingswetter. Ich bin ein Surf-Kid aus Südkalifornien, schon vergessen? Stellt euch mal vor, es schneit genauso viel, wie es regnet ...«

»Schneemageddon!«, rief Matthew. Die beiden prusteten los.

»Genau, Matto. Das Murmeltier kommt aus seinem Bau, um den nuklearen Winter anzukündigen, und schwups, wird es von einem Widerling gefressen!«

Fast hätte er auch mich zum Lachen gebracht. Sobald Jack in Sicherheit war.

Finn wurde wieder ernst. »Evie ...« Er öffnete den Mund, schloss ihn wieder und warf dann dem Wolf einen finsteren Blick zu. Wahrscheinlich wollte er über Lark reden – ohne dass sie etwas davon mitbekam.

Ich half ihm aus der Patsche. »Es gibt dort einen Sanitäter, der sich gut um sie kümmert.«

Er nickte, aber sein Blick verriet, dass er noch eine Frage hatte. Er pulte an einem Aufkleber mit einem roten Kätzchen.

»Es hat ihr furchtbar leidgetan, wie alles gelaufen ist«, sagte ich ihm. »Als sie erfahren hat, dass du den Einsturz der Mine überlebt hast, ging ein Strahlen über ihr Gesicht. Sie hat sogar feuchte Augen bekommen. Sie mag dich genauso gern wie du sie.«

»Hey, Leute.« Selena kam hereingerauscht. »Wir

sind hier nicht zur Gruppentherapie. Wir haben eine Mission zu erfüllen.«

Gabriel war direkt hinter ihr. Er beobachtete die Bogenschützin – wie ein Falke.

Selena musterte mich abschätzend. »Wirst du genug Power haben, um das hier durchzuziehen? Ich sehe gar keine Hieroglyphen.«

Sie waren gewissermaßen die Tankanzeige der Herrscherin. »Werde ich.« Da starke Gefühle meine Kräfte noch anfachten, befürchtete ich sogar, zu viel Power zu haben. »Und du?«

Unter der Jacke trug sie ein Pistolenhalfter, darüber die Armschlinge. Um ihre schlanke Taille baumelte ein Schwertgurt. »Ich habe eine Glock und ein Buschmesser. Ich bin zu allem bereit.«

Joules kam hereingestürmt, seine Haut sprühte Funken vor Wut. AC/DC. »Du machst das wirklich?«, fragte er Gabriel. »Begibst dich mit einer Bogenschützin ohne Bogen und einer Herrscherin, der nicht zu trauen ist, ins Lager der Feinde? Woher weißt du, dass sie nicht durchdreht und dich mit ihren Klauen aufschlitzt?«

Arschloch.

»Selena ist bewaffnet«, gab Gabriel zurück. »Und der Herrscherin vertraue ich in dieser Sache.«

Schon richtig, dass ich die bösartige rote Hexe inzwischen besser kontrollieren konnte, aber idiotensicher war das Ganze noch nicht. Falls wir es heute

Nacht nicht schaffen und ohne Jack zurückkehren würden, konnte ich die Hexe dann noch an der Leine halten?

Oh Mann, hoffentlich würde ich Selena und Gabriel nicht umbringen.

Ich räusperte mich. »Habt ihr eure Halstücher, Leute?« Der feuchte Stoff würde als Filter gegen meine Sporen dienen. Das hoffte ich zumindest.

Gabriel zog eins aus der Jackentasche. »Zudem habe ich in Jacks Zelt schon seine Spur aufgenommen. Bevor ihr euch dann auf den Weg macht, werde ich sie auf der anderen Seite wieder aufnehmen.«

»Du sagst dann einfach Bescheid, wenn du so weit bist.« Ich tat so, als könnte ich meine Kräfte vollständig kontrollieren – egal wie nervenaufreibend, schmerzhaft oder *tödlich* das Ganze werden würde.

Joules ließ einen Speer in seiner Handfläche entstehen und wirbelte ihn herum. »Das andere Flussufer liegt außerhalb meiner Reichweite, Gabe. Du bist ganz auf dich gestellt. Kein Schutz. Keine Rückendeckung.«

»Ich habe mein Wort gegeben, dass ich sie begleite.«

Joules sprühte noch grellere Funken. »Und ich hab dir gesagt, ich komme nicht mit. Nicht ohne Gegenleistung.«

»Dann trennen sich unsere Wege hier für eine gewisse Zeit«, gab Gabriel mit fester Stimme zurück.

»Jetzt reicht's hier aber mit eurer Beziehungskrise!«,

schnaubte Selena. »Dieser Raum ist reserviert für Leute, die bereit sind, sich ins Zeug zu legen. Wärst du also bitte so freundlich, deinen irischen Arsch hier rauszubewegen, Joules?«

»Eines Tages, Bogenschützin ...« Er ging, ohne den Satz zu beenden.

In diesem Moment kam Tess herein.

»Hi, Leute.« Sie zog die Kapuze vom Kopf und strich ihr langes mausbraunes Haar glatt. »Kann ich mitkommen?«

Ich wechselte einen Blick mit Selena. »Ähm, wozu denn?«

»Ich könnte helfen, Jack zu tragen, falls er verletzt ist. Selena kann nur einen Arm benutzen und Gabe hat vielleicht anderes zu tun.«

Als uns das nicht überzeugte, fügte sie noch hinzu: »Ich hab dich schon mal im Stich gelassen, Evie. Das möchte ich wieder gutmachen.«

Tess hatte sich einmal nicht getraut, den Tod zu erstechen, als sie die Chance dazu hatte. Aber was, wenn sie es getan hätte? Dann hätte ich den wahren Aric nie kennengelernt.

Andererseits, kannte ich ihn denn wirklich? Den Mann hinter der Rüstung? »Es wäre damals ohnehin zu spät gewesen, Tess. Der Tod hatte sich schon fast befreit. Du schuldest mir nichts.«

»Ich weiß ja, dass ich als Arkana nur eine Lachnummer bin«, sagte sie ruhig. »Aber solange ich nichts

Vernünftiges tun kann, wird sich das nie ändern. Bitte, lasst mich mitkommen. Bitte.«

Gabriel sah sie prüfend an. »Sie kommt mit«, entschied er. »Sie kann uns eine Hilfe sein. Hast du dein Halstuch?«

Tess nickte eifrig.

Selena warf dem Engel einen fragenden Blick zu. »Weißt du etwas über ihre Kräfte, das ich nicht weiß? Zum Beispiel, ob sie sie überhaupt unter Kontrolle hat?«

Als ich Tess das erste Mal traf, hatte Matthew mir ein paar ihrer sensationellen Fähigkeiten aufgezählt: Teleportation, freies Schweben, Zeitmanipulation und so weiter. Sie war die Weltkarte, die große Quintessenz. Dummerweise kam sie mit ihren Fähigkeiten nicht zurecht.

»Sie könnte dich überraschen, Bogenschützin.«

»Dann kommt sie eben mit.« Selena zuckte mit den Achseln. »Glück für dich, Evie. Sollten wir gejagt werden, ist sie mit Sicherheit noch langsamer als du.« An Tess gewandt sagte sie: »Wenn du unsere Rettungsaktion versaust, spieße ich dich mit meinem neuen Schwert hier auf.«

Mit drohendem Blick ließ sie ein Stück davon aufblitzen.

Gabriel beobachtete sie missmutig und flatterte dabei mit den seidenschwarzen Flügeln. Wieder verzog er das Gesicht.

»Sag uns die Wahrheit über deine Verletzung, Gabriel«, bat ich ihn.

»Letzte Woche wurde ich bei einem Erkundungsflug getroffen.« Er spreizte einen Flügel. Auf der gefiederten Fläche war eine Schusswunde zu sehen, ein Loch direkt durch den Knochen. »Es ist noch nicht ganz verheilt.«

Letzte Woche? Dann hatte auch er die Fähigkeit, schnell zu heilen, wie der Tod und Selena.

»Unglücklicherweise geben Flügel ein leichtes Ziel ab. Oder wie Joules zu sagen pflegt: ›Besser zu treffen als die Breitseite einer Scheune.‹« Arkana hatten auch Schwächen. »Wir können noch ein paar Tage abwarten, meine Damen, oder ich fliege euch heute Nacht einzeln über den Fluss.«

»Wir fliegen heute Nacht«, sagte ich schnell.

»Das Problem ist, ihr werdet auch die Rückreise einzeln antreten müssen.«

»Wir müssen jetzt zu Jack – komme, was da wolle, wie man so schön sagt.« Ich drehte mich zu Matthew. »Irgendwelche Tipps? Willst du mir zu unserer Mission noch irgendetwas sagen?«

»Das habe ich doch schon.« Völlig verwirrt sah er mich an. »Karussell? Getroffen? Ah! Du hörst nicht richtig zu.« Er schien langsam an mir zu verzweifeln.

»Natürlich hör ich dir zu, Süßer. Ich dachte nur, vielleicht hast du ja noch etwas anderes. Hey, vielleicht kannst du mir ja sagen, wie lange wir noch haben, bis Violet ankommt?«

»In gewisser Weise ist sie da.«

»Was soll das heißen? Ich dachte, wir hätten noch etwas Zeit, bis die Zwillinge wieder zusammen sind.« Hatten sie schon damit begonnen, Jack zu foltern?

»Sie ist da, in gewisser Weise.« Er hatte den Satz nur umgedreht.

Mein Atem wurde flacher. »Gabriel, ich fliege als Erste mit dir rüber – und als Letzte zurück.« Ich wandte mich an Finn. »Fang an.«

»Geht schon los.« Er ließ den Kopf kreisen. »Ihr werdet euch gegenseitig erkennen können, aber für andere aussehen wie Soldaten.« Er begann einen Singsang in seiner mysteriösen Magiersprache, um seinen Mund flimmerte die Luft.

Als er fertig war, sahen wir aus wie vier unrasierte, mit Maschinengewehren bewaffnete Männer mittleren Alters.

Finn war noch blasser geworden. »Versucht bitte, euch nicht zu sehr aufzuregen. Schweiß und ein schneller Puls beeinträchtigen meine Illusionen. Viel Glück, Leute.«

»Danke, Magier.« Ich hastete nach draußen, die anderen folgten mir.

Gabriel überholte uns und stellte sich direkt vor mich. »Bist du bereit, Herrscherin?«

Das war jede Menge Vertrauen, das ich ihm da entgegenbrachte – einem Arkana. Ich hatte Lark zwar einiges zu verdanken, aber ihr Verrat hatte doch seine Spuren hinterlassen. »Mhm, bereit.«

Gabriel packte mich unter den Achseln und Selena nickte mir noch ein letztes Mal zu. »Wir sehen uns auf der anderen Seite.« Sie wusste, dass ich misstrauisch war.

Der Treueschwur wirkte nur im Fort. Sobald wir in der Luft waren, konnte Gabriel mich ungestraft in die Fluten fallen lassen.

Direkt in die Arme der Hohepriesterin, die mich in die Tiefe ziehen würde.

Ich konnte mich mit der Körperranke, die mir aus der Haut wuchs, an ihn ketten, aber das würde womöglich Finns Illusion stören. Um Jack zu retten, war ich bereit, einen Sturz zu riskieren. Für Jack war ich bereit, alles zu riskieren.

– *auf unsere Art, auf unsere Art* –

Der Ruf der Liebenden. Er war zwar laut und nah, aber irgendwie klang ein Rauschen mit. »Fliegen wir, Gabriel!«

Ohne Vorwarnung schoss er in die Luft. Mir sackte der Magen in die Knie. Ich presste die Augen fest zu und bemühte mich, nicht laut zu kreischen.

»Kein Grund, sich zu fürchten«, sagte er. »Du kannst die Augen wieder aufmachen.«

Vorsichtig hob ich die Lider. »W… warum sind wir so hoch?« Wir schienen mehr als einen Kilometer über dem Fluss zu sein. Hier oben hatte der Wind die Stärke eines Sturms. Kamen wir überhaupt vom Fleck? Schwebten wir auf der Stelle?

»Ich kenne die Reichweite der Priesterin nicht.« Noch ein Arkana-Geheimnis. »Besser wir fliegen zu hoch als zu niedrig.« Seine Stimme klang angespannt. Hatte er Schmerzen im Flügel? Was, wenn er nicht mehr konnte?

Mein Herz schlug wie wahnsinnig. Mit seinen scharfen Sinnen konnte Gabriel das bestimmt hören.

»Auch wenn du die Herrscherin bist, steckt noch immer ein ganz normales Mädchen in dir. Habe ich recht?«

Ich konnte meine Höhenangst nicht mehr leugnen. Hatten sie etwa gedacht, ich wäre absolut furchtlos? Ich blinzelte in den Wind und warf einen Blick zurück. Außerhalb des Minenfelds konnte ich helle Flecken auf dem dunklen Boden entdecken. Der Steinwald. Seit dem Blitz war alles, hinter dem man bei Feuergefechten in Deckung hätte gehen können, verkohlt. Die Männer hatten sich daher Bäume aus Steinen gebaut, anstatt – was weiß ich – vielleicht einfach nicht mehr aufeinander zu schießen?

Gabriel folgte meinem Blick. »Aus der Höhe erkenne ich immer wieder Strukturen – Formen, Muster, Markierungen –, die nicht zufällig sein können.«

Ich blinzelte wieder. Von hier aus sahen die weißen Steinhaufen aus wie Sterne am Nachthimmel.

»Ich habe die Sinne eines Engels und eines Tieres, Herrscherin, und ich erahne die Rückkehr der Götter.«

»Ähm, okay?« *Sektengelaber. Nur Sektengelaber. Ich sterbe gleich.*

»Was auch immer passiert, du sollst wissen, dass ich mir aus tiefstem Herzen wünsche, dass du das Spiel beenden kannst.«

Was auch immer *passiert*? Meinte er jetzt gleich? In dieser Sekunde? Ich hätte mich doch mit meinen Ranken an ihn binden sollen!

Gerade als ich dachte, er würde mich jeden Moment fallen lassen, verloren wir an Höhe und er steuerte auf den Rand der Steilklippe am anderen Ufer zu. »Du bist die einzige Arkana, die gegen das uns beschiedene Schicksal und für eine andere Zukunft kämpft.«

Wieder auf dem Boden hatte ich ein schlechtes Gewissen, weil ich an ihm gezweifelt hatte.

»Ich fliege zurück und hole Selena.« Hatte er es eilig? Er salutierte und erhob sich wieder in die Lüfte. Sein Flügelschlag ließ meinen Umhang flattern.

Einige Zeit später kam er mit der Bogenschützin, die er fest in seinen Armen hielt, zurück. Nach der Landung ließ er sie nur zögerlich los.

Achtlos schob Selena ihn von sich weg, um alleine zu stehen. Gabriel räusperte sich. »Ich komme dann mit der Quintessenz wieder.« Noch einmal verschwand er in der Dunkelheit.

Während Selena und ich warteten, kamen mir Zweifel an meinem Plan. »Und was, wenn etwas schiefgeht?« Ich steckte das Ende meines Pferdeschwanzes in die Umhangkapuze. »Wie werden die Liebenden sich verteidigen? Mit Gewehren?« Die meisten Arkana hatten Gewehre bisher verschmäht.

Selena machte eine Art Aufwärmtraining und dehnte eines ihrer langen Beine. »Ich hab gehört, die Liebenden würden Giftpfeile verschießen, wie Amor. Süß, nicht?«, meinte sie angewidert. »Aber in Anbetracht ihrer Armee tippe ich eher auf Gewehre.«

Mir konnte Gift nichts anhaben. Und auch Kugeln konnten mich nicht töten. Für die anderen galt das allerdings nicht. Führte ich sie in den sicheren Tod? Inzwischen hatte ich mich an meine Rolle als Anführerin gewöhnt, die anderen sagte, was zu tun war. An die Verantwortung allerdings noch nicht.

»Hör mal, Evie. Mein Pfeil ist sozusagen schon in der Luft. Es ist mir scheißegal, was der Herzog und die Herzogin der Perversion für uns in petto haben. Selbst wenn du mir jetzt erzählst, die Zwillinge vaporisieren Bogenschützinnen mit nur einem Blick, werde ich versuchen, J. D. zu retten. Komme, was da wolle.«

Merkwürdigerweise fühlte ich mich besser. Ihre Worte hatten mich aufgemuntert.

Gabriel landete mit einer verängstigten Tess im Arm wieder neben uns. »Erlaubt mir, Jacks Spur aufzunehmen und das Gelände zu erkunden. Bei diesem Wind kann es allerdings einen kleinen Moment dauern.«

Während wir warteten, kaute die Weltkarte an den Fingernägeln und tappte mit einem ihrer Stiefel unablässig auf den Boden. Für andere sah sie aus wie ein Hundert-Kilo-Soldat mit einem nervösen Tick.

Selena schlug ihr auf die Finger. »Entspann dich mal, Quintessenz.«

»Du kannst hierbleiben«, sagte ich. »Und Wache halten oder so.«

»Sie geht dahin, wo ich hingehe«, erklärte Gabriel. »Meine Damen, ich habe die Spur. Wollen wir zur Rettung des Jägers schreiten?«

8

Das Lager glich einer Geisterstadt. Als wir uns einen Weg durch das Labyrinth aus Zelten und Baracken bahnten, war weit und breit nicht ein Soldat zu sehen.

Aus einem großen Zelt drangen Licht und männliche Stimmen nach draußen.

An einer Feuerstelle ganz in der Nähe schöpfte eine ältere Frau Essen in Schüsseln. Ihre nackten Füße auf dem gefrorenen Boden waren an den Gelenken zusammengefesselt.

Eine Sklavin. Die Armee verschleppte auf Befehl von General Milovníci Frauen: »unfreiwillige Rekruten«.

Meine Fingernägel wurden länger und verwandelten sich in violette Dornenklauen.

Selena musste meine Anspannung gespürt haben. »Denk nicht mal drüber nach, Evie. Konzentrier dich auf J. D. Sobald er frei ist, kümmern wir uns um die Gefangenen.«

Widerstrebend wandte ich mich von der Frau ab.

Gabriel atmete in kurzen, schnellen Zügen. »Ich rieche Jack. Er ist direkt hinter dem Wall dort, in einem abseitsstehenden Zelt. Das ist günstig für uns.«

Selena ließ den Blick über das Gelände schweifen. »Kannst du sagen, wie viele Wachen es sind?«

»Ich denke, ungefähr zwanzig.«

Ich schob meinen Ärmel zurück und legte die schimmernde Sporenhieroglyphe auf meinem Unterarm frei. »Bindet eure Halstücher um. Es ist so weit.«

Sobald die anderen bereit waren, zog ich eine Handvoll Schlafmittel aus der Hieroglyphe. Dann blies ich, während wir um den Wall bogen, in meine Handfläche, um die Sporen zu verteilen. So wie man in die Glut bläst, um sie anzufachen.

Dutzende von Männern bewachten ein riesiges Zelt. Und alle trugen...

Gasmasken.

Tess schnappte nach Luft. »Du kannst sie nicht einschläfern.«

»Zusammenbleiben!« Selena und die anderen rissen sich die Halstücher vom Gesicht.

Was sollten wir tun? Es gab keine Erklärung, weshalb wir – oder die vier Soldaten, deren Gestalt wir angenommen hatten – uns so weit vom Hauptlager entfernt aufhielten.

»Gabriel, du musst mit ihnen sprechen«, flüsterte ich. »Sag ihnen, Vincent hätte nach uns geschickt.«

»Seid gegrüßt!«, rief er den Wachen zu. Genauso gut hätte er sagen können: »Gott zum Gruße, wackre Junker.«

Ich stöhnte innerlich auf. Tess rang wieder nach Luft.

»Vincent hat uns herbeordert.«

Ein großer, schlaksiger Soldat, offenbar der Anführer, antwortete: »Er sagt, er will nicht gestört werden.« Seine Stimme klang gruselig durch die Gasmaske.

»Auf gar keinen ...«. Der Soldat verstummte. Seine Augen weiteten sich.

Er starrte auf Tess.

Wie das Bild eines alten Fernsehgeräts flackerte ihre Illusion zwischen Mädchen und stämmigem Soldat hin und her. Mädchen. Soldat. Mädchen.

»Feind im Lager!«, schrie eine der Wachen.

Wir machten auf dem Absatz kehrt und ergriffen die Flucht. Brüllend jagte uns die Hälfte der Männer hinterher.

Gabriel spreizte die Flügel und schnappte sich Selena.

»Nicht ich zuerst!« Sie wehrte sich gegen seinen Griff. »Wenn wir die beiden zurücklassen, sind sie tot!«

Wie ein umgedrehter Bungeespringer schoss er in die Luft und flog in hohem Bogen davon. Tess und ich rannten weiter. Im Laufen war es unmöglich, meine Kräfte heraufzubeschwören. Um mein Arsenal zu säen, brauchte ich Zeit und musste mich konzentrieren. Die Hexe musste her ...

Bis Gabriel zurückkam, mussten wir irgendwie Zeit gewinnen! Vor uns stürzte das Gelände in einer steilen Klippe nach unten ans Flussufer. Also rannte ich am Abgrund entlang immer bergab.

»Hier entlang!«, schrie ich und schlitterte über einen gewundenen Pfad.

Immer tiefer rannten wir in die Felsschlucht, dicht gefolgt von den Wachen. Endlich mündete der Pfad in einen sandigen Strand, der ans Flussufer führte. Das Reich der Priesterin.

– *Schrecken aus der Tiefe!* –

»Ha... hast du sie gehört, Evie?«, fragte Tess atemlos.

Hinter uns strömten die Wachen auf den Strand und trieben uns direkt in die Arme der Arkana. Sollte ich mich besser von den Liebenden gefangen nehmen lassen? Oder darauf hoffen, dass mich die Priesterin nicht sofort töten würde, wenn ich in ihr Element vordrang?

Ich entschied mich für die Liebenden. »Halt, Tess. Geh nicht näher ans Ufer...«

Hinter uns war ein lautes Platschen zu hören. Wir drehten uns um.

Aus dem Fluss schossen turmhohe Wassersäulen empor, die wie Tentakel über den Strand krochen.

Um Tess und mich in die Tiefe zu ziehen.

Wir rannten wieder zurück, direkt auf die verblüfften Soldaten zu. Doch die Tentakel hatten es auf mich abgesehen. Ich spürte einen nassen Druck um meine Stiefel. Gefangen!

Ein Ruck und ich landete flach auf dem Gesicht. Halb blind spuckte ich einen Mundvoll Sand aus.

Das Ding zerrte meinen Körper wie einen Pflug über den Strand in Richtung Fluss. Verzweifelt suchte ich irgendwo Halt, aber der Tentakel zog mich ins Wasser wie einen Fisch.

Tess hechtete mir hinterher und wollte meine Hand ergreifen. Ich reckte mich ihr entgegen, doch jedes Mal, wenn ich sie fast erreicht hatte, zog mich der Tentakel wieder ein Stück zurück.

Als würde er mit uns spielen.

Die körperlose Stimme eines Mädchens war zu hören: »*Allmächtige Feinde.*« Sprach der *Fluss*? »Ich dachte, du würdest mir eine größere Herausforderung bieten, Herrscherin.«

Verspottete sie mich? Machte sie sich über meinen gescheiterten Rettungsversuch lustig?

Wie Benzin in einem Tank staute sich der Zorn in mir auf. Zündstoff für die rote Hexe. Meine Hieroglyphen regten sich, mein Haar färbte sich rot. Die Klauen bohrten sich in meine Handflächen, bis das Blut floss, mit dem ich meine Armee zum Leben erwecken würde.

Ich spuckte noch mehr Sand. »Geh aus dem Weg, Tess!«

Sie krabbelte zurück.

Aus dem Boden brachen Ranken hervor, die wie Raketen auf die Tentakel zuschossen. Die grünen Seile wanden sich um die Wasserarme und durchtrennten sie, sodass sie erst wieder nachwachsen mussten.

Von oben schrie Gabriel. Er war zurück!

Durch das Kampfgetümmel aus Ranken und Wasser konnte er aber unmöglich zu Tess und mir vordringen.

Wo immer die Priesterin einen neuen Wassertentakel sprießen ließ, waren meine Pflanzen da, um ihn zu umschlingen und abzudrücken. Das Arsenal der Priesterin speiste mein eigenes, das sich mit Wasser vollsaugte und immer mehr anschwoll.

Der Tentakel um mein Fußgelenk war zu einer Pfütze kollabiert. Rechts und links von meinen Ranken gestützt hievte ich mich auf die Beine.

»Komm, Priesterin, *berühre mich.*« Ich öffnete die Hand, darin erschienen drei Dornen. »Und bezahle den Preis!« Ich warf sie in die Luft und ein Dornentornado erwachte zum Leben.

Die Priesterin griff erneut an, doch der Tornado mähte ihre Wasserfühler nieder wie ein Propeller. Sie wuchsen nur langsam nach, hatten Probleme zu regenerieren. Die Hohepriesterin wurde schwächer!

»Die Erde war lange Zeit ohne Wasser, Priesterin. Das spürst du wohl noch«, spottete ich.

»Nur noch kurze Zeit, geschätzte Feindin.« Ihre plätschernde Stimme wurde von einem melodischen Akzent getragen. »Ah, dieser Regen. Er fällt ohne Unterlass, oder etwa nicht?«

Die erschöpften Tentakel fielen in sich zusammen. Noch ein Platschen im Fluss, dann das letzte Kräuseln einer Welle. »Wir sehen uns wieder, Herrscherin.«

Die Wasseroberfläche wurde spiegelglatt, die Priesterin hatte sich zurückgezogen.

Gabriel landete direkt vor meinem Dornentornado und spreizte die Flügel. Er bleckte die Fangzähne und zeigte den Soldaten, die uns von hinten bedrohten, die Krallen.

Obwohl sie wie gelähmt waren vor Schreck, hielten sie stur die Waffen auf uns gerichtet.

Der roten Hexe in mir bereitete das jedoch wenig Sorgen: *Nichts, wogegen ein guter alter Dornenwirbel nichts ausrichten könnte.* Wohl wissend, was für einen grauenerregenden Anblick ich bot, lächelte ich ihnen zu. *Ja, meine Herren, Sie werden alle sterben.*

»Aus dem Weg, Tess.« Noch während sich die Welt hinter meinem Rücken verkroch, hob ich die Hand, um die Männer bei lebendigem Leib zu enthäuten ...

Der groß gewachsene Anführer bedeutete den anderen, die Waffen sinken zu lassen. Dann fragte er mich: »K... kannst du die Zwillinge töten?«

9

»Genau das habe ich vor«, versprach ich ihm. »Gleich nachdem ich wie eine Heuschreckenplage über euch hergefallen bin.« Der Tornado zog sich zusammen, meine Ranken standen stramm – bereit, zuzuschlagen.

Es war dem Anführer hoch anzurechnen, dass er nicht die Kontrolle über seine Blase verlor. »Ich ... Ich heiße Franklin. Wir wollen dich nicht aufhalten. Wir wollen dir helfen.«

»Wir sollten uns anhören, was sie zu sagen haben«, flüsterte Tess.

Da mein alter Plan ohnehin zu nichts geführt hatte, erklärte ich mich bereit, diesem Franklin zuzuhören. Um mich etwas zu beruhigen, atmete ich tief durch. Ein und wieder aus. Noch einmal.

Komm runter, Evie. Pfeif die Hexe zurück. »Wir können darüber reden«, sagte ich, »sobald ihr die Masken abgenommen habt.«

Er nickte seinen Männern zu und einer nach dem anderen zog sich die Gasmaske vom Gesicht. Franklin war Ende zwanzig, er hatte schwarzes Haar, weit auseinanderstehende braune Augen und eine Lücke zwischen den Schneidezähnen.

Gabriel zog seine Krallen ein, und ich bremste den Tornado zu einem kompakten kleinen Zyklon herunter, der um unsere Füße kreiste. »Ich bin überrascht, dass ihr bereit seid, euch gegen eure ... Anführer aufzulehnen.« Dieses Wort in Zusammenhang mit den Liebenden zu benutzen, fiel mir schwer.

»Die meisten in der Armee hassen die Milovnícis, aber ihre Spitzel sind überall. Jeder, der unter den Verdacht gerät, aus der Reihe zu tanzen, wird samt Familie und Freunden exekutiert. Oder noch schlimmer, der General überlässt ihn den Zwillingen.«

Der Hierophant hatte seine Gefolgsleute mithilfe einer Gehirnwäsche manipuliert, die Milovnícis hingegen wandten eine althergebrachte Methode an: Tyrannei.

Ich sah Franklin tief in die Augen. »Hast du jemals versucht, die Zwillinge selbst zu töten?«

»Ja. Ich habe eine handverlesene Truppe zusammengestellt, die zu allem bereit ist. Aber jedes Mal geschieht irgendetwas Merkwürdiges. Vielleicht hast du ja mehr Glück. Das hier«, er deutete in unsere Richtung, »ist ja auch, ähm, irgendwie merkwürdig.«

»Erzähl mir von Vincent und Violet«, forderte ich ihn auf. »Was für merkwürdige Dinge geschehen?«

»Wir glauben, sie können teleportieren. Wie im Comic.« Franklin hatte wohl damit gerechnet, dass wir ihn lauthals auslachen würden.

Aber wir drei Arkana waren ganz Ohr. »Erzähl weiter«, sagte ich mit einem Seitenblick auf Tess. Auch sie beherrschte die Teleportation – theoretisch.

»Vor ein paar Wochen hatten wir einen Plan, um Violet zu töten. Doch kurz bevor es so weit war, erhielten wir per Funk die Nachricht, sie sei im anderen Lager. Dabei hatte ich sie gerade erst in unserem Camp gesehen.«

Kein Wunder, dass Matthew Schwierigkeiten hatte, Violet ausfindig zu machen!

Wie sollten wir gegen Teleporteure kämpfen? Ich könnte sie mit meinen Sporen betäuben, dann wären sie nicht mehr in der Lage zu teleportieren. »Ich kann sie töten«, versicherte ich Franklin, »und ich werde es auch tun. Zuallererst geht es mir aber um Jack Deveaux.«

Er nickte. »Dann müssen wir uns beeilen. Die Zwillinge können es kaum erwarten, das Lager wieder zu verlassen.«

»Violet ist schon da?«

»Kurz bevor Vincent den Befehl gab, Gasmasken zu tragen, habe ich sie im Zelt gesehen.«

Meine Dornen erhoben sich erneut zu einem Tornado. Die Soldaten wichen zurück.

Gabriel hielt konzentriert den Kopf still. »Es ist wahr. Ich kann die Liebenden hören. Jack weigert sich, einen anderen Gefangenen zu foltern. Nun werden sie ihn foltern.«

Ich spurtete los, zurück zum Camp. Hinter mir Gabriel und Tess, gefolgt von meinen Dornen und Ranken. Mit etwas Abstand kamen uns auch die Soldaten hinterher. Wir erreichten die Klippe, auf der wir gelandet waren. Atemlos sagte ich zu Gabriel: »Wir müssen zu ihm, bevor ...«

Ein gequältes Brüllen war zu hören – Jack. Dann noch zwei andere Schreie. Äfften die Zwillinge ihn nach?

Mit schreckgeweiteten Augen wandte ich mich an den Engel. »Was haben sie getan?«

Er strauchelte, dann presste er sich den Unterarm vor den Mund.

»Was, Gabriel?«

Als er den Arm herunternahm, war sein Gesicht blass. »Es ist schlimm.« Er klang wie ein Arzt, der eine schreckliche Diagnose stellte. »Herrscherin, sie haben ihm mit einem heißen Löffel ... das Auge ausgestochen.«

»*WAS?*« Ich musste mich verhört haben – oder Gabriel hatte sich verhört. Das konnte nicht sein.

Ein weiterer Schrei von Jack zerriss die Nacht.

Gabriel zuckte zusammen. »Noch einmal.«

Unter mir schwankte der Boden. Nein, nein, nein. Das war *nicht* passiert. Meine Klauen zerfetzten meine Handflächen, Blut quoll hervor.

»Er ist blind«, murmelte Gabriel benommen. »Sie lachen. Für den Moment sind sie fertig mit ihm.«

Ich hatte ... versagt.

Ich hatte Jack im Stich gelassen. Um mich her brachen Rosenstängel aus dem Boden. Die Erde begann sich zu bewegen, unter der Oberfläche wanden sich Wurzeln wie Schlangen.

Die rote Hexe schrie nach Rache an ihren Feinden! Es sollte Dornen und Gift regnen – auf die Liebenden und jeden Einzelnen in diesem Lager.

Doch *ich* wünschte mir nur eins: dass ich nicht versagt und Jack nicht im Stich gelassen hätte.

Warum war ich nicht schneller gewesen? Warum hatte ich die Priesterin nicht gleich niedergekämpft? Warum war ich vor den Soldaten davongelaufen, anstatt mich in den Kugelhagel zu stürzen?

Ich stellte mir Jacks Qualen vor und schrie meinen Zorn in die Nacht hinaus. Als die Zwillinge sein zweites Auge ausstachen, muss er gewusst haben, dass er nun für immer blind sein würde. Und er hatte die Verstümmelung hilflos ertragen müssen.

Mit einem heißen Löffel.

Mir stand das Herz still. Meine Welt hatte aufgehört ...

In meinem wirren Kopf meldete sich flüsternd eine Erinnerung. Da war etwas, das Matthew gesagt hatte.

Ich schob meine zornigen Fantasien, wie ich die Zwillinge dazu zwingen würde, sich gegenseitig die Augen herauszupulen und ihre Skalpe zu tauschen, beiseite und konzentrierte mich auf diese zerbrechliche kleine Erinnerung, die den Weg an die Oberfläche meines Bewusstseins suchte.

Langsam atmete ich aus.

Hatte ich mir nicht gewünscht, dass ich *nicht* versagt hätte?

Lächelnd ging ich auf Tess zu, während meine Ranken sich um das ahnungslose Mädchen schlängelten und meine Dornen uns einhüllten. »Es gibt Arbeit, Welt.« Mit den Klauen stach ich ihr in die Schultern.

Sie schrie auf. »Evie?«

»Gib sie frei, Herrscherin«, knurrte Gabriel erbost hinter mir. Aber durch die Dornen kam er nicht an uns heran.

Heute Nacht hatte Matthew gesagt: »Manchmal dreht sich die Welt in die andere Richtung. Manchmal tun Schlachten das auch.« Damit hatte er gemeint, dass sich die Welt*karte* in die andere Richtung drehen konnte.

Sie konnte die Zeit zurückdrehen.

»B... bitte, t... tu mir nichts!«

»Du weißt, was du zu tun hast, Tess. Setz das Karussell in Bewegung und dreh die Zeit zurück, sonst spritze ich dir Gift.«

Ihr fiel der Kiefer herunter. »Aber ich habe meinen Stab nicht, der mich am Boden hält!«

Vor ein paar Monaten hatte ich sie damit gesehen. »Keine Sorge, ich werde dich halten.«

»Jede Sekunde, die ich in der Zeit zurückgehe, raubt mir Lebenskraft. Ich weiß nicht, wie ich das verhindern kann. Es könnte mich umbringen.«

Ohne Mitleid bohrte ich ihr die Klauen ins Fleisch. »Dann beeilen wir uns besser.«

10

Während ich Tess in die dunkelblauen Augen starrte, begannen ihre Kräfte, spürbar zu werden.

Ihre Haut erwärmte sich unter meinen Händen und ein dumpfes Summen ertönte. Ein leichter Luftstrom umkreiste uns. Kam das von meinen Dornen? Nein, es war die Luft, die sich im Uhrzeigersinn um uns drehte.

Ihre Kräfte steigerten sich. Ihr Körper wurde so heiß, dass ich mir die Finger daran verbrannte. Aber ich wollte sie um keinen Preis loslassen. Das Summen wurde lauter. Lauter. *Lauter*.

Unsere Haare sog es senkrecht in die Luft. Tess begann zu schweben und ich senkte meine Klauen noch tiefer in ihre Schultern. Würde sie davonfliegen, wenn ich nicht hier wäre, um sie zu verankern?

Das Summen war nun so unerträglich laut, dass ihre Ohren bluteten. Auch mir lief es warm den Hals hinunter.

Plötzlich warf Tess den Kopf in den Nacken und schrie. Für einen kurzen atemlosen Moment konnte ich spüren, wie die Erde – oder das Leben oder die Wirklichkeit oder was auch immer – stillstand ... und sich dann knarrend wieder in Bewegung setzte. In die andere Richtung.

Wir drehten uns zurück! Die Weltkarte, die Quintessenz persönlich, drehte die Zeit zurück!

Erste Umdrehung. Unten am Fluss ein lautes Platschen. Der erste Angriff der Priesterin. Die Reste meines Arsenals, das ich gegen sie eingesetzt habe, lösen sich in Luft auf.

Ich selbst blieb innerhalb von Tess' Zirkel unverändert, nass und blutverschmiert. Tess sah mich an. Ihre Haut wurde zunehmend blasser, ihre Wangen dünner.

Zweite Umdrehung. Frühere Versionen von mir und Tess fliehen durch die Felsschlucht vor den Soldaten.

Unter meinen Klauen verlor Tess beängstigend schnell an Gewicht.

»Bitte, Herrscherin.« Das Weiße ihrer Augen war rot von geplatzten Adern. Der Druck?

Aber Jacks Augen waren ganz verloren. Man hatte sie ihm brutal entrissen. Ich krallte mich noch tiefer in ihre Schultern.

Dritte Umdrehung. Die Soldaten nehmen gerade unsere Verfolgung auf.

Tess' Atem wurde schwerfällig. Ihr Gesicht war eingefallen und ihre Wangenknochen stachen scharf hervor. Aus ihrer hochfliegenden Mähne gingen büschelweise die langen Haare aus und schwebten davon in die Weiten des Universums.

Vierte Umdrehung. Vier getarnte Arkana schlendern durch das Lager. Sie sind fast am Zelt der Zwillinge angelangt.

Mit eingesunkenen Augen sah Tess mich flehentlich an. Sie glich einem meiner Hungeropfer aus einem früheren Spiel. Zerbrechlich. Todgeweiht.

Unter meinem Griff fielen ihre Arme in sich zusammen, meine blutigen Klauen kratzten auf Knochen.

Krrr, krrr ...

Brachte ich dieses Mädchen gerade um, weil ich Jacks Augenlicht retten wollte? »Noch nicht, Tess! Noch nicht!«

Fünfte Umdrehung. Gabriel und Tess landen als Soldaten getarnt auf der Klippe und treffen Selena und mich. Der Anfang unserer Mission.

»Es reicht!«, schrie ich.

Abrupt hörte das Drehen auf. Es fühlte sich an wie nach einem Autounfall. Tess' Kopf baumelte auf ihrem Hals. Die wenigen Haare, die ihr noch geblieben waren, hingen ihr ins Gesicht.

Unter unseren Füßen ruckelte der Boden, als würde sich die Erde nach diesen Strapazen wieder neu sortieren. Ein allerletzter Ruck und die Uhren liefen wieder vorwärts.

Die beiden früheren Versionen von Tess und mir lösten sich in Luft auf. Zurück blieben *wir* – zwei Mädchen, die die nahe Zukunft kannten und sich körperlich verändert hatten. Das Ganze hatte mich Kraft gekostet. Von meinem Arsenal war nichts Nennenswertes mehr übrig.

Und Tess ... ich ließ ihre Arme los und musste sie

sofort auffangen, als sie bewusstlos zu Boden sank. Die viel zu weiten Kleider schienen ihren ausgemergelten Körper zu verschlucken. Ihre Zähne klapperten, sie zitterte vor Kälte. Würde sie überleben?

»Was zum Teufel ist hier los, Evie?«, schrie Selena.

Sie und Gabriel hatten keine Ahnung, was Tess in diesen Zustand versetzt hatte. Für sie war nur der Bruchteil einer Sekunde verstrichen.

»Hat sie ihre Kräfte eingesetzt?«, fragte Gabriel. Seine Tarnung flackerte.

»Flieg sie einfach zurück! Hilf ihr. Sieh zu, dass sie es warm hat, und sorge dafür, dass sie überlebt.«

»Ich eile sogleich.« Er umschloss ihren federleichten Körper mit seinen Armen und schwang sich in die Lüfte.

Selenas Tarnung löste sich in nichts auf. Sie sah mich misstrauisch an. »Du und Tess, ihr seid ohne Tarnung. Du blutest und bist klatschnass. Hat das mit einem Portal in eine andere Dimension zu tun? Oder habt ihr die Zeit zurückgedreht?«

»Violet ist hier. Wir müssen Jack in den nächsten Minuten befreien, oder er wird sein Augenlicht verlieren...«

»Wie viele Minuten genau haben wir?« Selena war schon unterwegs in Richtung Lager. Sie fummelte an der Hightech-Sportuhr herum, die sie an ihrem lahmgelegten Handgelenk trug.

Verzweifelt versuchte ich, Schritt zu halten. »Wir

haben exakt so viel Zeit, wie Tess und ich gebraucht haben, um zum Fluss zu rennen und die Priesterin zu besiegen.«

Selena zog die Augenbrauen in die Höhe. Dann konzentrierte sie sich wieder auf unsere Mission. »Sagen wir also vier Minuten rennen. Und wie lange hast du dich mit der Priesterin gebalgt?«

Gebalgt? »Keine Ahnung. Drei Minuten? Dreißig?«

»Ich gebe uns elf Minuten insgesamt.« Selena drückte auf die Stoppuhr.

»In welchem Zelt ist J. D.? Ohne Gabriel ...«

»Ich weiß, in welchem.«

»Wir sind nicht mehr getarnt!«

»Es sind keine Soldaten unterwegs.« Ich lotste Selena durch das ausgestorbene Lager.

Als wir an der gefesselten Frau vorbeikamen, legte ich den Zeigefinger auf den Mund. Nach kurzem Zögern nickte sie.

Immer schneller liefen Selena und ich weiter, bis wir um den Wall bogen.

»Da ist das Zelt.«

Sie verlangsamte ihren Schritt. »Du meinst das Zelt, das von den Typen mit den Gasmasken bewacht wird?«

»Lauf einfach weiter!« Ich überholte sie.

»Das ist Selbstmord!«, rief sie, nahm aber wieder Tempo auf.

»Willst du Jack nun retten oder nicht?«, keuchte ich, als sie wieder neben mir lief.

»Verdammte Scheiße, Evie!«

»Nimm die Armschlinge ab und mach voll einen auf Arkana. Du kannst auch ohne deinen Bogen ziemlich unheimlich aussehen. Ich meine das so, wie du es mal zu mir gesagt hast: Zeig's ihnen, Mädchen, oder wir sind tot.« Ich ging mit gutem Beispiel voran und beschwor meine Körperranke.

Sie spross aus der schimmernden Hieroglyphe in meinem Nacken. Keine zarte Efeuranke dieses Mal, sondern ein dornenfreier Rosentrieb. Mir fiel die Krone wieder ein, von der Matthew gesprochen hatte. Der Trieb wand sich um meinen Kopf, und ich ließ übergroße Blätter daran wachsen, die wie Bögen nach oben ragten. Anstelle der zwölf Sterne zierten zwölf Rosenblüten meinen Kopfschmuck.

Rosen waren die Blumen der roten Hexe.

Meine Blumen.

Selena riss sich die Schlinge herunter und warf sie weg. Jeder Schritt war wie ein Schlag gegen ihren Arm, aber sie biss die Zähne zusammen.

Für Jack ertrug Selena Luna *alles*.

Ihre Haut fing an, im leuchtenden Rot eines aufgehenden Vollmonds zu glühen. Das silberne Haar umspielte ihren Kopf wie zarter Mondschein. Ein atemberaubender Anblick.

»Okay, Bogenschützin, kannst du unter den Jungs vielleicht auch noch ein wenig Zweifel säen?« Eine der besonderen Fähigkeiten der Mondkarte.

»Das ist nicht so einfach.« Ihr Blick huschte umher. »Meine Laserfokussierung greift nicht.«

Noch eine geheime Fähigkeit? »Oh, da fällt mir gerade ein: Ich glaube, die Zwillinge beherrschen die Teleportation.«

»Verdammter Mist!« Sie starrte auf mein Gesicht. »Deine Hieroglyphen sind echt blass. Schaffst du es, das Zelt mit Sporen einzunebeln?«

»Womöglich habe ich mein Pulver schon im Kampf gegen die Priesterin verschossen.« So viel zur Haushaltung.

»Ich gehe da rein, Teleportation hin oder her«, entgegnete Selena finster.

»Und ich etwa nicht?«

Die Soldaten hatten uns entdeckt und richteten ihre Waffen auf uns. Bei Selenas Anblick – ganz zu schweigen von meinem – bekamen sie große Augen.

Direkt vor der Wachtruppe blieben wir stehen. In früheren Spielen war die Herrscherin »durchtrieben, Furcht einflößend und sexy« gewesen. Das hatte Selena mir einmal gesagt. Einen kostbaren Moment hielt ich inne, um wieder zu Atem zu kommen, dann verkündete ich mit kehliger Stimme: »Wir sind hier, um euch von den Zwillingen zu befreien.« Aus meinem wilden roten Haar wehten Rosenblätter. »Tretet zur Seite, dann werde ich ihnen die Köpfe abreißen. Eure Armee wird frei sein.«

Die Blicke der Männer wanderten zwischen mir und

Selena hin und her. Wir machten beide unsere allerbösesten Gesichter.

»Um Kreaturen wie die Liebenden zu zerstören, braucht es Kreaturen wie uns. Lasst uns unsere Arbeit tun, Soldaten. Geht zur Seite.«

Sie standen wie angewurzelt da, starr vor Schreck.

Das Zelt hinter ihnen war so groß, dass ein kleiner Zirkus darin Platz gefunden hätte. Irgendwo da drin war Jack! Ich war ihm so nah ...

Warnend erhob ich meine grässlichen, tropfenden Klauen. Dann drohte ich mit einer Stimme, die selbst den Tod hätte erschaudern lassen: »Sollte Jack Deveaux seine Augen einbüßen, werde ich euer Fleisch in Streifen reißen und mit meinen Ranken eure Lungen zerquetschen. Ist. Das. Klar. Franklin?«

Nun verlor einer der Männer doch die Kontrolle über seine Blase. Als Franklin seinen Namen hörte, zuckte er zusammen. Das Ganze war äußerst riskant.

Aber dann schluckte er und bedeutete seinen handverlesenen Männern wegzutreten.

Der Weg war frei.

Selena warf einen Blick auf die Uhr. »Neun Minuten. Angriff und Zugriff. Und Vorsicht vor teleportierenden Irren. Holen wir J. D. nach Hause.«

11

Vor dem Zelteingang zog Selena ihre Pistole. Ihre Lippen formten stumm die Worte *eins ... zwei ... drei*. Bei drei stürmten wir das Zelt.

Dieser *Gestank*. Es roch nach Rauch und ... Fäulnis.

Wahllos aufgehängte Gaslaternen verbreiteten ein flackerndes Licht. Der größte Teil des Raums war in sich bewegende Schatten gehüllt. Das Zeltdach wurde von mächtigen Balken gestützt, auf dem Boden war eine dünne Schicht Sägemehl verstreut. In diesen Zeiten machte die Holzknappheit einen solchen Bodenbelag kostbar wie Seide.

Die Zwillinge hatten entlang der Seitenwände mit Zeltplanen Bereiche abgetrennt, die an Stallboxen erinnerten. In der ersten dieser Boxen war eine Gruppe fauchender Wiedergänger eingesperrt.

Unbekleidete Wiedergänger? Ihre eiternde Haut war tatsächlich nackt. Noch nie war mir eine dieser Kreaturen splitternackt begegnet.

Obwohl sie gut genährt aussahen – waren das Bluttröge in ihrem Käfig? –, schienen die Widerlinge angriffslustig wie immer zu sein. Postapokalyptische Bluthunde, die gierig ihre schleimigen Arme durch die Gitterstäbe streckten.

Jedes der hirnlosen Wesen trug ein Brandmal auf der

Brust, eine Art Symbol, das ich unter all dem Schleim und Eiter jedoch kaum erkennen konnte.

Neben ihrem Käfig war eine zweite, identische Box, in der vier nackte junge Männer zusammengerollt auf dem Boden lagen. Ihre Körper waren übersät mit Bisswunden, die Lippen rissig und voller Blasen. Sie stöhnten, als wären sie kurz vorm Verdursten.

Langsam dämmerte mir, was hier vorging. Die Zwillinge *erschufen* Wiedergänger. Diese vier hier verwandelten sich gerade – und sie wussten es. Einer von ihnen hing weinend über einem mit Blut gefüllten Trog.

Selena blieb absolut ruhig. »Weiter. Noch acht Minuten.«

In der nächsten Box stand ein Apparat, der an eine riesige Saftpresse erinnerte. Er war überzogen mit geronnenem Blut.

Hinter einer weiteren Abtrennung befand sich eine Art Sägebock, auf dessen Mitte längs ein langes scharfes Metallstück befestigt war. Noch mehr geronnenes Blut.

Dann in der nächsten Stallbox ... ein Tisch mit Schlagstöcken, Ruten, Peitschen und Zangen. Und noch anderen Gegenständen, die ich aber nicht zuordnen konnte.

Hatten sie mit diesen Werkzeugen Clotile gefoltert? Und Jack?

Der Hierophant hatte Leute abgeschlachtet, um sie zu essen. Der Alchemist hatte getötet, um seinen kranken Wissensdurst zu stillen. Aber weshalb die Liebenden folterten, konnte ich nicht nachvollziehen. »Wo zum Teufel ist Jack?«

»Wir finden ihn.«

Immer mehr Vorrichtungen tauchten auf, die einem das Blut in den Adern gefrieren ließen. Ich kam mir vor wie in einem bösen Traum. Vor einigen Jahren hatte ich an Halloween einmal ein Gruselkabinett voller grausiger Ausstellungsstücke besucht – zum *Spaß*. Keine der entsetzlichen Apparaturen war echt gewesen.

Doch das hier passierte tatsächlich. Auch wenn es sich anfühlte, als wäre ich in einer von Matthews Visionen gelandet.

Was war wirklich? Was unwirklich?

Wir kamen an einem weiteren Opfer, einem knienden Mann, vorbei. Er war mit den Armen über dem Kopf an einen Dachbalken gefesselt. Sein hagerer Oberkörper war nackt, seine Schultern standen in merkwürdigen Winkeln vom Körper ab. Waren sie ausgekugelt? Im ersten Moment dachte ich, seine Hände seinen zu Fäusten geballt. Dann sah ich, dass man ihm die Finger abgeschnitten hatte.

Selbst die stoische Selena zuckte zusammen. Für sie musste das der reinste Horror sein: nie wieder einen Bogen spannen zu können.

Der zahnlose Mund des Mannes war weit geöffnet und auf seinem Bauch klaffte ein tiefer Schnitt. Auch er hatte ein Brandmal unterhalb des Schlüsselbeins, das schon etwas älter zu sein schien. Die Narbe stellte ein seltsames Symbol von der Größe eines Lesezeichens dar: zwei sich überschneidende Dreiecke, die wiederum von zwei Pfeilen geteilt wurden, ein Pfeil zeigte nach oben, der andere nach unten.

Vor ihm stand eine Apparatur, die aussah wie ein alter Ziehbrunnen, um dessen Kurbel eine Art schleimiges Seil gebunden war.

»Sie ziehen sie raus«, murmelte Selena.

Was zogen sie raus? Ihre Augen waren viel besser als meine! Dann wurde mir übel. Ich hatte verstanden.

Sie entfernen Dinge, werfen sie weg, verändern die Leute.

Der Mann wandte uns den Kopf zu. Seine Augen waren tiefschwarz. Nein, das waren keine Augen. Es waren nur Höhlen. Genau das wollten die Zwillinge auch Jack antun.

»Sechs Minuten, Evie. Wir kommen später zurück und kümmern uns um ihn.« Als wir uns dem hinteren Teil des Zelts näherten, flüsterte sie: »Hör mal! Hinter der letzten Abtrennung.«

Stöhnte da jemand? Vor Schmerz? Selena entsicherte ihre Pistole, ich entblößte meine Klauen. Wir schlichen näher.

Noch näher. Hinter der Trennwand entdeckten wir ...

Die Zwillinge.

Ich würgte. Sie küssten sich! Zwillingsinzest.

Als das Paar auch noch anfing, sich zu begrabschen, rief Selena: »Großer Gott, jetzt reißt euch mal zusammen, ihr Freaks!«

Vincent und Violet lösten sich nur langsam voneinander und sahen sich dabei unablässig an. Ihre blassblauen Augen waren exakt, wie Jack sie einmal beschrieben hatte: leer, wie die eines toten Fisches.

Warum hatten sie keine Angst vor uns? Warum versuchten sie nicht, uns zu betören?

Obwohl sie zweieiige Zwillinge waren, ließen die marmorgleiche Haut und ihre harten Züge sie fast identisch erscheinen.

Ihre Kleidung war komplett schwarz und ordentlich gebügelt. Violet trug eine kurze Jacke und einen weit schwingenden Rock, der an ein Ballkleid erinnerte. Vincents große muskulöse Gestalt war in einen Trenchcoat gehüllt.

Die leblosen Augen wurden von einem perfekten Lidstrich untermalt, ihre Fingernägel waren makellos schwarz lackiert.

Eitel und aufgeblasen? Das traf es genau. Obwohl ihre Körper vollkommen waren, besaßen sie keinerlei Anziehungskraft.

Ihre linke Hand zierte jeweils ein Gothic-Tattoo und sie trugen Schlagringe. Violet hielt in der rechten Hand einen Gegenstand, der an eine Fernbedienung erinnerte.

Schließlich lösten die Zwillinge den Blick doch

voneinander und wandten sich zu uns um. Sie starrten mich an, als wäre ihnen ein Geist erschienen ...

»Wir hatten uns schon gefragt, wann du kommen würdest, Herrscherin«, sagte Vincent. Aus seiner Stimme war die Spur eines europäischen Akzents herauszuhören.

Über ihnen erschien das Tableau der Liebenden, aber das Bild war anders als das der übrigen Arkana. Es stand auf dem Kopf, war verdreht und flackerte wie eine schlechte Kopie. Lag das daran, dass sie es sich teilten?

»Wo ist er?«, fragte Selena hinter vorgehaltener Waffe.

Ich sah mich um. Da waren Truhen, Tische, ein Bett – das die Zwillinge sich offensichtlich teilten –, aber kein Jack.

»Ihr kommt gerade rechtzeitig«, teilte Violet uns mit. »Unser Herzbube hier weigert sich, an der Kurbel zu drehen.« Mit schwingendem Rock trat sie zur Seite und zog den hintersten Trennvorhang auf.

»Jack!« Die gefesselten Hände über den Kopf nach oben gebunden, kniete er auf dem Boden – genau wie der Mann, den wir zuvor gesehen hatten. Sein Oberkörper war nackt und übersät von Blutergüssen. Er versuchte, den baumelnden Kopf zu heben, schien aber immer wieder ohnmächtig zu werden.

Seine Arme waren ausgerenkt, die rechte Gesichtshälfte voll Blut. Sie hatten ihn mit ihren Schlagringen malträtiert.

Mir stockte der Atem. Man hatte auch ihm das Symbol auf die Brust gebrannt, direkt über dem Herzen.

Die Zwillinge waren vereint und hatten ihre grausame Folter begonnen. Sie hatten die weiche, glatte Haut, über die mein Atem geglitten war und die ich geküsst hatte, verbrannt.

Sie hatten meinen Jack gebrandmarkt.

Die Schmerzen mussten unmenschlich gewesen sein. Unter meiner Kleidung fingen die Hieroglyphen an, so stark zu glühen, dass sie durch den Stoff hindurchstrahlten. In mir kochte der Zorn. Während sich meine Kräfte weiter steigerten, schlängelten sich die Triebe meiner Rosenkrone um meinen Nacken und meinen Kopf.

Diese beiden Arkana würden nicht einfach nur sterben, die rote Hexe würde sie in ihrem eigenen Blut ertränken.

Eiskalt richtet Selena die Pistole auf sie. »Wir nehmen ihn jetzt mit.«

»Ist euch nichts aufgefallen?« Violet packte Jack mit der freien Hand an den Haaren. Er reagierte nicht. Inzwischen war er wohl ganz bewusstlos. Sie riss ihm den Kopf in den Nacken und zeigte uns einen Metallring, den er um den Hals trug. Es waren Kabel daran befestigt und ein großer Eisennagel stach daraus hervor. »Sollte mir irgendetwas passieren und ich lasse diesen Drucksensor los«, sie hob die Fernbedienung in die Luft, »durchbohrt der Nagel den Jäger. Game over.«

Mich packte das Grauen. Panisch versuchte ich, meinen Zorn zu bändigen und die rote Hexe wieder an die Zügel zu nehmen.

»Wenn dir etwas an seinem Leben liegt, Bogenschützin, solltest du die Pistole auf den Boden legen«, Vincent zeigte auf die Waffe, »und sie zu uns herüberkicken.«

Selena gehorchte. Noch immer wirkte sie völlig cool. Mit tödlichem Blick fixierte sie die Zwillinge und wartete auf ihre Chance.

Vincent hob die Pistole auf und lächelte seiner Schwester zu. »Es funktioniert immer. Hat man die Geliebten, hat man die Liebenden.«

Auch Violet lächelte und ließ Jacks Kopf los. »Wir dringen in die Herzen der Menschen vor und finden heraus, für wen sie schlagen. Dann machen wir uns die Liebenden untertan.«

Vincent verstaute die Pistole im Hosenbund und wandte sich direkt an Selena und mich. »Ihr glaubt ja gar nicht, wie überrascht wir waren, als wir feststellten, dass der Jäger die Herrscherin liebt. Natürlich haben wir uns gefragt, ob seine Liebe erwidert wird. Doch dann hörten wir deinen Ruf, der immer näher kam, und wussten ...«

»... dass du kommen würdest, um ihn zu retten«, übernahm Violet nahtlos. »Es ist unseren Soldaten zwar nicht gelungen, dich schon im Steinwald gefangen zu nehmen, aber du warst ja gezwungen, zu uns zu kommen. Deine Gefühle für Deveaux garantieren uns die völlige Kontrolle über dich.«

Sie waren wahnsinnig – und das machte sie unberechenbar. Aber da war keine echte Feindseligkeit gegenüber Selena zu spüren. Hatten sie es nur auf mich abgesehen? Sie schienen mich abgrundtief zu hassen.

»Aber ich kann noch etwas anderes fühlen.« Violets Augen weiteten sich. »Deine Liebe ist getrübt. Es gibt da noch jemanden, der Anspruch auf dein Herz erhebt. Und es ist nicht nur irgendjemand!«

Vincent lachte. »Es ist dein alter Erzfeind!«

Die Zwillinge schien das zu verblüffen. Wahrscheinlich war damit tatsächlich nicht zu rechnen gewesen.

»Leider haben wir nur einen deiner geliebten Männer«, sagte Vincent. »Vorerst.«

Violet sah Selena stirnrunzelnd an. »Und die Bogenschützin liebt den Jäger ebenfalls? Was ist so Besonderes an ihm? Er ist doch nur ein Dieb.« Sie schlug Jack mitten ins Gesicht. Meine Klauen wollten sich wie Injektionsnadeln in ihren Hals bohren. »Ach herrje, er ist schon wieder weggetreten. Der egoistische Kerl wacht immer nur für seine Schläge auf. Was ja nur bedeuten kann, dass er darauf steht!«

»Wir hatten dir die Wahl gelassen«, wandte sich Vincent an den ohnmächtigen Jack. »Quälen oder gequält werden? Ihr Sterblichen trefft immer die falsche

Entscheidung – bis wir euch mit dem Schmerz bekannt machen und euch erleuchten. Danach entscheidet ihr euch dann nie wieder falsch!«

Heimlich grub ich die Klauen in meine Handflächen und ließ Blut auf den Boden tropfen. Die Ranken konnten sich bis zu Violet schlängeln und dann hochschnellen und sich den Sensor schnappen. Aber es war riskant...

Selena war weniger zögerlich. Stück für Stück schlich sie sich auf dem Sägemehl näher an die beiden heran. Sie hatte übernatürliche Reflexe. Würde sie zuschlagen können, bevor Violet reagieren konnte?

»Womit sollen wir ihn also erleuchten?« Violet tippte sich mit ihrem glänzend schwarzen Fingernagel ans Kinn. »Mit der Mundbirne, dem Storch, der Ketzergabel oder mit der Spanischen Spinne? Ich denke, am besten verstümmeln wir ihn einfach.«

»Ausgezeichnete Idee, Vi. Er hat uns mit seinen Jägeraugen immer so kritisch beobachtet. Es wird mir ein Vergnügen sein, sie ihm auszustechen.« Er ging zu einem Tisch in der Nähe und drehte einen Campinggaskocher auf. Neben dem Kocher lag ein verrußter Esslöffel.

Als er ihn über die Flamme hielt, verkrampfte sich mir der Magen. Der Löffel wurde langsam heiß und Vincent lächelte mir dabei so nonchalant zu, als warte er nur, bis der Kaffee durchgelaufen war.

Selena war nun so nahe bei ihnen, dass sie zuschlagen konnte. Ich musste die Zwillinge nur von ihr ablenken. »Warum tut ihr das? Warum foltert ihr?«

»Folter ist unser Handwerk. Wir untersuchen die Qualen und die Lust des Fleisches«, antwortete Vincent. »Wir sind die Werkzeuge der Ersten. Die Ersten lernen durch uns.«

»Welche Ersten?« Aus den Augenwinkeln sah ich, wie die Bogenschützin sich geschmeidig an ihre Beute heranpirschte, und war froh, dass sie auf meiner Seite war.

Vincent drehte den Löffel um. »Die geheiligten Ersten, denen wir dienen.«

»Das verstehe ich nicht.«

Er atmete hörbar aus. »Was wir hören, wird gehört. Was wir sehen, wird gesehen. Was wir erfahren, wird erfahren.« *Na wenn du das sagst...* »Und an der Folter haben wir sehr schnell Geschmack gefunden. Wir sind Arkana.«

Die Logik wahnsinniger Zwillinge. »Arkana zu sein heißt doch nicht, dass man foltern muss.«

»Ach, dann sind der Alchemist und der Hierophant also friedlich gestorben?« Vincent warf mir einen abfälligen Blick zu.

Er hatte recht. Ich hatte sie beide qualvoll sterben lassen. »Das war reine Selbstverteidigung.« Aber hatte es der roten Hexe nicht doch einen gewissen Kick gegeben?

»Im letzten Spiel hat dir das Foltern auf jeden Fall

sehr viel Spaß gemacht!«, fuhr Violet mich an. Endlich zeigte sie unverhohlen ihren Hass. »Und ich glaube nicht, dass sich dein Geschmack diesbezüglich geändert hat.«

»Wovon redest du?«

Sie sah zu Vincent, dessen blasse Augen kurzzeitig schwarz wurden. »Sag es ihr. Die Ersten wollen ihre Reaktion sehen.«

»Du bist der Grund«, zischte Violet. »Deinetwegen foltern wir.«

»Hast du dich nie gefragt, weshalb wir mit unserer Armee nach Haven marschiert sind?«, fragte mich Vincent. »Wir wollten dich zur Gefangenen unserer Liebe machen. Wir wollten Rache. Aber so ist es sogar noch besser. Wir wissen, wie viel schwerer es ist, der Folter eines geliebten Menschen beizuwohnen. Du hast es uns selbst beigebracht.«

Ich?

»Keine Macht des Universums ist so destruktiv wie die Liebe. Das waren deine Worte«, fügte Violet hinzu. »Und du hattest recht damit.«

Ich schüttelte den Kopf. »W... wir sind uns doch noch nie begegnet. Ich weiß nicht, wovon ihr redet.«

»Tu doch nicht so ahnungslos!« Vincent spritzte der Speichel aus dem Mund. »Deine Familie führt Chroniken, genau wie unsere.«

»Ich habe meine Chroniken nie gelesen. Ich kenne nur Bruchstücke meiner Vergangenheit.«

Sie musterten mich kritisch. Offensichtlich glaubten sie mir.

»Dann werden wir dich mal auf den neuesten Stand bringen.« Violet stellte sich neben ihren Bruder. »Im letzten Spiel waren wir Verbündete, bis du uns verraten hast. Du hast mich mit deinen Ranken gefangen und gefesselt, doch mein geliebter Bruder war dir entkommen. Um ihn zu ködern, hast du mich so grausam gefoltert...«

»...dass ich mich freiwillig gestellt habe, nur um meine Schwester von ihren Qualen zu befreien«, sprach Vincent weiter. »Ich habe mich für sie geopfert. Nun, zumindest hast du dann Wort gehalten und uns ein schnelles Ende bereitet.«

»Alles, was wir tun, tun wir deinetwegen.« Violet streckte die Hand nach Vincent aus und spielte mit einer Haarsträhne in seinem Nacken. »Bei allem, was unsere Familie unternimmt, beherrschst du unsere Gedanken. Mein Vater nannte mich Violet, weil das Veilchen die einzige Blume sein sollte, die du niemals kontrollieren wirst. Nie wieder.«

Sie redete, als ob ich die Zwillinge zu dem gemacht hätte, was sie waren. So wie sie selbst neue Wiedergänger erschufen. In mir stieg wieder Übelkeit auf.

Schreckliche Worte lagen mir auf der Zunge: *Ich habe nur das Spiel gespielt.* Aber ich sagte nichts.

Wenn ihre Geschichte der Wahrheit entsprach, war ich hier die Böse.

Plötzlich wurde mir bewusst, dass sie wahr sein musste.

Sie stand in ihren Chroniken.

»Wir sind auserwählt, Herrscherin«, sagten Vincent und Violet mit einer Stimme. »Wir sind die ausgleichende Gerechtigkeit. *Wir* erinnern uns. Du wirst es bald sehen. Wir werden dich sehr lieben.«

Ich dachte schon, nun nehmen sie sich jeden Moment bei der Hand und schwingen die Arme, doch Violet spielte nur weiter mit Vincents Haaren. Den Sensor behielt sie dabei fest in der Hand. Ihr Bruder hielt noch immer den Löffel über die Flamme. Wann würden die beiden ihre Arkana-Kräfte offenbaren?

Mein Blick huschte zu Selena. Was sie wohl von alledem hielt?

Sie war schon so nah dran. Ich musste ihr noch etwas Zeit verschaffen. »Ich bin nicht mehr dieselbe wie im letzten Spiel«, erklärte ich den Zwillingen. »Was man euch angetan hat, finde ich grausam und abstoßend. Und trotzdem wollt ihr mich bestrafen?«

Vincent ließ ein Raubtierlächeln aufblitzen. »Ja, und zwar auf unaussprechlich brutale Weise.«

Gemeinsam fügten beide hinzu: »Übung macht den Meister.«

Ich unterdrückte ein Schaudern.

»Ihr beide werdet dabei zusehen, wie wir den Mann, den ihr liebt, brechen und töten«, sagte Vincent. »Anschließend nehmen wir dich und die Bogenschützin als Gefangene unserer Liebe mit nach Norden. Dort werdet ihr die Ersten mit eigenen Augen sehen – bevor wir sie euch ausstechen natürlich.« Sein Blick fiel auf Selena. Sie stand bewegungslos da.

»Bis zu unserer Ankunft wird dein Arm verheilt sein,

Bogenschützin«, verkündete er ihr. »Die Ersten werden einen makellosen Körper zur Transformation erhalten.«

Woher wusste er von ihrem Arm? Spitzel? »Warum wollt ihr Selena foltern? Sie hat euch nichts getan.«

»Der Körper der Bogenschützin«, bemerkte Violet versonnen, »glüht rot. Das ist die Farbe des Blutes. Die Ersten sind fasziniert von so etwas. Sie werden sie ganz persönlich quälen wollen.«

»Selena dient unserem Vergnügen.« Vincent löste den Blick von ihr. »Du wirst das Opfer ausgleichender Gerechtigkeit sein.«

»Das werde ich niemals zulassen«, gab ich zurück.

»Und wie willst du uns aufhalten, Herrscherin über eine Welt aus Asche?«, spottete er. »Wir hatten ein wenig mehr von dir und den anderen erwartet. Wir haben eure Rufe gehört, als ihr euch zusammengerottet habt. Und nun wagen es nur zwei von euch, uns anzugreifen? Das macht doch keinen Spaß.«

Violets Hand glitt nach unten und strich über Vincents Rücken. »Wir spielen gern und lieben Spaß. Aber ihr taugt weder für das eine noch für das andere.«

»Es kommen noch mehr«, blufftte ich. »Die echten Stars unseres Bündnisses. Wir zwei sind nur die Vorband.«

»Wer ein Bündnis eingeht, muss sich immer wieder neu entscheiden«, sagte Vincent. »Wann er es einhält und wann er es bricht. Mit anderen Worten, kein

Arkana wird jemals ein zuverlässiger Verbündeter sein. Ihr benutzt euch nur für kurze Zeit gegenseitig.«

Mein Verhältnis zum Tod bestätigte das. Aber was war mit Selena, die trotz gebrochener Knochen Finn nach Hause geschleppt hatte? »Das stimmt nicht. Nicht mehr. Dieses Spiel ist anders. *Wir* sind anders.«

Unbeeindruckt von meinen Worten ließ Violet von ihrem Bruder ab und stellte sich mit dem Sensor in der Hand gemächlich hinter Jack. »Gefangene unserer Liebe erzwingen gewisse Entscheidungen. Wird der Rest eures Bündnisses kommen, um euch und den Jäger zu befreien?«

»Natürlich«, log ich. Aber würde Gabriel tatsächlich zurückkommen? Er hatte gesehen, wie ich Tess meine Klauen in die Schulter gejagt hatte. Ich war ausgerastet, genau wie Joules es vorhergesagt hatte.

»Bist du dort drüben so weit, Vi? Gleich ist er heiß genug.« Mir erklärte Vincent: »Wenn der Löffel die Wimpern versengt, bevor das Metall das Fleisch berührt, hat er genau die richtige Temperatur.«

Violet packte Jack wieder an den Haaren und hob seinen Kopf an. »Wach auf, Herzbube!« Sie schüttelte ihn. Keine Reaktion. »Er wird zu sich kommen, wenn du so weit bist, Geliebter.«

»Wenn ihr *mir* die Augen ausstecht«, sagte ich hastig, »bilden sich neue.« Zumindest glaubte ich das. »Ich habe mir vor ein paar Monaten selbst den Daumen abgetrennt und er ist nachgewachsen. Wollt ihr das nicht sehen? Mir könntet ihr die Finger immer wieder abschneiden.« Nie hätte ich für möglich gehalten, dass ich so etwas einmal sagen würde.

Vincent winkte abwehrend mit der Hand. »Dazu kommen wir später.« Er inspizierte den zischenden Löffel.

Ich langweile ihn. Denk nach, Evie! »Wo im Norden halten sich die Ersten denn auf? Sind die Ersten euer Vater und seine Armee?«

Selena umklammerte den Schwertgriff, ihre Muskeln waren aufs Äußerste gespannt...

»Aber, aber, Bogenschützin.« Geschickt zog er mit der freien Hand Selenas Pistole aus dem Hosenbund und entsicherte sie.

Selena erstarrte.

Ganz offensichtlich wusste er mit einer Pistole umzugehen. »Stell dich neben die Herrscherin«, befahl er. »Ich möchte, dass ihr beide euch das aus der ersten Reihe anseht.«

Selena drehte sich zu mir um, ihr Gesichtsausdruck versetzte mir einen Schlag in die Magengrube.

Noch nie hatte ich sie so verzweifelt gesehen. Zum ersten Mal, seit ich die Bogenschützin kannte, hatte sie keine Ahnung, was sie als Nächstes tun sollte.

13

»Alles, was wir ihm antun, werden wir auch euch antun«, erklärte mir Vincent, während er auf Jack zuging.

Violet war ihre Vorfreude deutlich anzusehen. »Oh, wie ich mir seine Schreie herbeisehne. Er wird wahnsinnig gut aussehen, wenn er schreit«, fügte sie kichernd hinzu.

»Was soll das heißen, Vi?«, brummte Vincent eifersüchtig.

»Natürlich bei Weitem nicht so gut wie du, mein Lieber.«

Während die beiden ihr Geplänkel austrugen, flüsterte ich Selena zu: »Nimm mich als Schutzschild. Schnapp dir den Sensor.«

»Du bist genial, Evie.« Sie packte mich an der Schulter. »Fertig?«

Ich nickte, bereit für die Kugeln...

Über uns ertönte ein schrilles Pfeifen. Es klang wie eine heranfliegende Rakete. Dann hob sich mit einem explosionsartigen Geräusch das Zeltdach... flog nach oben und verschwand in der Nacht.

Gabriel?

Er hatte sich im Vorüberfliegen einfach das Zelt geschnappt!

Die Balken stürzten zusammen, die Möbel wackelten. Selena nutzte die Verwirrung der Zwillinge, riss ihr Schwert aus der Scheide und stürzte sich auf Violet. Blitzschnell schlug sie ihr den Arm ab und bekam den Sensor zu fassen, noch bevor dieser auf den Boden fiel.

Sie wischte Violets Daumen zur Seite und legte ihren eigenen auf den Knopf. »Hab ihn, du Miststück.«

Obwohl ihr das Blut aus dem Stumpf schoss, lächelte Violet sie an. »Damit hatte ich nicht gerechnet, Bogenschützin. Nimm dich in Acht vor der Herrscherin.« Sie fiel um wie ein Brett.

Selena stürzte sich auf sie, um ihr den Rest zu geben. Mit einem Schrei richtete Vincent die Pistole auf Selena.

Ein Schuss. Sie duckte sich.

Er hatte sie ... verfehlt.

Nun war die Bogenschützin erst richtig sauer. »Ich werde dir dieses Schwert in den Arsch schieben, Vince.« Die bluttriefende Waffe in der erhobenen Hand, stürzte sie sich auf ihn. Er zielte noch einmal.

»Die Augen zum Himmel, liebe Leute!«

»Achtung, Evie!« Mitten im Sprung machte Selena eine Drehung und schlug mir den Arm gegen die Schulter.

Der Schlag war so gewaltig, dass ich quer durch den Raum segelte. Ich landete direkt vor Jack.

»Schütze J. D.!«

Ich schnellte hoch und schnitt mit den Klauen das Seil durch. Jack brach in sich zusammen und ich legte mich auf ihn.

Den Daumen immer noch fest auf dem Sensor, stieß Selena vor uns einen Tisch um – genau in dem Moment, als sich ein Speer in Vincents Oberkörper senkte.

Pop.

Vincent starrte an sich herunter. Dann schrie er: »*Ich kehre zurück zu den ERSTEN!*«

Er explodierte. Über uns zuckte ein Blitz. Die Schockwelle traf den Tisch, der sich auf uns zuschob wie eine Autopresse.

»*Ahhh!*« Selena stemmte sich mit den Beinen dagegen, um ihn aufzuhalten. Das Holz splitterte. Die Tischplatte zerbarst unter ihren Stiefeln!

Wie stark ist dieses Mädchen? Sie biss die Zähne zusammen und beschützte uns mit all ihrer Kraft.

Als die sengende Hitze endlich nachließ, erhob ich mich von Jack und trennte ihm mit den Klauen den Metallring vom Hals. Erleichtert warf ich ihn in eine Ecke. Über den Rand der Tischruine lugend suchte ich das Schlachtfeld nach weiteren Gefahren ab.

Von Vincent war nicht viel übrig geblieben und auch Violet war nur noch ein verkohltes Häufchen Fleisch. Hinter uns waren sämtliche Stallboxen in sich zusammengebrochen und brachten das Ausmaß der Gräueltaten der Liebenden erst so richtig ans Licht.

Der Blitzschlag hatte die Wiedergänger ausgelöscht – und auch die fünf anderen Opfer. Endlich waren sie von ihren Qualen erlöst.

Zurück zu Jack. »Kannst du mich hören?« Ich durchtrennte die Fesseln an seinen blutverkrusteten Handgelenken. »Sag doch was, bitte!« Er stöhnte vor Schmerz, wachte aber nicht auf.

Selena erhob sich mühsam. »Prüf seinen Puls.«

Ich legte ihm zwei Finger an den Hals. »Scheint gleichmäßig zu sein.« Meine Panik legte sich ein wenig. »Alles in Ordnung, Selena?«

Aus einer Schnittwunde an ihrer Schläfe floss Blut. »Mir geht's gut. Hast du das Halsband abbekommen?«

Ich deutete mit dem Kinn auf die Ecke, in der es lag.

Selena starrte auf den Sensor in ihrer Faust. Als sie ihn fallen ließ, schoss der Nagel in die Mitte des leeren Rings.

Ich zitterte. Um ein Haar wäre Jack tot gewesen.

»Er wird wieder, Evie.« Selena fuhr sich mit der Hand über die Schläfe. Als sie das Blut sah, zuckte sie nur mit den Achseln. »Im Lager auf der anderen Flussseite gibt es einen Arzt. Er ist zwar eigentlich Fußpfleger, aber in diesen Zeiten darf man nicht wählerisch sein.«

Das Brandmal auf Jacks Brust nässte. »Was ist das für ein Zeichen?«

»Das Symbol der Liebenden. Es ist auch ihr Arkana-Zeichen.«

»Diese Freaks haben ihn als ihren Besitz gebrandmarkt.« Als Gefangenen ihrer Liebe. »Und seine Schultern sind ausgekugelt. Was haben sie ihm noch alles angetan?«

»Sie hatten wohl gerade erst angefangen.« Selena sah ihn voller Bewunderung an. »Was immer sie auch mit ihm gemacht haben, er wird sich erholen. Jack steckt das weg.«

»Gibt es hier irgendwo eine Decke? Oder irgendetwas anderes, womit man ihn zudecken könnte?« Moment mal ... »Wo ist denn sein Rosenkranz? Wir müssen ihn für ihn finden.« Er hatte seiner Mutter gehört.

»Bin schon unterwegs, Herrscherin.« So nannte Selena mich nur, wenn ich mir ein wenig Respekt bei ihr verdient hatte. Sie begann, die Sachen der Liebenden zu durchwühlen, und fand eine Bettdecke, die sie zusammengeknüllt zu mir herüberwarf.

Ich breitete sie über Jack aus und legte seinen Kopf in meinen Schoß. Die Tränen schossen mir in die Augen, während ich mit den Fingern über seine linke Gesichtshälfte strich. Die rechte Hälfte war bis zur Unkenntlichkeit geschwollen, die Haut übersät mit Blutergüssen.

Was konnte er noch alles ertragen? Ich wollte nicht, dass er noch mehr *wegstecken* musste. Schon vor der Apokalypse hatte er so viel erdulden müssen. Er musste sich von den Arkana trennen. Von *mir*. Eine Träne fiel auf seine Wange.

Mit einem eleganten Flügelschlag landete Gabriele direkt neben uns und versetzte die umstehenden Soldaten in Erstaunen. Dann kam Joules zu uns herübergeschlendert.

Nach der Vorlage von Gabriel hatte der Turm seinen ersten tödlichen Treffer gelandet. Bald würde er das Zeichen der Liebenden als kleines Symbol auf der Hand tragen.

Eine Jagdtrophäe. Oder eine Anzeige des Spielstands?

»Na, Mädels, wie hat euch mein Blitzschlag gefallen?« Joules machte eine übertriebene Verbeugung. »Auf einer Skala von eins bis hundert war das allerdings nur eine Eins. Muss zur Rettung der Situation der Turm anrücken, sind Kollateralschäden leider unvermeidlich.«

»Du hättest uns bei lebendigem Leibe braten können«, beschwerte sich Selena.

»Geschieht euch beiden ganz recht, nachdem ihr fast Tess umgebracht hättet. So hab ich sie noch nie gesehen. Sie hätte fast ins Gras gebissen.«

Ach du meine Güte, Tess! »Geht es ihr gut?« Der mächtige Zorn – und die Selbstherrlichkeit – der roten Hexe waren verschwunden, und die Erinnerung an das, was ich getan hatte, ließ mich heftig zusammenzucken.

Gabriel zeigte mir die Krallen. »Sie wird sich erholen. Mit der Zeit.«

»Hiermit erkläre ich ihr Dasein als Lachnummer der Arkana offiziell für beendet«, sagte Selena. »Wäre sie nicht gewesen, hätten sie Jack mit einem heißen Löffel die Augäpfel herausgepult.«

Gabriel sah uns nicht mehr ganz so finster an.

»Scheiße, echt?« Joules betrachtete die zerstörten Foltergeräte und pfiff leise durch die Zähne. »Tess wird in den nächsten paar Tagen wieder in Form kommen. Sicher ist sie froh, dass sie euch behilflich sein konnte. Das Mädchen hilft gern.«

»Könntest du Jack zum Arzt fliegen?«, fragte ich Gabriel. Ich wollte ihn ungern alleine lassen, aber er brauchte dringend ärztliche Hilfe.

Mit einem Nicken hob Gabriel mühelos Jacks großen, kräftigen Körper hoch und legte ihn sich über die Schultern.

Merke: Auch Gabriel besitzt übermenschliche Kraft. Mit schmerzverzerrtem Gesicht spreizte er die verletzten Flügel und hob ab.

Ich sah ihm und Jack hinterher, bis sie am Nachthimmel verschwunden waren.

Selena wühlte sich durch den Inhalt einer umgekippten Truhe. »Warum bist du überhaupt hier, Turm? Hast du deine Meinung von *Nur über meine Leiche* zu *Scheiß drauf* geändert?«

»Wollte der Herrscherin nur einen Gefallen tun. Jetzt schuldet sie mir was. Außerdem hatte Gabe verkündet, er würde dich auf jeden Fall retten, selbst wenn es ihn seinen Flügel kostet.« Joules sah mich an. »Was ist überhaupt passiert?«

Ich schilderte ihm kurz die Höhepunkte. »Danke übrigens für deinen Einsatz«, beendete ich meinen Bericht. »Aus welchem Grund auch immer du dich umentschieden hast. Du bist ein wahrer Held.« Er wurde ein bisschen rot. »Scheint dir ganz gut zu gefallen.«

»Ach, verpiss dich«, gab er schroff zurück. Dann schlurfte er davon.

»Ich hab J.D.s Sachen.« Selena kam mit Jacks Überlebensrucksack und seiner Armbrust auf dem Rücken zurück. In ihrer freien Hand baumelte der Rosenkranz.

»Du hast den Rosenkranz gefunden!« *Rosen*-kranz. »Kann ich ihn haben? Den Rucksack auch?« Murrend gab sie mir die Sachen. Ich steckte die Perlenkette in die Hosentasche und drückte den Rucksack an meine Brust.

Sie ließ sich neben mich fallen.

Da saßen wir nun, Selena und ich, Schulter an Schulter im Nieselregen, als wäre in den letzten Monaten nichts geschehen. Als wären wir noch immer ein Team.

Und als liebten wir nicht denselben Mann.

»Die Chroniken der Liebenden konnte ich leider nicht finden«, sagte sie.

»Die muss ihr Vater haben.« Diese Schlacht war für die Bogenschützin und mich gerade noch mal gut ausgegangen. Aber nun waren die Liebenden tot. Warum wurde ich dann dieses ungute Gefühl nicht los? Okay, um den General mussten wir uns noch kümmern. Aber ein Sterblicher konnte ja kein allzu großes Problem sein. »Wird Milovníci nach allem, was heute Nacht passiert ist, weiterhin Leute terrorisieren?«

»Wer weiß? Sicher ist nur, dass er sich schon bald mit seinen Sprösslingen treffen wollte.«

Es kamen immer mehr Soldaten, um uns, die Leichen und die Foltergeräte anzugaffen. Soldat Franklin kam direkt auf uns zu. Seine Haare waren von der Gasmaske noch immer platt gedrückt. »Kommt Deveaux wieder in Ordnung?«

»Ich denke schon. Danke, dass du fragst.«

Er stocherte mit der Fußspitze in einem blutigen Klumpen Sägemehl herum. »Bist du seine Freundin?«

Selena zog die Augenbrauen nach oben, gespannt, was ich antworten würde.

»Jack und ich sind zusammen zur Schule gegangen.« Fünf Tage. »Nach dem Blitz haben wir uns dann wiedergetroffen. Ich bin Evie. Das hier ist Selena. Tut mir leid, dass wir vorhin hier so eingefallen sind. Wir hatten es ein wenig eilig.« Er nickte. »Kennst du Jack?«, fragte ich ihn.

»Ich habe bei den Louisiana-Reservisten von ihm gehört. Das war noch bevor die Aso die Truppe übernommen hat. Er hat sich als Armbrustjäger einen echten Namen gemacht. Hunderte von Wiedergängern getötet, ohne eine einzige Kugel zu verschwenden.«

Der Mann, der die Monster das Fürchten lehrte.

Selena erzählte mir: »Wir haben auch Typen aus Kanada getroffen, die alle schon von Jack gehört hatten, aus unterschiedlichen Quellen. Bei ihnen ging die Zahl der getöteten Widerlinge sogar in die Tausende.«

War Jack zu einem Volkshelden geworden?

Mit ihrem gewohnten Feingefühl fragte Selena Franklin: »Und wer war der Typ, der an der Kurbel hing?«

»Vor einigen Monaten haben ein paar unserer Jungs Deveaux geholfen, dem Erschießungskommando des Generals zu entkommen.« Franklin sah zur Seite. »Die Zwillinge haben sie gefoltert. Dem Letzten, der noch lebte, haben sie die Gedärme Zentimeter für Zentimeter aus dem Leib gezogen.«

Das war es, was ich gesehen hatte. Das schleimige Seil. Großer Gott. Die Liebenden hatten Jack dazu zwingen wollen, an der Kurbel zu drehen. Er hätte einen Mann foltern sollen, der ihm das Leben gerettet hatte.

»Habt ihr nie daran gedacht, diesen Männern zu helfen?«, fragte Selena. »Oder den vieren, die sie in Widerlinge umgemodelt haben?«

Franklins Scham war deutlich spürbar. »Ich wollte ihnen ja helfen! Aber ich habe einen kleinen Bruder bei der Aso Nord. Er ist erst zwölf. Jedes Mal, wenn ich mich den Befehlen widersetzt habe, habe ich mein Leben riskiert – und das meines Bruders. Überall sind Spitzel.« Ein langes Ausatmen. »Oder waren. Sie sind abgehauen. Fliehen in Richtung Norden.«

»Was passiert nun mit den Frauen hier?« Ich suchte die Menge nach der Frau mit den Fußfesseln ab.

»Auf Befehl von Deveaux habe ich veranlasst, dass sie freigelassen, beschützt und verpflegt werden.«

Ich sah ihn fragend an. »Auf Deveauxs Befehl?«

»Er hat nun das Kommando hier. In seinen Botschaften hatte er uns versprochen, diejenigen unter uns anzuführen, die sich die Finger nicht schmutzig gemacht haben und bereit sind, Menschen in Not zu beschützen.«

»Danke, Franklin. Ich werde ihm sagen, dass du nach ihm gefragt hast.« Nachdem er gegangen war, fragte ich Selena: »Jack hat das Kommando? Was hat er mit all dem zu tun? Warum hilft er völlig Fremden?« Jedes Mal, wenn ich mich um andere gesorgt hatte, hatte er heftig protestiert. *Wenn wir überleben wollen, können wir uns nur um uns selbst kümmern*, hatte er gesagt.

»Falls Jack die Führung übernimmt, könnten wir auch die andere Hälfte der Aso befreien.«

»Das klingt nach einer Menge Verantwortung.«

Selena nickte. »Er hat sich verändert.«

Ich wollte wissen, was genau sie damit meinte, aber um uns herum versammelten sich immer mehr neugierige Soldaten. Als sie begannen, Selena und mich unverhohlen anzustarren, kam Joules zurückmarschiert und zauberte einen Speer in seine Hand.

Er ging vor uns auf und ab und wirbelte ihn dabei drohend durch die Luft. Passte er auf uns auf? »Hey, wie wär's mit einem Ritt auf meinem Blitz, mein Freund?« Im Nieselregen sprühte seine elektrisch geladene Haut Funken.

»Die Soldaten können von Arkana gar nicht genug bekommen«, meinte Selena. »Jungs, die mit Blitzen werfen, Mädchen, die Ranken sprießen lassen, und fliegende Engel.«

»Keiner hier hat gesehen, wie ich Ranken wachsen lasse. Oder, na ja, eigentlich schon, aber das war, bevor wir die Zeit zurückgedreht hatten.« Schon wieder so ein Satz, von dem ich nie geglaubt hätte, dass ich ihn einmal aussprechen würde. »Was für eine Nacht.« Mein Kopf fühlte sich an wie in Watte gepackt, der Verstand hinkte den Geschehnissen hinterher. »Wusstest du von dem, was zwischen mir und den Liebenden war? Stimmt es, was sie über das letzte Spiel gesagt haben?«

»Ja, das war nicht gelogen.«

»Wäre nicht schlecht gewesen, wenn ich das gewusst hätte, bevor ich da reingegangen bin.« Warum hatte der Tod mir nichts davon erzählt?

Sie zuckte mit den Achseln. »Ich hatte mir schon überlegt, es dir zu sagen. Aber ich wollte nicht, dass du kneifst, nur weil zwei Serienmörder mit eigener Armee sich in den Kopf gesetzt haben, dich zu verstümmeln und zu töten.«

Na klar. »Und woher weißt du so genau, was ich damals getan habe?«

»Es steht in meinen Chroniken. In früheren Spielen war die Bogenschützin immer mit Gefolge unterwegs, mit einer Art Kriegskorrespondenten. Sie haben die Überreste der Liebenden gesehen – und sie trugen definitiv den Stempel der Herrscherin.«

Den Stempel der roten Hexe.

Selena untersuchte ihren geschwollenen Arm. »Matthew hätte dir das alles erzählen müssen. Er hätte auch J. D. vor seiner Gefangennahme warnen müssen. Und ein kleiner Hinweis auf die Priesterin wäre ebenfalls hilfreich gewesen.«

»Ihm kannst du nicht die Schuld geben. Er tut, was er kann. Vielleicht sagt er uns ja auch, was wir wissen müssen, und wir verstehen ihn nur nicht.« So wie ich ihn nicht verstanden hatte, als er mir von Tess' Fähigkeit, die Zeit zu manipulieren, erzählt hatte.

»Wie hast du die Priesterin überhaupt besiegt?«

»Sie hat Wassertentakel geschickt, die ich mit meinen Ranken abgeschnürt habe.«

»Tentakel? Sie hätte dich wie einen Guppy in den Fluss spülen oder einen Tsunami über dich hereinbrechen lassen können, Evie. Sie hat nur mit dir gespielt.«

Jedes Mal, wenn ich dachte, es wäre die letzte böse

Karte gewesen, die wir töten mussten, tauchte eine neue auf.

Als ob sie meine Gedanken lesen könnte, fragte Selena: »Glaubst du immer noch, dass wir dem Ganzen ein Ende bereiten können?«

»Hier gilt kein Treueschwur«, sagte ich mit gedämpfter Stimme. »Zusammen sind wir vier Zeichen wert, aber weder Joules noch Gabriel haben uns angegriffen.«

»Man fragt sich wirklich, wer von uns beiden die Verrücktere ist. Du, weil du davon überzeugt bist, wir könnten das Spiel beenden, oder ich, weil ich langsam anfange, dir zu glauben«, sagte sie. »Nie hätte ich gedacht, jemand wie du könnte etwas anderes anführen als eine Cheerleadermannschaft.«

»Sind wir in postapokalyptischen Zeiten nicht alle gezwungen, uns ein wenig weiterzuentwickeln?«

Sie reckte ihr Gesicht in den Regen, der zwischenzeitlich eingesetzt hatte. »Oh Mann, Evie. Was, wenn es klappt? Was, wenn wir alle in Frieden leben und unsere Kräfte für gute Zwecke einsetzen könnten?«

Denselben Gedanken hatte ich auch schon gehabt! »Wir könnten unsere Bestimmung ändern.« Könnten grauenvolle Verbrechen bekämpfen, egal welcher Art.

»Solange uns keine bösen Arkana in die Quere kommen.« Selena sah mich an. »Wo wir gerade davon reden: Was läuft da eigentlich zwischen dir und dem Tod?«

Zwischen mir und dem Tod? Nun ja, ich war auf der Flucht vor ihm und er wollte mich mit dem Schwert erschlagen. Wobei die Zwillinge unser Verhältnis wohl eher als aufkeimende Liebe bezeichnet hätten.

Seit ich geflohen war, hatte der Tod mich nicht mehr telepathisch kontaktiert. Und eingeholt hatte er mich auf dem Weg hierher auch nicht. Was, wenn er ... gar nicht mehr in der Lage dazu war? »Ich habe von ihm mehr über meine Vergangenheit erfahren. Aric hatte sehr gute Gründe, mich zu hassen, was für dich sicher nichts Neues ist.«

»Du nennst den Tod *Aric*?«, stieß sie hervor. »Dieser Mörder hat einen menschlichen Namen?«

»Es gibt nicht nur Schwarz und Weiß«, beharrte ich. »Inzwischen mag ich ihn.« Das schien sie noch mehr anzuwidern als das Geknutsche der Zwillinge. »Sobald er mir über den Weg läuft, schieße ich ihm einen Pfeil ins Herz.«

»Na dann viel Glück. Beim letzten Versuch ist dein Pfeil an seiner Rüstung zersplittert.«

»Scheiße, du magst ihn wirklich? Spielen wir hier verkehrte Welt? Und was ist mit J. D.?«

»Bisher hatte ich nur seine Rettung im Kopf. Sobald ich ein wenig Zeit habe, werde ich über alles, was passiert ist, nachdenken.« Und sobald ich mich ein wenig ausgeruht habe. Während der letzten Tage hatte ich nur ein paar Stunden Schlaf.

»Nicht nur J. D. hat sich in den letzten Monaten

verändert. Auch zwischen mir und ihm ist es nicht mehr wie vorher.«

Hatte Jack, als er glaubte, er hätte mich für immer verloren, Selena das gegeben, was sie sich auf dieser Welt am allermeisten wünschte?

Sich selbst?

Plötzlich war ich traurig und besorgt zugleich. Ich hatte mir gewünscht, Jack wäre von diesem kranken Spiel so weit weg wie möglich. Aber wenn er nun mit einer anderen Karte zusammen war ...

Es war mir nicht in den Sinn gekommen, dass er mich womöglich gar nicht zurückwollte. Dass ihm vielleicht gar nichts daran lag, mir seine Version der Geschichte zu erzählen. »W... was ist nicht mehr wie vorher?«

Bevor Selena mir eine Antwort geben konnte, landete der Engel wieder neben uns. »Jack ist nun beim Arzt.«

»Danke, Gabriel.«

Erschöpft nickte er mir zu. Vielleicht sollte als Nächster er zum Arzt gehen. Seit seinem Sturzflug auf das Zelt hatte das Einschussloch die Größe eines Salattellers.

Er reichte Selena seine Hand mit den spitzen Krallen. »Ihre Kutsche wartet, Mylady.« Ich fand das süß, aber sie verdrehte nur die Augen und stand alleine auf.

Sie konnte ja nicht wissen, dass er sie als Erste rausgeflogen hatte, bevor Tess die Zeit zurückgedreht hatte. »Sollten wir nicht lieber die Brücke nehmen?« Ich deutete mit dem Kinn auf seinen Flügel.

»Die Brücke ist noch nicht hundert Prozent gesichert.« Er sah mir tief in die Augen. »Es ist zu gefährlich für dich und *Selena*.«

Oh, klar. Solange er sie in den Armen halten konnte, waren ihm Schmerzen gleichgültig.

Er zog Selena in seine Arme und drückte sie fest an sich. Sie machte ein finsteres Gesicht. »Wir reden später weiter, Evie.«

Ich streckte einen Daumen in die Höhe. Als Antwort zeigte mir Selena den Stinkefinger, während Gabriel sich mit ihr in die Lüfte schwang.

»Hey, Blumenmädchen!«, rief Joules. »Wie lange dauert es, bis so ein Zeichen auf der Hand erscheint?« Offensichtlich wollte er unbedingt seine Trophäe haben.

Es war mir unangenehm, dass ich die Antwort auf seine Frage quasi doppelt kannte. »Eigentlich taucht das Mal sofort auf.«

»Wer zum Teufel hat mir dann mein Zeichen gestohlen?«

14

Jack schlief. Ich saß auf der Kante seines Feldbetts und ließ mir die Prognose des Arztes noch einmal durch den Kopf gehen.

Die Untersuchung von Jacks Schädel hatte ergeben, dass er zwei schlimme Beulen und wahrscheinlich eine Gehirnerschütterung hatte. Die ausgerenkten Arme hatte der Mann wieder in die richtige Position gebracht. Danach hatte er die Wunden gereinigt und die wüste Verbrennung auf der Brust verbunden.

Er hatte Jack eine vollständige Genesung prognostiziert – unter der Voraussetzung allerdings, dass er es in den nächsten Wochen etwas langsamer angehen ließ. Zudem hatte er mir verraten, wie lange Jack das Symbol der Liebenden, dieses Mahnmal der Folter, noch tragen musste.

Für den Rest seines Lebens.

Am liebsten hätte ich irgendetwas vergiftet.

Stattdessen zog ich meine sprießenden Klauen wieder ein und flüsterte Jack ins Ohr: »Ob mit oder ohne Brandmal, für mich wirst du immer atemberaubend schön sein.« Zärtlich steckte ich ihm die Decke fest, überrascht, wie sehr ich ihn noch liebte.

Ich hatte mich so bemüht, über ihn hinwegzukommen, aber es war mir nicht gelungen. Im Gegenteil, ich war schon stolz gewesen, wenn ich es geschafft hatte, nur eine Stunde nicht an ihn zu denken.

Aber da stand so viel zwischen uns. Zu viel Misstrauen, zu viele Risiken.

Ich musste ihn gehen lassen, musste ihn von all dem hier wegführen. Und doch wollte ich nichts lieber, als mich neben seinem geschundenen Körper zusammenzurollen ...

Draußen im Lager hörte ich Joules auf den Holzstegen hin- und herstampfen. Er machte Stunk wegen des fehlenden Zeichens und hatte schon auf eine verbindliche Handkontrolle bei allen Arkana bestanden.

War mit seinem Mal etwas schiefgelaufen, weil Selena als Erste zugeschlagen und den Angriff eingeleitet hatte?

Matthews Antworten auf Joules' hitzige Fragen – und meine – waren nicht annähernd zu verstehen gewesen. Der Arme hatte fix und fertig ausgesehen.

Ich sah hinüber in seine Zelthälfte. Es war irgendwie bedrückend, dass er auf dieser Welt nichts besaß außer seinem Überlebensrucksack, einem alten Schulbuch und irgend so einer Science-Fiction-Spielfigur.

Und was hatte Jack neben dem Bett liegen? Diverse Branchenzeitschriften für Elektriker, Mechaniker oder Bauunternehmer. Und unter dem Bett? Dort lagerten mehrere Whiskeyflaschen. Ich fragte mich, ob er noch trocken war. Auf einem kleinen Schreibtisch lagen regionale Landkarten, die er abgezeichnet und mit den Veränderungen in der Landschaft versehen hatte.

Mein Blick fiel auf Jacks Rucksack. Ich zog den Reißverschluss auf und sah hinein. Zwischen seiner Überlebensausrüstung steckte noch immer die Ausgabe von *Robinson Crusoe*, die ich ihm geschenkt hatte.

Und da war auch das Handy, das Brandon, meinem früheren Freund und Jacks Halbbruder, gehört hatte. Nicht, dass es noch funktionieren würde. Jack hatte mir gestanden, er wäre ständig auf der Suche nach Strom gewesen, um sich die Filme und Bilder von mir ansehen zu können.

In einem kleinen Rekorder fand ich sogar noch die Kassette mit meiner Lebensgeschichte, die der Alchemist aufgenommen hatte.

Sicher hätte Jack all diese Dinge nicht die ganze Zeit mit sich herumgeschleppt, wenn er mich schon abgehakt hatte.

Ich zog einen Umschlag mit Fotos heraus. Die erste Nacht, die ich mit ihm unterwegs gewesen war, hatte er mir den kompletten Inhalt seines Rucksacks gezeigt, nur bei den Fotos hatte er nicht gewollt, dass ich sie mir ansah.

Jetzt bin ich an der Reihe, Jack. Ich blätterte sie durch, konnte aber nichts Schlimmes finden – nur Bilder von seinen Freunden und seiner Mom.

Jack rührte sich. Wachte er auf? Schnell stopfte ich alles zurück in den Rucksack. Er schlug die grauen

Augen auf. Sie waren matt, blutunterlaufen und doch so vertraut. »Evangeline?« Er blinzelte ungläubig. »Bist du das? Oder träume ich nur?« Seine Stimme klang völlig erschlagen.

Drei Monate waren wir getrennt gewesen. Es fühlte sich an wie drei Jahre.

»Ja, ich bin hier bei dir.« Ich nahm seine Hand. »Du bist in Sicherheit.«

Er zog die Augenbrauen nach oben und strich mir mit seinen schwieligen Fingern über die Haut, wie um zu testen, ob ich echt war. »Ich hätte nie gedacht, dass ich den Zwillingen entkommen würde – geschweige denn dich wiedersehen.«

»Der Lagerarzt hat dich wieder zusammengeflickt. Alles wird gut.«

»Und du pflegst mich? *Ma belle infirmière.*« Meine schöne Krankenschwester. Es hatte ihm schon immer gefallen, wenn ich mir Sorgen um ihn machte.

»Ah, bevor ich's vergesse...« Ich zog den Rosenkranz aus der Hosentasche.

Er warf einen kurzen Blick darauf, dann sah er wieder mich an. Mit einer Grimasse, die sein anbetungswürdiges Lächeln erahnen ließ, sagte er: »Meine Gebete wurden schon erhört, *non?*«

Eine Antwort darauf sparte ich mir. »Selena hat ihn gefunden.« Ich beugte mich vor und legte ihn ihm um den Hals.

»*Merci.*« Er sah zu mir auf. »Mein Gott, wie habe ich

diese blauen Augen vermisst. *Ma fille aux yeux bleus.«* Mein Mädchen mit den blauen Augen. »Ich dachte schon, ich würde sie nie wieder sehen.«

Das hättest du auch beinahe nicht.

Dann starrte er auf etwas hinter mir. »Was zum Teufel...?«

Zyklop hatte seine Schnauze durch den Zelteingang gesteckt. »Oh, einer von Larks Wölfen beschützt mich. Das ist eine längere Geschichte. Er tut dir nichts.«

Jack schaute immer verwirrter aus der Wäsche.

Um ihn abzulenken, sagte ich: »Hey, sobald du wieder auf den Beinen bist, musst du mir das alles hier mal zeigen. Es gibt nicht viele Jungs, die ein eigenes Fort haben.«

»Du darfst nicht wieder weggehen.« Seine Muskeln verspannten sich, er stöhnte. »Versprich mir, dass du nicht weggehst.«

Wohin sollte ich schon gehen? Ein Zuhause gab es für mich nicht mehr. Sosehr ich mich auch danach sehnte. Gerade erst hatte ich die Ruinen Havens gesehen und spürte noch den schmerzlichen Verlust. »Ich werde nicht weggehen.«

Seine Lider wurden schwer, als ob ihn dieser kurze Gefühlsausbruch all seine Energie gekostet hätte. »Ich weiß... was sie Clotile... angetan haben.«

Meine Neugier ließ mir keine Ruhe. »Was, Jack? Und was haben sie dir angetan?«

»Ich will dich immerzu ansehen.« Mit aller Kraft

schien er gegen den Schlaf zu kämpfen – und verlor schließlich doch.

Selena war gerade ins Zelt gekommen und hatte den letzten Satz mitgehört. Ihre Reaktion darauf konnte ich nur schwer einschätzen. Trotz allem, was Jack gesagt hatte, konnte zwischen ihm und Selena etwas gewesen sein. Vielleicht war ja ich hier der Eindringling.

Sie legte Jacks geliebte Armbrust auf seinen Schreibtisch. Er hatte einiges daran verändert, seit ich sie das letzte Mal gesehen hatte: eine Lampe angebracht und die Pfeilkartusche der Selbstladevorrichtung gestrichen.

»Hat Joules sich wieder beruhigt?«, fragte ich. »Hat er den Zeichendieb gefunden?«

»Möchtest du die neueste Theorie des Turms hören? Nanosekunden bevor sein Blitz einschlug, kam die Priesterin durchs Zelt gespült und ertränkte die Zwillinge an Ort und Stelle, indem sie ihnen ihr Wasser in die Lungen presste. Er tobt vor Wut und hat angekündigt, er würde Speerfischen gehen.« Selena machte ein skeptisches Gesicht. »Ich frage mich allerdings, ob ein Stromschlag sie töten kann.« Das konnten wir nur hoffen. »Draußen wartet übrigens Matthew. Er sagt, er müsse mit dir reden.«

»Bleibst du hier?«

»Klar.«

Obwohl ich völlig erschöpft war, zwang ich mich, aufzustehen und in meinen Regenumhang zu schlüpfen. Vielleicht konnte Matthew mir ja sagen, was Jack hatte erleiden müssen.

Oder Clotile ...

Und eine Zusammenfassung meiner Geschichte mit den Liebenden wäre auch nicht schlecht.

Solange ich draußen war, wollte ich für Tess gleich ein paar Früchte wachsen lassen. »Entschuldige bitte, dass ich mich in eine böse Hexe verwandelt habe und dich fast umgebracht hätte« sagte man am besten mit einem Obstkorb.

Ich ging hinaus in den bitterkalten Nieselregen. Wieder trottete Zyklop wie Lassie neben mir her und bellte ein paar Mal, als ob er mir etwas sagen wollte. *Die Sklavenhändler haben Timmy!*

»Herrscherin.« Matthew sah in etwa so schlecht aus, wie ich mich fühlte. Schlaff vor Müdigkeit stand er da, mit fahlem Gesicht und hängenden Schultern.

»Was ist los?« Fühlte er sich schuldig, weil die Dinge nicht ganz so gut gelaufen waren? Er sah mich mit seinen traurigen braunen Augen an. »Tredici nähert sich.«

»Ich weiß nicht, was du damit meinst, Süßer. Hey, bist du nicht froh, dass wir Jack retten konnten?«

»Ich konnte es nicht sehen.« Er schlang die Arme um den Oberkörper und schlug sich mit den Fäusten gegen den Parka. »Die Liebenden!« Ein tiefes, leises Summen drang aus seiner Kehle.

Ich streckte die Hände nach ihm aus, um seine Arme wegzuziehen. »Wir haben es geschafft, Matthew. Alle haben überlebt.«

Er starrte mich an. »Die Zwillinge sind unzertrennlich. Niemals zu trennen.«

»Das hab ich nun verstanden.« Sie waren immer zusammen – auch im Tod. »Matthew, ich muss wissen, was sie mit Jack gemacht haben.«

»Ein Pfad. Dir wird nicht gefallen, wohin er führt.«

Seit Monaten hatte ich seine rätselhafte Geheimsprache nicht mehr gehört. Nun waren wir wieder mittendrin. Obwohl ich zum Umfallen müde war, fragte ich ihn: »Was meinst du?«

»Ich kann nichts steuern, kann nichts verändern. Zuvor waren es Wellen oder Wirbel, jetzt Steine. Unsere Feinde lachen.«

»Du machst mir Angst, Süßer. Aber ich bin furchtbar müde. Können wir später darüber reden?«

Er hob die Hand. »Warte, bitte.«

»Sprichst du mit jemand anderem?« Matthew war die Schaltzentrale der Arkana, ein Medium. »Mit ... Aric? Ist er in deinen Augen?« Konnte er mich durch Matthew sehen?

Nun, wo Jack in Sicherheit war, wandten sich meine treulosen Gedanken wieder dem Tod zu. Ich vermisste Aric – oder zumindest den Mann, für den ich ihn hielt. Mir fehlte sein trockener Humor. Ich vermisste es, mit ihm zu lesen und zu beobachten, wie er mir völlig hingerissen beim Tanzen zusah.

Ein Teil von mir war kurz davor gewesen, ihn zu lieben. Das hatten auch die Zwillinge erkannt. Doch was er getan hatte, hatte die schöne Zeit mit ihm zunichtegemacht. »Ist er hinter mir her?« Ich starrte zu den Mauern des Forts. Konnte das Minenfeld ihn zurückhalten? Ewig würde ich mich hier nicht verschanzen können.

»Ein Treffen!« Matthew nahm meine Hand und führte mich vom Zelt weg.

»Ich muss etwas Obst wachsen lassen und dann zurück zu Jack.«

Sein Zerren wurde noch dringlicher. Er war stärker geworden, seine Schultern waren nun beinahe so breit wie Jacks.

Am Eingang zum Fort nickte Matthew den Wachen zu, die uns das Tor öffneten und es sofort wieder hinter uns schlossen, noch bevor Zyklop uns folgen konnte.

»Ich habe Jack versprochen, nicht wegzugehen. Matthew?«

Er gab keine Antwort, stattdessen führte er mich durch immer dichteren Nebel weiter und weiter einen steinigen Pfad hinab.

»Ähm, wir kommen dem Flussufer immer näher.«

»Glatte Oberfläche.«

Der Pfad mündete in einen Strand, ähnlich dem auf der anderen Seite. »Sind wir hier sicher?« Erschöpft sah ich mich um. Früher hatten sich an heißen Sommertagen hier sicher Teenager getroffen, um Bier zu trinken und im Fluss zu baden. Oh, wie sehr ich das vermisste. Ich hätte heulen können.

– *SCHRECKEN AUS DER TIEFE!* –

Der Ruf hallte in meinem Kopf. »Was soll das, Matthew?« Ich entwand ihm meine Hand.

Am Ufer wölbte sich ein Teil der Wasseroberfläche nach oben.

»Darf ich vorstellen ... die Hohepriesterin.«

15

Als die Priesterin gesagt hatte, wir würden uns wiedersehen, dachte ich eigentlich, irgendwann in ferner Zukunft.

Nicht in derselben Nacht!

Das aufwallende Wasser nahm Gestalt an. Immer mehr Einzelheiten bildeten sich heraus, bis die Umrisse eines Mädchens zu erkennen waren.

»Lebe wohl, Narr«, sagte das Wassermädchen.

Ich drehte mich nach Matthew um. Er war weg.

Verdammt! Ich wandte mich wieder der Priesterin zu. Auch wenn *sie* sich nicht an unser Gerangel erinnern konnte, mir waren ihre Tentakel noch gut im Gedächtnis.

»Wirst du mich angreifen? Aus heiterem Himmel?« Wie vorhin?

»Nein, im Moment nicht. Wobei es bei mir wohl eher heißen müsste ›aus heiterer Tiefe‹.« Wasser konnte tatsächlich amüsiert klingen. »Dann herrscht also für diese Zusammenkunft Friede zwischen uns?«

Mir fiel Selenas Kommentar mit dem Guppy wieder ein. Aber die Priesterin hatte mich nicht getötet. Stattdessen hatten sie mich zu einem Treffen gerufen. Vielleicht konnte ich sie ja als Verbündete gewinnen. »Frieden.«

Wieder veränderte sich das Wasser und nahm die ovale Form eines Spiegels an. Nachdem sich die letzten kleinen Wellen geglättet hatten, war ein von Fackeln erleuchteter Tempel darin zu erkennen. Das Oval war zu einem Fenster geworden, durch das ich hindurchsehen konnte!

Auf einem Korallenthron saß ein Mädchen, etwa in meinem Alter. Sie hatte rehbraune Augen, eine makellose, elfenbeinfarbene Haut und langes schwarzes Haar, das ihr geflochten über die Schulter hing. Bekleidet war sie mit einem weißen, schaumig anmutenden Gewand (Meeresschaum?), zu dem sie schillernde, armlange Handschuhe und eine glitzernde Krone aus Wasser trug. Auf ihrem Schoß lag ein goldener Dreizack.

Sie war atemberaubend.

»Heil Tar Ro, Herrscherin.«

Hä? »Heil Tar Ro auch dir?«

»Welchen Namen trägst du in diesem Spiel?« Sie sprach mit einem warmen Akzent, dessen Rhythmus an eine sanfte Brise und ferne Orte erinnerte.

»Ich heiße Evie Greene.«

Etwas Undefinierbares huschte um ihren Thron. Ein echter Tentakel?

»Ich bin Circe Rémire.« Hinter ihr strömte Wasser an einer Steinwand herunter. Befand sich ihr Tempel unter Wasser?

Solange ich nicht wusste, wo sie sich befand, würde

ich nicht gegen sie kämpfen können, selbst wenn ich wollte. »Wie kannst du hier und doch nicht hier sein?«

»Ich bewohne verschiedene Gewässer. Auch als die Herrscherin von der Festung des Todes bis hierher dem Fluss folgte, habe ich sie begleitet.«

Sie hatte mich beobachtet. »Wie ist das möglich?«

»Wie ist irgendetwas von alledem möglich?« Ihr glitzernd blauer Arm beschrieb einen weiten Bogen durch den Tempel.

Meine Augen weiteten sich. Sie trug gar keine Handschuhe. Ihre Unterarme waren von leuchtenden Schuppen bedeckt, die an den Ellbogen in zarten Flossen endeten.

Mich hatte schon Larks Raubvogel mit der kleinen Lederhaube beeindruckt, aber Circes Schuppen fand ich mindestens genauso cool.

»Das Spiel macht das Unmögliche möglich.«

Hexen und Engel, Teufel und Zeitreisende. In meinem Kopf drehte sich alles. Ich musste zurück zu Jack, und Tess etwas zu essen bringen.

»Mir ist zu Ohren gekommen, du hättest eine ereignisreiche Nacht hinter dir.« Circe kannte im wahrsten Sinne des Wortes nicht einmal die Hälfte der Geschichte. »In der Armee der Sterblichen hat es ja gewaltig gekracht.« Sie schien sich auf einen gemütlichen Plausch einzurichten.

War die Priesterin einsam? So wie der Tod?

»Ja, sehr ereignisreich«, stimmte ich ihr zu und

schielte dabei auf ihre Hand. Keine Zeichen. »Weißt du, was mit dem Mal der Liebenden geschehen ist?« Wieder war dieses grässliche Huschen zu hören. Ich konnte nicht erkennen, was da zu ihren Füßen war – aber vielleicht war das auch besser so.

»Ihr Mal ist, wo es hingehört. So wie die beiden Male auf deiner Hand.«

Merkwürdige Antwort. »Ich möchte kein drittes Zeichen. Ich habe vor, das Spiel zu beenden.«

Sie neigte den Kopf und lächelte mich traurig an. »Du warst schon immer sehr von dir überzeugt.«

»Woher willst du das wissen? Ich dachte, mit Ausnahme des Narren erinnert sich keiner von uns an vergangene Leben.«

»Meine alte Inkarnation hat einen Zauber erwirkt, mit dessen Hilfe ich meine Erinnerungen in Trance durchleben kann.« Wer benötigt noch einen Chronisten, wenn er seine Informationen aus erster Hand bekommt?«

Ein Zauber? »Bist du eine Hexe?«

»Das kommt ganz darauf an, wen du fragst«, gab sie trocken zurück. »Hat der Narr dir deine Erinnerungen gegeben? Als Visionen und Träume?«

»Schon. Ich rufe sie aber nur häppchenweise ab.«

»Das ist klug. Ich sehe mir meine jeden Tag zehn Minuten lang an, ohne Ausnahme.«

Sie wirkte so diszipliniert und selbstbeherrscht. Das genaue Gegenteil von mir. Ich konnte wochenlang ohne Vision auskommen und dann wieder dauerglotzen. Kein Wunder, dass mein Gehirn sich wie Wackelpudding anfühlte.

»Mit jeder Erinnerung weiß ich besser zu schätzen, wie monumental dieses Spiel ist«, fuhr sie fort. »Es prägt sowohl die Geschichte der Menschheit als auch die der Götter. Und dennoch will die Herrscherin nicht mehr spielen? Man kann das Spiel nicht beenden, Evie Greene.«

»Und warum nicht? Weil es unmöglich ist? Gerade hast du noch behauptet, das Spiel macht das Unmögliche möglich. Wenn das Ende des Spiels die einzige Alternative dazu ist, andere Teenager zu ermorden, muss ich es versuchen.«

»Versuchst du es wirklich?« Sie warf einen vielsagenden Blick auf meine Hand.

»Ja.« Ich wollte stark und selbstsicher wirken, aber die Müdigkeit übermannte mich immer mehr. »Ich habe mein Bestes gegeben, Circe. Selbstverteidigung ist nicht gleich Mord. Und wenn man töten muss, um die Menschen, die man liebt, zu verteidigen, ist das auch kein Mord.«

»Die Herrscherin spricht von Liebe – und ganz ohne Spott. Nun verstehe ich, weshalb der Tod in diesem Spiel so von dir eingenommen ist. Du bist nicht du selbst.«

War das ein Kompliment? Ich kam mir vor wie der letzte Trottel. »Äh... Warum wolltest du mich treffen?«

»Du bist ein Mysterium. Und ich interessiere mich sehr für Mysterien. Für Esoterik. Für Dinge, die ans Licht gebracht werden müssen.«

»Wie beispielsweise die Mysterien der Tiefe?«

»Genau.« Wieder das Huschen. »Zu einer anderen Zeit, an einem anderen Ort, hätte ich diese Inkarnation von dir sicher gerne kennengelernt.«

»Und warum nicht jetzt? Wir könnten uns verbünden.«

»Wir sind Erzfeinde, Evie Greene.«

»Waren wir auch schon Verbündete?«

»Eingeschworene Verbündete. Ach, die Spiele, die wir gemeinsam gespielt haben! Ich erinnere mich noch gut an den Wald, in dem wir wohnten. Ich hatte den Fluss und du deine grünen Mörder. Was haben wir gelacht! Keine andere Karte war uns gewachsen – bis der Herrscher auftauchte, mit seinen feurig glühenden Augen und Händen voll blutroter Lava. Ihn solltest du jagen. Lass die Liebenden und den Sterblichen hinter dir.« Die Liebenden waren schon abgehakt. Aber den Sterblichen würde ich wohl nie hinter mir lassen können. »Du weißt von Jack?«

»Mir kommt vieles zu Ohren. Gerüchte fließen zu mir wie Wasser, das sich unaufhaltsam seinen Weg bahnt. Auf das, was zwischen dir und dem Tod geschehen ist, kann ich mir allerdings keinen Reim machen.«

Hatte ich mit Aric Lotusblüten gegessen, so wie

Odysseus' Männer, und dabei vergessen, dass mein eigentliches Leben außerhalb der Festung war? Bevor ich in seine Gefangenschaft geraten war, hatte ich Freunde gehabt, einen festen Freund und war auf der Suche nach meiner Großmutter gewesen. Mein Leben als Mensch hatte an erster Stelle gestanden.

Und nun?

Alles veränderte sich... »Der Herrscher ist nicht in der Nähe. Ich habe seinen Ruf nicht gehört.« Ich konnte mich nicht einmal erinnern, wie sein Ruf lautete.

»Hörst du ihn, ist es schon zu spät.« Circe schüttelte mitleidig den Kopf. Rechts und links des Wasserfensters bildeten sich Wirbel im Fluss und die Nebeldecke verwandelte sich in Tausende kleine Wirbelstürme. »Er wird kommen. So wie das Meer Treibholz an den Strand spült, treibt es uns immer alle an den Ort, an dem die Arkana zusammenströmen.«

»Und du wartest hier, um sie in den Tod zu ziehen?«

»So wie jedes Mal.« Mit ruhiger Stimme fügte sie hinzu: »Manchmal bitten sie mich sogar, sie in den Abgrund zu ziehen. Manchmal scheint ihnen das der einzige Weg zu sein.«

Ihre Worte jagten mir einen Schauder über den Rücken.

»Das gilt jedoch nicht für den Herrscher. Dieser rückgratlose Tyrann liebt Katastrophen. In diesem Spiel nennt er sich *Richter*, wie in *Richterskala*.« Grinsend bemerkte sie: »Allein dafür sollte man ihn vernichten.«

Ich lächelte. »Wir waren nicht nur Verbündete. Wir waren Freundinnen, stimmt's?«

Sie reckte das Kinn und spielte mit dem Dreizack auf ihrem Schoß. »Wir waren wie Schwestern, wenn du es genau wissen willst.«

»Bis ich dich hintergangen habe?«

Ein stechender Blick.

Zwischenfrage: Wen hatte ich im letzten Spiel eigentlich nicht hintergangen? »Das tut mir leid. Ich wünschte, ich hätte es nicht getan.«

Circes Gesichtsausdruck wechselte von böse zu erstaunt. »Du bist nicht du selbst«, wiederholte sie. »Bis zum nächsten Mal, Heil Tar Ro, Herrscherin.«

Das Wasserfenster löste sich in kleine Wellen auf.

Die Priesterin war verschwunden.

Jack schlief noch, als ich zum Zelt zurückkam.

In einem Stuhl neben seinem Feldbett saß Selena. »Du hast lange gebraucht.« Als ob sie das gestört hätte.

Wir hatten uns zwar wieder versöhnt, aber sie war und blieb eine fürchterliche Nervensäge. »Ist Matthew noch nicht zurück?« Ich war ziemlich lange weg gewesen.

Nach meinem irritierenden Treffen mit der Priesterin hatten Zyklop und ich ein abseits gelegenes Fleckchen Erde gefunden, auf dem ich Früchte hatte wachsen lassen. Die Phylogenese war ziemlich mühsam gewesen und hatte mich literweise Blut gekostet.

Am Ende war ich so benommen gewesen, dass ich es nur noch taumelnd bis zu Tess' Zelt geschafft hatte. Doch ich hatte ihr eine fantastische Ernte zu Füßen legen können: einen ganzen Umhang voller Köstlichkeiten, so viele, dass Tess sie niemals allein würde essen können.

Sie hatte geschlafen, neben ihrem Bett hatte der Erzengel gewacht. Unter der Decke hatte ihr Körper schmal und zerbrechlich ausgesehen, aber es schien ihr schon besser zu gehen.

Selena erhob sich. »Matto streift wahrscheinlich durchs Lager. So wie immer.« Ihr Blick wanderte an mir vorbei. »Du lässt diesen potthässlichen Wolf hier rein?«

»Dieser *majestätische* Wolf – der mir immer wieder das Leben rettet – ist ein Haustier.«

Ich hatte eine grauenvolle Nacht hinter mir und wollte nur noch schlafen.

»Na gut. Du siehst wirklich grauenhaft aus. Schlaf erst mal, aber vergiss nicht, dass wir noch reden müssen, wenn du wieder wach bist.«

»Worüber?«

»Über alles Mögliche.« Mit einem sehnsüchtigen Blick auf Jack duckte sie sich durch den Zeltausgang.

Schlafen. Endlich. Ich warf mich auf Matthews Feldbett. Er würde mich schon wecken, wenn er es zurückhaben wollte.

Ich drehte mich auf die Seite, sodass ich Jack sehen konnte. Trotz meiner Erschöpfung und des Blutverlusts wollten mir die Augen einfach nicht zufallen – als ob sie sich nicht von ihm lösen könnten.

Die Hähne krähten. Eigentlich müsste schon wieder die Sonne aufgehen. Auch in der Festung des Todes hatten sie stets tapfer gekräht, völlig unbeeindruckt davon, dass es schon lange nicht mehr Tag wurde. Lark hatte mir einmal erklärt, sie folgten einer inneren Uhr.

Das Lager erwachte, doch vielleicht war mir ja noch ein Stündchen Schlaf vergönnt.

Während ich in die Traumwelt glitt, fragte ich mich, was der kommende Tag wohl bringen würde ...

16

Tag 374 n. d. Blitz

Ein Erdbeben?!

Ruckartig schoss ich aus meinem wackelnden Feldbett hoch, noch völlig benommen vom Schlaf. Warum schrie niemand?

Wo war Jack? Matthew?

Ich rieb mir die Augen. Oh, falscher Alarm. Zyklop, der sich seitlich neben mir auf dem Boden ausgestreckt hatte, zuckte im Traum und rüttelte dabei an meinem Feldbett.

Ich streckte die Hand nach ihm aus und streichelte sein zotteliges Fell. »Was ich wegen dir schon alles durchgemacht habe, alter Junge.« Er wachte auf und reckte seine vernarbten Glieder.

Moment mal, warum lag ich in Jacks Bett? Und warum hatte ich keine Hose an? Meine Jeans hing ordentlich über einem Stuhl. Hatte er mich ausgezogen?

Matthew duckte sich durch den Zelteingang. »Herrscherin.« Er sah noch schlechter aus als gestern.

»Geht's dir gut, Süßer?«

Zyklop erhob sich und tappte an ihm vorbei nach draußen. Hoffentlich war der Wolf stubenrein.

»Nein, mir geht's nicht gut.«

»Was tut dir weh?«

Sein Gesicht wirkte gegen den schwarzen Mantelkragen extrem blass. »Mein Kopf.«

»Hast du geschlafen?«

»Ja, vor ein paar Tagen.« Wer litt hier eigentlich nicht unter Schlafmangel?

»Sobald du dich ein wenig ausgeruht hast, wirst du dich besser fühlen.« Nun ja, vielleicht. Ich selbst war nach dem Aufwachen noch genauso müde wie zuvor, nur dass ich nun auch noch Kopfscherzen hatte.

Er nickte. »Eine Ruhepause ist nötig.« Er ahnte wohl schon, was ich ihn fragen wollte, und deutete in Richtung Fluss. »Jack ist mit dem Turm und dem Gericht rüber ins Lager der Armee geritten. Ordnung und Disziplin!« Hatten Joules und Gabriel beschlossen mitzumachen?

»Sollte Jack nicht lieber das Bett hüten, anstatt bei Regen durch die Nacht zu reiten?« So viel also dazu, dass er mich nicht mehr aus den Augen lassen wollte.

»Wenn er sich einmal etwas in den Kopf gesetzt hat...«

Ich seufzte. »Ich weiß.« Es hatte so lange gedauert, wieder zu ihm zu kommen, und nun war er schon wieder weg. »Wie spät ist es?«

Ein Achselzucken. »Es ist dunkel.«

»Danke.« Ich schwang die Beine über die Bettkante. Im Zelt knisterte ein Feuer, aber gegen die feuchte

Kälte vermochte es nur wenig auszurichten. Mit einem Anflug von schlechtem Gewissen musste ich mir eingestehen, dass ich mein luxuriöses Zimmer im Refugium des Todes vermisste.

Matthew sah rücksichtsvoll zur Decke, während ich in meine Jeans schlüpfte und sie zuknöpfte. Sie war weiter geworden. Ich war erst seit ein paar Tagen nicht mehr bei Aric und schon hatte ich abgenommen. Apropos ... »Wie geht es Tess?«

»Ganz gut. Sie ist wie ein Reaktor. Sie muss regenerieren.«

»So wie ich?«

Er verdrehte die Augen. »Neiiin. Wie ein Reaktor.«

»Wann wird sie wieder auf den Beinen sein?«

»Sie ist auf den Beinen. Fast.« Als ich ihn erleichtert ansah, fügte er hinzu: »Aber fast kahl.«

Ich schluckte. »Ich werde das wiedergutmachen.« Ich suchte nach meinen Stiefeln und fand sie am Fußende des Bettes. »Können wir bitte über letzte Nacht sprechen? Darüber, was die Zwillinge Jack angetan haben?« Eigentlich hatte ich mich mit Jack aussprechen wollen, über alles reden, was zwischen uns stand. Aber nach dem, was er durchgemacht hatte, schien das unmöglich.

»Das ist seine Geschichte.«

»Mehr sagst du dazu nicht?«

Das feuchte Haar war ihm in die Stirn gefallen und er strich es wieder zurück. Er brauchte dringend einen

Haarschnitt. »Die Armee wälzt sich voran, eine Windmühle dreht sich.« Das hatte er schon so oft gesagt.

Die Aso war vor einiger Zeit nach Haven marschiert, weil die Farm über Wasserreserven verfügte: Es gab dort Windpumpen. Matthew hatte mich auf seine Art vor dem Einmarsch der Liebenden gewarnt. Dann erinnerte ich mich finster an das, was Vincent gesagt hatte. »Aber die Milovnícis haben sich nie für Wasser interessiert. Sie waren hinter *mir* her damals.«

»Stimmt.«

»Warum sprichst du dann von Windmühlen?«

»Sie drehen sich im Duft von Rosen.«

Bemüht, mich nicht aufzuregen, setzte ich mich auf eine Truhe und zog die Stiefel an. »Versuchst du, mir etwas über meine Vergangenheit mit den Zwillingen zu erzählen?« Der Verdacht, dass die Unbarmherzigkeit des Todes früheren Versionen meiner selbst zu verdanken war, hatte sich ja schon bestätigt. Aber war ich auch für die Grausamkeit der Liebenden verantwortlich?

»Ich habe dir die Vergangenheit gezeigt, der Rest bleibt dir überlassen.«

»Muss ich mich in die Erinnerungen hineinversetzen? Kannst du mir nicht einfach sagen, was war? Die Zwillinge behaupten, sie foltern wegen mir.«

Matthew sah auf seine Hand. Thema beendet.

»Okay. Und was ist mit der Priesterin? Können wir sie zu einer Verbündeten machen?«

»Schnee fällt auf Gräber.« Er schlang die Arme um den Oberkörper.

»Welche Gräber, Süßer? Frierst du?« Obwohl das Feuer fröhlich knisterte, sah ich mich nach einem weiteren Holzscheit um. Aber da war keiner.

Natürlich nicht. Die Holzvorräte waren begrenzt. Wie viel wertvolles Holz hatte Jack wohl schon in dieses Feuer gelegt, nur um mich zu wärmen, solange er weg war?

Matthew sagte: »Tredici nähert sich.«

»Wer oder was ist Tredici?« Es war noch zu früh am Morgen, oder Nachmittag, oder wann auch immer, für dieses Rätselraten. »Kannst du's mir bitte erklären?«

Er zwinkerte mir zu, als hätte ich ihm eine absolut lächerliche Frage gestellt.

Um Geduld ringend atmete ich tief durch. »Also gut. Heute ist ein wichtiger Tag für mich. Hast du vielleicht irgendwelche Ratschläge, die meine Kopfschmerzen nicht noch schlimmer machen?«

»Was von mir kommt, wird dich immer schmerzen. Deine Bürde ist die Macht. Meine das Wissen. Ich habe dir alles gegeben. Bevor ich den Kopf verliere.«

»Wovon redest du?« Ich ging zu ihm und legte ihm die Hand auf die bleiche Wange. Kein Fieber. »Glaubst du, du kannst dich jetzt ausruhen?«

»Viel zu viel zu tun.«

Das hatte er schon einmal gesagt. »Was hast du zu tun? Möchtest du, dass ich dir bei irgendetwas ...?«

Er stand auf, drehte sich um und ging.

»Nettes Gespräch. Danke, Matthew«, murmelte ich. Dann schnappte ich meinen Überlebensrucksack und machte mich auf die Suche nach einer Waschgelegenheit.

Es gab einen Gemeinschaftswaschraum. Dort wusch ich mich mit kaltem Wasser, putzte mir die Zähne und zog mir frische Klamotten an – Jeans, Top, Kapuzenshirt. Obwohl die bohrenden Kopfschmerzen einfach nicht nachlassen wollten, fühlte ich mich besser.

Ich sah kurz nach Tess, die gerade ein Nickerchen machte. Vermutlich regenerierte der Reaktor. Ungefähr ein Drittel der Früchte, die ich ihr gebracht hatte, war verschwunden, und sie hatte wieder zugenommen. Jemand hatte ihr eine Baseballkappe dagelassen, um die spärlichen Haarbüschel darunter zu verstecken.

Während ich zurück zum Zelt ging und mir dabei die kalten Hände rieb, öffnete sich krächzend das Tor.

Jack.

Auf einem beeindruckenden grauen Pferd ritt er in den Hof. Ich wollte keine Aufmerksamkeit erregen und stellte mich in den Schatten, um ihn zu beobachten.

Sein Gesicht war abgeschwollen. Er trug eine Tarnjacke, die Armbrust hing über seiner Schulter und unter dem Kragen seines Flanellhemds lugte der weiße Brustverband hervor.

Joules kam ebenfalls in den Hof geritten, neben ihm landete Gabriel. Alle im Fort bejubelten die zurückgekehrten Helden.

Ein Wagen mit Vorräten kam hereingerollt und Jack rief den Soldaten Befehle zu. Einige luden Paletten mit Dosen ab, andere gingen um den Wagen herum, um ein großes Geschütz herunterzuheben.

Jack stieg vom Pferd. Seine Bewegungen waren steif. Er band einen dicken, tarnfarbenen Seesack vom Sattel und warf ihn sich über die Schulter. Männer versammelten sich um ihn und bombardierten ihn mit Fragen. Obwohl er jünger war als sie, hingen sie ihm an den Lippen.

Sein unerbittliches Schicksal hatte ihn geformt und ihm hart verdiente Fähigkeiten verliehen, doch bislang hatte er nie die Gelegenheit gehabt, sie in diesem Maße zu nutzen.

Es hatte einer Apokalypse bedurft, damit Jack seine Qualitäten als Anführer unter Beweis stellen konnte.

Mitten im Satz hielt er inne und drehte sich in meine Richtung. Als hätte er gespürt, dass ich da stand.

Ich trat aus dem Schatten und unsere Blicke begegneten sich. Er ließ seine lebhaften grauen Augen über mein Gesicht und meinen Körper gleiten, als hätte er seit Jahren kein Mädchen mehr gesehen – wie damals, als wir uns in der Schule zum ersten Mal begegnet waren.

Ohne mich aus den Augen zu lassen, sagte er etwas zu den Männern, die nickten und davongingen. Dann kam er zu mir herüber.

Wortlos nahm er meine Hand und führte mich zu seinem Zelt. Womit sollte ich anfangen? Ich musste ihm von Aric erzählen, aber dafür war nun nicht der richtige Zeitpunkt.

Als Jack im Zelt stand, wirkte es gleich sehr viel kleiner. Der Mann war einfach *überlebensgroß*. Er nahm den Seesack von der Schulter und legte die Armbrust zur Seite.

Ganz still standen wir da und sahen uns an. Nach einer Weile kam er zu mir und stellte sich direkt vor mich. »Hätte nicht gedacht, dass du noch hübscher werden kannst.« Er legte mir den Finger unters Kinn und beugte sich vor, um mich zu küssen.

Ich erstarrte. Immer wieder hatte ich unser Wiedersehen in Gedanken durchgespielt, aber dass er einfach auf mich zukommen und mich küssen würde, war mir nicht in den Sinn gekommen. Ein Schauer lief durch meinen Körper.

Mein Gott, wie hatte ich den Geschmack seiner Lippen vermisst. Mir stockte der Atem.

Meine Hände wollten nach ihm greifen, doch meine Füße machten einen Schritt zurück. »Ähm, wie fühlst du dich?«

Ganz offensichtlich war er von meiner Reaktion enttäuscht. Was hatte er denn erwartet? Die Probleme, die wir miteinander hatten, waren doch nicht wie von Zauberhand verschwunden.

»Kennst mich doch: *tête dure*.« Er war hart im Nehmen. »Um dich habe ich mir mehr Sorgen gemacht.«

»Mir geht's gut. Kennst mich doch: übernatürlich schnelle Regeneration.«

Die Art, wie er den Mantel ablegte, hätte niemals auf die Schwere seiner Verletzungen schließen lassen, doch der verräterische Muskel an seinem Kiefer zuckte. Er trug ein Schulterhalfter mit zwei Pistolen, das er ebenfalls ablegte.

»Seit wann trägst du Pistolen mit dir herum?«

»Seit ich gegen Feuerwaffen kämpfe.« Er zog seinen Flachmann aus der Tasche und nahm einen Schluck.

Ich setzte ich mich auf Matthews Feldbett, genauso steif, wie er vorhin dort gesessen hatte. »Dann habt du, Joules und Gabriel also die Armee übernommen?«

»*Ouais*. Ich hätte dich und Selena gerne dabeigehabt, um eure Rettungsaktion zu würdigen. Aber Selena ist irgendwo unterwegs, und du hast mich weggescheucht, als ich dich wecken wollte.« Hatte ich das? »Ich hab dich nur ungern allein gelassen, musste aber dafür sorgen, dass sie die *filles* im Lager korrekt behandeln.«

Natürlich. Ich kannte keinen Mann, der Gewalt gegen Frauen mehr verabscheute als Jack.

»Wenn die Leute Arkana wie Joules oder Gabriel sehen, gehorchen sie normalerweise jedem Befehl.« Er schürte das Feuer. »Ich habe keine Scheu, mir das zunutze zu machen. So kann ich die Disziplin aufrechterhalten.«

Er setzte sich mir gegenüber, die Ellbogen auf die Knie gestützt, den Flachmann in der Hand. Sein dichtes schwarzes Haar fiel ihm in die Stirn, über den Ohren standen ein paar freche Wirbel ab.

Vor gar nicht allzu langer Zeit hatte ich noch meine Finger durch sein Haar gleiten lassen und ihn zu mir heruntergezogen. »Wann hast du dich entschlossen, unsere Existenz öffentlich zu machen?« Sieben von uns waren inzwischen hier, eine ganze Arkana-Taskforce.

Er genehmigte sich noch einen Schluck. »Mir war wieder eingefallen, dass wir uns damals im Basin immer gegenseitig Geschichten erzählt hatten. Wir munterten uns gegenseitig damit auf und sagten uns, dass wir das Leben dort ertrugen, weil wir unsere Freunde und unsere Familien hatten. Redeten uns ein, dass unsere Geschichten uns mit dieser Gegend verbanden. Plötzlich war mir klar, dass die Leute hier neue Geschichten und Legenden brauchen. Und wie's der Zufall will, war ein Typ bei mir, der zaubern konnte, und ein Mädchen, dessen Haut glühte.« Er zuckte mit den Schultern, schien die Bewegung aber gleich zu bereuen. »Wir haben den Menschen eine neue Geschichte gegeben.«

Seine Überlegungen rührten mich. Dennoch war ich überrascht, wie sehr er sich engagierte. »Früher haben dich andere Menschen nicht interessiert. ›Diene deinem Nächsten‹ sei Schwachsinn, hast du gesagt, und ›Nur tote Menschen sind gute Menschen‹.«

»Damals kannte ich noch keine anständigen Typen. In den letzten Monaten habe ich aber welche kennengelernt.«

»Du hast immer versucht, Ärger aus dem Weg zu gehen. Erinnerst du dich? Aber das hier sieht nach jeder Menge Ärger aus.«

»*Dis-moi quelque chose que j'connaîs pas.*« Erzähl mir was Neues. »Mir ist inzwischen etwas klar geworden.«

»Und das wäre?«

»Wir könnten aussterben, Evie. Ich meine, unsere Spezies wird das hier vielleicht nicht überstehen, und Milovníci ist der Einzige, der die Überlebenden irgendwie zusammenbringt und mobilisiert. Irgendjemand muss sich ihm entgegenstellen. Und diese Aufgabe scheint mir zuzufallen, warum auch immer.« Noch ein Schluck.

»Du trinkst wieder. Hattest du damit nicht aufgehört?« Er war noch so jung gewesen, als er damit angefangen hatte.

»Um dich zurückzubekommen und deine Feinde zu besiegen, musste ich funktionieren.« Ein Schatten huschte über sein Gesicht. »Aber dann wolltest du das ja nicht mehr.«

Das konnte ich nicht abstreiten. »Und nun?«

Mit leiser Stimme sagte er: »Das Trinken hilft gegen

den Schmerz.« Ich wusste, dass er damit seinen *seelischen* Schmerz meinte. Körperliche Schmerzen konnte keiner besser wegstecken als er. »Ich hatte nicht damit gerechnet, dass du kommen würdest, Evie.«

»Aber das war doch klar.« Etwas milder fragte ich: »Erzählst du mir, was sie mit dir gemacht haben? Und mit Clotile? Bitte.«

Sein gequälter Blick verursachte mir eine Gänsehaut. »Das werde ich dir *nie* erzählen. *Jamais.*«

»Ich muss das wissen, Jack.«

»Das dachte ich auch. Und nun? Nun wünschte ich bei Gott, dass ich es nicht wüsste.« Der Flachmann in seiner Hand zitterte. »Hätte ich die beiden doch nur selbst getötet – nur, um ganz sicher zu sein.«

»Da war ein Freund bei dir. Das tut mir so leid, Jack.«

Mit zusammengezogenen Brauen sagte er: »Hast du dir jemals vorgenommen, an etwas Bestimmtes nie wieder zu denken? Das mit meinem Kumpel ...« Jacks Atem ging pfeifend, als lastete ein schweres Gewicht auf seiner Brust. »Ich bin kurz davor, den Verstand zu verlieren, Evangeline. Alles hängt an einem seidenen Faden.«

Oh, Jack. Mein Blick fiel auf das Stückchen sichtbaren Verband an seinem Hals. Ich konnte ihm nicht von Aric erzählen. Nicht jetzt. Ich wollte den Faden nicht durchschneiden.

Jack zog sein Hemd über den Verband. Schämte er

sich? Vor mir? »Das wird für immer bleiben, *non*?« Er hob das Kinn. »Das hat der Arzt gesagt.«

»Du hast Vincent und Violet überlebt. Nur das zählt.«

»Du hättest sie um ein Haar nicht überlebt. Und Selena hat mir erzählt, du hättest auch die Hohepriesterin zurückgeschlagen.«

Ich nickte.

»Für mich hast du beinahe Tess getötet. Du hast sie gezwungen ... die Zeit zurückzudrehen, um mir mein Augenlicht zu retten. Was zum Teufel ist da passiert? Joules und Gabe sagen nicht viel dazu.«

Ich beschloss, ehrlich zu sein. »Die Zwillinge hatten dir mit einem heißen Löffel die Augen ausgestochen.«

»Was soll ich dazu noch sagen.« Er nahm einen Schluck. »Heute Morgen habe ich Tess gesehen. *Maigre, non?*« Dürr, oder? »Sie war nicht mal sauer auf dich. Hat dich in den Himmel gehoben.«

Dann konnte sie sich unmöglich erinnern, was geschehen war. »Als ich dich schreien hörte, ist es mit mir durchgegangen.«

In seinen grauen Augen zeichnete sich ein Hoffnungsschimmer ab. »Wenn ich dir so wichtig bin, bist du dann gekommen, um wieder mit mir zusammen zu sein? So wie früher? Vielleicht brauchen wir nur etwas Zeit.«

»Zwischen uns ist nichts mehr wie früher.« Ich wollte keine Erwartungen in ihm wecken, die ich vielleicht nicht erfüllen konnte. »Das ist einfach so.«

»Dann bist du also nur wegen deinem schlechten Gewissen hier? Weil ich den Arkana in die Hände gefallen war?«

»Nein, ich wollte dich die ganze Zeit suchen – auch schon bevor sie dich gefangen hatten.«

»Und der Tod hätte dich einfach so gehen lassen?«

»Nicht wirklich.« Er hätte mich *niemals* gehen lassen. »Aber das ist unwichtig. Ich bin hier.«

»Nein, das ist wichtig. Wie bist du ihm entkommen?«

»Matthew hat mir geholfen.« Das war zwar nicht gelogen, aber auch nicht die ganze Wahrheit.

»Warum hast du den Sensenmann nicht getötet?« Wieder spürte ich Jacks Enttäuschung. »Nach allem, was er uns angetan hat? Er hätte den *coo-yôn*, Finn, Selena und mich sterben lassen.« Er deutete auf meine Hände. »Zwei hast du schon getötet. Warum nicht den Tod?«

»Ich habe einiges über die vergangenen Spiele erfahren und weiß nun, weshalb er mich so sehr hasst. Ich war früher nicht gerade ein Engel. Ich habe ihn ganz furchtbar verraten. Übler, als du es dir vorstellen kannst.«

Jack fuhr sich mit der Hand über das geschundene Gesicht. »Versuch's mir zu erklären!«

»Das ist kompliziert. Ich habe vorhin auch nicht darauf bestanden, dass du mir antwortest. Und nun möchte ich nicht mehr darüber reden.«

Aber Jack hatte gerade erst angefangen. »Joules hat erzählt, er hätte dir ein Angebot gemacht. Du hättest mich schon vor Tagen befreien können, hast es aber nicht getan!«

»Es gibt so viel, was du über den Tod nicht weißt. Dinge, die ich auch nicht wusste.«

»Er wird kommen, um dich zu holen.«

Da war ich mir nicht so sicher. »Ich hab keine Ahnung, was er tun wird.«

»Hast du gewusst, dass du die Einzige bist, die er berühren kann?«

Ich schüttelte den Kopf. »Nein, das wurde mir erst klar, nachdem er mich gefangen hatte.«

»Ich dachte, mich schockt nichts mehr. Aber dann hab ich kapiert, dass der Mistkerl dich für sich haben wollte. Er wollte dich nicht töten, sondern besitzen. Stimmt das?«

»Es hat gestimmt.« Damals.

»Der *coo-yôn* hat mir alles über ihn erzählt. Ein reicher, adliger Ritter, der acht beschissene Sprachen spricht oder so. Er hat dir ein warmes Zimmer in seinem Schloss gegeben und dich gegen die Dreckswelt hier draußen abgeschottet.« Ich hatte Matthew gebeten, Jack zu sagen, ich wäre in Sicherheit. Möglicherweise hatte er ein bisschen zu dick aufgetragen. »Eigentlich ganz schön blöd von dir, da wegzugehen.«

Blöd? »Du hast vielleicht Nerven, mir jetzt so zu kommen! Du bist doch derjenige, der mich angelogen hat.« Dann fiel mir wieder ein, was er durchgemacht hatte, und ich versuchte, meine Wut zu dämpfen.

»Der Tod hat dir das alles doch nur erzählt, um einen Keil zwischen uns zu treiben.«

»Du hättest nur ehrlich sein müssen, dann wäre die Wahrheit kein solcher Schlag ins Gesicht gewesen.«

»Wie hätte ich dir das mit deiner Mutter denn verdammt noch mal erzählen sollen?« Er leerte den Flachmann. »Tausend Mal hab ich mir vorgestellt, wie du reagieren würdest. Egal wie ich es dir gesagt hätte, ich hätte dich in jedem Fall verloren.«

»Der Tod hat mich gefangen gehalten. Ich hatte keine Freunde oder Familie, die mir Halt gegeben hätten. Und dann erfahre ich, was du getan hast. Dass du gelogen hast. Ohne mit der Wimper zu zucken.« Meine Worte schienen ihn mehr zu quälen als die Folter. »Erinnerst du dich noch, wie wir uns versprochen haben, es würde keine Geheimnisse mehr zwischen uns geben? Ich schon. Du konntest mir nicht in die Augen sehen.« Als wäre es gestern gewesen ...

»*Bitte lüg nicht, Jack! Vertrauen ist in unserer Situation das Wichtigste. In Anbetracht des Spiels und der ganzen Gefahren, die uns in dieser Welt drohen, müssen wir uns aufeinander verlassen können.*«

»*Ich lüge nicht, Evie. Du kannst mir vertrauen. Ich habe keine Geheimnisse,* peekôn. *Ich will nur dich.*«

»Und ich war so bescheuert, dir zu glauben«, sagte ich. »Ich habe dir alles abgenommen, obwohl ich es hätte besser wissen müssen. Dauernd hast du mir vorgeworfen, ich würde etwas vor dir verheimlichen – dabei hattest du die ganze Zeit Geheimnisse vor mir!«

Er fuhr sich mit den Fingern durchs Haar. »Ich habe gespürt, wie du mir entgleitest. Habe gespürt, dass du in Gefahr warst. Und um dich beschützen zu können, musste ich mehr wissen. Aber letztendlich haben meine Geheimnisse uns auseinandergerissen.«

»Versuch's jetzt. Erzähl mir, was in jener Nacht mit meiner Mutter geschehen ist.«

»Du musst das wissen, stimmt's? Um darüber hinwegzukommen. Also gut, ich erzähl's dir.« Er zog eine Whiskeyflasche unter dem Feldbett hervor und füllte den Flachmann nach.

Plötzlich war ich mir gar nicht mehr so sicher, ob ich es wirklich hören wollte.

»Deiner *mère* kam die Idee, als dich der Rückschlag der Schrotflinte außer Gefecht gesetzt hatte.«

Mein erster und einziger Versuch, eine Schusswaffe abzufeuern.

»Sie schaffte es nicht mehr die Treppen runter, geschweige denn raus auf die Straße – deshalb wollte sie, dass ich dich weit weg und vor der Aso in Sicherheit bringe. Als ich dann meinte, du würdest sie niemals alleine dort zurücklassen, sagte sie nur: ›Es sei denn, ich bin tot.‹«

Mit der Flasche in der Hand setzte sich Jack wieder. Ich wartete mit angehaltenem Atem.

»Karen sagte: ›Du wirst mir helfen, Junge. Du weißt es nur noch nicht.‹«

Matthew musste mir die Erinnerung an den Tod meiner Mutter schon geschickt haben, obwohl ich mich ihr bislang verweigert hatte. Mit jedem von Jacks Worten tropften kleine Details der Szene in mein Bewusstsein.

Ich nahm den schwachen Duft von Gardenien im Zimmer meiner Mutter wahr. Und Jacks Geruch nach Leder und der Olivenölseife, mit der er sich an diesem Tag gewaschen hatte.

Ich konnte das Röcheln im Atem meiner Mutter

hören. Die Schmerzen, die sie vor mir verborgen hatte, verzerrten ihr Gesicht. Ich sah, wie das Blut durch Jacks Halsschlagader pulsierte, als er vor ihr zurückwich und erklärte, er könne ihr unmöglich dabei helfen zu sterben...

»Niemals wollte ich das tun.« Sein Blick schweifte in die Ferne. »Niemals. Aber sie sah mich auf eine Art und Weise an... Augen hart wie Stahl. Sie hat geschworen, sich mit einer Glasscherbe die Kehle aufzuschlitzen, falls nötig. Und Scheiße, Evie, ich wusste, sie würde es tun.«

Ja, sie hätte es getan. Meine Mutter war unerbittlich. »Wie hast du es gemacht?« Die Worte kamen mir nur als ein Flüstern über die Lippen.

»Karen und ich wussten beide, was Pillen anrichten können. Und unten im Bayou hatte es einen Dealer gegeben. Bevor du wieder aufgewacht bist, bin ich hingefahren und habe seinen privaten Vorrat geholt.«

»Bei unserem gemeinsamen Abendessen habt ihr es also beide schon gewusst. Es war klar, was passieren würde, sobald ich zu Bett ging. Und ich habe absolut nichts bemerkt!«

»Ich habe versucht, es ihr so angenehm wie möglich zu machen.«

»Dann ist sie... an einer Überdosis gestorben? Du hast kein...«, ich schluckte, »... Kissen genommen?«

Jacks Gesicht wurde blass unter den Blutergüssen.

»Sie hat mich darum gebeten. Es war kurz vor Sonnenaufgang und die Armee war schon fast da. Sie hatte Angst, du könntest aufwachen, bevor die Pillen wirken. Ich habe sie angefleht, abzuwarten, und sie mit Fragen über dich abgelenkt.«

Während ich tief und fest geschlafen hatte.

»Mein Gott, ich hatte so gehofft, die Pillen würden rechtzeitig wirken. Ich konnte mir einfach nicht vorstellen, es mit dem Kissen zu tun. Aber es stand so viel auf dem Spiel. Ich befürchte ... ich hätte es getan. Deine Mutter war überzeugt davon, dass ich es könnte. Das hat sie zumindest gesagt.« Wieder kippte er den Flachmann. »Keine Ahnung, was das über meinen Charakter verrät – oder über ihren.«

Mit Tränen in den Augen sah ich Jack forschend an. Er sah so gequält aus! Meine Mom hatte sich geopfert, um mich zu retten. Aber wer hatte letztendlich dafür bezahlt? Sie hatte einen Jungen dazu benutzt, sich umzubringen.

Dafür konnte ich ihn nicht hassen, im Gegenteil.

Er hatte mir das Leben gerettet, indem er dem Leiden meiner Mutter ein Ende bereitete. Während ich so dumm war, weiterhin zu hoffen, hatte er ihr einen qualvollen Tod erspart, und war bis zum Ende bei ihr geblieben.

Matthew hatte gesagt: »Wenn er hilft, schadet er.«

Jack hatte geholfen und sich dabei selbst geschadet.

Bisher war jeder Gedanke an ihn mit Kummer

behaftet gewesen, weil ich ihn für den Tod meiner Mutter verantwortlich gemacht hatte.

Diese Assoziation hatte sich nun in nichts aufgelöst.

»Am Ende hat die Wirkung der Pillen sie ganz plötzlich überwältigt. Sie hatte sich gerade ein Foto von euch dreien angesehen – von dir, deiner *grand-mère* und sich selbst – und dabei halb gelächelt und halb geweint. Als wäre sie dankbar für die sechzehn Jahre mit dir, aber auch voller Angst um deine Zukunft. Sie hat nicht einen Gedanken an sich selbst verschwendet. Ich versprach, mich um dich zu kümmern, solange ich konnte. Daraufhin schloss sie einfach die Augen.«

Nun wusste ich, was geschehen war, und konnte endlich damit abschließen. Meine Mutter war würdevoll gestorben, so wie Jack es gesagt hatte.

»Evie, was muss ich tun, dass du mir verzeihen kannst?«

Ich wischte mir mit dem Ärmel über die Augen. »Ich verzeihe dir. Ich bin mir absolut sicher, dass meine Mutter sich in jedem Fall umgebracht hätte. Und dank dir ist sie friedlich gestorben.« Mir brach die Stimme. »Dank dir war sie nicht allein.«

»Aber ...«

»Aber ich weiß trotzdem nicht, wie ich dir vertrauen soll. Du bist ein so begnadeter Lügner. Als wäre das Lügen eine übernatürliche Fähigkeit von dir.« Als Jack damals nach dem Blitz in Haven aufgetaucht war, hatte ich ihm zutiefst misstraut, und so ähnlich ging es mir auch jetzt wieder.

Er sprang auf und ging im Zelt auf und ab. »Ich wollte nicht lügen!«

»Aber das Ganze hat doch Methode! Du wolltest mein Skizzenbuch sehen, also hast du es gestohlen. Du wolltest mehr über die Arkana wissen, also hast du dir einfach die Kassette mit meiner Geschichte angehört. Von mir verlangst du, dass ich offen und ehrlich bin, aber du selbst bist es nicht.«

Er starrte mich mit wilden Augen an. »Ich werde dich nie wieder anlügen!«

»Und das soll ich glauben?«, schrie ich und sprang ebenfalls auf. »Es gibt doch schon wieder ein neues Geheimnis. Was haben die Liebenden mit dir gemacht?«

»Ich hab sogar noch mehr Geheimnisse, wenn du's genau wissen willst. Einen ganzen Berg schrecklicher Geheimnisse. Und einige davon werde ich mit ins Grab nehmen. Es wird dir nichts anderes übrig bleiben, als das zu akzeptieren.«

Wenn er Geheimnisse hatte, warum sollte ich meine dann nicht auch für mich behalten?

Nein. Ihm nichts von Aric zu erzählen, wäre genauso schlimm wie ihn anzulügen. Irgendwann würde ich es ihm sagen müssen.

Er baute sich vor mir auf und sah mir ins Gesicht. »Mein ganzes Leben lang habe ich versucht, Geheimnisse aufzudecken und Rätsel zu lösen. Aber wenn die Zwillinge mir eins beigebracht haben, dann dass manche Dinge besser unentdeckt bleiben. Ans Tageslicht gezerrt würden sie nur noch schrecklicher werden.«

Mir kamen die Worte der Priesterin wieder in den Sinn. *Mysterien, die ans Licht gebracht werden müssen.* In gewisser Weise waren sie und Jack sich sehr ähnlich ...

»Liebst du mich?« Die Frage kam völlig überraschend.

Ganz ehrlich? Ich schluckte. »Ja.«

Für einen kurzen Augenblick schloss er die Augen. Im ersten Moment dachte ich, seine Anspannung hätte sich gelöst, aber sie war nur noch stärker geworden. »Gut. Dann wirst du mich samt meiner Geheimnisse akzeptieren können. Ohne dich kann ich das hier nicht weitermachen, Evie.«

»Das hier?« Schwer atmend standen wir voreinander.

»Das Leben nach dem Blitz. Kämpfen für eine bessere Zukunft.« Er fuhr mir mit der Hand ins Haar und hielt meinen Kopf. »Für mich gibt es nur ein Leben mit dir, oder kein Leben.« Er hielt mich eng umschlungen und fuhr mir mit den Lippen sanft über den Mund.

Der Hauch von Whiskey auf meiner Zunge war wie ein Streichholz, das man an trockene Späne hielt. Plötzlich spürte ich ein Verlangen, als wäre mein Körper darauf abgerichtet, auf diese sinnliche Erinnerung zu reagieren.

Er zog mich noch enger an sich, drängte mich,

seinen Kuss zu erwidern. Ich hatte ihn so vermisst! Seufzend ergab ich mich und schlang meine Arme um seinen Hals.

Er stöhnte vor Leidenschaft – und Erleichterung?

Die Hitze seines Körpers ließ mich dahinschmelzen. Ich wollte ihn einatmen. Wir hatten nur einmal miteinander geschlafen und verdienten ein zweites Mal. Jack sollte endlich seinen Frieden finden.

Was konnte uns noch davon abhalten …?

Der Tod. Das, was ich mit Aric getan hatte. Was ich Aric angetan hatte.

Irgendwie gelang es mir, mich von Jack zu lösen. »Ich muss mit dir reden.« Ich musste es ihm erklären, es ihm verständlich machen.

Er presste sich an mich und bedeckte meinen Nacken mit Küssen, die mir eine Gänsehaut über den Rücken jagten.

»Ich habe dich so vermisst, Evangeline. So furchtbar vermisst. Als du nichts mehr von mir wissen wolltest …« Ich spürte seinen zitternden Atem auf meiner feuchten Haut. »Ich dachte, ich würde durchdrehen.«

Noch mehr Küsse. Hitze. Verwirrung.

Alles fühlte sich so bedeutsam an. Als würde ich einen Weg einschlagen, den ich nie wieder würde zurückgehen können.

»Ah, ich rieche Heckenkirsche.« Er nahm die Finger aus meinem Haar. »Du hast mich auch vermisst, *peekôn*.« Dann legte er mir beide Hände auf die Wangen und bog mir mit den Daumen sanft den Kopf in den Nacken. Unsere Blicke trafen sich. »Um dich zurückzubekommen, würde ich das alles noch einmal auf mich nehmen.«

Er würde sich noch einmal foltern und brandmarken lassen, nur um mit mir zusammen zu sein? »Jack...«

Er küsste mich wieder. Bevor ich wusste, wie mir geschah, taumelten wir auf sein Feldbett. Es tat so gut, seinen Körper auf mir zu spüren, seine schmalen Hüften zwischen meinen Schenkeln.

»*Douce comme du miel*«, murmelte er zwischen seinen Küssen. Süß wie Honig. In seiner Stimme lag glühende Leidenschaft.

»Ich... ich...« Ich wusste nicht mehr, was ich hatte sagen wollen. War zu sehr damit beschäftigt, ihm dabei zu helfen, mir das T-Shirt auszuziehen.

Meine Hieroglyphen leuchteten so intensiv, dass sie sogar das Feuer überstrahlten.

Seine großen rauen Hände umschlossen meine Brüste und drückten sie durch den seidenen BH. Hitze wallte durch meinen Körper. Mir entfuhr ein Schrei. Gierig nach mehr, reckte ich mich seinen Händen entgegen. Als ich mich an seinen Handflächen rieb, entrang sich seiner Brust ein heiseres Stöhnen, das mich zittern ließ.

Er beugte sich über mich, seine Lippen glitten über den Hals zu meinen Brüsten. Mit kleinen Küssen verfolgte er die Bewegungen der Hieroglyphen. Zwischen meinen Brüsten. Über meinen Brüsten. »Du gehörst mir, Evangeline.« Ein Kuss. »Zu mir.« Ein Zungenschlag. »Und ich gehöre dir.« Er nahm meine Hand, verschränkte seine Finger in meine und sah mich an. »Ich denke so verdammt oft an dich, an das hier. *Je t'aime*. Ich liebe dich. Für immer.«

Sein Gesicht war zum Herzerweichen. Ich drehte mich weg. »Aber ich muss dir etwas sagen. Ich …« Ich verstummte.

Eine alarmierende Anspannung machte sich in mir breit und mein ohnehin schon rasendes Herz fing laut an zu pochen. Irgendetwas stimmte nicht. Irgendetwas näherte sich.

Jemand näherte sich.

Ich schob Jack zur Seite und stand auf.

»Was ist los?«, fragte er. »War ich zu schnell? Ich kann langsamer machen.«

»Nein, es liegt nicht an dir.« Ich zog mein T-Shirt wieder an. »Ich muss mich um etwas kümmern.«

»Wo gehst du hin? Ich komme mit.«

»Nein!« Mit erhobener Hand wirbelte ich herum. »Kannst du bitte einfach nur hier auf mich warten? Nur dieses eine Mal.« Verwirrt ließ ich ihn sitzen.

Eine dichte Nebelbank war hereingerollt. Die Nacht war wie ein luftleerer Raum. Ich entfernte mich vom Zelt, und es fühlte sich an, als ginge ich neben meinem Körper. Als schwebte ich auf einen unausweichlichen Abgrund zu.

Ich spähte durch den Nebel. In der Nähe des Tors wartete Matthew auf mich. Es war offen?

Mein Magen verkrampfte sich. Was hatte er getan?

In der Finsternis zeichneten sich die Umrisse eines Reiters in schwarzer Rüstung ab.

Der Tod war *hier*. Er hatte es durch das Minenfeld und bis hinter die Mauern des Forts geschafft! Ich hatte keine Ahnung, was er nun tun würde.

Meine Hieroglyphen begannen wieder zu schimmern, aber nun aus einem völlig anderen Grund. Der Nebel reflektierte ihr Licht. Ich schlug die Klauen in meine Handflächen und pflanzte meine Verteidigung. Langsam wanden sich die Ranken neben mir empor. *Zu* langsam. Ohne Sonne hatte ich mich vom letzten Kampf noch nicht erholen können!

Je näher er kam, umso mehr Details seiner Erscheinung waren zu erkennen. Die eng anliegende Rüstung betonte seine breiten Schultern und die muskulösen Arme und Beine.

Er ritt aufrecht und stolz – ein edler Ritter auf einem Hengst mit gespenstisch roten Augen.

Während sich meine Ranken noch in den Himmel reckten, begegneten sich unsere Blicke. Die Augen des Todes glühten. Wie bei meinen Hieroglyphen war dieses Glühen ein Zeichen heftiger Gefühle – oder von Aggression.

Aus dem Visier seines Furcht einflößenden Helms flutete das Licht.

Der Nebel hüllte uns ein und mich übermannte die Erinnerung an unsere letzte gemeinsame Nacht …

Wir stießen gegen die Bettkante. Noch einmal versuchte ich, ihn davon zu überzeugen, es nicht zu tun. »Bitte, überleg dir, was du da tust! Du nötigst mich, mit dir zu schlafen. Wie kannst du damit leben?«

Er packte mich um die Taille und hob mich mit Leichtigkeit auf sein Bett. Seine Hände mit den langen, eleganten Fingern waren rau und schwielig von den Schwertgriffen. »Es geht um viel mehr als nur darum, dich in meinem Bett zu haben. Gibst du dich mir hin, wirst du nur mir gehören. Wirst meine Frau sein in jedweder Hinsicht. Um dich zu besitzen, werde ich alles tun. Alles.«

Als er sich über mich beugte, presste ich die Hände gegen seine nackte tätowierte Brust. Die kantigen schwarzen Symbole erzählten unsere Geschichte. Sie waren eine unauslöschliche Mahnung, mir nie wieder zu vertrauen. Und doch hatte ich sein Vertrauen wiedergewonnen.

War ich kurz davor, ihn erneut zu hintergehen? »Lass mich gehen, Aric. Lass mich weg von hier. Ich schwöre dir, dass ich zurückkommen werde.«

»Niemals, meine Liebe. Ich werde dich niemals gehen lassen.«

Unter meinen Handflächen spürte ich die Bewegung seiner Muskeln, meine Lider wurden schwer. Sein Geruch nach Sandelholz, Pinie und Mann wirkte wie eine Droge auf mich, bezwang die Hitze des Gefechts. Dennoch schaffte ich es, ihm zu sagen: »Das wird so nicht funktionieren.«

»Ach nein?« Er strich mir das Haar hinter die Ohren. »Was

auch geschieht, es wird immer noch besser sein, als die einzige Frau auf der ganzen Welt zu verlieren, mit der ich zusammen sein kann. Die Frau, die ich nun liebe. Welche Alternative bleibt mir schon?«

Liebe. »Niemand sagt, dass wir nicht zusammen sein können. Aber wenn du das hier tust, wirst du mich in jedem Fall verlieren.«

Seine Mundwinkel wanderten nach oben. Er war so sinnlich, so umwerfend. Und er wusste, wie anziehend er auf mich wirkte. »Mit der Zeit werde ich deinen Zorn bändigen. Das ist mir schon einmal gelungen.«

Sein Gesicht kam näher, die bernsteinfarbenen Augen wild entschlossen.

Widerstehe ihm, widerstehe…

Er legte seinen Mund auf meinen und brachte mich damit so durcheinander, dass ich alles vergaß. Sein Kuss steigerte sich, bis sich unsere Zungen begegneten. Von jedem seiner fantastischen Zungenschläge wurde mein Körper angezogen, als wäre er ferngesteuert.

Obwohl er kein Wort sagte, sprach er durch seinen Kuss zu mir: Schwor, mich niemals freizugeben. Bedrängte mich, ihn zu akzeptieren.

Mich ihm hinzugeben.

Es war so einfach, sich in den Armen dieses Mannes zu verlieren. Er hatte so viel zu bieten. Ich stöhnte. Mit verschleiertem Blick löste er sich von meinen Lippen. »Na bitte. Schon besser.« *Mit übernatürlicher Geschwindigkeit entkleidete er mich.* »Ich will dich ansehen… dich berühren.«

Nur noch im Slip lag ich vor ihm und er starrte mich mit unbändigem Verlangen an. Jeder Muskel seines Körpers war ange-

spannt. »Herrscherin...«, raunte er und beugte sich über mich. Er bedeckte meine Brüste mit unzähligen Küssen und massierte mich mit seinen eleganten Fingern.

Seine Lippen schlossen sich um meine harte Brustwarze. Ich drohte ohnmächtig zu werden. Als er zu meiner zweiten Brust glitt, riss mich mein eigener spitzer Schrei aus meiner Benommenheit.

Widersteh ihm, Evie! Wenn ich jetzt die Kontrolle verlor ... war ich verloren.

Wie ein Messerstich tötete der Gedanke mein Verlangen und ließ das Gift in meine Lippen schießen.

Wenn er mich nicht freigab, würde ich mir meine Freiheit holen.

Ich griff nach Arics Gesicht und zog ihn an mich, um ihn zu küssen. Gierig erwiderte er meinen Kuss, wieder und immer wieder.

Nur kurz ließ er von mir ab, um mir den Slip herunterzustreifen. »Ich möchte dich wieder schmecken. Immerzu muss ich daran denken.« Es fiel ihm sichtlich schwer, mit seiner übernatürlichen Kraft die Spitze des Höschens nicht einfach zu zerreißen. »Ah, du willst es auch.«

Als ich nackt vor ihm lag, funkelten seine bernsteinfarbenen Augen wie Sterne. Ich war wie hypnotisiert von den kleinen Lichtblitzen. »Großer Gott, Sievã. Deine Schönheit ist demütigend.« Er schenkte mir ein seltenes offenes Lächeln. »Was ich empfinde, muss reines Glück sein.«

Ich hätte heulen können.

Ehrfürchtig tastend suchten mich seine Finger. »Heute Nacht wirst du mich in dir spüren«, raunte er. »Du gehörst nur mir.«

Plötzlich verengten sich seine Augen. »Rosen?« Er ließ mich los.

Mein Geruch war ein anderer. Schlaf jetzt, Tod.

»Was hast du getan, Geschöpf?«

Ich kroch von ihm weg und schlüpfte in mein T-Shirt. »Ich bin zu dir gekommen, um dich um Hilfe zu bitten, und du nötigst mich, mit dir zu schlafen.«

Mit ungelenken Bewegungen wich er vor mir zurück. Mein Gift wirkte schon. Er schaffte es gerade noch, sich auf die Knie zu stemmen, und versuchte, an etwas neben dem Bett zu gelangen.

Griff er nach einem der Schwerter, die in einem Ständer in der Nähe standen?

Bevor er die Waffe zu fassen bekam, verließen ihn die Kräfte und er brach auf der Matratze zusammen. Die Hände zu Fäusten geballt schaffte er es gerade noch, mir den Kopf zuzudrehen. »Ich hätte es ... wissen müssen. Deine giftigen Lippen. Wieder einmal.« *Er schien am Boden zerstört.* »Bevor du mich an dich heranlässt, tötest du mich.«

»Dich töten? Du wirst nur schlafen!« *Ich stand auf und straffte die Schultern.* »Nach allem, was zwischen uns war, kommt dir nur Mord in den Sinn? Und deine erste Reaktion ist, mich zu erstechen?« *Ich deutete auf sein Schwert. Es brach mir das Herz. Offensichtlich hatten sich die Dinge zwischen uns nicht so geändert, wie ich gedacht hatte.* »Ich habe geschworen, dir nie wieder wehzutun, Aric. Andere Arkana haben mir angeboten, im Tausch gegen dein Leben Jack zu retten. Ich habe abgelehnt.«

Noch einmal versuchte er, an seine Waffe zu gelangen. Versuchte verzweifelt, seine Muskeln zu bewegen. Würde er mich auch jetzt noch köpfen, wenn er die Möglichkeit dazu hätte? Zweimal hatte er es schon getan.

»*So wahr mir Gott helfe, Sievā – dafür... wirst du... bezahlen...*« *Die Lider senkten sich über seine gequälten Augen. Aus den schönen Gesichtszügen war jede Anspannung gewichen, sein Körper war wehrlos.*

Ich konnte es kaum glauben. Gerade hatte ich noch mit ihm im Bett gelegen. Wie konnte er da nach seinem Schwert greifen? Er würde mir doch niemals wehtun. Dennoch konnte ich ihn unmöglich so hilflos zurücklassen. Würde ihn irgendjemand töten, wäre ich dafür verantwortlich. Sein Wachhund Ogen war tot. Die Wölfe waren bei Lark. Es konnte jeder problemlos in die Festung eindringen.

In mir regte sich der Beschützerinstinkt. Ich zog mich an und begann, die Schlafzimmertür zu verbarrikadieren. Danach wollte ich aus dem Fenster klettern. Es war nur der zweite Stock.

Ich versuchte, mich nur auf das zu konzentrieren, was nun zu tun war, aber meine Gedanken schweiften immer wieder ab. *Die Arkana waren alle hinter ihm her.* Ich zog mehrere Übungsschwerter in seine Reichweite. *Er würde mich doch niemals verletzen. Niemals!* Ich schleppte seine Rüstung heran. *Nein, er hatte sicher nach etwas anderem gegriffen.* Ich klemmte einen Schild unter den Türgriff. *Er liebt mich.*

Aber warum hatte er mich dann dazu genötigt, mit ihm zu schlafen? Warum hatte er geschworen, mich bezahlen zu lassen?

Mein Beschützerinstinkt verschwand und die rote Hexe erwachte. *So viel zu eurer Seelenverwandtschaft,* flüsterte sie. *Er ist FÜNF Zeichen wert.*

Merke: Hat dich ein Mann schon mehr als einmal enthauptet und greift nach einem Schwert, ist davon auszugehen, dass...

Und nun war er hier, um Rache zu üben. Ein zum Ritter geschlagener Sensenmann. Voller Ehrfurcht starrte ich ihm entgegen. Woher hatte ich nur den Mut gehabt, ihn zu vergiften und zu fliehen? Nachdem ich tagelang nichts von ihm gehört hatte, dachte ich schon, es wäre zu viel Gift gewesen und ich hätte ihm ernsthaft geschadet. Die Sorge war wohl umsonst gewesen.

Soldaten blieben stehen und starrten ihn an. Sowohl Jack als auch der Tod waren in den letzten zwei Stunden durch dieses Tor geritten. Doch während sie Jack mit großem Respekt empfangen hatten, reagierten sie auf den Tod mit schierer Angst.

Neben dem gepanzerten Schlachtross des Todes erkannte ich die Umrisse eines riesigen Wolfs. Es war Zyklop, der Körperteile aus dem Steinwald im Maul trug.

Das Biest hatte den Tod durch das Minenfeld geführt! Oder es war Lark gewesen. Sie hatte den Wolf nicht geschickt, um mich zu beschützen, sondern einen Spion entsandt.

Den Blick immer noch starr auf mich gerichtet, zog der Tod sein Schwert. *Nein!*

Rosenduft waberte durch die Luft, während sich meine Ranken reckten und wuchsen. Von meinen Klauen tropfte das Gift, meine Dornen waren bereit.

Die Ranken konnte er allerdings leicht durchschlagen und die meisten meiner anderen Kräfte prallten an der Rüstung ab. Wollte er mich umbringen, war ich so gut wie tot. Es sei denn ...

Drei Arkana kamen auf den nebligen Hof gestürzt.

»Der gottverdammte Sensenmann!«, schrie Joules.

»Evie!«, brüllte Jack hinter mir.

Dann brach die Hölle los.

18

»Ich mach Schmorbraten aus dir«, schrie Joules.

Gabriel rannte zielstrebig an mir vorbei. Wo wollte er hin? Zu Jack?

Vor Aric duckte sich Zyklop in Angriffsstellung, um ihn zu beschützen.

Matthew murmelte zitternd und mit aschfahlem Gesicht immer wieder das Wort *Tredici*. Tess hatte sich hinter seinem Rücken versteckt und fing an zu weinen. Die Soldaten machten sich aus dem Staub.

Joules hob den Speer über den Kopf, im Nebel sprühte seine Haut Funken.

Meine Augen richteten sich wieder auf den Tod, der gelangweilt mit den gepanzerten Schultern zuckte. Für ihn war das Routine. Er würde sich mal wieder ein neues Arkana-Zeichen holen. Vielleicht auch mehrere.

Der Turm warf seinen Speer und der Tod drehte den behelmten Kopf. Blitzschnell zog er sein Schwert. Metall krachte auf Metall und der Speer segelte über die Fortmauer. Blitze zuckten über den Himmel und in der Ferne war eine Explosion zu hören.

Joules brüllte vor Zorn.

»Wer zum Teufel hat den reingelassen?«, schrie Jack. Gabriel hielt ihn zurück und bewahrte ihn so vor dem sicheren *Tod*. »Evie, mach verdammt noch mal, dass du von ihm wegkommst!«

»Warum bist du gekommen, Aric?«

Der Tod wandte sich mir wieder zu. »Um das zu tun, was ich letztendlich immer tue.«

Letztendlich ... tötete er mich immer.

Er hob die Hände und setzte den bedrohlichen Helm ab. Mit seinem schulterlangen blonden Haar, den markanten Gesichtszügen und seinen glühenden, bernsteinfarbenen Augen war der Herr der Ewigkeit nach wie vor umwerfend schön.

»Letztendlich *vergebe* ich dir immer«, sagte er mit seiner tiefen rauen Stimme.

Mir blieb der Mund offen stehen. *Wie bitte?*

»Nimm das, Sensenmann!« Joules warf noch einen Speer.

Ohne hinzusehen, wehrte Aric ihn ab – als könnten seine sternenfunkelnden Augen nicht genug von mir bekommen.

»Mir vergeben?«, brachte ich endlich heraus. »Du hast gesagt, ich würde bezahlen, für das, was ich getan habe!«

»Das wirst du auch, Herrscherin, aber nicht so, wie du dir das vorstellst.« Seine sorgfältig gewählten Worte waren voller Anspielungen.

»Warum sollte ich dir glauben? Kurz bevor du bewusstlos geworden bist, hast du nach deinem Schwert gegriffen!«

Die blonden Augenbrauen zogen sich zusammen. »Ich habe nach einem Fläschchen Gegengift gegriffen, das ich schon vor dem Blitz gemischt hatte. Ich hoffte, dein Gift damit zu neutralisieren, und war gespannt, ob es wirken würde.«

Gegengift? Ich war verwirrt. »Aber wir haben doch schon so oft gegeneinander gekämpft. Und du ... du hast immer gewonnen.«

Wieder ein Speer, wieder parierte Aric ihn mit dem Schwert.

»Geh weg von ihm, Evie!«, brüllte Jack.

»Du weißt sehr wohl, dass ich dir niemals etwas tun könnte«, tadelte mich Aric. »Selbst wenn ich wollte. So wie auch du mir nicht wehtun kannst. Zwei Mal bereits hättest du mich töten können. Beim letzten Mal hast du dir stattdessen sogar die Mühe gemacht, mich zu *beschützen*.«

»Aber du ... dann hast du ... dein Schwert?«

Unendlich geduldig sah er mich an. »Nie wieder, *Sievã*.«

Während ich ihn fassungslos anstarrte, fühlte ich wieder diese tiefe Seelenverwandtschaft. Großer Gott, ich ... ich glaubte ihm.

Ich musste die Situation entschärfen, bevor irgendjemand verletzt wurde. Der Treueschwur! Aber Matthew konnte ihm kein Blut auf die tödliche Haut schmieren. Vielleicht konnte ja ich ihm das Blut des Spielhüters auf die Hand malen? Ich rannte zu Matthew.

Er war schon dabei, sich in den Arm zu schneiden. »Ein Getreuer«, flüsterte er, »für eine gewisse Zeit.«

Ich strich mit dem Zeigefinger über seine Wunde und rannte zu Aric.

»Scheiße, Mann, tu das nicht, Herrscherin!« Noch bevor ich beim Tod angelangt war, warf Joules wieder einen Speer.

Aric wehrte ihn ab. »Das ermüdet mich langsam, Turm«, dröhnte seine Stimme durch die Nacht.

»Lass mich deine Hand kennzeichnen, Aric!«

Er steckte das Schwert in die Scheide und stieg mit gespenstischer Geschmeidigkeit vom Pferd. Mit klirrenden Sporen schritt er auf mich zu und streifte einen Stachelhandschuh ab.

»Neiiiin!«, schrie Joules.

Ich zog eine rote Spur über Arics Male.

Die Berührung ließ ihn vor Wonne schaudern. Seine Lider wurden schwer, die Augen loderten.

»Geh weg von ihm!« Jack hatte sich von Gabriel losgemacht und stampfte unerschrocken auf Aric zu. Sein unglaublicher Mut war wie ein unruhiges Tier, das nur darauf wartete, sich loszureißen.

»Stopp!« Ich wollte ihm den Weg versperren, doch er schob mich einfach hinter seinen Rücken und stellte sich herausfordernd vor Aric. Die beiden starrten sich an. Sie waren ungefähr gleich groß.

»Du kannst den Tod nicht angreifen«, schrie ich. »Er ist ein Getreuer.«

»Ich bin kein Arkana«, schnaubte Jack.

»Aber du bist betrunken und hast kein Schwert«, sagte Aric verächtlich. »Das wäre kein fairer Kampf.« Jeder Muskel in Jacks Körper spannte sich. Er war kurz davor anzugreifen. Sein eiskaltes Lächeln erinnerte an eine Bestie mit gebleckten Zähnen. Er schwang die Fäuste wie Hämmer, bereit, sich auf den Tod zu stürzen.

»Jack, du kannst ihn nicht schlagen! Wenn du seine Haut berührst, stirbst du. Er tritt dir nur ohne Helm entgegen, um dich zu provozieren.« Ich wandte mich an Aric. »Verletzt du ihn, bist *du* derjenige, der bezahlen wird.«

Er zog sich den Panzerhandschuh wieder an. »Ich hege keinerlei Absicht, irgendjemanden hier anzugreifen, Liebes. Und da du offensichtlich schon erledigt hast, weshalb du hergekommen bist, bleibt mir nur noch eines zu tun.«

»Wovon redest du?«

»Ich werde meine Frau wieder mit nach Hause nehmen«, erklärte er in beiläufigem Ton.

19

Jacks Kopf kippte nach hinten, als hätte ihn ein Vorschlaghammer getroffen.

Ein kehliges Brüllen drang aus seiner Brust, dann holte er aus.

Ich schrie, aber Aric blockte den Schlag mit seinem gepanzerten Handgelenk ab.

Der Ritter starrte Jack an. »Ich erkenne, wenn jemand einen Todeswunsch hegt, Sterblicher. Willst du sterben? Dabei kann ich dir gerne behilflich sein.«

Todeswunsch? »Hört auf damit!« Ich versuchte dazwischenzugehen. »Du kannst ihn nicht berühren, Jack!«

Sein geschundenes Gesicht war rot vor Zorn. »Ich würd's drauf ankommen lassen, Sensenmann. Und sei es nur, um dir dein überhebliches Grinsen aus der Fresse zu dreschen!«

»Die Herrscherin sagt die Wahrheit. Schon eine Berührung ist tödlich. Zumindest für jeden außer ihr.« Er sah zu mir herunter. »So will es die Bestimmung, *Sievã* ... «

Er schien sich tatsächlich zu amüsieren. Als wäre das alles nur ein unterhaltsames Spektakel.

Jacks Arm schoss nach vorne. Er richtete eine Pistole auf Arics Kopf.

Mir schnürte es die Luft ab.

Aric hatte zwar eine beschleunigte Heilung, doch eine Kugel im Gehirn würde auch er nicht überleben. Sollte ihm irgendetwas zustoßen ... Nun da ich wusste, dass er nicht hier war, um mich zu töten, waren meine Gefühle wieder völlig durcheinandergeraten.

Panik, Beschützerinstinkt, ein unbestimmtes Ziehen im Herzen ...

Jack spannte die Waffe und setzte Aric die Mündung auf die Stirn.

»Nenn mir nur einen Grund, es nicht zu tun.«

Ich rang nach Luft. Langsam löste der Tod den Blick von mir und wandte sich Jack zu. Er schien noch immer amüsiert. »Sie würde es dir niemals verzeihen.«

»Mach ihn alle, Jäger!«, schrie Joules. »Drück verdammt noch mal ab!«

Ich legte Jack die Hand auf den Arm. »Nimm die Waffe runter.« Keine Reaktion. »Wenn du das tust, gibt es kein Zurück mehr.«

Es stand auf Messers Schneide. »Wovon zum Teufel redet er? Frau? SEINE FRAU?«

»Das ist kompliziert.« Das hatte ich schon einmal gesagt.

Der Muskel in seinem Kiefer zuckte. »So viel hab ich kapiert, Evangeline!«

»Komm mit zurück ins Zelt, dann erklär ich dir alles.« Sollte Jack Aric erschießen, wären sie für mich beide tot. Mir schossen Tränen in die Augen. »B... bitte, tu's für mich.«

»Du erwartest von mir, dass ich ihn hier einfach so in meinem Camp herumlaufen lasse? Ist dir egal, dass er mich töten will?«

»Er wird dich nicht töten.«

»Wie kannst du dir da so sicher sein?«

Ich warf Aric einen Blick zu. »Sollte er dir irgendetwas tun, werde ich ihn auf ewig hassen. Er weiß das.« Wieder an Jack gewandt sagte ich: »Bitte. Lass uns reden – aber nicht hier.«

Er musste die Angst in meiner Stimme gehört haben und nahm endlich den Finger vom Abzug. Dann ließ er die Pistole sinken. Er warf Aric einen letzten tödlichen Blick zu, dann stürmte er davon. Mit einem Blick zurück über die Schulter folgte ich ihm.

Der Ritter lächelte mir mit einer galanten Verbeugung selbstsicher hinterher. Er wusste, dass er einen Treffer gelandet hatte.

»Was soll die Scheiße?« Jack marschierte im Zelt auf und ab und stürzte dabei den Whiskey schneller hinunter, als man schauen konnte. Er konnte mich kaum ansehen. Außer Flüchen hatte er bisher kein Wort über die Lippen gebracht.

»Ich hatte dir doch gesagt, dass der Tod und ich eine Vergangenheit haben.« Mit zitternden Händen schob ich die Plane des Zelteingangs zur Seite und lugte nach draußen.

Aric ließ Thanatos, seinen unheimlichen weißen

Hengst, abkühlen. Das rotäugige Tier sah aus wie eine Kreuzung zwischen einem Araber ... und einem Panzer. Es hatte seine eigene schwarze Rüstung.

Neben ihnen genoss Zyklop seine mitgebrachte Leckerei. *Knirsch. Knirsch.*

Aus sicherer Entfernung beobachteten auch die anderen Arkana den Tod – insbesondere Tess war von seinem göttlichen Aussehen sichtlich fasziniert –, doch das schien ihn nicht im Geringsten zu stören.

Als Matthew auf Aric zuging, wurde ich nervös. Soviel ich wusste, hatte Matthew sich ihm widersetzt und sich nicht an eine Abmachung der beiden gehalten.

Doch der Tod unterhielt sich ganz ruhig mit ihm. Worüber sie wohl sprachen?

»Großer Gott, Evie, fällt es dir so schwer, ihn mal kurz aus den Augen zu lassen?«

Ich ließ die Plane fallen und ging zu Matthews Feldbett.

»Wie viel gemeinsame Vergangenheit könnt ihr beide denn schon haben? Du bist dem Sensenmann vor drei Monaten zum ersten Mal begegnet.«

Ich setzte mich und verschränkte die Finger ineinander. Meine Hände wollten einfach nicht aufhören zu zittern. Die Angst, die ich um Aric hatte, irritierte mich. »Wir waren in einem früheren Leben zusammen.«

»*Dis-moi la vérité!*« Sag mir die Wahrheit.

»Das ist die Wahrheit. Arkana werden wiedergeboren.«

Jack blieb der Mund offen stehen.

»Der Gewinner des Spiels lebt als Unsterblicher weiter. Die anderen Arkana werden wiedergeboren. Die letzten drei Spiele hat der Tod gewonnen, das heißt, er hat die ganze Zeit über gelebt. Ich kann mich sogar daran erinnern, dass wir in der Vergangenheit zusammen waren.«

Jack ging auf und ab. Auf und ab. »Der Mistkerl verhält sich aber nicht, als ob das Vergangenheit wäre. Hast du mit ihm geschlafen?«

»Versteh mich doch. Ich dachte, das mit dir und mir wäre vorbei.«

Jacks Blick wurde wild. »Hast du ... mit ihm ... geschlafen?«

»Nein, aber wir ... wir waren zusammen.« In der Nacht, in der er mich vor Ogen gerettet hatte, wollte ich mit ihm schlafen. Aber ich hatte es nicht getan.

»Ich glaub das einfach nicht!« Jack atmete schwer – als bekäme er nicht genügend Luft.

»Zuerst dachte ich, wir würden uns nie wiedersehen. Doch dann ging mir mein Versprechen, dir eine Chance zu geben, einfach nicht mehr aus dem Kopf. Deshalb habe ich auch nicht mit Aric geschlafen. Ich habe ihm erklärt, dass ich auch deine Seite der Geschichte hören will.«

Jack kippte die Flasche und wischte sich mit dem

Ärmel über den Mund. »Ich riskiere hier draußen mein Leben, nur um dich zu finden und in Sicherheit zu bringen, und du vögelst um ein Haar ausgerechnet den Mann, der mich fast getötet hätte!«

»Du weißt ja gar nicht, wie schlimm es war zu erfahren, dass du mich belogen hast. Als wäre etwas in mir zerbrochen.« Ich schlug mir gegen die Brust. »Oder besser, *gestorben*. Ich fühlte mich so hintergangen. Von dir und von Matthew. Und dann erfuhr ich, dass ich in einem früheren Spiel den Tod geheiratet und ihn vergiftet hatte – in unserer Hochzeitsnacht. Im darauffolgenden Spiel hatte ich es dann sogar noch einmal geschafft, sein Vertrauen zu gewinnen, und wieder wollte ich ihn töten.«

Jack ging nun etwas langsamer auf und ab. »Dann warst du wegen deiner Schuldgefühle mit ihm zusammen?«

Einerseits empfand ich es tatsächlich als eine Art Buße, mit Aric zusammen zu sein, andererseits war ich überwältigt von unserer tiefen Verbundenheit. »Ich weiß es nicht.«

»Aber du bist zurückgekommen – zu mir. Du hast gesagt, du liebst mich! War das etwa gelogen?«

»Nein!« Ich presste die Finger gegen die Schläfen. Die bohrenden Kopfschmerzen waren zu einer pochenden Migräne geworden.

»Liebst du diesen Mistkerl?«

»Ich mag ihn. Gäbe es dich nicht, würde ich ihn

vielleicht sogar lieben.« Und wenn er mir nicht diesen *Handel* angeboten hätte.

»Du hast schon immer eine Schwäche für die Reichen gehabt.« Jack trank wieder und ging im gleichen Tempo auf und ab wie zuvor. »Für Blaublütige. Natürlich kannst du da einem Ritter nicht wiederstehen.«

»Das ist unfair!«

»Ich krieg das einfach nicht in meinen Kopf. Er hat dich entführt. Wer sagt dir, dass er nicht hier ist, um es wieder zu tun? Aber vielleicht willst du das ja sogar.«

»Er kann mich nicht gewaltsam von hier wegbringen. Ich bin wieder im Besitz meiner Kräfte.«

»Ach ja, deine Kräfte. Er hat sie dir monatelang gestohlen und du hast ihn noch dafür belohnt. Genau wie für den Versuch, mich und deine Freunde zu töten. Verdammt noch mal, Evie, wo bleibt deine Loyalität?«

»Ist Selena denn so viel loyaler als ich? Sie wollte mich kaltmachen, als wir uns damals getroffen haben. Schon vergessen? Wärst du in der Nacht nicht dabei gewesen, wäre ich tot. Enthauptet.«

Wahrscheinlich war das inzwischen unter den Teppich gekehrt worden. »Die Dinge ändern sich, Jack. Früher oder später werden wir in diesem Spiel alle zu Bösewichten. Außerdem wollte Aric keinen von euch töten. Es war Ogen, der den Berg zertrümmert hat. Der Tod hätte uns auch schon früher in einen Hinterhalt locken können.«

»Und warum hat er es nicht getan?«

»Ich glaube, insgeheim hatte er gehofft, dass ich in diesem Spiel weniger boshaft wäre. Ich hätte es ihm nie verziehen, wenn auch nur einer von euch umgekommen wäre. Das wusste er. Sicher war ihm der Gedanke gekommen, euch in der Mine zu töten. Aber er hat es nicht getan.«

»Du glaubst also, er hätte uns einfach so umbringen können? Du scheinst ihm eine Menge zuzutrauen.«

»Er ist der *Tod*. Das Töten wurde ihm in die Wiege gelegt.« Man könnte auch sagen, er wurde zum Töten geboren. »Ich habe mein gesamtes Arsenal gegen ihn eingesetzt, habe mit all meinen Kräften gekämpft, aber ich konnte ihn nicht besiegen.«

»Und trotzdem hast du zugelassen, dass er dich küsst? Dich berührt?« Seine Stimme war rau vom Whiskey, sein Akzent wurde stärker. »Für mich hat es nie eine andere gegeben! Auch dann nicht, als ich überzeugt war, ich hätte dich verloren.«

Eine andere. Selena. Jack behauptete, er wäre nie mit ihr zusammen gewesen. Aber hatte Selena es nicht schon zugegeben? »Zwischen ihm und mir hat sich einiges verändert«, hatte sie gesagt.

»Ich habe in meinem Leben schon viele Menschen gehasst, aber noch niemanden so sehr wie den Tod.« Dasselbe hatte Aric auch über ihn gesagt. »Wie kann ich ihn da nicht töten?« Jack war am Ende seiner Geduld.

Aber auch ich hatte meine Grenze erreicht. Vor

etwas mehr als einer Woche hatte mich noch der Teufel in seinem Würgegriff gehabt. »Hübsches Fleisch«, hatte er gehöhnt, während mir sein Speichel ins Gesicht getropft war. Ich stützte den Kopf in die Hände. »Ich brauche etwas Zeit. Nur eine kurze Pause zum Nachdenken.« Könnte Tess doch einfach die Uhr anhalten.

»Dieser Luxus ist uns wohl nicht vergönnt. Nicht, seit dieser Mistkerl hier aufgetaucht ist. Wir haben eine Handgranate im Camp, mit gezogenem Ring.«

Als wir unterwegs waren, hatte Jack mir einiges über Handgranaten beigebracht: *Ist der Ring gezogen, ist eine Granate nicht mehr dein Freund.*

»Was erwartest du jetzt von mir, Evie?«

»Ich möchte, dass ihr nicht gegeneinander kämpft. Dass ihr mir Zeit gebt, mir über das Ganze klar zu werden.« Ich sah ihn an. »Bitte tu ihm nichts.«

»Das ... das kann ich nicht. Nein. Du machst mich echt fertig.« Er rieb über seinen Verband. »Nur die Hoffnung, dass wir wieder zusammenkommen, hat mich überhaupt am Leben gehalten.« Er starrte an mir vorbei. »Und nun kann ich dich nicht mal mehr ansehen.«

»Bitte, versuch dich doch mal in meine ...«

Ein Schrei tönte durchs Lager.

Na großartig. Was hatte der Tod nun schon wieder angestellt?

20

Jack und ich rannten nach draußen. Der Tod stand neben seinem Pferd, Matthew war verschwunden.

Jack warf dem Ritter einen hasserfüllten Blick zu, aber Aric hatte seine Augen ruhig und fest auf mich geheftet ...

»Sie ist weg! Sie wurde entführt!«

»War das Finn?«, fragte ich.

Jack rannte schon in Richtung Finns Zelt. Ich versuchte, mit ihm Schritt zu halten.

Finn saß auf seinem Feldbett, neben ihm Matthew. Im Schein des schwachen Feuers konnte ich nur schwer sagen, welcher der beiden schlechter aussah.

Direkt hinter uns kamen Gabriel, Joules und Tess hereingestürzt.

»Was ist passiert, Kumpel?«, fragte Jack. »Erzähl's mir, aber immer schön der Reihe nach.«

»Sie haben Selena entführt! Zwei Soldaten. Einen der beiden hab ich dabei erwischt, wie er ihr eine Spritze gab. Der zweite hat sich von hinten angeschlichen und mich k. o. geschlagen. Ich bin gerade erst wieder zu mir gekommen.«

Gabriel schlug mit den Flügeln. »Wie haben sie sie aus dem Fort geschafft?«

»Woher soll ich das wissen?«, entgegnete Finn ratlos.

»Wir hatten ja schon vermutet, dass Spitzel im Camp sind.« Jack stieß einen unflätigen Fluch auf Französisch aus. »Wie lange ist das jetzt her?«

»Fünf oder sechs Stunden?« Finn drehte sich zu mir um. »Als ich zusammengesackt bin, habe ich noch gehört, wie sie sich über deinen Wachwolf beschwert haben. Auf dich hatten sie es wohl auch abgesehen.«

»*Wer* hatte es auf sie abgesehen?«, fragte Jack.

Ich glaubte zu wissen, wer. »Wahrscheinlich General Milovníci. Die Liebenden wollten Selena und mich nach Norden bringen. Zu den *Ersten*. Vielleicht war damit die Armee ihres Vaters gemeint.« Wie schon letzte Nacht wurde mir bei dem Gedanken übel.

»Wenn ich fliege, kann ich sie einholen, bevor sie bei der zweiten Hälfte der Armee angelangt sind«, schlug Gabriel vor.

Jack schüttelte den Kopf. »Sie werden den Himmel mit Suchscheinwerfern nach dir ableuchten. Die Geschütze, die sie auf ihre Trucks montiert haben, können dich zerfetzen.«

»Du hättest das doch vorhersehen müssen, Narr!«, fuhr Gabriel Matthew an.

Finn hob seine Krücke, um ihn zu verteidigen, aber Jack hielt den Erzengel schon zurück. »Nimm dich zusammen, Gabe! Wir holen uns Selena wieder.«

In diesem Moment ertönten rauschende Stimmen in meinem Kopf. – *Wir werden dich lieben. Auf unsere Art.* –

Alle Arkana erstarrten.

»D... das war doch der Ruf der Liebenden.« Tess rückte die Baseballkappe zurecht. Ihr immer noch magerer Körper zitterte.

»Das kann nicht sein«, murmelte ich, obwohl ich es mit eigenen Ohren gehört hatte.

»Seid ihr sicher, dass ihr sie erledigt habt, Leute?« Finn sah uns der Reihe nach an. »Ganz sicher? Dann beherrschen diese verfluchten Arkana die Wiederauferstehung.«

Matthew stieß einen gedämpften Schrei aus. »Sie *rufen* uns.« Er versteifte sich. Dann überbrachte er mit veränderter, vibrierender Stimme ihre Botschaft: »Wir wollten dich zur Gefangenen unserer Liebe machen, Herrscherin. Doch der Plan ist fehlgeschlagen. Glücklicherweise haben wir nun Selena, die uns Gesellschaft leistet. Möchtest du, dass sie für Verbrechen leidet, die du begangen hast?«

»Welche Verbrechen?«, fragte Joules. Alle zischten, er solle still sein.

Matthew fuhr fort: »Bist du tatsächlich eine andere, so wie du behauptet hast, wirst du kommen, um deine Verbündete zu retten. Im Tausch gegen dich und den Jäger werden wir sie freilassen. Wir lagern bei den Salzminen von Dolor. In vier Tagen erwarten wir dich. Kein Arkana soll dich begleiten. Sobald wir einen anderen Ruf als den deinen hören – den des Erzengels beispielsweise –, werden wir Selena der Armee überlassen. Du hast die Wahl. Sieh es als Prüfstein für die

Treue zu deinen Verbündeten. Hältst du ihnen die Treue, oder hintergehst du sie ... Vier Tage, Herrscherin. Wir werden dich so sehr lieben.«

Matthew sackte in sich zusammen. Die Botschaft war überbracht.

»Vincent und Violet leben? Sie haben sie!« Gabriel stürzte zum Ausgang.

Ich schnitt ihm den Weg ab. »Warte! Du bringst sie nur in Gefahr. Lass uns wieder eine Rettungsaktion planen. Vielleicht kann Matthew unsere Rufe irgendwie abschalten.« Ich drehte mich zu ihm um ... und erschrak zu Tode. Aus seiner Nase schoss Blut. »Was ist mir dir, Süßer?« Ich streckte die Hand nach ihm aus.

Jack war sofort neben mir. »*Coo-yôn?*«

Matthew schaukelte vor und zurück, während sein Hemd sich voll Blut saugte. »Hüte dich vor der Verlockung ... schlage zuerst zu ... oder du wirst geschlagen.«

Ich zog ein Halstuch aus meiner Hosentasche und hielt es ihm unter die Nase. Flehentlich sah er mich an. Was wollte er von mir? Wie konnte ich ihm nur helfen? Der Stoff war sofort nass von Matthews Blut. Ich konnte keinen klaren Gedanken mehr fassen, nur noch schreien. »Aric!«

»Warum schreist du nach ihm?« Jack klang, als würde er jeden Moment jemanden umbringen. »Ich bin derjenige, der sich seit drei Monaten um den *coo-yôn* kümmert. *Ich.*«

Ich setzte mich neben Matthew. »Aric kennt sich aus. Er weiß Bescheid über die Arkana.«

Wenige Sekunden später betrat der Tod geräuschlos das Zelt.

Joules' Augen weiteten sich und er ließ einen Speer aus seiner Hand wachsen. Gabriel spreizte die Flügel. Tess schwebte in die hinterste Ecke des Zelts.

Über Finn flackerten seine letzten Illusionen. »Sch... scheiße Leute, was ist hier los?« Er war ohnmächtig gewesen und wusste nicht, dass Aric hier war. Der Magier hob seine Krücke, um sich zu verteidigen.

»Der Tod ist ein Getreuer«, sagte ich.

Jacks Kiefer verkrampften sich derart, dass ich befürchtete, er würde seine Backenzähne zu Staub zermahlen.

»Du scheinst gerne dort zu sein, wo du nicht willkommen bist, Sensenmann.«

»Ja, des Öfteren.« Arics aschblondes Haar glänzte im flackernden Licht des Feuers. Sein atemberaubend schönes Gesicht leuchtete.

»Ich fass es nicht«, tobte Joules. »Wir befinden uns tatsächlich in einem Zelt mit diesem üblen Scheißkerl.« An die anderen gerichtet sagte er: »Euch ist schon klar, dass er uns alle in vergangenen Spielen schon einmal umgebracht hat, oder?«

Mit einem milden Lächeln sagte der Tod: »Einige von euch sogar schon mehrfach.«

Mich zum Beispiel.

»Verdammt, hier drin halten mich keine zehn Pferde.« Joules starrte Aric feindselig an. »Dieser Dämon hat mein Mädchen getötet, meine Calanthe.«

Die bernsteinfarbenen Augen des Todes verengten sich. »*Euer* Bündnis hat *mein* Bündnis angegriffen.«

Gabriel packte Joules an der Schulter und flüsterte ihm zu: »Bleib hier. Kenne deinen Feind.« Die Haut des Turms begann, Funken zu schlagen, und Gabriel zog seine Hand schnell wieder weg.

»Verfluchter Sensenmann«, murmelte Joules. Aber er blieb und richtete seinen Zorn stattdessen auf Jack. »Warum hast du ihm kein Loch in den Schädel verpasst, als du die Chance dazu hattest?«

»Glaub ja nicht, dass ich das nicht bereue.«

Ich sah Aric an. »Weißt du, was mit Matthew passiert?«

»Der Narr hatte das auch schon in vergangenen Spielen – immer dann, wenn kurz darauf jemand starb. Jemand, den er lieber nicht tot sehen wollte.«

Alle Augen richteten sich auf mich. War ich es, die bald daran glauben musste? Oder Selena?

»Zudem ist er wahrscheinlich überladen«, fügte Aric hinzu. »Auch das ist nichts Neues. Sein Kopf ist schlicht und ergreifend *voll.*«

»Und das bedeutet?« Ich strich Matthew die Haare aus der feuchten Stirn.

»Es ist eher ungewöhnlich, dass so viele Arkana für

längere Zeit aufeinandertreffen. In seinem Kopf dröhnen unsere Rufe wie Megafone – ununterbrochen.«

Die Arkana-Schaltzentrale war überlastet.

»Nicht zu vergessen, dass er die Zukunft von uns allen kennt und daher ständig neue Informationen entziffern und verarbeiten muss.«

Matthew hatte versucht, mir zu sagen, dass er eine Pause brauchte. Ob er gewusst hatte, dass er seinem Verstand solchen Schaden zufügte?

»Wahnsinnig und gebrochen.« Aus seinem Mund tropfte der Speichel. »Ordne das Spiel. Wirbel. Wirbel. Ich verliere den Verstand. Der Hund ist mir auf den Fersen.«

Jack umklammerte fest seine Schultern. »Du musst dich jetzt ausruhen, *coo-yôn. Prend-le aisé. Compris?*« Mach langsam. Verstanden? »Und halt dir das unter die Nase.« Er gab ihm ein frisches Halstuch.

Matthew wurde sofort ruhiger. »*Compris.*«

Es war nicht das erste Mal, dass Jack ihn beruhigte. Aber die Art war neu. Matthew gehorchte ihm wie ein Soldat, der die Befehle seines Offiziers entgegennahm.

»Wie kann das sein, das mit den Liebenden?«, fragte Joules niemand Bestimmten. »Ich hab ihre Überreste doch in den Fluss geworfen!«

Der Tod lachte.

»Was ist daran so verdammt lustig?«

»Dass ihr dieses eine Paar getötet habt, bedeutet noch lange nicht, dass sie tot sind.«

Alle sahen ihn gespannt an.

Jeder einzelne Arkana hatte begriffen, dass der Tod eine wertvolle Informationsquelle war. Zu ihnen sprach ein lebendiger, atmender, zweitausend Jahre alter Sieger. Sie alle hatten Fragen und er kannte womöglich die Antworten.

Für Aric waren wir ein offenes Buch. »Aha, bin ich nun plötzlich die beliebteste Person in diesem Zelt?« Das überhebliche Gehabe konnte er sich auch sparen. Wie immer überstrahlte er mit seiner Macht und Überlegenheit alle anderen.

Als wäre er der Schachspieler, der die Figuren zog, und wir anderen die ausgelieferten Bauern. »Könntest du uns bitte erklären, wie sie tot und dennoch am Leben sein können?« Ich half Matthew, sich das Halstuch richtig an die Nase zu halten. War das Blut weniger geworden?

»Hat sich denn keiner von euch ihre Karte genauer angesehen?« Aric sah von einem zum anderen. »Hat keiner bemerkt, dass sie an die Vielseitigkeit von Zwillingen gemahnt? Und dass sie der Karte des Teufels ähnelt?«

Verständnislose Gesichter.

»Tja, dann wundert mich nichts mehr. Aber wie käme ich dazu, euch über ihre esoterischen Kräfte aufzuklären? Unserer innigen Freundschaft zuliebe?« Auch der Tod behielt Geheimnisse gerne für sich. »Die Liebenden werden sicher ein paar von euch auslöschen. Daher wäre es wohl unklug, euch im Kampf gegen sie zu unterstützen.«

»Und wenn ich dir verspreche, dass wir dich nicht angreifen werden?«, schlug ich vor.

»Du kannst nur für dich selbst sprechen, Herrscherin«, schnaubte Joules.

Und Jack sagte zeitgleich: »Keine Garantie.« War seine Hand in Richtung Pistolenhalfter geglitten?

Aric beachtete die beiden nicht weiter und erklärte mir: »Die schlechten Erfahrungen aus zwanzig Jahrhunderten kann man nicht einfach so beiseiteschieben.«

»Aber es ist doch gerade unsere Vergangenheit, die alles so schwierig macht.« Wäre er damals als Freund nach Haven gekommen, anstatt mich monatelang zu quälen, hätte ich mich sicher in ihn verliebt – bevor Jack überhaupt aufgetaucht war. Das wusste er.

»Nun, ein paar Kleinigkeiten kann ich vielleicht mit euch teilen.« Aric hatte mir einmal vorgeworfen, ich hätte ein hinterhältiges Leuchten in den Augen. Doch in seinen stand nun ebenfalls etwas Berechnendes.

Er wandte sich an die anderen. »Ich werde euch von den Liebenden erzählen, wenn ihr mir eine Gunst erweist. Gebt mir euer Arkana-Versprechen, niemals gegen die Herrscherin in die Schlacht zu ziehen. Leistet einen Treuschwur auf ewig.«

Er beschützte mich? Obwohl er nahezu alles hätte verlangen können?

Selbst Jack schien Aric nun nicht mehr an Ort und Stelle erschießen zu wollen.

»Das hört sich aber ganz anders an als noch vor ein paar Monaten, Sensenmann«, bemerkte Joules. »Damals hast du uns nicht erlaubt, sie zu töten, weil du das selbst erledigen wolltest.«

»Ein bemerkenswerter Sinneswandel, nicht wahr?«, gab der Tod in seiner gewohnt offenen Art zu.

»Mein Bündnis hat bereits geschworen, niemals Jagd auf das ihre zu machen«, sagte Joules.

»Dafür bin ich euch sehr dankbar. Aber *jagen* müsst ihr sie ohnehin nicht. Das Spiel wird dafür sorgen, dass ihr aufeinandertrefft.«

»Und ich würde Blondie niemals was tun«, ließ Finn, der seinen Schock offensichtlich überwunden hatte, den Tod wissen. »Aber du hast trotzdem mein Wort.«

»I... ich verspreche es auch«, meldete sich Tess.

»Ein Schwur vor dem Sensenmann?« Gabriel schien zwischen seiner Loyalität gegenüber dem Turm und dem Wunsch, *seinen Feind zu kennen*, hin- und hergerissen. »Wir brauchen diese Informationen, um Selena zu retten, Joules.« Er sah Aric an. »Ich schwöre es.«

»Ah, scheiß drauf!« Joules' Haut sprühte wieder Funken. »Dann schwöre ich eben auch. Aber nur, weil ich ohnehin nicht vorhatte, sie anzugreifen.«

»Nun denn.« Nach einer spannungsgeladenen Pause sagte Aric: »Die Liebenden sind in der Lage, sich selbst zu klonen.«

»Oh mein Gott.« Die Erinnerung an das Picknick mit meiner Großmutter kehrte nun ganz zurück. Ich war sieben Jahre alt. Wir saßen unter einer Eiche und meine Gran knackte Pekannüsse, während ich einen Jungen und ein Mädchen aus Papier ausschnitt.

»Was hast du da, Evie?«

»Zwillinge«, sagte ich stolz. »Viele Zwillinge.« Ich zog das Papier wie eine Ziehharmonika auseinander: eine Reihe identischer Jungen und Mädchen, die sich an den Händen hielten.

»Sehr gut.« Sie nahm ein kantiges Stück Nussschale und schnitt sich damit in den Daumen.

»Gran!«

»Schhh.« Ihre Augen verengten sich zu Schlitzen, dann beschmierte sie das erste Pärchen mit Blut. »Um sich zu vervielfältigen, müssen sie ihr Blut mischen.«

Ich runzelte die Stirn. Manchmal sagte Gran wirklich merkwürdige Dinge.

»Wenn du sie alle töten wolltest, was würdest du tun?«

Ich biss mir auf die Lippe und dachte einen Moment nach. Dann faltete ich das Papier wieder zusammen, bis nur ein Paar übrig blieb. »Diese beiden hier töten?«

Grans dunkle Augen leuchteten zufrieden. »Kluges Mädchen.«

Ohne die Karten zu erwähnen, hatte sie mir etwas über die Arkana beigebracht! Wie viele andere grässliche Dinge, die sie mir beigebracht hatte, hatte ich wohl vergessen?

»Das Originalpaar nennt man ›die Ersten‹. Sie sind gewissermaßen das Herz«, sagte Aric. »Die Klone, oder Karnationen, bilden den Körper. Das Paar, das ihr vernichtet habt, war geklont.«

Die Puzzleteile rückten an die richtige Stelle. »Der Vincent-Klon hat zu mir gesagt: ›Was wir hören, wird gehört. Was wir sehen, wird gesehen. Was wir erfahren, wird erfahren.‹ Demnach sieht und hört das Originalpaar durch die Karnationen.« So wie Lark durch ihre Tiere.

Aus den Arkana sprudelten die Fragen nur so heraus. »Wenn wir ein Paar töten, können sie dann einfach ein neues erschaffen?« – »Wie lange brauchen sie, um sich zu verdoppeln?« – »Haben sie eine geheime Armee von Klonen?«

Und bedeutete das, dass Selena gerade zu den *Ersten* gebracht wurde, damit sie sie foltern konnten?

»Die Liebenden erschaffen die Klone aus ihrem vermischten Blut. Wie auch andere Arkana praktizieren sie den Aderlass.« Der Tod deutete auf mich. »Aber sie haben keine beschleunigte Heilung, daher ist die Zahl der Karnationen begrenzt.«

»Wie sieht es mit den anderen Fähigkeiten aus, die man ihnen nachsagt?«, fragte ich. »Hypnose beispielsweise? Stimmt es, dass sie Händchen haltend die Arme schwingen oder ihren Opfern gemeinsam ins Ohr flüstern?« Hatten sie das mit Jack gemacht? Ich sah ihn fragend an. Ein kurzes Kopfschütteln.

»Sie schwingen mit den Armen?« Finn pulte einen Katzensticker von seiner Krücke. »Wie süß.«

Aric zog die blonden Augenbrauen in die Höhe. *Wenn du meinst.* »Nur die Ersten besitzen übernatürliche Kräfte, die Karnationen nicht.« Er wandte sich an mich. »Aber da es dir gelungen ist, die Gedankenmanipulation des Hierophanten abzuwehren, bist du in jedem Fall immun dagegen.«

Aber nur, weil Aric mir geholfen hatte.

»Dann werde ich es mit ihnen aufnehmen.« Ich würde nach Dolor reiten und sie unschädlich machen. Einziges Problem: Wo zum Teufel war Dolor?

»Hast du schon einmal gegen die Liebenden gekämpft?«, fragte mich Gabriel. »Von welchen Verbrechen haben sie gesprochen?«

Ich sah in die Runde und öffnete den Mund, um von unserem Bündnis und meinem Verrat zu erzählen…

»Im letzten Spiel ist es ihr gelungen, sie zu überraschen und auszuschalten«, sagte Aric schnell. Natürlich wusste er, was ich getan hatte, aber sein Blick befahl mir, den Mund zu halten.

Mal ehrlich, wen hatte ich eigentlich nicht hintergangen?

»Leider haben sie aus ihren Erfahrungen gelernt. Sie werden darauf vorbereitet sein, die Kräfte der Herrscherin zu parieren.«

»Wer konnte sie sonst noch schlagen?« Gabriel sah von mir zu Aric.

»Der Hierophant«, antwortete Aric. »Er hat die

Karnationen hypnotisiert und ihnen befohlen, ihre Schöpfer zu töten.«

Mist. Ich starrte auf meine Hand mit dem Zeichen des Hierophanten. »Diese Möglichkeit hat sich wohl schon erledigt.«

»Und davor hat der Herrscher sie mit einer Feuersbrunst vernichtet. Er hat sie samt ihrer Karnationen zu Asche verbrannt.« Arics Hand mit den Malen ballte sich zur Faust. Ein Zeichen von Wut.

Was hatte sich zwischen ihm und dieser Karte abgespielt?

»Vielleicht kann Evie den Typ ja in unser Bündnis holen?«, warf Finn ein. »Herrscher und Herrscherin. Für mich klingt das nach einem Paar.«

Arics bernsteinfarbene Augen verdunkelten sich und wurden eiskalt. »Beide tragen ihren Titel, weil sie über Menschen herrschten – in verfeindeten Reichen.« Ach ja? Das war mir neu. »Kein Sterblicher blieb verschont, als der Herrscher die Liebenden vernichtet hat.«

Dann war dieser Richter wohl tatsächlich so verabscheuungswürdig, wie die Priesterin ihn beschrieben hatte. Aber Moment mal ... Sie hatte gesagt, das Mal der Liebenden sei »dort, wo es hingehört«. Sie hatte gewusst, dass wir nicht die echten Zwillinge getötet hatten. Herzlichen Dank für den Tipp, Circe.

»Vernichtet die Wurzeln«, murmelte Matthew. »Der Mond geht auf. Der Mond geht unter.«

»Wir können die Herrscherin und Jack doch nicht alleine entsenden«, sagte Gabriel. »Was können wir anderen tun? Was kann *ich* tun?«

»Die Liebenden hatten recht«, sagte ich. »Ich werde Selena nicht für meine alten Verbrechen bezahlen lassen. Ich kann den Wolf mitnehmen und sie dann aus dem Hinterhalt angreifen.«

»Also ich hole Selena jetzt da raus.« Noch bevor ich protestieren konnte, stürmte Jack in Richtung Ausgang und rempelte dabei in voller Absicht gegen Arics gepanzerte Schulter.

Das hatte er in der Schule auch schon mit Brandon gemacht. Jack weigerte sich konsequent, irgendjemandem, der sich ihm in den Weg stellte, auszuweichen.

Ich sprang auf und folgte ihm. »Kümmere dich um Matthew, Finn.«

»Zu Befehl, Blondie.«

Bevor ich draußen war, sah Matthew mich noch einmal an. Über sein blutverschmiertes Gesicht kullerte eine einzelne Träne.

21

»Warte doch mal, Jack!«

Als ich ihn endlich eingeholt hatte, waren sein Überlebensrucksack, die Armbrust und der geheimnisvolle Seesack schon zusammengepackt.

»Wo willst du hin?«

»Die Zwillinge erledigen.« Er hielt einen vorbeikommenden Soldaten an und bellte ein paar Anweisungen zu irgendeiner Befehlskette. Dann ging er weiter zu den Ställen.

Ich musste joggen, um mit seinen langen Schritten mitzuhalten. »Denkst du, du kannst da einfach reinstürmen und sie kaltmachen? Alleine?«

»Du meinst als Sterblicher? Die Milovnícis haben mein Fort infiltriert. Aber was die können, kann ich schon lange. Ich habe dort Freunde in hohen Positionen. Sie werden mir helfen.«

»Das ist viel zu riskant! Und der Arzt hat gesagt, du brauchst Ruhe. Du hast eine Gehirnerschütterung. Das hier ist meine Aufgabe. Sie wollen vor allem mich.«

»Selena hat mir monatelang zur Seite gestanden. Auch letzte Nacht. Glaubst du, ich lasse sie jetzt hängen? Ich reite. Und zwar jetzt.«

»Du reitest? Aber nur über den Fluss, um dir einen ihrer Trucks zu holen, oder?«

Er schüttelte den Kopf. »Alle freien Straßen nach Dolor werden von der Aso Nord kontrolliert. Die warten doch nur auf mich. Ich nehme die Route der Sklavenhändler.«

»Was meinst du?«

»Die Strecke, auf der diese Verbrecher ihre Ware zu den Auktionen schaffen.«

Im Stall holte er sich den großen Grauen, den er schon zuvor geritten hatte, und führte ihn zum Satteln. »Und du wirst hier schön auf deinem Hintern sitzen bleiben, Evie.«

Ich ignorierte das und führte meine Stute ebenfalls aus der Box. Offensichtlich war sie immer noch beleidigt. Ich hätte ihr gerne eine längere Pause gegönnt, aber selbst unausgeruht war sie noch deutlich kräftiger als die anderen Pferde hier.

»Verdammt noch mal, Evie. Bleib hier! Du hast keine Vorstellung, wie gefährlich diese Route ist. Nur schmale Trampelpfade durch steile Schluchten, voll von Engpässen, Hinterhalten und Wegzöllen – an denen man mit Menschen bezahlt. Und wenn du es geschafft hast, die zu umgehen, geht es weiter durch die Kannibalenminen und die Pestkolonie. Überall sind Wiedergänger. Glaub mir, dieser Weg führt durch die Hölle.«

»Warum, um Himmels willen, nimmst du ihn dann?«

Jack sah mich mit seinen schiefergrauen Augen an. »Weil sie nicht damit rechnen.«

»Ich lass dich nicht alleine reiten. Du weißt genau, dass ich gut auf mich selbst aufpassen kann.«

»Du wirst mich nur aufhalten.«

»Ich reite genauso schnell wie jeder andere hier.« Ausgenommen der Tod vielleicht. Mir kam eine Idee. »Aric! Er kann seinen Ruf kontrollieren.« Falls er überhaupt einen hatte. »Sie können ihn nicht hören.«

»Nur über meine Leiche! Außerdem würde er, selbst wenn ich ihm keine Kugel in den Schädel jage, niemals losreiten, um Selena zu helfen. In der Mine hat er sie dem sicheren Tod überlassen. Erinnerst du dich?«

Jack hatte recht. Ich schrieb Aric Eigenschaften zu, die er einfach nicht hatte. Warum sollte der erbarmungslose Gewinner dreier Spiele sich in Gefahr bringen, nur um eine andere Karte zu retten? Noch dazu eine, die nicht seinem Bündnis angehörte?

Wie aufs Stichwort betrat Aric den Stall. »Herrscherin, deine Freunde sind wirklich köstlich. Völlig ahnungslos, was die Spiele anbelangt. Aber für gewöhnlich schätze ich diese Naivität an anderen Arkana ja.«

In Jacks Körper spannte sich jeder Muskel. »Gerade fehlt mir die Zeit, mich um dich zu kümmern, aber ich schwöre bei Gott, du bekommst noch, was du verdienst.«

»Das höre ich nun schon seit zweitausend Jahren, Sterblicher.« Aric richtete seine glühenden Augen auf mich. »Und doch habe ich bislang nichts von dem bekommen, was ich verdiene.«

Verlegen sah ich zur Seite.

Er lehnte sich lässig mit der gepanzerten Schulter gegen einen Stützbalken. – *Die Zeit ist mir in den letzten Tagen lang geworden ohne deine Gesellschaft.* –

Ich fuhr zusammen, als ich seine Stimme nach so langer Zeit wieder in meinem Kopf hörte. So wie Matthew unsere Schaltzentrale war, war er der König der Schallwellen. Während seines langen Lebens hatte er gelernt, mit allen Arkana telepathisch zu kommunizieren.

– *Der Sterbliche kann dich kaum ansehen. Du hast ihm wohl gestanden, dass ich dich schon in meinem Bett hatte.* –

Ich biss mir auf die Innenseite der Wange. *Wenn du so mit mir sprichst, erinnert mich das an deinen telepathischen Terror. Ich habe nicht vergessen, dass du mir immer wieder gedroht hast, mich innerhalb einer Woche mit deinem Schwert zu töten.*

– *Wärst du noch dieselbe wie früher, hätte ich getan, was ich angekündigt habe.* –

Manchmal war seine Ehrlichkeit schockierend. *Was tust du überhaupt hier? Du hast dir so lange Zeit gelassen, dass ich dachte, du würdest gar nicht kommen.*

– *Du hast mich vermisst und jetzt bist du eingeschnappt. Aber nun habe ich etwas, das mir den Erfolg bei dir garantiert.* –

Ein neues Druckmittel?

– *Ein Geschenk. Ich habe dich dem Sterblichen nur deshalb eine Weile überlassen und davon abgesehen, ihn zu töten, weil du ohnehin bald mir gehören wirst.* –

Seine Selbstsicherheit verwirrte mich. *Schön zu wis-*

sen, dass du dir so große Sorgen um deine Frau gemacht hast. Du hast mich da draußen ganz alleine gelassen und auch gegen die Liebenden musste ich alleine kämpfen! Obwohl du wusstest, wie sehr sie mich hassen.

– Ich war zuversichtlich, dass du und sechs andere Arkana – übrigens eines der größten Bündnisse, die es je gab –, es mit einem Paar Karnationen würdet aufnehmen können. Zudem hatte ich Lark gebeten, ihren Wolf loszuschicken, damit er dich unterwegs bewacht. –

Und ausspioniert. Zyklop hat dich durch das Minenfeld geführt.

Dann sagte Aric laut: »Lark lässt dich grüßen. Sie möchte wissen, wann du nach Hause kommst. Es geht ihr übrigens besser.«

»Ich hätte schon noch nach ihr gefragt. Im Moment bin ich allerdings etwas *abgelenkt*. Wer weiß, was sie Selena gerade antun?« Und wer weiß, was Jack gerade durch den Kopf ging?

»Du bist also fest entschlossen, ihr hinterherzureiten?«

»Absolut. Sie ist meine Freundin.«

»Und du möchtest mich nicht bitten, dir zu helfen?«

Ohne aufzusehen, schnallte ich meinen Sattel auf die Stute. »Würde das denn etwas bringen?«

Nachdenklich sagte er: »Womöglich habe ich dich Anfang der Woche falsch eingeschätzt. Mit einem Opfer hätte ich dich wahrscheinlich eher für mich eingenommen.« Er war so berechnend! Selbst jetzt noch.

»Du meinst, anstelle eines *Handels*?«

»Das meine ich. Ich habe die Tiefe deiner Zuneigung zu mir unterschätzt, Herrscherin. Als ich besinnungslos von deinem *Kuss* am Boden lag«, ein fieses Grinsen in Richtung Jack, »hast du dir die Mühe gemacht, mich zu schützen. Du hast unsere Schlafzimmertür verbarrikadiert. Das war so charmant und herzerweichend. Rüstung, Schwerter, Schilde – wie ein Vogel, der ein Nest baut.«

Jack wurde stocksteif. Er presste die Kiefer aufeinander, bis die Muskeln hervortraten.

»Er provoziert dich, Jack. Er wird so lange weitermachen, bis du ihn«, ich funkelte Aric an, »am liebsten mit Schlingpflanzen erwürgen würdest!«

Mit hochgezogenen Brauen sah Aric mich an, er wirkte völlig unbeeindruckt. »Ach ja?«

Ich kämpfte gegen meine Wut an. Wir brauchten ihn. Wenn es auch nur eine kleine Chance gab, dass er sich überreden ließ ... »Wirst du uns helfen?«

– Unter zwei Bedingungen: Du triffst während der Rettungsaktion keine Entscheidung, was deine Zukunft mit mir oder dem Sterblichen anbelangt. Und du widersetzt dich seinen Annäherungsversuchen. –

Das grenzt schon wieder an Nötigung, Aric.

– Das sind meine Bedingungen. –

Gut. Aber ich habe auch eine Bedingung. Du wirst Jack nichts tun. Und ihn auch nicht in Situationen bringen, in denen er getötet werden könnte.

Aric nickte. Laut sagte er: »Für dich würde ich sogar meine Schwerter verpfänden. Nicht umsonst ziert meine Fahne eine Rose.« Er klang wie ein Ritter, der zu seiner Königin sprach.

Oder zu seiner Herrscherin.

Jack hatte den Grauen inzwischen gesattelt. »Ich werde nicht mit ihm reiten. Nie im Leben!«

»Ausgezeichnet«, sagte der Tod. »Dann reitest du alleine und ich begleite die Herrscherin.«

»Denk doch mal nach. Je mehr wir sind, umso besser«, beschwichtigte ich Jack. »Gerade wenn die Route tatsächlich so gefährlich ist, wie du sagst.«

»Man kann ihm nicht trauen! Da draußen muss man sich auf die Leute verlassen können, mit denen man reitet.«

Aric zuckte mit den Achseln. »Ich habe ihr mein Wort gegeben, dir nichts zu tun.«

»Versuch's nur«, presste Jack zwischen den Zähnen hervor.

»Jack ...«

»Und was ist mit dir, Evangeline? Als er angekommen ist, hast du noch deine Ranken sprießen lassen – um dich gegen ihn zu verteidigen!«

Der Tod tat das mit einer Handbewegung ab. »Alte Gewohnheiten lassen sich nur schwer überwinden. Tief in ihrem Inneren weiß sie, dass ich ihr niemals wieder ein Leid zufügen werde.« Er sah Jack herausfordernd an. »Mich wundert jedoch, dass du ein weiteres Schwert zum Schutz der Herrscherin ablehnst. Immerhin ist sie die Frau, die du angeblich liebst.«

»Ich werde nicht mit dir reiten, Sensenmann. Und Evie auch nicht.«

»Damit wäre dann das Schicksal der Bogenschützin besiegelt. Jammerschade. Ich habe gehört, du weißt inzwischen, wie übel einem die Liebenden mitspielen können. Dabei ist der körperliche Schmerz ja nur ein Bruchteil dessen, was sie einem antun. Zumindest habe ich das gehört. Möchtest du, dass unserer armen Selena das Gleiche wiederfährt wie dir?«

Joules kam in den Stall gestürzt. Mit einem vernichtenden Blick auf den Tod erklärte er: »Zwischen dem ganzen Gesabber und Augenverdrehen hat Matthew etwas gesagt, das tatsächlich einen Sinn ergibt. Er meinte, ihr drei müsst gemeinsam wegreiten, oder sie stirbt noch vor Ende der Woche.«

»Dann bleibt uns keine Wahl«, sagte ich zu Jack und Aric. »Ihr beide kommt mit mir und wir retten Selena.«

»Du hast mich falsch verstanden, Mädchen«, sagte Joules leise. »Ihr drei reitet weg von hier oder *du* stirbst.«

Während ich Jack durch das Minenfeld folgte, warf ich einen Blick zurück auf das Fort.

Matthew hatte nichts mehr dazu gesagt, wie ich dort vor Ende der Woche hätte sterben sollen. »Das Schicksal hat dich auserkoren«, hatte er geflüstert und sich dabei auf dem Bett vor und zurück gewiegt. »Das Schlimmste kommt noch, Herrscherin. Das Schicksal fordert, was ihm zusteht.«

Nach dieser Ansage hatten Jack und der Tod endlich die Klappe gehalten und sich reisefertig gemacht. Im Moment ritt ich zwischen den beiden. Irgendwie passend.

Ich hatte noch die Zeit gefunden, Mullbinden für Jacks Verbrennung einzupacken und mich kurz bei Tess zu entschuldigen. Gabriel hatte ich versprochen, dass wir nicht ohne Selena zurückkehren würden, und mir dann in einem Anflug von Optimismus sogar noch ihren Bogen für die Rückreise geschnappt. Den völlig apathischen Matthew hatte ich an mich gedrückt, bis er fast erstickt wäre.

Finn hatte hoch und heilig versprochen, sich um ihn zu kümmern. Zu ihrem Schutz hatten wir zusätzlich auch noch den Wolf dort gelassen. Vielleicht gab es ja noch mehr Verräter im Fort?

Jack war sich sicher, dass wir es in drei Tagen bis Dolor schaffen könnten. Zweiundsiebzig Stunden, um zu Selena zu gelangen. Würden die Zwillinge mit der Folter tatsächlich warten, bis ihr Arm verheilt war?

Jack hatten die Karnationen in so kurzer Zeit so viel Leid zugefügt. Um seine Augen lagen Schatten, die ich nie zuvor gesehen hatte, und in seinem Innersten schwelten neue Geheimnisse, die wohl nie ans Licht kommen würden. Was hatten sie nur mit ihm gemacht? Diese Frage stellte ich mir immer wieder.

Meine Gedanken waren in Aufruhr. Es war so viel geschehen, mein Verstand konnte das alles kaum noch verarbeiten. Oh Mann, es war erst ein paar Stunden her, dass ich eine Zeitreise gemacht hatte.

Wahrscheinlich fühlte sich der arme Matthew immer so wie ich jetzt gerade.

Arics Ankunft hatte das Chaos noch perfekt gemacht. Während wir aus dem Tor geritten waren, hatte er gesagt: – *Eigentlich wollte ich dich nur nach Hause holen. Und nun finde ich mich wieder, wie ich meinem meistgehassten Feind dabei helfe, eine andere Karte zu retten. Du führst mich auf absonderliche Wege, meine Liebe.* –

Ein schneller Blick über die Schulter bestätigte mir, dass seine Augen fest auf mich geheftet waren.

Ich sah wieder geradeaus, fest entschlossen, ihn zu ignorieren. Vielleicht führte er ja tatsächlich nichts Böses gegen mich im Schilde, aber das hieß noch lange nicht, dass ich ihm verzieh.

Nachdem wir das Minenfeld und den Steinwald hinter uns gelassen hatten, begann es in Strömen zu regnen. Jack zog sich seine Kapuze über den Kopf.

Ohne mich auch nur eines Blickes zu würdigen, gab er seinem Pferd die Sporen und legte ein mörderisches Tempo vor.

Während ich ihm nachjagte, fragte ich mich, was uns auf unserem Weg wohl erwartete. Was würde geschehen, wenn wir den Zwillingen gegenübertraten?

Und wie konnte ich Jack und Aric davon abhalten, sich gegenseitig umzubringen?

Jack war mein Freund – vielleicht. Falls er mich nicht abgeschrieben hatte, weil ich mit dem Tod verheiratet war. Und falls ich einen Weg finden konnte, ihm zu vertrauen.

Aric – mein todbringender *Ehemann* – war ein Meistermanipulator, der ganz offensichtlich noch ein Ass im Ärmel hatte.

Jack, der Tod und ich auf gemeinsamer Mission.

Was konnte da noch schiefgehen?

23

Das erste Hindernis auf der Route der Sklavenhändler war ein makaberes Rätsel.

Erstens: Ein schmaler, unbefestigter Weg ist gepflastert mit Schichten von aufgeblähten Leichen. Zweitens: Die Toten sind ertrunken. Drittens: In der Nähe gibt es weder einen Fluss noch einen See.

Nachdem wir stundenlang wie die Teufel geritten waren, machten wir vor den Leichen halt. Der Regen hatte sich in Nieselregen verwandelt, die Temperatur war gefallen. Wir waren eingehüllt in diesen gespenstischen N.-D.-Blitz-Nebel, der sämtliche Geräusche dämpfte und den Weg vor uns verschluckte. »Was ist hier passiert?« Ich hatte geglaubt, mir wäre jeder Grund für eine Pause recht. Mit jedem Kilometer war meine Migräne schlimmer geworden und meine Glieder waren inzwischen völlig gefühllos.

»Ein Damm ist gebrochen«, sagte Jack, ohne mich anzusehen. »Das Wasser hat die Toten kilometerweit den Hohlweg heruntergespült.«

Bei den meisten Opfern handelte es sich um ältere Männer. Offenbar hatten sie es geschafft, den Sklavenhändlern und der Pest zu entgehen, nur um dann von etwas überrascht zu werden, gegen das sie keine Chance hatten.

Wir könnten aussterben.

Aric klappte sein Visier hoch und zeigte uns sein schönes Gesicht. »Ich habe das andernorts auch schon gesehen. Ein katastrophaler Dammbruch. Die Dürre hat die Dämme brüchig gemacht und nun haben wir Dauerregen. Die Schleusenanlagen sind unbesetzt. Es ist niemand mehr da, der die Wassermassen kontrollieren könnte.«

»Dann wird es also immer wieder geschehen.« Eine neue postapokalyptische Realität. »Warum liegen die Leichen so da?« Sie bildeten eine fast ebenmäßige, über einen Meter hohe und dreißig Meter lange Erhebung, die sich über den Hohlweg spannte.

»Wahrscheinlich säumen sie einen großen Teil dieses Wegabschnitts.« Aric strich Thanatos mit seiner behandschuhten Hand über den Hals. »Sicher liegen sie hier schon seit Wochen. Bisher waren sie unter Schlamm begraben, den der Regen nun an dieser Stelle weggewaschen hat. Unter der Erde, auf der wir gerade reiten, liegen vermutlich noch mehr.«

Mir schauderte. »Müssen wir über die frei gespülten Leichen reiten?« Ich konnte keinen anderen Weg ausmachen.

Er nickte. »Und es ist schwieriger, als man denkt. Die Leichen rollen unter einem weg und ihre verweste Haut ist glitschig. Das macht das Ganze unberechenbar. Manchmal umklammern Tote auch irgendwelche Bündel oder Waffen. Bleib einfach hinter mir. Thanatos bahnt uns den Weg.« Sein riesiges Schlachtross hatte geschärfte Hufe. Na das konnte ja lustig werden – *zum Kotzen* lustig.

Jack sah sauer aus. Sicher dachte er, ich hätte im Fort bleiben sollen. Er hatte einmal gesagt, dass er mich keine Sekunde mehr aus den Augen lassen würde. Da ich mich nie beklagte, könne er nur so sicher sein, dass es mir gut ginge. Aber Aric hatte recht. Im Moment konnte Jack kaum in meine Richtung sehen.

Im Gegensatz dazu ertappte ich Aric andauernd dabei, wie er mich anstarrte. Aber genauso intensiv wie mich beobachtete er auch Jack.

Als wir vor einer Weile über einen unterspülten Bergpass etwas langsamer reiten mussten, hatte Jack ihn angefahren: »Was glotzt du denn die ganze Zeit?«

»Irgendetwas stimmt nicht mit dir.«

»Das sagst ausgerechnet *du*, Gevatter Tod.«

Es hatte noch ein paar andere unschöne Wortwechsel gegeben, aber meistens hatten die beiden sich zusammengerissen.

Jack trieb sein Pferd in strammem Tempo über die toten Körper. Die Hufe zerquetschten mit einem schmatzenden Geräusch die schleimigen Überreste der Leichen. Knochen krachten.

Krach, schmatz, krach.

»Bleib einfach hinter mir, Herrscherin.« Aric bahnte sich einen Weg über den Hügel. Thanatos' enormes

Gewicht presste die Leichen zusammen. Brustkörbe und Schädel zerbarsten unter seinen Hufen.

Krach, schmatz, krach.

Es war schon ziemlich gruselig, mit dem Auto über eine Leiche zu fahren, aber das hier...

Ich ließ den Nacken kreisen. Dann gab ich meinem Pferd die Sporen und folgte Thanatos auf seinem blutigen Pfad. Ich sollte dieser armen Stute endlich einen Namen geben. Bei jedem Schritt hob sie die Hufe, als wollte sie »igittigitt« sagen.

Vor mir griff der Tod plötzlich nach seinem Schwert. Thanatos wurde nervös, sein geflochtener Schwanz schlug hin und her.

»Was ist?«, schrie ich. »Hast du was gehört?« Trotz der schrecklichen Geräusche, die wir machten?

Jack wendete das Pferd. *Krach, schmatz, krach.* »Warum wirst du langsamer, Sensenmann?«

»Es droht Gefahr.«

»Welche Richtung?« Jack ließ den Blick schweifen, die Armbrust im Anschlag.

»Ich kann sie trotz meiner übernatürlichen Sinne nicht genau orten.« Ruhig suchte der Tod mit den Augen die Gegend ab. »Bei diesem Nebel wäre dazu wohl niemand in der Lage.«

»Wahrscheinlich nur Widerlinge.« Jack hängte sich die Armbrust wieder über die Schulter. »Verdammter Mist. Bestimmt ist da draußen gar nichts und du hältst uns absichtlich auf.«

»Ich wiederhole mich nur ungern, aber niemand zwingt dich, bei uns zu bleiben.«

»Dir traue ich zu, dass du ein Verbündeter der Liebenden bist. All die anderen Arkana haben gemeinsam gegen sie gekämpft, nur du bist erst einen Tag später aufgetaucht.« Jack ritt weiter.

Aric schloss zu ihm auf. *Krach, schmatz, krach.* Unsere grässliche Begleitmusik schien die beiden nur noch mehr zu reizen. »Vielleicht bin ich aber auch einfach nur wachsam, wenn ich die Herrscherin über Leichen durch diesen unnatürlichen Nebel führe. Besitzt du denn gar kein Gespür für Gefahr?«

»Wir haben es eilig.«

»Ah, um das Mädchen zu retten, dem du nun den Vorzug gibst, würdest du also deine alte Liebe opfern. Du hast ja schon eine Ersatzfrau. Mir ist es allerdings ein Anliegen, die eine, die ich habe, zu behalten.«

»Wenn du mich provozieren willst, vergiss es.«

»Um deine geliebte Bogenschützin zu retten, treibst du von sämtlichen Arkana ausgerechnet die Herrscherin durch all diese Gefahren und direkt in die Arme der Liebenden. Zwingst sie immer weiter, obwohl du weißt, dass das Schicksal sie auserkoren hat.«

»Der *coo-yôn* hat gesagt, wir müssen gemeinsam reiten – um Evie zu retten!«

»Der Narr hat aber nicht gesagt, wir sollten dabei rücksichtslos vorgehen und ein Mädchen für das andere opfern. Die Herrscherin bedeutet mir mehr als alles andere auf der Welt. So wie dir die Bogenschützin.«

Krach, schmatz, krach.

»Du weißt ja nicht, was du redest.«

»Ich bin auch noch hier, Jungs«, murmelte ich. »Und falle immer weiter zurück.« Ich hatte erst die Hälfte der Erhebung geschafft. Moment... hatten sich die Leichen unter mir gerade bewegt?

Nein. Nein, das konnte nicht sein.

Aric ließ nicht locker. »Du und Selena, ihr habt euch ein gemeinsames Leben aufgebaut. Ihr esst zusammen, führt Feldzüge, feiert Siege. Der König und die Königin von Fort Arkana, der Jäger und seine Jägerin.«

»Ist das die Art hinterhältige Scheiße, wie du sie Evangeline monatelang erzählt hast? Hast du ihr so den Kopf verdreht und sie dazu gebracht, an mir zu zweifeln?« Gleich hinter dem Hügel aus frei gespülten Leichen hielt er an.

»Ich habe ihr nur die Wahrheit gesagt«, stellte Aric klar und hielt ebenfalls an. Beide drehten sich um, um auf mich zu warten.

»Du hast sie über ein halbes Jahr lang telepathisch gequält. Dann entführt. Und danach – darauf wette ich – noch mehr gequält.«

Während der letzten Monate hatte ich verdrängt, wie traumatisch meine Entführung gewesen war. Meine behandschuhten Finger umklammerten die Zügel. Oder besser, sie wollten sie umklammern – momentan waren sie völlig taub. Ja, ich hatte Aric in der Vergangenheit unrecht getan. Aber ich war nicht mehr die Herrscherin von früher, also hatte ich es auch nicht verdient, gequält zu werden.

Jacks Blick wanderte zwischen Aric und mir hin und her. »Und dann hast du ihr auch noch deine *Wahrheiten* eingetrichtert?« Seine Augen blieben an mir hängen und verengten sich zu Schlitzen. Als wäre ihm plötzlich eine Erkenntnis gekommen. »Jetzt verstehe ich, was hier vor sich geht. Warum bin ich nicht früher darauf gekommen?« Über sein Gesicht huschte ein Anflug von *Mitleid* – dann unverhohlene, leidenschaftliche Zuneigung.

»Dann kläre uns auf, Sterblicher.«

Jack ignorierte ihn. Zu mir sagte er: »Ich werde Ausschau nach einem Unterschlupf halten, *bébé*. Und wir werden unser Tempo drosseln. Halte einfach noch ein klein wenig durch.«

Hä? Jacks Verhalten mir gegenüber hatte sich um hundertachtzig Grad gedreht. Wäre ich nicht so erschöpft und durchgefroren gewesen, hätte ich vielleicht mitbekommen, woher dieser Sinneswandel kam.

Die Leichen bewegten sich. Daran bestand nun kein Zweifel mehr. »Ähm, ich glaube, unter mir verschiebt sich alles«, rief ich ihnen zu. »Und es fühlt sich an – ich weiß auch nicht –, als wäre es an dieser Stelle tiefer.« Als befände ich mich auf einem ganzen Stapel von Leichen.

»Wahrscheinlich bist du über einer Art verstopftem Abfluss«, sagte Aric. »Die Leichen haben sich dort gesammelt. Reite einfach weiter, Herrscherin.«

»Ja, verstanden.«

Plötzlich wölbte sich der Untergrund und ich wurde samt Pferd in die Höhe gehoben! »Was ist jetzt los??«

Ein weiterer Ruck nach oben. Die entsetzte Stute scheute, meine tauben Hände und Beine versagten ... und ich konnte mich nicht mehr halten.

Ich fiel aus dem Sattel und landete auf dem Rücken. Inmitten der widerlichen Leichen. Oh Gott, oh Gott.

Die Stute trabte zurück und ließ mich einfach dort liegen. *Du bekommst keinen Namen!*

Der Leichenteppich schaukelte wie eine Hüpfburg.

»Ich weiß nun, wo die Gefahr lauert«, schrie Aric. »Unter dir, Herrscherin.«

»*Was?*«

Neben mir schoss eine Hand empor und schnappte sich meinen Pferdeschwanz.

Nur ein kleines Stück vor meinen Stiefeln ploppten die Köpfe zweier Widerlinge aus dem Boden.

24

»Wiedergänger«, schrie ich.

»Benutze deine Kräfte«, brüllte Aric unbeeindruckt zurück.

Aber meine Kräfte waren noch nicht wiederhergestellt! Ich griff mir meinen Pferdeschwanz und versuchte, ihn dem Widerling aus der Faust zu reißen. Keine Chance. »Hättet ihr beiden vielleicht die Güte, mir zu helfen?«

»Verdammt, was soll das, Sensenmann?«

Aric war vor Jack geritten und verstellte ihm den Weg. »Sobald sie wirklich Hilfe benötigt, werde ich der Erste sein, der zur Stelle ist.«

Die beiden Widerlinge kämpften sich an die Oberfläche. Halt suchend reckten sie die Arme in die Höhe, die triefenden, gelblichen Augen fest auf meinen Hals geheftet. Ihre schleimigen Körper wanden sich aus dem Boden wie Würmer aus einem Apfel. Nun waren sie schon bis zur Taille frei.

Wie lange noch, bis die nächsten nach oben krochen?

Genau in diesem Moment schickte der Himmel einen Wolkenbruch. Es schüttete wie aus Kübeln.

»Wollt ihr mich verarschen?«, schrie ich blinzelnd und prustend durch die Wassermassen.

Die immer noch festsitzenden Widerlinge reckten sich mit aller Kraft in meine Richtung. Nach jedem Ruck schnellten ihre Oberkörper zurück wie Gummibänder. Noch ein Satz und sie waren frei bis zu den Oberschenkeln. Ihre Reichweite wurde immer größer ... Genau in diesem Moment hob sich der Untergrund noch einmal und ich rollte den beiden direkt in die Arme.

Einer erwischte meinen Stiefel!

»Deine Kräfte!«, brüllte Aric.

»Auf Leichen ... kann ich nichts pflanzen!« Ich trat nach der Hand der widerlichen Kreatur. »Und Gift ... wirkt ... bei Wiedergängern nicht!«

Aber meine Klauen waren scharf wie Rasierklingen.

Ich drehte mich um und schnitt meinen Pferdeschwanz ab. Die Hand hielt das Haarbüschel hoch wie eine Trophäe.

Endlich konnte ich mich frei bewegen. Ich stürzte mich auf den Widerling, der meinen Stiefel umklammerte, und schlug mit den Klauen nach seiner Kehle. Blitzschnell zog er das Kinn zurück und biss zu. Um ein Haar hätte er meine Finger erwischt.

»Scheiße!«

»Ich bitte dich, *Sievã*. Du weißt deine Klauen doch besser zu gebrauchen.«

»Igitt – du bist ein solches Arschloch!«

»Ranken wären besser.«

Plötzlich steckte im Schädel des einen Widerlings

ein Pfeil. Dann ein zweiter im Kopf des anderen. Sie sackten zusammen.

Ich kämpfte mich auf die Beine und stolperte auf dem bebenden Hügel vorwärts. Ein Furunkel kurz vor dem Platzen.

Endlich machte Aric den Weg frei und erlaubte Jack, mir entgegenzureiten.

»Mach schon, *bébé*! Beweg deinen Hintern!« Er streckte mir die Hand hin. Ich ergriff sie und er zog mich zu sich in den Sattel. Dann gab er dem Pferd die Sporen. Den Mund ganz nah an meinem Ohr flüsterte er: »Da hast du dir ja ein echtes Herzchen angelacht, Evie.«

Als wir wieder in Sicherheit waren, warf Aric mir einen enttäuschten Blick zu. Ich hatte die Schnauze endgültig voll von Typen, die mich so ansahen!

Zu Jack sagte er: »Du magst in ihr nur ein normales Mädchen sehen, aber ich habe ihre Kräfte schon am eigenen Leib zu spüren bekommen. Ich war Zeuge, wie ihr Zorn die Erde zum Beben brachte und ganze Völker vernichtete. Ich kenne sie als die Göttin, die sie in Wahrheit ist.« Und zu mir sagte er: »Dann werde ich mich mal um den Schlamassel kümmern, den du da angerichtet hast.«

»Was für einen Schlamassel?«

Das Furunkel platzte.

Überall schoben Widerlinge Leichenteile zur Seite und krochen heulend aus dem Boden. Nach Blut lechzend kamen sie auf uns zu, die gelblichen Augen trotz des Regens starr nach vorn gerichtet.

Freihändig, beide Schwerter gezogen, ritt der Tod mitten in die Meute und schlug um sich.

Ich hatte schon das Vergnügen gehabt, ihn bei seinen harten Trainings in der Festung zu beobachten, doch die mörderische Kaltblütigkeit, die er hier zur Schau stellte, überraschte sogar mich. Er bewegte sich so schnell, dass die Schwerter selbst kaum noch zu erkennen waren.

Nur das, was sie anrichteten. Köpfe flogen durch den Regen, Körper brachen übereinander zusammen, Knochenstücke und Eingeweide spritzten in die Luft. Wiedergänger, die sich noch nicht ganz aufgerichtet hatten, trampelte Thanatos einfach nieder.

Das Gemetzel dauerte nur wenige Minuten.

Dann kam der Tod zu uns zurückgeritten und klappte sein Visier hoch. In der vom Regen glänzenden Rüstung bot er einen prachtvollen Anblick. Er sah Jack finster an. Die Stimmung zwischen den beiden wurde immer gereizter. »Ein gutes Gefühl, da hineinzureiten und sie zu retten, nicht wahr? Dann stell dir mal vor, welch eine Genugtuung es für die Herrscherin gewesen wäre, ihre Feinde *alleine* zu bezwingen.«

»Wie ein Schatten, Evie«, murmelte Jack, als wir uns der Behausung näherten, an der wir einen Boxenstopp einlegen wollten. Der Regen hatte aufgehört und ein dichter Nebel tauchte das kleine Betonziegelhaus in ein gespenstisches Licht.

Jack war nervös. Er hatte die Armbrust im Anschlag. Gut möglich, dass wir es hier mit einem Versteck der Sklavenhändler zu tun hatten.

Über drei Stunden lang waren wir an einer ausgebrannten Ruine nach der anderen vorbeigekommen, und ich war inzwischen so fertig, dass ich es lieber mit Sklavenhändlern aufnahm, als auch nur einen Meter weiter zu reiten. Der Wolkenbruch hatte mich komplett durchnässt, meine Zähne wollten nicht mehr aufhören zu klappern.

Aber zumindest hatte der starke Regen den Gestank und das geronnene Blut der Leichen von mir abgespült, als wäre ich durch eine Autowaschanlage geritten.

Jack hatte mich gebeten, neben ihm zu reiten, aber ich hatte abgelehnt. Der Tod wäre wohl kaum begeistert davon gewesen, und zudem irritierte mich Jacks Verhalten. Warum war er mir gegenüber plötzlich so anders?

Gemeinsam stiegen wir die Vordertreppe hinauf, dicht gefolgt von Aric. »Es überrascht mich, dass du bereit bist haltzumachen, Sterblicher. Wo uns doch kaum Zeit bleibt. Würde die Herrscherin mit auf meinem Pferd reiten, könnten wir unseren Weg zu Selena fortsetzen.«

»Einmal abgesehen davon, dass nicht der Hauch einer Chance besteht, dass Evie mit dir auf diesem

Ding, das du Pferd nennst, reitet«, erwiderte Jack, »kommen wir jetzt in das Gebiet der wirklich ernst zu nehmenden Bösewichte. Das heißt, unsere Pferde sollten ausgeruht sein.«

Den ganzen Tag über hatten wir die Tiere gnadenlos vorwärtsgetrieben. Nicht dass Thanatos wirklich eine Pause bräuchte. Dieses Pferd konnte einen Panzer ziehen und kaute zum Spaß auf Ziegelsteinen herum.

»Das Haus war vor Kurzem noch bewohnt.« Aric zog ein Schwert. »Was macht dich so sicher, dass die Bewohner nicht zurückkommen?«

»Vom Haus führen Wagenspuren weg. Tiefe Wagenspuren. Die Sklavenhändler haben ihre Gefangenen abtransportiert, um sie an die richtig fiesen Typen im Norden zu verkaufen, von denen ich gerade gesprochen habe.« Eine Welt, in der Jack sich offensichtlich auskannte. »Sie müssen nach dem letzten Regen abgezogen sein. Sollten sie zurückkommen, töten wir sie. Oder fürchtet sich der Tod etwa vor sterblichen Sklavenhändlern?«

»In meinem langen Leben sind mir Sklavenhändler schon in vielen Varianten untergekommen. Aber gefürchtet habe ich sie nie.«

Jack rüttelte an der Tür. Abgeschlossen. Er trat sie ein und wir gelangten in eine Art Vorraum. Es stank, als hätte jemand vergessen, den Müll rauszustellen (für ein Müllauto, das nie wieder vorbeikommen würde).

Das Mobiliar war größtenteils zerstört, wahrscheinlich hatte es als Feuerholz gedient.

In die Wand hatte man eine Reihe von Bolzen geschlagen, an denen Ketten mit Fesseln befestigt waren. Definitiv ein Sklavenhalterversteck.

»Ich hasse diese verdammten Typen«, knurrte Jack. »Sie sind schlimmer als Widerlinge.«

Ich starrte auf die Fesseln. »Als es kein Wasser gab, brauchte man Sklaven, um Brunnen zu graben. Aber wozu braucht man sie jetzt?«

»Als Suchtrupps.« Jack sah sich um und kontrollierte einen Schrank. »Lebensmittelvorräte gibt es überall. Man muss nur wissen, wo man suchen muss – Prepper-Bunker, Regierungsunterkünfte, gestrandete Frachtschiffe, Speicher, Eisenbahnwaggons. Oft tauschen die Bosse die Sklaven aber auch einfach nur gegen andere Waren.«

Wir betraten ein Wohnzimmer, in dem es sauberer roch. Es gab ein paar Lehnstühle, einen Plastiktisch und einen offenen Kamin aus Stein.

Jack wandte sich mit einem aggressiven Leuchten in den Augen an Aric. »Aber vielleicht sollte Evie ja besser dich nach den Gewohnheiten von Sklavenhändlern fragen, schließlich hast du sie ja gekidnappt. Ist im Grunde auch nichts anderes, *non*? Ich frage mich, wie du sie festgebunden hast. Hast du sie in Ketten gelegt? Ein sechzehnjähriges Mädchen?«

Anstatt abzustreiten oder herunterzuspielen, was er

getan hatte, sagte Aric: »Selbstverständlich.« Schon wieder diese erschreckende Aufrichtigkeit. »Und als sie sich befreien wollte, hat sie sich den Daumen abgetrennt und so ihre komplette grüne Armee auf den Plan gerufen. Um ein Haar hätte sie uns alle umgebracht.«

Allein die Erinnerung an diesen Tag machte mich ganz fertig. »Könnten wir einfach für eine Weile aufhören zu reden?«

»Komm mit, Evie.« Mit mir im Schlepptau kontrollierte Jack zwei Schlafzimmer und ein Badezimmer im hinteren Teil des Hauses und schob mich dann ins Bad. »Wie wär's, wenn du dir erst mal trockene Klamotten anziehst?«, schlug er vor und stellte mir seine Ersatztaschenlampe hin. »Ich suche nach trockenem Holz und mache uns ein Feuer. Bleib einfach hier und lass dir Zeit.« Offensichtlich wollte er nicht, dass ich mit Aric alleine war.

Trockenes Holz? Gab es das überhaupt noch? »Ich kann dir helfen.«

»*Non*, ich mach das schon.«

Ich hatte ein schlechtes Gewissen. »Du bist doch derjenige, der verletzt ist.«

»Es ist nicht das erste Mal, dass ich was abbekommen habe, *bébé*. Ich bin das gewohnt.« Mit körperlicher Gewalt hatte er dank der *beaux* seiner Mutter schon sehr früh Bekanntschaft gemacht.

Er nahm mir den Rucksack ab und half mir aus dem Umhang.

»Warum bist du so nett zu mir?«, fragte ich ihn.

Er drehte sich zum Gehen, hielt an der Tür aber noch einmal inne. »Ich sehe jetzt etwas klarer.«

Mir ging es genau umgekehrt.

Sobald er draußen war, stützte ich mich, gegen einen Schwindel ankämpfend, aufs Waschbecken.

Konnte ich in diesem Tempo überhaupt weiterreiten? Mein Kopf dröhnte, meine Arme und Beine zitterten. Ich starrte in den Spiegel. Meine Haut war blass und die Augen schienen zu groß für mein Gesicht.

Im Spiegel entdeckte ich einen dieser Duschkabinenwischer und plötzlich überkam mich Mitleid mit den früheren Hausbesitzern.

Was für eine Verschwendung eurer kostbaren Lebenszeit.

Aber mein Zustand könnte auch schlimmer sein. Ich könnte genauso tot sein wie sie. Obwohl ich triefnass und durchgefroren war, war ich frei. Keine Fesseln um meine Gelenke, keine Bisswunden von Widerlingen an meinem Hals.

Ich zog mich aus, hängte die nassen Kleider auf und öffnete den Reißverschluss meines Rucksacks. Er enthielt einen superkleinen Schlafsack, Energieriegel, eine Feldflasche, Verbände für Jack und ein paar Klamotten. Ich kramte nach etwas zum Wechseln.

Irgendwo im Haus waren Klopfgeräusche zu hören. Was machte Jack da?

Ich hatte mich gerade umgezogen, als ich hörte, wie er zurück ins Wohnzimmer kam.

»Du bist also zweitausend Jahre älter als sie?«, fragte er Aric. »Es gibt da einen kleinen Unterschied zwischen einer Beziehung zu einer jüngeren Frau und dem, was du hier treibst. Sie ist noch ein Teenager, *fils de putain*.«

»Als ich sie geheiratet habe, war ich jünger als sie«, entgegnete Aric. »Ich kann nichts dafür, dass ich so lange überlebt habe. Zählt man all ihre Wiedergeburten zusammen, ist sie auch schon seit über einem Jahrhundert auf dieser Welt. Sie kann sich an Spiele erinnern, in denen sie eine erwachsene Frau war.«

»Aber das unverheiratete Mädchen da drin heißt Evie Greene. Sie ging auf die Sterling High und ist im Land des Zuckerrohrs aufgewachsen, genau wie ich. Und selbst wenn du mit ihr verheiratet wärst, ihr habt die Ehe nie vollzogen, stimmt's?« Er konnte genauso fies sein wie Aric. »Im Gegensatz zu Evie und mir.« *Ein Schlag unter die Gürtellinie, Jack.*

»Dafür wirst du noch bezahlen. Irgendwann.«

»Jetzt weiß ich auch, warum du in jener Nacht versucht hast, uns davon abzuhalten. Muss schlimm für dich gewesen sein. Die Leute haben immer wieder zu mir gesagt, ich würde dem Tod ein Schnippchen schlagen. Offensichtlich hatten sie recht.«

»Die Ehre gebührt nicht demjenigen, mit dem sie zuerst schläft«, fuhr Aric ihn an, »sondern demjenigen, bei dem sie am Ende bleibt.«

»Ach, und du glaubst, das wirst du sein? Du scheinst

auf deine alten Tage unter Wahnvorstellungen zu leiden.«

Die Feindseligkeiten zwischen den beiden kochten zu einer tödlichen Rivalität hoch.

Ich war so weit, mich wieder ins Kampfgebiet zu begeben. Etwas benommen wankte ich zur Tür und hätte fast meinen Überlebensrucksack stehen lassen. Mittlerweile hatte ich mich so an die Sicherheit in Arics Festung gewöhnt, dass ich die wichtigsten Überlebensregeln der Straße schon fast vergessen hatte.

Jack hatte sich große Mühe gegeben, sie mir beizubringen, während ich geglaubt hatte, er wäre einfach nur grausam.

Aber nun wusste ich, weshalb er immer so wütend geworden war, wenn ich Hunger hatte. Das Bild, wie er als kleiner Junge frustriert gegen die Fischfallen tritt, werde ich wohl nie wieder vergessen …

Im Wohnzimmer brannte ein Feuer.

Der clevere Jack hatte Bretter von den Wänden des Gebäudes gerissen.

Er saß vor dem Kamin und reinigte die Armbrust. Sein Überlebensrucksack lag zu seinen Füßen, die Jacke hatte er zum Trocknen aufgehängt.

Aric schritt mit dem Helm unter dem Arm eine Reihe dreckverkrusteter Fenster ab und spähte hinaus. Er bewegte sich in seiner Rüstung völlig geräuschlos. An manchen Tagen klirrten die Sporen, wenn er einen Raum betrat, an anderen war nicht ein Laut zu hören.

Vielleicht konnte er seinen Gang entsprechend ändern. »Der Sterbliche ist recht geschickt. Ein guter Knappe, den du da hast, Herrscherin.«

Jack ging auf die Provokation nicht ein und fragte mich: »Hast du was gegessen?«

Ich ließ den Rucksack auf den Boden fallen und setzte mich ans Feuer. »Noch nicht.« Ich hielt die Hände in die Wärme.

Nachdem sie etwas aufgetaut waren, angelte ich mir die Feldflasche und mein Abendessen aus dem Rucksack, einen nahrhaften Energieriegel. Die Dinger enthielten zwar Kalorien für einen ganzen Tag, schmeckten aber so grässlich, dass jede einzelne davon hart verdient war. Wohl wissend, dass ich die Energie brauchen würde, um mit den beiden mitzuhalten, schälte ich das Ding aus seiner Verpackung.

Jack polierte mit dem Zipfel seines T-Shirts die Pfeilkartusche der Armbrust. »Die Route wird immer gefährlicher werden. Ich habe dir eine kugelsichere Weste mitgebracht.« So wie er eine trug. »Ich möchte, dass du sie anziehst, wenn wir weiterreiten.«

Die Weste würde mich verschlucken.

Der Tod knurrte: »Ihr könnte man hundert Kugeln durchs Herz jagen, ohne sie zu töten.«

»Du weißt natürlich ganz genau, was sie tötet – schließlich hast du sie in vergangenen Leben ja schon oft genug umgebracht.«

»*Oft* scheint mir etwas übertrieben. Zudem hat sie

es mindestens genauso oft bei mir versucht.« Aric schritt noch ein letztes Mal die Fenster ab. Dann setzte er sich mit dem Rücken an die Wand in die Nähe der Tür. Den rechten Arm hatte er lässig über sein abgewinkeltes Knie gehängt.

»Wie tötet man ein Mädchen, das regeneriert? Schlägt man ihm den Kopf ab?« *Hat dich ein Mann schon mehr als nur einmal enthauptet...* »Hast du mit ihr das Gleiche gemacht wie mit den Widerlingen? Ihr beide scheint ja ein mörderisches Paar zu sein.«

Aric ballte die Fäuste, dass das Metall seiner Stachelhandschuhe knarrte. Sicher hätte er Jack die Stacheln liebend gerne ins Gesicht getrieben.

»Du und die Bogenschützin, ihr seid im Gegensatz dazu natürlich das perfekte Paar.« Zu mir sagte Aric: »Ich rate dir, den Sterblichen zu fragen, ob er in den letzten Monaten nicht mit ihr zusammen war. Aber er würde dich wohl nur anlügen.«

Arics Worte trafen genau mein Problem mit Jack: Vertrauen. Obwohl er es abgestritten hatte, fragte ich mich, ob zwischen ihm und Selena nicht doch etwas gelaufen war. Sie wollte ihn so sehr...

Der Riegel schmeckte wie Pappe. Ich kaute angestrengt. Sollte Jack mich angelogen haben, was Selena betraf, konnte ich unmöglich mit ihm zusammen sein.

»Fängst du schon wieder an, Sensenmann? Ich will nur Evie. Und das wird immer so bleiben.«

Ich sah ihn fragend an. In nur wenigen Stunden

hatte er seine Haltung mir gegenüber von *Ich kann dich nicht ansehen* zu *Ich schwöre dir meine bedingungslose Liebe* geändert. Woher dieser Sinneswandel?

»Du hast vor der Herrscherin schon viele Frauen besessen.« Aus einem Täschchen an seinem Schwertgurt holte Aric einen Wetzstein. »Und wirst auch nach ihr viele besitzen.« Er zog ein Schwert aus der Scheide.

Der Muskel in Jacks Kiefer zuckte. »Ich habe die Frau meines Lebens gefunden. Wir beide gehören zusammen. Punkt. Und ich werde sie bis zu meinem letzten Atemzug beschützen.«

Aric zog den Stein über die Schwertklinge. *Krrrrk.* »Genau wie ich.«

»So wie du sie vor den Widerlingen beschützt hast? Ich könnte ein Buch darüber schreiben, wie ich Evie abgehärtet habe, aber das war definitiv zu riskant.«

Krrrrk. »Arkana besitzen übernatürliche Kräfte, da stellt sich die Frage, ob sie von Menschen überhaupt genügend lernen können? Oder ob das, was sie lernen, überhaupt *menschlich* sein sollte. Die Wiedergänger sind zusammen mit den Flutopfern davongespült worden und lagen dann für Wochen oder sogar Monate lebendig unter ihnen begraben. Erst heute haben sie sich entschlossen, sich zu erheben. Und warum? Weil sie endlich *Grund* dazu hatten. Ihre blutrünstige Natur und die Gier nach neuer Kraft hat sie dazu getrieben. Und genau so sollte die Herrscherin sich in einer Schlacht auch verhalten.«

»Wenn sie tot ist, geht das aber nicht mehr.«

»Hey, ich bin auch noch hier«, schrie ich. »Ich sitze direkt neben euch. Wenn ihr euch unbedingt streiten müsst, dann streitet gefälligst nicht um mich.« Ich packte den Rest des Riegels wieder ein und verstaute ihn zusammen mit der Feldflasche im Rucksack. Das Abendessen war hiermit offiziell beendet.

Aric hob die Brauen. »Abgesehen von dir gibt es nichts, worüber ich mit dem Sterblichen streiten müsste. Er ist zwar ein ungehobelter Säufer, der jedes Mal, wenn er den Mund aufmacht, die Landessprache vergewaltigt, aber allein dafür würde ich ihn wahrscheinlich nicht töten.«

»Andauernd redest du davon, mich kaltzumachen, Sensenmann. Lass uns doch einfach rausgehen, dann werden wir ja sehen, ob du dazu in der Lage bist.«

Ich war mit meiner Geduld am Ende. »Hört auf – alle beide! Konzentriert euch endlich auf unser Ziel. Wir sind hier, um jemandem das Leben zu retten.«

Nach kurzem Zögern wandte Jack die Aufmerksamkeit wieder seiner Armbrust zu und Aric beugte sich erneut über sein Schwert.

»Kannst du Selena rufen, ohne dass die Liebenden es hören?«, fragte ich Aric.

»Selbstverständlich.«

»Kannst du ihr sagen, dass wir zu ihr unterwegs sind? Und sie nach Informationen fragen, die uns helfen könnten?«

»Was lässt dich glauben, dass sie dem Tod antworten wird?« *Krrrrk.* »Aber dir zuliebe werde ich es versuchen. Es will mir einfach nicht gelingen, dir etwas abzuschlagen.« Er hielt mit dem Schleifen inne und sein Blick verlor sich für einige Zeit in der Ferne. »Sie blendet mich aus. Meine Worte gleiten über ihre Gedanken hinweg. Das ist nicht einfach. Man muss ihr einiges über Konzentration beigebracht haben.«

Ihr intensives Bogenschützentraining. Ich sah von Aric zu Jack. »Was ist der Plan?«

»Da bin ich auch gespannt.« Aric sah Jack an. »Welchen Risiken möchtest du die Herrscherin noch aussetzen?«

»Hätte der *coo-yôn* nicht diese Prophezeiung gemacht, wäre sie noch im Stützpunkt.«

Ich schüttelte den Kopf. »Ich muss euch helfen. Die Liebenden wollen sich an mir rächen, Jack. Im letzten Spiel waren wir Verbündete, aber ich habe sie hintergangen. Schrecklich hintergangen. Ihre Familie führt Chroniken, deshalb kennen sie jede Einzelheit meines Verrats.«

»Warum hast du mir das nicht gesagt?«

»Bevor sie es erwähnten, wusste ich es selbst nicht.«

Er deutete mit dem Kinn auf Aric. »Ich könnte wetten, er wusste davon. Und hatte wahrscheinlich drei Monate lang keine Gelegenheit, dich vor einem Paar Psychokillern, die nach deinem Blut lechzen, zu warnen.«

Darüber hatte ich auch schon nachgedacht.

Krrrrk. »Nachdem sie mein Vertrauen gewonnen hatte, blieben uns nur wenige kostbare Stunden – weil du dich wie ein Narr hast gefangen nehmen lassen. Aber so darf man das eigentlich nicht sagen, es wäre eine Beleidigung für den Narr.«

Ich rieb mir die Schläfen. »Könnten wir nun bitte über den Plan sprechen?«

Jack bedachte Aric mit einem letzten bösen Blick, dann wandte er seine Aufmerksamkeit mir zu. »Morgen werde ich auf der Strecke einige Dissidenten der Aso Nord treffen. Was immer ich von ihnen in Erfahrung bringen kann, werde ich nutzen. Wir werden sehen, wie weit man ihnen trauen kann. Infos zu Selena werden sie in jedem Fall liefern, und wenn ich Glück habe, helfen sie mir dabei, die Zwillinge und den General zu überrumpeln. Ich werde das Trio töten, Selena befreien und dann das Kommando übernehmen.«

Aric hob sein Schwert und begutachtete die Schneiden. »Dann steht und fällt unser Plan also damit, wie gut der Sterbliche die Vertrauenswürdigkeit seiner Mitverschwörer einschätzen kann?«

»Hast du vielleicht eine bessere Idee, Sensenmann? Nur zu, ich bin ganz Ohr.«

»Du gehst davon aus, dass die Originalzwillinge und der General in Dolor sein werden?«

»*Ouais.* Solange ich nichts Gegenteiliges höre. Es ist der einzige Hinweis, den ich habe.«

Ich fragte: »Werden sich die Zwillinge an Selena rächen, falls irgendetwas schiefgeht? Oder wenn sie mitbekommen, dass ein zweiter Arkana mit mir reitet?«

»Sie foltern sie bereits, Herrscherin.«

Ich zuckte zusammen. War Jack ebenfalls zusammengezuckt? Zweifellos durchlebte er seine Folter in diesem Moment noch einmal – eine Qual, von der er mir niemals würde erzählen können. »Werden sie sie töten?«

Aric schüttelte den Kopf. »Noch nicht. Sie ist das Wertvollste, das sie besitzen. Bedenke, wie viel Zeit und Mühe es sie gekostet hat, Selena zu bekommen. Brächten sie sie sofort um, wäre es vorbei.«

Auch den Tod hatte es einige *Zeit und Mühe* gekostet, mich zu bekommen – und zu behalten. In seiner weltuntergangssicheren Festung hatte er sogar eigens für mich Gemächer eingerichtet. Aric hatte jahrhundertelang Zeit gehabt, sich seine Kräfte anzueignen und sich auf die Apokalypse vorzubereiten. Es war gut nachvollziehbar, wie er sie überstanden hatte.

Aber wie war es den Milovnícis gelungen, so schnell wieder Oberwasser zu gewinnen?

»Wie ist der General zu seiner Armee gekommen?«

»Er war der Besitzer einer Sicherheitsfirma in Virginia«, sagte Jack, »eine kleine Truppe von Söldnern – Paramilitärs –, die darauf spezialisiert waren, entführte Firmenbosse zu befreien und Ähnliches. Während des

Blitzes hatten die Milovnícis sich mit ihren Söldnern irgendwo verkrochen. Danach haben ihre Männer die kleinen Milizen im Südosten überrannt. Eine nach der anderen. Der General hat die Aso nach dem Schneeballprinzip aufgebaut.«

Und zu einer blutgierigen, mörderischen Lawine gemacht ...

Plötzlich verspannten sich Jack und Aric. Draußen wieherte Thanatos leise.

»Was ist los?«, fragte ich.

Mit tödlicher Geschmeidigkeit stand Aric auf. »Ich werde Wache halten.«

Auch Jack war auf den Beinen. »Egal, was da draußen ist, ich bin bereit zu kämpfen.«

»Der Tag, an dem ich deine Hilfe ...« Aric verstummte. »Niemals werde ich deine Hilfe benötigen, Sterblicher.« Zu mir sagte er: »Schlaf ein wenig. Du kannst dich unbesorgt ausruhen, *Sievã*.«

»Was bedeutet dieses Wort?«, fragte Jack.

»*Sievã* bedeutet Ehefrau«, klärte ihn Aric mit sichtlichem Vergnügen auf.

25

Nachdem Aric gegangen war, sah ich noch eine ganze Weile zur Tür. Ich konnte nicht glauben, dass er mich mit Jack alleine ließ – Gefahr hin oder her.

Vermutlich wollte er mich testen. Wollte wissen, ob ich mein Versprechen halten würde.

»Du starrst dem Tod hinterher«, sagte Jack und zog damit meine Aufmerksamkeit wieder auf sich. In seinem Gesicht spiegelten sich Wut und Verwirrung. »Machst du dir Sorgen um ihn?«

Der Beschützerinstinkt, den Aric in mir wachgerufen hatte, war noch immer da. »Ja.« Ich machte mir tatsächlich Sorgen – um ihn *und* um Jack. Und um Selena und Matthew.

»Weil du glaubst, dass wir ihn brauchen? Oder weil du ihn magst?«

»Beides.« Ich mochte Aric – wahrscheinlich sogar mehr als das.

Den beiden hatte ich gesagt, sie sollten sich auf unseren Plan konzentrieren. Dabei war ich selbst auch nicht besser. Andauernd verglich ich sie miteinander.

Jacks Leidenschaft und Energie gegen Arics Stärke und unsere Verbundenheit als Arkana. Großer Gott, ich konnte mir mit beiden eine Zukunft vorstellen.

Oder ... mit keinem? Alle beide hatten mich verletzt. *Vergiss diese Versager,* flüsterte die rote Hexe in mir. *Sie haben es verdient, in den Staub getreten zu werden.*

Ein etwas unvoreingenommenerer Rat wäre mir lieber gewesen. Verdammt, ich vermisste meine beste Freundin. Mel, die Männer gesammelt hatte wie Handtaschen, hätte mir wahrscheinlich geraten, mir beide warmzuhalten.

Jack legte die Armbrust auf den Boden und begann, vor dem Kamin auf und ab zu gehen. Im Schein des Feuers waren seine Augen so lebendig. Das schwarze Haar war getrocknet und reflektierte die Flammen wie glänzende Rabenflügel. »Der Tod hat dir auf so viele Arten wehgetan, trotzdem magst du ihn.« Er zückte den Flachmann. »Und ich war nur in einer Sache nicht ganz ehrlich zu dir, und schon weißt du nicht mehr, ob du mit mir zusammen sein kannst?«

»Versetz dich doch mal in seine Lage, Jack. Ich habe versucht, ihn zu ermorden, nachdem ich ihn davon überzeugt hatte, dass ich ihn abgöttisch liebe. Und das nicht nur ein Mal, sondern gleich zwei Mal.«

»Das warst nicht *du*, die ihm das angetan hat! Das war eine Herrscherin aus längst vergangenen Tagen. Schon mal was vom Stockholm-Syndrom gehört? Genau das geht hier nämlich ab.«

Mir blieb der Mund offen stehen. »Deshalb hast du mich also vorhin so mitleidig angesehen! Daher der Sinneswandel. Du hasst mich nicht mehr, weil du nun ihm die Schuld dafür gibst, dass ich mit ihm zusammen war.«

Jack blieb stehen und sah mir direkt ins Gesicht. »Ein zweitausend Jahre alter Mann stiehlt ein wehrloses Mädchen und macht es sich hörig.«

Das klang, als wäre ich Persephone, Demeters Tochter, die von Hades in die Unterwelt entführt wurde. Jack hatte es noch immer nicht begriffen: Charakterlich ähnelte ich mehr der rachsüchtigen Demeter als der wehrlosen Persephone.

»Ich bin kein Mädchen mehr. Ich habe tatsächlich schon mehr als hundert Jahre gelebt und diese früheren Leben spüre ich in mir. Aber selbst wenn das nicht so wäre, die Zeit nach dem Blitz kann man in Hundejahren rechnen. Ich habe mich um meine Mutter gekümmert, als wäre ich die Erwachsene von uns beiden. Ich habe wichtige Entscheidungen getroffen, gekämpft und getötet. Ich musste schnell erwachsen werden.«

Er nahm einen Schluck aus der Flasche. »Warum erzählst du mir nicht, wie es mit dem Tod am Anfang war?«

Es war die Hölle. Wenn ich ihm die Details erzählte, würde Jack zur Tür hinausstürzen und Aric erschießen – und der trug eine undurchdringliche Rüstung. Eine Kugel würde einfach abprallen. »Ich möchte nicht darüber reden.«

»Er hat dir Flausen in den Kopf gesetzt«, beharrte

Jack. »Deshalb denkst du, du empfindest etwas für ihn. Was für einen Grund könnte es sonst für deine Hundertachtzig-Grad-Wende geben?«

»Glaubst du wirklich, er hat mich einer Gehirnwäsche unterzogen?«

»Evie«, Jack sah mir tief in die Augen, »das ist dir schon mal passiert.« Ja, im CLC. »Ich hab die Zeichnung vom Tod in deinem Skizzenbuch gesehen, schon vor dem Blitz. Du hast ein Monster abgebildet. *Un scélérat.*« Einen Bösewicht.

»Aric hat mir viel Leid zugefügt. Aber er hat mir auch geholfen. Beim Hierophanten war ich kurz davor... Menschenfleisch zu essen. Es war nur wenige Zentimeter von meinem Mund entfernt. Ich wäre für immer verloren gewesen.« So wie die Überlebenden mit den milchigen Augen, die mich nun bis ans Ende meiner Tage jagten. »Aric hat Guthrie hingehalten, bis mein Gift wirkte. Und er hat mich vor dem Ertrinken und vor Ogen gerettet.«

»Wäre der Mistkerl nicht gewesen, wärst du gar nicht erst in diese Situationen gekommen! Er muss sterben. Und ich werde dafür sorgen.«

»Du hörst mir gar nicht zu! Jedes Mal, wenn du sagst, du würdest ihn töten, heißt das so viel wie ›Du weißt ja nicht, wovon du redest, Evie‹. Vergiss das mit dem Stockholm-Syndrom.«

»Sobald wir wieder zusammen sind, wirst du sehen, dass ich recht habe.«

»Bist du sicher, dass wir das je wieder sein werden?«

»Natürlich!«, gab er mit entschlossener Miene zurück. »Hatte ich dir nicht gesagt, gemeinsam stehen wir alles durch? Das habe ich auch so gemeint!«

»Sicher hast du das so gemeint – damals.«

»Was soll das heißen, *damals*? Ich bin doch hier derjenige, der uns die Stange hält. Ich! Ich habe uns nie aufgegeben. War nie mit einer anderen zusammen. Auch dann nicht, als ich die perfekte Gelegenheit dazu hatte.«

»Mit Selena?« Hatte er seine Chancen bei ihr genutzt? Oder fing er immer wieder davon an, weil er *bereute*, sie nicht genutzt zu haben?

»Es spielt doch keine Rolle, mit wem. Der Tod kann behaupten, was er will. Zwischen ihr und mir war nichts.«

Ich wünschte, ich könnte ihm jedes Wort glauben und mein Misstrauen würde sich in Luft auflösen.

Aber ich konnte es nicht. Das Misstrauen blieb. »Jedenfalls glaube ich immer noch, du solltest dich nicht mit Arkana einlassen.«

»Hier geht es um mehr als um dich und die anderen Karten. Die Liebenden stehen in Zusammenhang mit der größten Streitmacht des Südens. Vielleicht sogar der ganzen Welt.«

Auch der Blitz selbst stand in Zusammenhang mit den Arkana. Er war vermutlich ein Tribut an die Sonnenkarte, das aus dem Ruder gelaufen war.

»Es geht um mehr als nur um euer Spiel.« Er kam zu mir herüber. »Es geht um alles oder nichts. Die Welt steht kurz vor ihrem Ende.« Unsere Blicke trafen sich. »Du kannst mich aus vielen Gründen zurückweisen, *bébé*. Aber nicht, weil du eine Arkana bist.«

»Ich kann dir nicht trauen. Zählt das als Grund?«

Er kniete sich vor mir nieder und legte seine Stirn auf meine. Seine warmen Hände umfassten meine Schultern. »Ich werde mir dein Vertrauen verdienen. Du wirst schon sehen. Gib mir einfach ein wenig Zeit. Du und ich, Evangeline.« Er sah mich mit seinen schiefergrauen Augen an. *Ça vaut la peine.* « Es ist die Mühe wert.

Jack hatte zwar eine harte, kantige Schale, war aber voll glühender Leidenschaft. Und er hatte die gleichen Bedürfnisse wie ich. Mein hartgesottener Cajun. Seine Hände begannen, über meine Schultern und Arme zu streicheln.

Gleich würde er mich küssen. Aber obwohl ich mich danach sehnte, wich ich zurück. »Das ist keine gute Idee.«

Jack musterte mich. »Hast du Angst, der Tod kommt zurück und geht auf mich los?«

Ja! »Wir können miteinander reden oder ich gehe schlafen. Du hast die Wahl.«

Zögernd ließ er mich los. »Worüber reden?«

»Ähm, zum Beispiel darüber, was sonst noch so los war, in deinem Leben?« Schwach.

»Es ist etwas Entscheidendes passiert.« Er setzte sich neben mich vor den Kamin. »Der *coo-yôn* hat angedeutet, ich solle nach Hause gehen. Dass ich dort Gutes tun könnte. Sobald wir Selena rausgeholt und die Liebenden getötet haben, kommst du mit mir nach Louisiana.«

»*Louisiana.*« Ich holte tief Luft. Allein das Wort löste einen Sturm an Gefühlen in mir aus.

»Lässt sich die Armee von mir anführen, ziehen wir so bald wie möglich Richtung Süden. Ich habe dir versprochen, Haven wieder aufzubauen. Und was spricht dagegen, die Gegend um deine Farm wieder zu besiedeln und dort ein neues Acadiana aufzubauen? Ein neues Cajun-Land. Es könnte ein Zufluchtsort für Überlebende werden.«

Ich wollte wieder ein Zuhause! »Glaubst du wirklich, das wäre möglich?« In mir regte sich der dringende Wunsch, zurückzugehen.

»*Mais yeah*. Natürlich ist das möglich. Du weißt doch: Gemeinsam schaffen wir alles.«

»Können wir auch das Spiel beenden?« Meine Begeisterung verschwand. »Ich muss meine Großmutter finden, Jack.« Ich zweifelte zwar daran, dass Gran mir bei meinem Plan helfen würde (eher würde sie mich anspornen weiterzuspielen), aber sie war meine letzte überlebende Verwandte.

»Du musst dich auch an den Gedanken gewöhnen, dass sie tot sein könnte.«

»Das glaube ich nicht.« Ich *spürte*, dass sie am Leben war – entgegen aller Wahrscheinlichkeit. »Außerdem habe ich meiner Mutter versprochen, sie zu finden.«

»Dann lass uns eine Abmachung treffen. Wir bringen das hier hinter uns, und wenn du dir dann immer noch sicher bist, dass du es ohne feste Unterkunft monatelang mit mir hier draußen aushalten kannst, ziehen wir mit einem kleinen Trupp Soldaten los, um sie zu suchen.«

Wäre ich mit seinem Vorschlag einverstanden, würde ich mich verpflichten, mit ihm zu gehen. Wieder sah ich zur Tür. Aric war ganz alleine da draußen. Mir fiel wieder ein, wie er einmal in die Nacht hinausgestarrt und dabei voller Bitterkeit gemurmelt hatte: »Sie haben mich Aric getauft. Es bedeutet *Der alleinige Herrscher.*«

»Können wir das später besprechen?«, bat ich Jack.

Er zögerte kurz, dann sagte er: »Wir finden eine Lösung, *peekôn*. Aber bis dahin habe ich etwas für dich.« Er griff nach seinem Rucksack und holte eine Orange hervor. Sie musste aus meiner letzten Ernte stammen. »Tess hat sie mir gegeben. Sie soll mir Glück bringen. Ich möchte, dass wir sie uns teilen.«

»Wie die Sprite damals.«

Er schenkte mir sein atemberaubendes Lächeln, das trotz seines malträtierten Gesichts unglaublich sexy war. »*Ouais*. Ich kann mich nicht erinnern, wann ich das letzte Mal frisches Obst gegessen habe.«

Er begann zu schälen.

»Du solltest sie alleine essen.«

»*Merci, non.* Ich hab deinen Geburtstag verpasst. Nimm das hier einfach als nachträgliches Geschenk.«

Er reichte mir die Hälfte der saftigen Frucht.

Seine zauberhafte Unbeschwertheit tat ihre Wirkung. Langsam ließ meine Anspannung nach. »Hab ich deinen auch verpasst?« Wahrscheinlich.

Er zuckte mit den Achseln und biss in die Orange. »Meine Güte, Evie, du bist eine fantastische Köchin, weißt du das? Wie gelingt es dir nur, diese sagenhaften Orangen zu zaubern?«

Ich hob die Brauen. »Da solltest du erst mal meine Ananas probieren.« Kauend saßen wir uns vor dem Feuer gegenüber – als wäre nichts zwischen uns geschehen.

»Verrate mir, was in deinem hübschen Köpfchen vorgeht.« Er warf die Schalen weg und wischte sich die Hände an der Jeans ab. »Rede weiter.«

»Warum hast du mir die Fotos in deinem Rucksack nie gezeigt?«

»Du hast meinen Rucksack durchsucht? Hab ich wohl verdient, *non*?«

Ich nickte.

»Hast du das Buch entdeckt, das du mir geschenkt hast? Das Handy mit deinen Bildern? Es hat schwer darunter gelitten, dass ich meine tägliche Dosis Evie brauchte.«

»Beantworte meine Frage.«

»Ich würde mir die Bilder gern ansehen, tu's aber nie.« Er wich meinem Blick aus. »Ich bin mir nicht sicher, ob meine Gefühle nicht mit mir durchgehen würden.«

»Meine Mom hat mal zu mir gesagt, manchmal muss man wütend oder traurig sein. Manchmal muss man es einfach zulassen.«

Der Wind wurde stärker, Regen prasselte gegen die Scheiben. Wo war Aric?

Wenn während der letzten drei Monate draußen ein Sturm tobte, hatten er und ich immer lesend am Feuer gesessen.

»Also gut, schauen wir sie uns an«, sagte Jack. Wahrscheinlich wollte er mich vom Tod ablenken. Er rückte ein wenig zur Seite, sodass er mit dem Rücken zum Feuer saß.

Aric war nahezu unbesiegbar, sagte ich mir. Ich machte es mir neben Jack gemütlich.

Er bot mir den Flachmann an.

Ach, was soll's. Morgen könnte ich sterben. Und so durcheinander wie ich im Moment war, konnte sich mein Seelenzustand wohl kaum noch verschlechtern. Ich nahm den Whiskey und genehmigte mir einen großen Schluck. Er brannte in der Kehle. Ich schnappte nach Luft.

Jack zog den Umschlag aus dem Rucksack und öffnete ihn. Das erste Foto zeigte seine Mutter, die mit anderen Frauen um einen Kartentisch saß. »*Ma mère*, Hélène. Da ist sie in einer *boo-ray* Spielhalle.« Bourré ist ein bei den Cajuns sehr beliebtes Kartenspiel. »Das war vor ein paar Jahren, bevor sie dann so richtig vor die Hunde ging.«

»Sie war so schön, Jack.« Mit ihren hohen Wangenknochen und den gewittergrauen Augen hätte sie ein Model sein können.

»*Ouais. Pauvre défunte maman.*« Wörtlich bedeutete das »arme tote Mutter«, aber die Cajuns benutzten die Wendung so wie wir »meine liebe verstorbene Mutter« oder »meine selige Mutter«.

»Hat sie den Blitz eigentlich überlebt? Das hast du mir nie erzählt.«

Er verkrampfte sich neben mir. »Das ist eines der Geheimnisse, die ich mit ins Grab nehmen werde.«

Ich öffnete schon den Mund, um nachzuhaken, konnte mich aber gerade noch bremsen. Erst heute Morgen hatte er mir gestanden, er wäre kurz davor, wahnsinnig zu werden. Und nun zeigte er mir diese Fotos, nachdem er eine Auseinandersetzung mit dem Tod gehabt hatte, stundenlang mit einer Gehirnerschütterung geritten war – und mich vor Widerlingen gerettet hatte.

Ich sollte ein bisschen nachsichtiger mit ihm sein.

Das nächste Bild zeigte ihn mit Clotile, seinem besten Freund Lionel und noch zwei anderen Kids aus dem Basin, die mit uns zur Schule gegangen waren. Sie waren auf einem Konzert oder so und lachten übermütig in die Kamera. »An dem Abend haben wir uns richtig vollaufen lassen.«

Ich konnte mich noch gut erinnern, wie es war, mit alten Freunden abzuhängen: die Kameradschaft, die Insiderjokes, das unbeschwerte Lachen. Ich warf einen kurzen Blick auf die Tür. Hatte Aric das je erlebt? Bevor seine Berührung tödlich wurde, wahrscheinlich schon.

Aber konnte er sich nach so langer Zeit noch an diese Freundschaften erinnern?

Jacks Stimme klang belegt. »Ich vermisse sie. Vor allem Clotile.«

Ich legte ihm die Hand auf den Arm. »Matthew hat mir den Tag gezeigt, als ihr euch zum ersten Mal begegnet seid.«

Jacks Arm versteifte sich. »Das hättest du nicht sehen sollen.«

»Es hat meine Gefühle für dich nur bestärkt.«

Er entspannte sich wieder. »Dann sieh dir an, was du willst, *peekôn*. Inzwischen kann ich besser damit umgehen.«

»Warum?«

»Vor dem Blitz hatte ich mein Leben nicht im Griff. Aber nun bin ich trotz all der Gefahren und Ungewissheiten Herr über mein eigenes Schicksal. Trotz all der Widrigkeiten habe ich mein Leben besser unter Kontrolle als je zuvor.«

»Wirklich?«

»Ich habe jetzt nur noch meine eigenen Probleme.« Er sah mir fest in die Augen. »Und für die kann ich Lösungen finden.«

So nah bei ihm konnte ich in seinen grauen Augen schwarze Sprenkel entdecken.

»Das klingt ziemlich erwachsen, Jack.« Er war kein Junge mehr.

»Selbst in meinem Leben gibt es Lichtblicke.«

»Ich glaube, viele Leute haben dich unterschätzt. Aber das ist nun wohl vorbei. Ich zumindest werde es nicht mehr tun.«

Seine Mundwinkel wanderten nach oben. Dieses Grinsen ließ mich immer schwach werden – das wusste er ganz genau. »Oh-oh, kannst du die Heckenkirsche riechen?«

Clever wie er war, hatte Jack längst herausgefunden, dass ich je nach Stimmung einen bestimmten Duft verströmte.

Rosenduft? Er bedeutete, dass ich kurz davor war zuzuschlagen. Herbstduftblüte zeigte an, dass ich aufgeregt war. Und Heckenkirsche kam einem Schnurren gleich.

Ich wechselte zu einem Foto, auf dem er mit dem Rest der Clique beim Schwimmen in einer Quelle zu sehen war. Alle waren braun gebrannt und lachten.

Da saßen wir nun – Jack und ich –, tranken Whiskey und schwelgten in Erinnerungen. Für kurze Zeit gelang es mir, all das Elend, das der Blitz gebracht hatte, zu vergessen. Für kurze Zeit war ich glücklich.

Er zeigte mir eine Landschaftsaufnahme der Quelle. »Irgendwie wurde die Kamera zur Seite gedrückt, deshalb ist niemand darauf zu sehen. Eigentlich wollte ich es immer wegschmeißen, aber jetzt... Schau dir doch nur mal die Bäume an, Evie. Das kristallklare Wasser.« Er reichte mir den Flachmann. »Ich glaube, eines Tages wird es das alles wieder geben.«

»Glaubst du das wirklich?« Ich war immer optimistisch gewesen, dass ich das Spiel beenden konnte, aber diese nicht enden wollende Dunkelheit zehrte an mir. Würde die Sonne jemals wieder scheinen? War es anderswo auf der Welt besser? Am Äquator vielleicht?

»*Ouais*.« Er steckte die Bilder zurück in den Umschlag. »Deine *mère* hat mir gesagt, du wärst was ganz Besonderes. Deine *grand-mère* hat gesagt, du würdest die Welt retten. Ich glaube das auch. Du *musst* sie retten.«

»Nur nichts überstürzen«, sagte ich mit einem angeheiterten Lächeln.

»Komm in die Gänge, *fille*. Ich hab auf so viele Dinge *envie*.« Lust.

Ich nahm einen Schluck. »Und auf was?«

Ein anzügliches Grinsen. »*Cerises*.« Kirschen. Die hatten wir gegessen, bevor wir uns zum ersten Mal küssten.

»Und worauf hast du sonst noch Lust?« Das anzügliche Grinsen wurde breiter. »Ich meine, auf welche *Lebensmittel* hast du Lust? *Contiens-toi.*« Benimm dich.

Er hob die Hände. »*Je cesse. Pour le moment.*« Okay, ich höre auf damit. Vorerst. »Ich vermisse gebratene Okraschoten und Maiskolben. Und du?«

»Frittierte Maismehlklößchen und Kartoffelbrei.«

»Auf dem alten Herd in unserer Hütte hab ich superleckere Maismehlklößchen gebacken. Irgendwann werde ich dir welche machen.« Sein Blick schweifte in die Ferne. Er ließ den Kopf in den Nacken fallen. »Weißt du noch, wie warm der Wind im Süden sein konnte? Sein Geruch nach Meer und fernen Orten? Ich habe das Basin so sehr gehasst, ich wäre sofort an jeden anderen Ort auf dieser Welt gegangen. Und nun wünschte ich bei Gott, ich könnte wieder zurück.«

Früher hatte ich immer bedauert, dass Jack und ich kaum miteinander geredet hatten. Und nun, wo zwischen uns alles in der Luft hing, wurde mir klar, dass wir einfach keine *Zeit* zum Reden gehabt hatten. Wir waren stets auf der Flucht gewesen, hatten um unser Leben gekämpft. Dabei war es gar nicht so schwer, das richtige Thema zu finden: unser Zuhause, das wir beide so schmerzlich vermissten.

Ich reichte ihm die Flasche, unsere Finger berührten sich. »Ich würde alles geben, um wieder Zuckerrohrfelder unter einem blauen Himmel sehen zu können.

Beim Rascheln der Blätter ist mir immer das Herz aufgegangen.«

»Eines Tages werden du und ich in Haven auf der Vordertreppe stehen und den Blick über endlos grüne Flächen schweifen lassen. Wir werden in Quellen schwimmen und zu Konzerten gehen.« Er schraubte den Deckel auf den Flachmann und stellte ihn zur Seite. »Wenn ich dir in die Augen schaue...«

»Was?«

»Viel ist nicht mehr blau in dieser Welt. Weder der Himmel noch das Wasser. Aber wenn ich dir in die Augen schaue, sehe ich unsere Zukunft. Ich kann sie *fühlen*.« Er griff in die vordere Tasche seiner Jeans und zog mein mohnrotes Haarband hervor.

»Du hast es noch!«

»Ich trage es immer bei mir, wohin ich auch gehe. *Mon porte-bonheur.*« Mein Glücksbringer. »Es gibt mir die Gewissheit, dass wir eines Tages wieder zusammen sein werden.«

Die Hoffnung in seinem Gesicht überzeugte sogar mich – fast. *Ich habe von dir geträumt, Jack. Und ich wünschte so sehr, ich könnte dir vertrauen. Aber es gibt noch jemand anderen, der mir das Herz zerreißt...*

»Ich werde dir das Haarband eine Weile leihen.« Er stopfte es in meine Hosentasche. »Gib es mir zurück, wenn du sicher bist, dass du mit keinem anderen Mann als mir zusammen sein willst.«

Bei Jack zu sein war wie ein Spiel mit dem Feuer.

Als seine Finger kurz auf meiner Jeans verweilten, spürte ich wieder die Funken, die schnell zum Inferno werden konnten.

Mein Atem wurde flacher, seine Augen glühten.

Er legte die Hände auf meine Hüften und hob mich rittlings auf seinen Schoß.

»Jack!« Ich legte ihm die Hände auf die Schultern.

Den Blick auf meinen Mund geheftet biss er sich auf die Unterlippe, als wollte er mir damit zeigen, was ich tun sollte. »Ich würde meinen rechten Arm dafür geben, wenn ich dich jetzt schmecken könnte.«

Plötzlich fühlte es sich an, als ob alles genau so sein musste. Hier mit ihm zusammen zu sein. Gewärmt vom Feuer. Kurz davor, sich zu küssen und miteinander zu schlafen. Meine Hieroglyphen begannen zu leuchten und spiegelten sich in seinen Augen.

Er packte meine Hüften und drückte mich gegen seine Härte. Ich keuchte vor Lust. »*Ja.*«

Mit schweren Lidern wiegte er mich auf seinem Schoß und fachte das Feuer noch weiter an. »*À moi*, Evangeline.« Seine Stimme war voll aufgestauter Begierde. »Du gehörst mir. Und ich gehöre dir. Du wirst wieder zu uns zurückfinden.« Er legte mir die Hände auf den Hintern, die Hitze seiner Handflächen drang durch meine Jeans.

Während er noch fester zupackte, ließ ich die Hüften kreisen. Ein leises Stöhnen drang aus seiner Brust. Keuchend öffnete er die Lippen. Ich atmete schwer, war kurz davor, die Kontrolle zu verlieren. Die Chemie zwischen uns war hochexplosiv. Entflammbar. Wenn er nur halb so viel Verlangen verspürte wie ich...

Gingen wir noch einen kleinen Schritt weiter, würde ich immer mehr von ihm wollen. Schon jetzt sehnte ich mich danach, seine Hände überall auf mir zu spüren. Sehnte mich nach dem finalen Auflodern der Flammen.

Bald gäbe es kein Zurück mehr – weil ich bereits in Flammen stand.

Er musste mein Zögern gespürt haben. »Aber ich werde hier nichts überstürzen. Nein.« Zitternd hob er mich von seinem Schoß. »Ich habe längerfristige Pläne mit dir.«

Als er mich absetzte, war ich wie benommen. Er zog mich eng an seine Seite und legte mir den Arm um die Schulter. »Lehn einfach deinen Kopf an.«

Ich konnte gar nicht anders. Sein Herzschlag hypnotisierte mich. »Ich erzähl dir von einem Tag, damals im Bayou, als es noch keinen Blitz gab. Von einem Tag, wie er hätte sein sollen. Von unserem ersten Date.«

Noch immer atemlos fragte ich ihn: »Was haben wir gemacht, bei unserem ersten Date?«

»Wir sind früh losgezogen...« Er wechselte ins Französische und sprach mit tieferer Stimme weiter: »... weil ich so viel Zeit wie möglich mit dir verbringen wollte. Wir haben was zu essen, Bier und ein Radio eingepackt und sind mit der Piroge zu einem Zypressenwäldchen gerudert, das ich gut kenne. Es steht mitten im Wasser. Die Oberfläche war so glatt, dass sich die Bäume darin spiegelten. Jedes Mal, wenn wir zu dicht an die Zypressen getrieben sind, verstummten die Zikaden.« Er drückte mir einen Kuss aufs Haar. »Von nun an sollte das *unser* Platz sein. Er sollte nur uns alleine gehören, denn dort sind wir ein Paar geworden: Evie und Jack.«

Ich kuschelte mich an ihn und ließ mich von seinem leise murmelnden Französisch einlullen.

»Du hattest einen roten Bikini an, der mich jedes Mal, wenn ich dich aus einer anderen Perspektive betrachtete, um Gnade winseln ließ. Oh Mann, du warst zum Niederknien, Evangeline.«

Ich entsann mich, dass ich auf einigen von Brandons Handybildern einen roten Bikini trug. Offensichtlich gefiel er Jack.

»Die Luft fing an, nach Heckenkirsche zu duften, und ich fühlte, wie ich über mich hinauswuchs.«

Dann beschrieb er all die Leckereien, die wir aßen, die schleppenden Rhythmen des Blues, den wir hörten, und die südliche Brise, die über unsere Haut strich – und keinerlei Sehnsucht in ihm weckte, weil er war, wo er hingehörte.

Seine Worte berührten all meine Sinne. Ich konnte regelrecht spüren, wie der laue Wind mit meinen Haaren spielte, und ich begann, mich zu den Klängen der Musik zu wiegen. Eine angenehme Ruhe breitete sich in mir aus, meine Lider wurden schwer.

Während ich in den Schlaf glitt, raunte er: »Ich werde warten, bis meine Zeit gekommen ist, *bébé*. Denn am Ende wird es nur noch Evie und Jack geben.«

In meinen Träumen erlebte ich eine von Jacks Erinnerungen.

Er stand in der Toilette eines Gerichtsgebäudes vor dem Spiegel. Er war angeklagt, einen Mann verprügelt zu haben, der seine Mutter angegriffen hatte. Er sah so jung aus, kaum älter als sechzehn. Seine Haut war glatt und gebräunt, die Augen gewittergrau. Er zog die Krawatte fest, dann lockerte er sie wieder. Es war ihm unangenehm, sie zu tragen.

Es hängt so viel ab von heute, langsam werde ich nervös. Ich umklammere das Waschbecken und wundere mich, dass meine Hände nicht schmerzen. Keine neuen Verletzungen an meinen vernarbten Fingern. Irgendwie hat Clotile es geschafft, mich bis zu diesem Gerichtstermin aus Schlägereien rauszuhalten. Sie und Lionel sind die Einzigen, die hier sind. Maman ... fühlt sich nicht gut.

Mein Pflichtverteidiger kommt verpennt durch die Waschraumtür geschlurft. Der Mann säuft wie ein Loch – das muss ausgerechnet ich sagen. Er ist aus Sterling und hasst die »Asozialen« aus dem Basin. Das hat er in unserem einzigen Treffen mehr als deutlich gemacht. »Oh. Du bist das«, *murmelt er, während er zum Pissbecken geht.*

Maman und Clotile zuliebe zwinge ich mich, freundlich zu sein. »Wie geht's Ihnen, Mann?«

Misstrauisch schaut er über die Schulter, als würde ich ihm gleich ein Messer in den Rücken rammen. Allein diese Bewegung und sein Suff ...

Oh mein Gott, meine Zukunft liegt in den Händen eines Mannes, der sich gerade auf die eigenen Schuhe gepisst hat.

Und er hat es nicht mal gemerkt.

Er zieht den Reißverschluss hoch und dreht sich zu mir um. »Du hast Glück.« *Er lallt fast.* »Die Regierung hat ein neues Antiaggressionsprogramm für gewalttätige Straffällige mit nervösen Fäusten. Du bist perfekt dafür.«

Nervöse Fäuste? Ich hatte diesen fils de putain *gewarnt, der meiner Mutter wehgetan hatte. Hatte ihm gesagt, was passieren würde, wenn ich ihn das nächste Mal dabei erwischte, wie er meine Mutter an den Haaren über den Boden zerrte.*

»Manche nennen es auch nur ›Aggressionsprogramm‹, weil sich die Insassen dort auch weiterhin gegenseitig den Verstand aus der Birne prügeln – sie lernen nur neue Methoden.«

Am liebsten würde ich ihm zeigen, welche Methoden ich schon draufhatte. »Sparen Sie sich Ihre Scheißgefälligkeiten.«

Seine blutunterlaufenen Augen blinzeln mich an. »Lass dir von deinem Anwalt eins gesagt sein: Typen wie dich habe ich schon zur Genüge getroffen. Ich weiß, wer später zu den Lebenslänglichen zählt. Du wirst dich noch an unser Gespräch erinnern, wenn du als alter Mann durch die Gitterstäbe starrst. Wirst schon sehen, dass ich recht behalte. Es sei denn natürlich, sie machen dich schon vorher kalt.« *Er schwankt aus der Tür.*

Ich schlage die Faust in den Spiegel. Das Glas zersplittert, die Narben an meiner Hand bluten wieder.

Der Schmerz in Jacks Augen spiegelte sich vielfach in den mit Blut bespritzten Scherben.

Ein Teil von ihm glaubte dem Mann.

Tag 375 n. d. Blitz

Lange bevor wir durch den nebligen Regen etwas erkennen konnten, hörten wir das qualvolle Jammern.

Jack, Aric und ich waren vier Stunden stramm geritten, doch nun verlangsamten wir unser Tempo. Wir näherten uns der Pestkolonie, vor der Jack uns gewarnt hatte.

Vor uns breitete sich ein Tal aus, angefüllt mit Hunderten von sterbenden Menschen. Aus ihren Augen, Nasen und Mündern floss Blut. Ihre Gelenke waren durch die Krankheit derart deformiert, dass man den Eindruck hatte, die Knochen seien gebrochen.

Ihre Schmerzensschreie vermengten sich zu einem Dröhnen, das dem Fangebrüll in einem Stadion gleichkam.

Jack musste lauter sprechen, um sich verständlich zu machen. »Weil die Leute so aussehen, nennt man die Krankheit auch Knochenbrecherfieber. Die Schmerzen müssen unerträglich sein.«

»Es sind so viele.« Ich war wie vor den Kopf geschlagen. Den ganzen Tag über hatte mich mein Traum von Jack schwer beschäftigt, aber das hier...

»Die Kolonie ist größer geworden«, sagte er. »Das

letzte Mal, als ich hier war, hat sie sich noch auf eine kleine Ecke des Tals beschränkt.«

Über die kahle Fläche zogen sich lange Reihen von willkürlich aufgestellten Zelten. »Man sagt, dieser Ort würde sich immer weiter ausdehnen, bis keine Blitz-Überlebenden mehr übrig wären.«

An den Rändern der Kolonie waren die Toten aufgeschichtet. Die Leichen sahen anders aus als die, denen wir gerade begegnet waren – beziehungsweise über die wir hinweggeritten waren. Pestleichen waren derart deformiert, dass sie nicht flach lagen. »Wie verbreitet sich die Krankheit?«

»*Par le sang*.« Über das Blut. »Vielleicht auch durch die Luft. Eigentlich hatte ich vor, an der Kolonie vorbeizureiten, nicht mittendurch.«

»Hat man all diese Männer einfach hier zurückgelassen?« Ich konnte keine Frauen oder Kinder entdecken. »Ohne jemanden, der sich um sie kümmert?«

Aric klappte sein Visier hoch. »Dazu ist es viel zu ansteckend.« Der Tod musste sich wegen der Ansteckungsgefahr keine Gedanken machen. »Sobald die ersten Anzeichen auftreten, ist man zu einem entsetzlichen Tod verdammt. Keine Heilung. Keine Überlebenschance. Die Schmerzen dürften in etwa denen deines Gifts entsprechen.«

»Oder deiner tödlichen Berührung?« Ich hatte heute nur wenig mit Aric gesprochen. Vage erinnerte ich mich, wie er zurückgekommen war, als ich gerade an

Jacks Schulter aufwachte. Er hatte mein Gesicht inspiziert und dann zufrieden genickt. – *Du hast dein Versprechen gehalten.* –

»So ist es, Herrscherin.«

»Ist die Ausbreitung aufzuhalten?« Würde die Krankheit auch Fort Arkana erreichen? Jack öffnete den Mund, um etwas zu sagen, besann sich dann aber offenbar eines Besseren. »Darüber zerbrechen wir uns später den Kopf, *bébé*. Eins nach dem anderen, *non*?«

»Wie kommen wir um das Tal herum?«

»Wenn wir rechtzeitig in Dolor sein wollen, müssen wir durch. Die Alternative wäre, zwanzig Kilometer zurückzureiten bis zum letzten Gebirgspass. Die Sklavenhändler haben wahrscheinlich schon einen Umweg ausfindig gemacht, vielleicht durch eine Mine. Aber den kenne ich nicht.«

Unter allen Arten zu sterben war das Knochenbrecherfieber sicher eine der schrecklichsten. »Lasst uns auf Nummer sicher gehen und zurückreiten.«

»Schau mal, ich binde mir ein Halstuch vors Gesicht.« Jack zog ein Tuch aus seinem Überlebensrucksack und wartete, bis sich der Stoff mit Regen vollgesaugt hatte. »Es gibt einen Pfad entlang dem westlichen Rand der Kolonie.« Er zeigte auf einen schmalen Streifen zwischen den äußersten Zeltreihen und einem reißenden Strom. »Wenn wir den Pferden die Sporen geben, sind wir in ein paar Minuten durch.«

»Wir können aber nur einzeln reiten. Der Pfad ist zu schmal für uns drei«, bemerkte Aric.

Ich drehte mich zu ihm um: »Ich werde dem Ganzen nur zustimmen, wenn Jack hinter dir reitet.«

Er schien amüsiert. »Ich soll deinem Knappen den Weg frei machen?«

»Du wirst nicht krank, richtig? Genauso wenig wie ich.« Glaubte ich zumindest. »Also reitest du zuerst, dann Jack, dann ich. Das ist das Vernünftigste.«

Aric verneigte sich wieder großspurig. »Nun denn, auf dass mein Opfer deine Anerkennung finde.«

»Du hältst auf keinen Fall an, Evie«, sagte Jack. »Jetzt ist nicht der Moment, um Opfern zu helfen oder Mitleid zu zeigen.«

»Dem muss ich ausnahmsweise zustimmen.« Aric klappte das Visier herunter. »Wir nähern uns den Liebenden. Du musst mit deinen Kräften haushalten.«

»Also, *nicht* anhalten«, bekräftigte Jack noch einmal.

»Ich habe euch laut und deutlich gehört.«

»Gut.« Aric gab seinem Pferd die Sporen und ritt bergab. Direkt hinter ihm reihte sich Jack ein. Er warf einen Blick zurück, um sich zu vergewissern, dass ich dicht hinter ihm blieb.

Unten im Tal dröhnten die Schreie. Ein paar lange, angespannte Minuten galoppierten wir den Pfad entlang, dass der Dreck von den Hufen der Pferde nur so spritzte.

Fast geschafft!

Am anderen Ende des Tals ritten Jack und Aric schon wieder bergauf. Ich war nur wenige Meter hinter ihnen ...

Da stolperte ein Mann vor mein Pferd.

Mit einem Schrei riss ich die Zügel zurück. Die Stute schüttelte den Kopf, machte die Beine steif und kam rutschend zum Stehen. Nur ein paar Zentimeter mehr und ich hätte den Mann über den Haufen geritten!

Seine Augen waren rot und triefend, sein Kiefer klaffte. Es war, als wollte er mir mit seinen Schmerzensschreien etwas sagen. Mehr Kranke kamen angehumpelt und umringten mich. Direkt neben mir erbrach ein Mann einen Schwall Blut in ein kleines Rinnsal von Wasser. Mit weit aufgerissenen Augen und geblähten Nüstern wich die Stute zur Seite.

Ich folgte dem Blut mit den Augen, wie es langsam Richtung Fluss trieb und dort von der Strömung mitgerissen wurde. Es war, als würde man eine Zugkatastrophe in Zeitlupe beobachten. Die Pest machte sich auf den Weg flussabwärts, auf der Suche nach neuen Opfern.

Wie viele Menschen konnten wir noch verlieren?

Die Kranken streckten mir ihre verkrümmten Arme entgegen. Flehten mich wortlos an. Reichten mir ihre Hände, die Finger weit gespreizt, in merkwürdigen Winkeln verbogen.

Wie Zweige.

Die Männer griffen nicht an, bettelten nur mit blutenden Augen und zwischen Krampfanfällen schreiend um Hilfe. Sie wollten, dass ich ihrem Leiden ein Ende bereitete.

Konnte ich das? Konnte ich die Krankheit aufhalten? Meine Hieroglyphen erwachten zum Leben – als hätten meine Kräfte auf eine solche Aufgabe nur gewartet.

Als mir klar wurde, was ich zu tun hatte, traten Tränen in meine Augen. *Deine Bürde ist die Macht.* Das hatte Matthew damit gemeint.

Diese Männer konnten langsam und qualvoll verenden oder jetzt gleich sterben. Sie waren so gut wie tot. Ich konnte sie in den ewigen Schlaf wiegen, so wie Tad.

Ihnen einen friedvollen Tod bescheren.

Der Wind stand günstig.

Jack und Aric hatten schon den Kamm erreicht. Beide hatten mich gebeten, das hier nicht zu tun, hatten es für keine gute Idee gehalten.

»Komm schon, Evie!«, schrie Jack.

Eine immer schwächer werdende Stimme ermahnte mich, die beiden nicht zu provozieren. *Mach keinen Ärger. Tu, was sie von dir erwarteten.*

Aber die Herrscherin aller Arkana trug ihre Krone nicht ohne Grund.

Wenn Demeter nimmt, ist sie böse, flüsterte die rote Hexe. *Gibt sie, ist sie großzügig. GIB!*

Ich gab der Stute die Sporen und bahnte mir einen Weg durch die Menge. Die Kranken heulten auf. Sie dachten, ich konnte – oder wollte – ihnen nicht helfen. Ein paar krochen hinter meinem Pferd her. Der Lärm steigerte sich zu einem Tumult.

Ich zog einen Handschuh aus, krempelte den Ärmel hoch und entblößte meine goldenen Hieroglyphen. Das letzte Mal, als ich Sporen aus den Hieroglyphen gezogen hatte, wollte ich damit lediglich ein paar Soldaten betäuben.

Nun füllte ich meine Hand mit tödlichem Gift. Als ich sie öffnete und mich umdrehte, rannen mir die Tränen übers Gesicht.

Ich spitzte die Lippen und blies über meine Handfläche.

Als würde ich den Männern eine Kusshand zuwerfen.

Den Kranken, die mir am nächsten waren, wurden die Lider schwer. Ich wandte ihnen den Rücken zu und ritt, den Blick starr geradeaus gerichtet, leise weinend davon. Hinter mir breitete sich mein Gift aus wie eine Detonationswelle.

Die Schmerzensschreie verstummten und ich konnte ihre Körper fallen hören. Ein letzter Widerhall ihres Stöhnens. Hier und da ein vereinzeltes Wimmern.

Dann Stille. Ich ließ einen Berg von Leichen zurück. Meine Bürde war die Macht.

Sie wog schwer wie eine Sternenkrone.

Als ich auf dem Kamm anlangte, sah Jack mir finster entgegen und Arics leuchtende Augen verengten sich. Aber es war mir egal, ob sie wütend waren.

»Ich bin froh, dass du das getan hast«, sagte Jack zu meiner Überraschung. »Du hast eine schwärende Wunde ausgebrannt und unzählige Menschen gerettet.«

Ich zog meinen Handschuh wieder an. »Und deine Meinung, Aric?«

»Wie der Sterbliche schon sagte, Herrscherin, du hast viele von ihrem grausamen Schicksal erlöst.« Seine Stimme war voller Stolz. »Manchmal ist der Tod auch willkommen.«

Jack sah ihn misstrauisch an. Als könnte er den Mann, der da vor ihm stand, mit dem gnadenlosen Mörder, für den er den Ritter hielt, nicht in Einklang bringen.

Aric hielt seinem Blick stand. »Verleugne nie die Macht des Todes.«

Tag 376 n. d. Blitz

»Irgendetwas stimmt hier nicht«, sagte Jack. Er ritt uns durch eine enge Schlucht voran und zielte mit der Armbrust den von tiefen Spurrillen durchzogenen Weg entlang. Aric ritt neben mir.

Seit den Ereignissen in der Kolonie gestern hatte ich mit beiden kaum gesprochen. Nachts hatten wir in einer alten Tankstelle Unterschlupf gefunden, und sobald ich mich hingelegt hatte, war ich auch schon eingeschlafen.

Obwohl wir uns gerade inmitten eines ganzen Nests von Kannibalenminen befanden.

Alle drei beobachteten wir aufmerksam die Umgebung. Oder versuchten es zumindest. Der Nebel war mit jedem der endlosen Kilometer, die wir geritten waren, dichter geworden, sodass wir unser Tempo schließlich drosseln mussten. Jack ritt nur drei oder vier Meter vor uns, aber ich konnte ihn kaum noch erkennen.

»Wie sieht's aus, Sensenmann, witterst du was?« Jack wartete, bis wir zu ihm aufgeschlossen hatten, und blieb an meiner anderen Seite.

Aric reckte den behelmten Kopf. »Gefahr hinter der nächsten Biegung.«

»Willst du einen Rückzieher machen?«

»Wenn du mich erst einmal im Kampf gesehen hast, wirst du mir diese Frage nie wieder stellen.«

Und weiter ging der mörderische Konkurrenzkampf!

»Ich sagte Gefahr, nicht Armee«, fügte Aric noch hinzu und klappte sein Visier herunter. »Aber sollte *dir* bange sein ...«

»Sieh einfach zu, dass du mithalten kannst.«

Wir ritten um die Biegung und ich spähte in den Dunst. Vor uns zeichnete sich irgendetwas Großes ab. Ein umgekippter Panzer?

Grelles Scheinwerferlicht durchdrang den Nebel und blendete mich.

Als meine schmerzenden Augen sich daran gewöhnt hatten, erkannte ich einen quer über den Weg geparkten Bus, dessen Seiten mit Metallplatten abgedeckt waren. In roten Buchstaben war MENSCHENZOLL darauf zu lesen. Darüber thronte ein selbst gebastelter Geschützturm. Jemand hatte in die Hälfte einer alten Satellitenschüssel einen Schlitz gesägt, aus dem nun der Lauf eines riesigen Geschützes ragte.

War es das, was Selena ein 50-Kaliber genannt hatte? Wenn so ein Ding einen Berg zerfetzen konnte, würde es uns problemlos in Stücke reißen.

»Ein von Verbrechern kontrollierter Engpass«, murmelte Jack. »Diese Dreckssklavenhändler.«

Das Busdach war mit einem Trio bemannt: Einer der Kerle stand hinter dem Geschützturm, die beiden anderen streckten die Köpfe hinter einem Schutzschild aus Wellblech hervor. Den Mann am Geschütz konnte ich nicht erkennen, aber die beiden anderen sahen einander sehr ähnlich: Sommersprossen im Gesicht und langes rotes Haar, das unter ihren Mützen hervorquoll. Es mussten Brüder sein.

Der Bus füllte die Breite der Schlucht nicht ganz aus, weshalb die Sklavenhändler zusätzlich Stacheldrahtrollen angebracht hatten, die mir bis zur Schulter reichten.

An der Engstelle war kein Durchkommen.

»Lasst eure Hände sehen. Alle!«, schrie der Typ am Geschütz und schwenkte die Waffe hin und her. »Das hier ist eine Zollstation. Wenn ihr am Leben bleiben wollt, tut, was wir sagen.«

Ich hob die Hände und warf Jack einen vorwurfsvollen Blick zu. Wann war er so nah an den Bus herangeritten?

Auch Aric hob die Hände. »Wir wollen keinen Ärger.« Er klang, als müsste er sich das Lachen verkneifen.

Die Aufmerksamkeit der Sklavenhändler war allein auf ihn gerichtet, einen Fremden in voller Rüstung. »Wo hast du denn diesen Anzug her?«, fragte der Geschütz-Typ. »Hast du ein Museum geplündert?« Um besser sehen zu können, streckte er den Kopf über die Satellitenschüssel und zeigte einen langen Bart und buschige Augenbrauen.

Mit tönender Stimme erklärte Aric: »Ein Totengott schickte mir einst eine Vision, die mich zu einem Ossarium führte, einem Beinhaus.« Versuchte er, Jack Zeit zu verschaffen? Wofür? »Ich habe diese Rüstung am toten Körper eines berühmten Kriegers gefunden. Die Machart ist ihrer Zeit weit voraus, der Stahl vom Tod durchtränkt. Für einen wie mich ein gutes Omen.«

Der Geschütz-Typ und die beiden anderen wechselten vielsagende Blicke. »Bist wohl auch einer von diesen Durchgeknallten? Was ist mit deinem Pferd? Ist es krank, oder was?«

Der Moment, die rote Hexe zu wecken, schien gekommen. Würden die Männer es bemerken, wenn ich mir in die erhobenen Handflächen stach?

Aber Ranken zu pflanzen würde ohnehin zu lange dauern …

Ein Scheinwerfer traf mich mitten ins Gesicht. Er war so stark, dass ich selbst in dieser Entfernung noch seine Wärme spürte.

»Hey, du da hinten! Nimm die Kapuze ab, Junge!«

Ich beschirmte die Augen. *Was geht hier vor, Aric?* Von Jack war nur noch sein Umriss zu erkennen.

– *Dein Sterblicher ist kurz davor, anzugreifen. Zeig ihnen etwas, das sie ablenkt.* –

Ich griff nach meiner Kapuze und zog sie mir Zentimeter für Zentimeter vom Kopf, während die Männer mir mit entrückten Blicken zusahen.

Der Geschütz-Typ sog die Luft ein. »Heilige Scheiße! Ein Mädchen! Ich bin der Erste!«

Einer der Rothaarigen sagte: »Noch dazu ein *Teenager*. Ein echter Leckerbissen. Sag oben im Haus Bescheid.« Kramte der andere Typ nach einem Funkgerät?

Plötzlich stand Jack mit der Armbrust in der Hand auf seinem Sattel.

»Was zum Teufel …?« Der Geschütz-Typ drehte den Lauf in Jacks Richtung, aber der Radius reichte nicht aus.

Jack sprang auf den Bus. Die Stiefelspitze gegen die Metallverkleidung gedrückt schnappte er sich mit der freien Hand das Geländer und zog sich aufs Dach.

»Nein, Jack!« Es waren zu viele!

Der Tod schleuderte sein Schwert und spießte einen der Brüder auf. Den anderen erledigte Jack mit der Armbrust.

Noch bevor die beiden zu Boden gingen, ertönte ein Schuss.

Warum stolperte Jack rückwärts? Er griff sich an die Brust!

Getroffen.

»*NEIN!*«

»Der Sterbliche trägt seine Rüstung, Herrscherin«, sagte Aric.

Jack fing sich wieder und preschte vor. Erleichtert atmete ich auf. Die Weste!

Trotzdem hätte ich ihn für seinen Leichtsinn am

liebsten umgebracht. Von uns dreien konnte nur einer an einer Kugel sterben – er!

Die Armbrust auf den Geschütz-Typen gerichtet, winkte Jack ihn zu sich heran. Er deutete auf den Boden und der Mann sank folgsam auf die Knie.

»Wie viele sind oben im Haus?«

»Wir wollten euch nichts tun, Junge! Wir hätten sie nicht angefasst, ehrlich.«

»Wie viele? Ich kann das hier auch richtig schön langsam machen.«

»Lässt du mich laufen, wenn ich es dir sage?«

»Mal sehen. Vier. Drei. Zwei. Eins…«

»U… unser Boss und vierzehn Männer.«

»Sind sie bewaffnet?«

»Bis zu den Zähnen. Die solltet ihr euch mal vorknöpfen. *Die* wären über euer Mädchen hergefallen«, sagte der Mann, der als Erster ranwollte.

»Habt ihr auch Frauen zu verkaufen?«

Der Geschütz-Typ grinste. Sicher witterte er eine Überlebenschance und hatte keine Ahnung, dass er sich gerade sein eigenes Grab schaufelte. Er musste nur eingestehen, dass er Frauen schlecht behandelte, dann…

»Hier nicht, Junge, aber bald kommt eine Fuhre ganz junger Mädchen rein.« Mit einem anzüglichen Grinsen strich er sich über den Bart. »Die süßesten Ärsche, die du je gesehen hast. Ausgebildet, tun alles, was du willst. Du hast freie Auswahl…«

Jack schoss dem Mann direkt zwischen die Augen. »Ich *hasse* diese Drecksklavenhändler.« Er holte sich seinen Pfeil zurück.

Kurz darauf plärrte das Funkgerät. »Hey, ihr Arschlöcher, ich hab den Schuss vorhin gehört. Ich sag's nicht noch mal – für versprengte Wiedergänger werden keine Kugeln verschwendet. Habt ihr Ochsenhirne das jetzt kapiert?«

Jack hob den Blick. Sah er zum Sklavenhändlerhaus? Mit fünfzehn bewaffneten Männern?

»Jack ... Was hast du vor?«

Er war schon auf der anderen Seite des Busses heruntergesprungen.

»Dein Sterblicher stürmt das Versteck der Sklavenhändler.« In Arics Stimme klangen sowohl Belustigung als auch Anerkennung mit. »Hiermit lade ich mich offiziell selbst zu diesem kleinen Ausflug ein.« Mit leuchtenden Augen trieb er sein Pferd in vollem Galopp direkt auf die Stacheldrahtrollen zu.

Wie ein Bulldozer pflügte Thanatos durch die Absperrung aus Stacheldraht. Der Weg war frei. Aric jagte hinter Jack her. Durch die zerstörte Barrikade folgte ich ihnen.

Der Boss der Sklavenhändler lebte in einem großzügigen, zweistöckigen Farmhaus. Als hätte es nie einen Blitz gegeben, war es hell erleuchtet. Etwas entfernt brummten Benzin fressende Generatoren. Die Geschäfte mussten florieren.

Aric galoppierte an Jack vorbei auf den Haupteingang zu. Der fluchte auf Französisch und sprintete los, um ihn einzuholen.

In einer fliessenden Bewegung glitt Aric von seinem noch galoppierenden Pferd. Verdammt. Ohne anzuhalten, erklomm er übernatürlich schnell die Vordertreppe! Dann *klopfte* er – als wollte er nur ein Stück selbst gebackenen Kuchen vorbeibringen – und hob die Hände über den Kopf.

Die Männer würden ihm bedenkenlos öffnen. Da stand ja nur ein merkwürdiger Typ in Rüstung – unbewaffnet.

Krachend schlug die Tür auf und ein Sklavenhändler hielt Aric mit drohendem Blick eine Pistole vor die Brust.

Der Tod sagte etwas, woraufhin der Mann den Abzug drückte. Die Kugel prallte ab und traf den Sklavenhändler mitten ins Gesicht.

Jack überlegte kurz, dann rannte er auf die Rückseite des Hauses. Aric zog sein Schwert und stürmte ins Innere.

Dann ... brach die Hölle los.

Lampen krachten zu Boden, das Licht wurde schwächer. Überall schattenhafte Gestalten. Mündungsfeuer blitzten auf. Kugeln prallten auf mysteriöse Weise von Metall ab. *Pling, pling, pling*.

Selbst eine Amöbe hätte inzwischen begriffen, dass es nicht klug war, auf Arics Rüstung zu schiessen.

Aus dem Hinterhof ertönten Schreie. Ich jagte mit der Stute in Richtung Jack, aber der brauchte keine Hilfe. Er schoss auf jeden, der versuchte, zu fliehen. Der Jäger hatte gewusst, dass der Anblick des Todes die Männer aus der Hintertür treiben würde, und einfach gewartet.

Schon nach wenigen Minuten war das Abschlachten beendet. Aric hatte alle im Haus erledigt, Jack diejenigen, die nach draußen gelaufen waren.

Eine Spur von Leichen zog sich vom Hinterhof bis ins Haus. Wo die Toten mit Pfeil aufhörten, begannen die ohne Kopf.

Der Feind war besiegt. Weder Aric noch Jack hatten mich meinen Teil dazu beitragen lassen. Die rote Hexe wurde nicht gebraucht.

Jack begrüßte mich mit einem Nicken und sammelte seine Pfeile ein. Sein geschundenes Gesicht glühte vor Zorn – und Erregung?

Die Hitze des Gefechts.

An der Hintertür erschien Aric und klappte sein Visier hoch. »Acht zu sieben«, sagte er grinsend zu Jack.

»Nur einen mehr als ich?« Jack angelte sich vom Gürtel eines Toten dessen Funkgerät und klemmte es sich an den eigenen. »Obwohl du vom Kopf bis zu den Zehen in einer Rüstung steckst?«

Die beiden benahmen sich wirklich wie ... kleine Jungs. Ich hätte sie erwürgen können. Keiner von beiden hätte so unbedacht da reingehen dürfen – und diese Selbstzufriedenheit war auch nicht angebracht.

Aber vielleicht war ich ja auch nur sauer, weil sie mich nicht hatten mitmachen lassen.

Auf der Türschwelle wimmerte ein Mann, dem ein Pfeil im Auge steckte. Er lebte noch. Jack stürzte los, um seine Beute endgültig zu töten, aber Aric war schneller.

Er zog den Handschuh aus und sah Jack direkt in die Augen, während er dem Mann die Hand aufs Gesicht legte.

Über den Körper des halb toten Sklavenhändlers breiteten sich scheußliche schwarze Linien aus. Wie im Wahn umklammerte er mit einem erstickten Schrei Arics Hand.

Es gab keinen größeren Schmerz als die Berührung durch den Tod. Er war schlimmer als die Pest – oder mein Gift.

»Denk lieber zweimal nach, bevor du mich angreifst«, warnte Aric Jack, nachdem der Mann verstummt war. »Und, oh«, fügte er noch hinzu, während er aufstand und sich den Handschuh wieder überstreifte, »nun steht es neun zu sechs.«

Vorsichtig zog Jack dem Mann den Pfeil aus dem Auge, sehr darauf bedacht, die faulende Haut nicht zu berühren.

Aric kicherte. »Der Tod ist nicht ansteckend, Sterblicher. Man hat den Schwarzen Tod nach mir benannt, nicht umgekehrt.«

»Man kann nie wissen ...« Jack wischte die Pfeilspitze an der Stiefelsohle ab. »Wenn du mit deiner Angeberei fertig bist, würde ich gerne nachsehen, ob noch Sklavenhändler im Haus sind.«

Er kickte die Leiche von der Türschwelle nach draußen und bedeutete mir, ins Haus zu gehen, damit er die Tür abschließen konnte. »Wir bleiben eine Weile hier. Die Pferde müssen sich erholen.«

Ich biss mir auf die Unterlippe. »Haben wir denn noch Zeit?« Bis Dolor war es nur noch ein Tagesritt, und ich brannte darauf, zu Selena zu kommen.

»Die Zeit machen wir mit ausgeruhten Pferden wieder gut. Komm jetzt.«

Mit ausgefahrenen Klauen folgte ich Jack und Aric in den vorderen Teil des Hauses. Entsetzt betrachtete ich Arics Hinterlassenschaft: überall abgeschlagene Köpfe und Einschusslöcher. An den Blutspritzern an den Wänden klebte Füllmaterial aus den zerfetzten Sofas. Tote Hände umklammerten schmauchende Gewehre. Nur das Feuer im Kamin knisterte fröhlich, als ob nichts geschehen wäre.

»Ich muss zugeben, deine Herangehensweise hat mich durchaus beeindruckt, Sterblicher«, sagte der Tod. »Ich hatte geglaubt, du wärst lediglich ein guter Dieb.«

»Diebstahl ist das Zweite, auf das ich mich richtig

gut verstehe«, gab Jack mit einem fiesen, affektierten Grinsen zurück. »Nicht wahr, *bébé?*«

Die Finger des Todes krampften sich um den Griff seines Schwerts. Jack hatte nicht die leiseste Ahnung, dass Aric kurz davor war, ihn zu erschlagen.

»Warum gehst du nicht dein zweites Schwert holen, Aric?«, schlug ich vor und fügte telepathisch hinzu: *Du hast mir etwas versprochen.*

– Er spricht sein eigenes Todesurteil. –
Bitte.

»Zu Diensten, Herrscherin«, krächzte er heiser. Dann verneigte er sich leicht und ging.

Sobald Aric außer Hörweite war, sagte ich zu Jack: »Hör auf, ihn derart zu provozieren.«

Jack sah hinter eine Tür, dann um eine Ecke. »Ich provoziere ihn nur, um ein wenig Dampf abzulassen – ich explodiere sonst.«

»Und was, wenn du es zu weit treibst?«

»Er ist nicht unbesiegbar. Das glaubst du nur. Jeder Mann hat eine Schwäche.«

Matthew hatte gesagt, Arics Schwäche wäre ich.

»Auch die Rüstung des Sensenmanns hat irgendwo einen Riss. Ich muss ihn nur finden.«

Bevor ich noch etwas sagen konnte, wandte sich Jack der Treppe zu.

Oben im ersten Stock überprüften wir jeden Winkel und sahen in die Schränke. Eines der Zimmer war angefüllt mit Kleidern und Taschen, die man wohl den

Sklaven gestohlen hatte, die anderen drei Zimmer waren möbliert und blitzsauber. Natürlich, dem Boss hatte ja kostenloses Personal zur Verfügung gestanden.

»Oh *ouais*, hier bleiben wir heute Nacht. Die Fenster sind vernagelt, draußen gibt es nichts, woran man hochklettern könnte. Das ist sicher genug.«

»Glaubst du nicht, es könnten noch mehr Sklavenhändler auftauchen?«

»*Non*. Aber für alle Fälle ziehen wir die Leichen vors Haus.« Wir gingen wieder nach unten. »Jeder mit ein bisschen gesundem Menschenverstand wird einen Bogen um das Haus machen.«

»Warum bist du vorhin ein solches Risiko eingegangen? Warum bist du auf den Bus gesprungen?« Bisher hatte ich noch keine Gelegenheit gehabt, ihn darauf anzusprechen. Gerade war wohl auch nicht der richtige Moment, aber wie Jack musste auch ich ein wenig Dampf ablassen. Unten an der Treppe blieb ich stehen. »Als ich gesehen habe, wie du getroffen wurdest …«

Er drehte sich zu mir um und legte mir den Finger unter das Kinn. »Mir ist nichts passiert.«

»Tu das nicht einfach so ab.«

»Ich kann sehr gut selbst auf mich aufpassen. Und ich kann dich genauso gut beschützen und für dich sorgen wie der Tod. Er hatte einfach einen Vorsprung, *non*?«

Jack hatte sein Leben riskiert, nur um mir das zu

beweisen? Waren seine Minderwertigkeitskomplexe zurück?

»Dieser Mistkerl wusste, dass der Blitz kommen würde, und konnte seine Schäflein rechtzeitig ins Trockene bringen. Du musst mir einfach etwas Zeit geben.«

»Setz dein Leben nie wieder so aufs Spiel.«

Ich sprach mit so viel Ernst in der Stimme, dass er die Hand sinken ließ. »Das kann ich dir nicht versprechen. Wir wissen doch gar nicht, wo wir noch überall reingeraten.«

»Nein, mein Lieber. Ein solches Risiko darfst du nie wieder eingehen. Es gibt Leute, die von dir abhängig sind. Du hast versprochen, dir mein Vertrauen zu verdienen, falls ich mich für dich entscheide – ich betone falls. Wie soll ich dir vertrauen, wenn du tot bist? Hast du vielleicht den heimlichen Wunsch zu sterben?«

Er verdrehte die Augen. »Ich wünsche mir doch nicht ...«

»Versprich mir, dass du keine unnötigen Risiken mehr eingehen wirst.«

Er öffnete den Mund, um zu widersprechen, doch dann erkannte er wohl, dass ich mich auf nichts einlassen würde.

»In Ordnung. Ich verspreche es. Zufrieden?«

Nach kurzem Zögern nickte ich.

»Also dann komm. Kontrollieren wir den Rest des Hauses.« Er führte mich durch den unteren Stock.

Da die Türen nach draußen nun geschlossen waren,

hatten sich die unteren Räume aufgeheizt. Aus den Belüftungsschlitzen strömte warme Luft. Als ich in der Küche die Speisekammer überprüfte, entdeckte ich zahlreiche abgepackte Lebensmittel.

Aric gesellte sich zu uns und Jack knurrte: »Ich hatte gehofft, dein Anblick bliebe uns etwas länger erspart.«

»Du vergisst, dass ich übernatürlich schnell bin. Ich hatte sogar noch die Zeit, die Leichen nach vorne zu bringen. Das schreckt unerwünschte Besucher ab.« Er hatte dieselbe Idee gehabt wie Jack. »Danach habe ich die Pferde festgemacht und bin zurück zu meiner Frau geeilt.«

»Es wundert mich, dass du sie immer noch so nennst. Wenn meine *fille* in der Hochzeitsnacht versucht hätte, mich zu ermorden, würde ich mir das mit der Ehe noch einmal überlegen.«

Arics Augen verengten sich zu Schlitzen.

Ich ging dazwischen. »Sollen wir den Rest des Hauses nicht auch noch durchsuchen? Wir waren noch nicht in der Garage.«

Nach kurzem, spannungsgeladenem Zögern stapfte Jack los. Wie selbstverständlich nahmen er und Aric mich in ihre Mitte.

Als wir den Waschkeller betraten, begann die Waschmaschine gerade zu schleudern. »Warum hat der Boss so viel Strom verschwendet? Für die Scheinwerfer, die Heizung und all die Geräte musste er die Generatoren ununterbrochen laufen lassen.«

»Wahrscheinlich wusste er, dass sein Benzin bald kippt«, sagte Aric.

»Kippt?«

»Benzin hält nur ein oder zwei Jahre«, erklärte mir Jack.

»Wirklich?« Ich hätte die Stromversorgung in der Festung des Todes mehr genießen sollen!

»Das ist richtig«, sagte Aric fröhlich, »es sei denn, man mischt seinen Vorräten besondere Zusatzstoffe bei.« An mich gewandt fügte er noch hinzu: »Unsere Vorräte werden über fünfzig Jahre halten.«

Jack sog die Luft ein und drehte sich zu uns um. »Die Zusatzstoffe, über die das Militär verfügt, verlängern die Lebensdauer aber nur um fünf Jahre.«

»In den USA mag das so sein. Ich habe meine Chemikalien aber in Übersee besorgt.«

»Wie viele Fässer hast du?« Jack sah Aric so scharf an, dass ich befürchtete, er werde gleich auf ihn losgehen.

»Fässer? Keine. Ich habe *Tankwagen*.«

Jack fuhr sich mit gierigem Blick übers Kinn. Aber noch etwas anderes spiegelte sich in seinen Augen – zeigte sich da womöglich widerstrebender Respekt?

»Dein Tanzstudio wird immer hell erleuchtet sein«, versprach mir Aric. »Genau wie dein Atelier, und natürlich die Bibliotheken. Auch der Pool wird unser Leben lang beheizt sein. Und wer braucht schon die Sonne, wenn er über zahllose UV-Lampen verfügt?«

Mein Blick huschte zu Jack. Auch wenn ich ihm alle Zeit der Welt ließ, den Standard von Arics Festung konnte er nicht erreichen, egal wie hart er arbeitete. Dasselbe musste er in diesem Moment auch gedacht haben.

»Hat dir die Herrscherin von ihrem neuen Leben nichts erzählt?«, fragte Aric. »Wie ich sie auf jede erdenkliche Art verwöhnt habe? Sie konnte jeden Tag frische Lebensmittel genießen und hatte einen Koch, der sie ihr zubereitet hat. Sie hat in einem warmen Bett in großzügigen Turmgemächern geschlafen, ausgestattet mit einer neuen Garderobe und allen erdenklichen Annehmlichkeiten.«

Jack war schon vor dem Blitz kein Fan der Reichen gewesen und mit der Apokalypse hatte sich das wohl kaum geändert.

»Sie hatte jede Menge Zeit zu lesen und zu zeichnen. Und«, Aric beugte sich vor, um Jack direkt in die Augen zu sehen, »sie hat sogar täglich für mich getanzt.«

Der Muskel in Jacks Kiefer zuckte. Er schien genauso wütend zu sein wie damals, als Aric mich zum ersten Mal »seine Frau« nannte. Aber dann riss er sich zusammen: »Das hat sie aber nicht von Anfang an getan. Erst nachdem du ihr deine Flausen in den Kopf gesetzt hast. Das klingt doch nach einem klassischen Fall von Stockholm-Syndrom, findest du nicht?«

»Nun, die Symptome sind tatsächlich erkennbar.«

Arics Ehrlichkeit ließ Jack blinzeln. »Warum erzählst du mir nicht, was du mit ihr gemacht hast, nachdem du sie entführt hast? Evie weigert sich.«

»Wie du willst. Ich habe sie kilometerweit laufen lassen. Barfuß, ohne Mantel, frierend. Sie war gefesselt, sodass sie ihre Stürze nicht abfangen konnte. Außerdem wusste sie die ganze Zeit über nicht, ob und wann ich sie töten würde.« Aric wirkte in keiner Weise stolz, sondern schien vielmehr fest entschlossen, für seine Taten geradezustehen.

Das berührte mich. So sah wahre Aufrichtigkeit aus.

Aber er war noch nicht fertig. »Während sie um dich weinte, habe ich sie ausgelacht und bei jeder Gelegenheit beleidigt. Ihre Kräfte habe ich mit einem Bußgürtel neutralisiert, der ihr Tag und Nacht in den Arm schnitt. Um sich davon zu befreien, musste sie Fauna dazu überreden, ihr mit den Krallen das Fleisch vom Arm zu lösen.«

Bei der Erinnerung an die Schmerzen kribbelten meine Hieroglyphen.

Jacks Augen waren weit aufgerissen. »Am liebsten würde ich dich für das, was du getan hast, sofort bezahlen lassen. Aber wahrscheinlich ist es besser, du redest weiter und verdirbst es dir damit für alle Zeiten mit ihr.«

Aric schien genervt. »Du hast das Wichtigste immer noch nicht verstanden.«

»Und was ist das Wichtigste?«

»Was immer ich ihr auch antue, meine *Ehrlichkeit*

wiegt es wieder auf. Das Einzige, womit die Herrscherin nicht umgehen kann, ist Unaufrichtigkeit – sie muss wissen, wo sie steht. So ist sie seit Anbeginn der Zeiten.«

Er hatte recht. Den Verlust eines Arms konnte ich besser ertragen als Jacks Lügen: »*Keine Geheimnisse. Ich will nur dich.*«

Jack ließ sich nicht beeindrucken. »Ehrlichkeit? Meinst du damit, was du ihr über den Tod ihrer Mutter erzählt hast – völlig aus dem Zusammenhang gerissen? Ich wette, du konntest es gar nicht erwarten, ihr das auf die Nase zu binden.«

»Er hat es mir monatelang nicht erzählt«, mischte ich mich ein. »Erst als ich ihn unter Druck gesetzt habe.«

Aric rückte näher an mich heran. »Wenn ich ihre Mutter umgebracht hätte – und ich hätte es ohne zu zögern getan –, hätte die Herrscherin sofort davon erfahren.« Mit der Stimme eines uralten Mannes fügte er hinzu: »Eine Lüge ist ein Fluch, der auf einen selbst zurückfällt. So viel habe ich in all meinen langen Jahren gelernt, Sterblicher.«

Mir blieb der Mund offen stehen. In diesem Moment wusste ich wieder, weshalb ich mich in Aric verliebt hatte.

Mir schauderte. Wenn er in all seinen langen Jahren doch nur auch gelernt hätte, Frauen nicht dazu zu zwingen, mit ihm zu schlafen.

Als hätte er meine Gedanken gelesen (dabei konnte ich ihn nicht in meinem Kopf spüren), fragte Aric Jack: »Weißt du, warum sie mich in jener Nacht verlassen hat?«

»Um mich zu retten!«

»Ich hatte ihr angeboten, dich zu befreien, falls sie mit mir schliefe. Ich hatte sie unter massiven Druck gesetzt. Aber anstatt sich mir zu ergeben, betäubte sie mich und floh. Wenn du also glaubst, ich könnte diese Frau *jemals* dazu bringen, etwas zu tun, das sie nicht wirklich will, täuschst du dich in ihr ebenso, wie ich es getan habe.«

Jack mahlte mit seinen Backenzähnen. »Und selbst das erzählst du mir?«

»Ich tue nie etwas, zu dem ich nicht auch in aller Öffentlichkeit stehen würde. Eine Tat, zu der man nicht stehen kann, sollte man nicht begehen.«

So wie Mut ein unauslöschlicher Bestandteil von Jacks Persönlichkeit war, strahlte Aric eine angeborene Weisheit aus.

Jack wusste ganz offensichtlich nicht mehr, was er vom Tod halten sollte – eine ungewohnte Situation für den scharfsinnigen Cajun. Aber da Jacks unmittelbare Reaktion auf so etwas in der Regel ungebremste Wut war, sollte ich die Lage wohl ein wenig entschärfen.

»Hört mal, Jungs, können wir nicht einfach unseren Kontrollgang durch das Haus beenden und dann schlafen gehen? Ich bin fix und fertig.«

Offensichtlich klang ich so müde, wie ich war, denn Jack nickte sofort. »*Ouais*, komm mit, *bébé*.«

Am hinteren Ende des Waschkellers befand sich eine Tür. An einem Wandhaken direkt daneben hing ein Schlüsselbund, der aussah wie ein altmodischer Gefängnisschlüsselring.

Jack hob die Armbrust und drückte sämtliche Lichtschalter. »Zurückbleiben.«

Aric zückte ein Schwert und schob mich hinter seinen Rücken.

Jack öffnete die Tür. Die eiskalte Garage war erhellt von grellen Leuchtstofflampen.

Ich lugte hinter Arics Rücken hervor. »Oh mein Gott...«

28

»Das sind ungefähr zwanzig.« Jack ließ die Armbrust sinken.

Lauter halb nackte Männer, die vor Kälte zitterten.

Aric steckte sein Schwert weg. »Sie sind gut festgemacht.« Die Gefangen waren mit Fußfesseln an einzelne Bolzen in der Wand gekettet.

»Gut festgemacht?«, flüsterte ich. »Wollen wir sie denn nicht befreien?«

Beide schüttelten den Kopf. Und schienen sich dann zu ärgern, dass sie einer Meinung waren.

»Nur weil sie von Sklavenhändlern gefangen wurden, heißt das noch lange nicht, dass sie harmlos sind«, sagte Jack. »Es könnten rivalisierende Sklavenhändler sein, Mörder, Vergewaltiger. Und nicht alle Kannibalen haben spitz gefeilte Zähne.«

Mehrere Männer warfen mir beunruhigende Blicke zu. Einer griff sich, während er mich anglotzte, sogar mit der Hand in den Schritt. Igitt!

Für mich waren *gefesselte Menschen* immer *gute Menschen* gewesen, daher auch der unsinnige Impuls, ihnen zu helfen.

Unter den Gefangenen war ein junger Mann, der Jack direkt ansprach: »Ich bin Rodrigo Vasquez. Franklin hat mir eine Nachricht zukommen lassen. Er

sagte, ich würde dich auf dieser Strecke treffen.«
Er hatte dunkle Haare, länger als Gabriels, und dunkelbraune Augen. Süß. War er einer der Netten? »Aber stattdessen bin ich in eine Falle geraten.«

Jack schnappte sich den Schlüsselring und ging zu ihm. »Hast du mir sonst noch etwas mitzuteilen?«

»Sicher.« Rodrigo ratterte eine Reihe Zahlen und Buchstaben herunter.

War das ein Code?

Jack befreite ihn. »Hol dir ein paar Klamotten und deine Ausrüstung. Funk deine Leute an und sag ihnen, dass ich bereit bin, sie zu treffen.« Die Mitverschworenen. Sein Plan funktionierte!

Die Erinnerung an den Traum von Jack war noch ganz frisch, und ich fragte mich, weshalb Matthew mir ausgerechnet diese Vision geschickt hatte. Hatte er mir damit andeuten wollen, dass Jack zu einem Anführer wurde? War es ein Hinweis auf seine Zukunft gewesen? Auf Dinge, die ihm noch bevorstanden?

Kein Mensch war motivierter, etwas aus sich selbst zu machen, als er.

Rodrigo schluckte hörbar, als er vorsichtig an Aric und mir vorbei ins Haus schlich.

Aric seufzte. — *Man sollte meinen, nach zweitausend Jahren hätte ich mich an die verängstigten Blicke gewöhnt.* —

Zu den übrigen Männern sagte Jack: »Solange ihr kooperiert, werden wir keinen von euch töten. Ich stelle euch jetzt ein paar Fragen.«

»Du bist der Jäger!«, rief ein abgemagerter Mann. »Aus dem Cajunland. Ich hab von dir gehört.«

Ein anderer sagte: »Du hast tausend Wiedergänger getötet! Mit bloßen Händen.«

Jack wurde langsam zum Superhelden. Fehlte nur noch ein Fluganzug.

Doch anstatt diesen wilden Gerüchten zu widersprechen, gab er zurück: »Mir war an dem Wochenende ein wenig langweilig.« Eigentlich war Jack kein Aufschneider, aber in diesem Fall war es sicher klug, die Gerüchteküche zu schüren.

»Du bist mit diesen Arkana unterwegs«, sagte ein anderer Mann.

»Ja, hab hier gerade ein ganz frisches Paar bei mir«, erwiderte Jack. »Sie wird bei mir bleiben, er reitet weiter.«

Aric ließ ein zynisches Lachen hören. – *Durchaus beeindruckend, das Selbstvertrauen, das er an den Tag legt.* – Wieder beobachtete der Tod Jacks Vorgehen ganz genau.

»Zurück zu den Fragen«, sagte Jack. »Ist einer von euch Arzt?« Keiner hob die Hand.

»Irgendwelche Elektriker oder Mechaniker? Und versucht nicht, mich zu verarschen. Ich hab genug Ahnung von beidem, um zu merken, wenn ihr mich anlügt.« Jack hatte diese Fachzeitschriften gelesen, um beurteilen zu können, ob jemand nützliche Fertigkeiten besaß. »Kann jemand irgendwas, das in diesen Zeiten hilfreich ist?«

Ein paar hoben die Hand.

»Keine Anwälte«, kläffte Jack. Ein Mann nahm die Hand runter. »Genauso wenig kann ich Autowäscher, Hedgefonds-Manager oder Verkäufer gebrauchen.« Mit einem Zwinkern in meine Richtung fügte er noch hinzu. »Und auch keine verdammten Seelenklempner.«

Es waren keine Hände mehr in der Luft.

»Ich werde euch freilassen, wenn wir weiterreiten. Ein paar von euch sind vielleicht so blöd und spielen mit dem Gedanken, sich an meine *belle fille* hier ranzumachen.« Ein Typ, der mich anglotzte und sich dabei die Lippen leckte, erntete einen bösen Blick. »Sie ist eine Arkana. Ihre Herrscherin. Also eine Art zornige Mutter Natur.«

– Ehre, wem Ehre gebührt. –

Halt die Klappe. Ich hatte schlechte Laune. Obwohl Arics Aufrichtigkeit mich gerührt hatte, litt ich noch unter der wieder aufgefrischten Erinnerung an meine Qualen.

»Sie ist voll von Gift und kann einen Mann mit ihren Ranken in Stücke reißen. Ich habe es mit eigenen Augen gesehen.« Er drehte sich zu mir um. »Zeig ihnen, was du draufhast, Herrscherin.«

Ich zögerte. Bisher hatte ich meine Kräfte nur vor Arkana demonstriert, aber Matthew hatte ja gesagt, wir müssten uns nicht mehr verstecken.

Also ließ ich meine körpereigene Ranke sprießen, ein Rosentrieb. Wie eine Schlange kroch er aus meinem Kragen und legte sich mit nach oben stehenden Blättern wie eine Krone um meinen Kopf. Es war angenehm, die Krone einfach nur so zu tragen.

Den Männern blieb der Mund offen stehen.

In der von Rosenduft geschwängerten Luft hob ich meine violetten Klauen und schlitzte die metallene Tür des Sicherungskastens auf, als wäre sie aus Papier. Sie schnappten nach Luft.

Aric ging kichernd zurück ins Haus, ich folgte ihm.

Im Rausgehen hörte ich noch, wie Jack den Männern erklärte: »Diejenigen unter euch, die auf ihre Eier verzichten können, dürfen gerne ihr Glück bei ihr versuchen. Allen anderen sei gesagt, dass wir in Louisiana einen Zufluchtsort aufbauen werden, den wir New Acadiana nennen. Wir nehmen nur anständige Menschen auf. Wenn ihr dieser Anforderung entsprecht, habt ihr etwas, worauf ihr euch freuen könnt.«

Jack hatte die Garage wieder abgeschlossen und war zu Aric und mir ins Wohnzimmer gekommen. Auch Rodrigo tauchte wieder auf: angezogen, bewaffnet und mit einem Funkgerät ausgerüstet.

Aric schlenderte mit klirrenden Sporen zum Feuer. Mit einer Mischung aus Staunen und Angst im Gesicht starrte Rodrigo ihm hinterher.

Jack schnippte mit den Fingern. »Hey, hast du was Neues gehört?«

»Das Treffen findet heute Nacht statt. Sie schicken einen Truck hierher.« Er trat in einen der frischen

Flecken auf dem Teppich. Um seine Stiefel spritzte das Blut. »Ich gehe raus und weise ihnen den Weg. Voraussichtliche Ankunftszeit 15:00 Uhr.«

»Ich werde mein Mädchen mitbringen«, erklärte ihm Jack.

Aric schüttelte langsam den Kopf. »Glaubst du allen Ernstes, ich werde zulassen, dass du sie von mir wegbringst? Zu einem Treffen mit Soldaten? Deine Jugend scheint dir zu Kopf zu steigen.«

Rodrigo sagte: »Ähm, Voraussetzung für das Treffen ist, dass du unbewaffnet kommst und alleine – ohne Arkana.«

Nachdem der Mann gegangen war, sagte ich zu Jack: »Es gefällt mir nicht, dass du alleine gehst. Schon gar nicht unbewaffnet. Wir reiten dir hinterher.«

»Das Treffen heute Nacht ist wichtig, *peekôn*. Ich weiß, was ich tue. Vertrau mir.«

»Mit anderen Worten, die Herrscherin soll darauf vertrauen, dass du weißt, wem du trauen kannst«, meinte Aric. »Sollten deine Mitverschworenen dich verraten, ist der Überraschungseffekt dahin. Milovníci hat auf deinen Kopf sicher einen Preis ausgesetzt.«

»Hat er. Ich stehe ganz oben auf der Liste des Generals. Und er scheint es ernst zu meinen. Als Belohnung gibt es eine Frau.«

Die Vorstellung, welchen Gefahren Jack ausgesetzt war und dass eine Frau auf so üble Weise benutzt wurde, trieb mir die Klauen aus den Fingern.

»Du hast die Herrscherin nicht nur deshalb gebeten, ihre Kräfte vorzuführen, weil du die Sklavenhändler einschüchtern wolltest«, sagte Aric. »Du benutzt uns, um deine Macht zu vergrößern. Sobald sie frei sind, werden diese Männer Informationen streuen, die dir von Nutzen sind.«

Jack nickte. »Die Soldaten werden vor uns bald mehr Angst haben als vor dem General.«

»Kriege werden in den Köpfen der Menschen gewonnen.« Aric strich sich über seine blonden Bartstoppeln. »Das konnte ich immer und immer wieder miterleben.«

»Den Gerüchten über mich und die Wiedergänger widerspreche ich deshalb nicht, weil die Menschen sie glauben wollen. Sie *müssen* sie glauben.« Es ist eine neue Geschichte, die sie weitererzählen können. »Genauso wie sie daran glauben müssen, dass es da draußen ein Mädchen gibt, das die Erde wieder fruchtbar machen kann, wenn es ihnen gelingt, ihren Zorn zu bändigen.«

»Du machst sie zu einer Naturgöttin, zu einer wandelnden Legende.« Das klang weniger missbilligend als vielmehr nachdenklich.

»*Ouais.* Im Moment möchte ich, dass so viele Menschen wie möglich glauben, dass ich mit dem Leben und dem Tod an meiner Seite durchs Land reite...«

»Aber genau das tust du«, warf Aric dazwischen.

»... und dass die beiden Gehorsam fordern.«

Durch die Fenster fiel Scheinwerferlicht. Jack spähte durch einen Vorhang nach draußen, dann sah er mich an. »Sie sind da. Aber bevor ich gehe, bringe ich dich noch in ein Zimmer.« Er nahm mich bei der Hand und führte mich nach oben. Über die Schulter erklärte er Aric: »Ich richte ihr oben ein Zimmer her – für sie *alleine*.«

Oben angelangt steuerte Jack auf eines der hinteren Schlafzimmer zu. Eine blaue Tapete mit Rennwagen zierte die Wände. »Schließ die Tür ab, und bleib hier drin, bis ich zurück bin. Versuch, ein wenig zu schlafen.«

»Es muss ja extrem wichtig sein, wenn du mich hier mit Aric alleine lässt?«

»*J'ai les mains amarrées.*« Mir sind die Hände gebunden. »Es steht sehr viel auf dem Spiel. Wäre es nicht für dieses Treffen, würde ich dich niemals alleine lassen. Dir vertraue ich. Aber ihm? Gevatter Tod ist alles zuzutrauen.«

»Es macht mich nervös, dass du alleine gehst.«

»*Tracasse-toi pas pour moi.*« Mach dir um mich keine Sorgen. »Und du? Fühlst du dich mit ihm hier sicher?«

Ich nahm Rucksack und Mantel ab und warf beides aufs Bett. »Du hast doch gesehen, wie er kämpft.«

»Nein, ich meine, ob du dich *vor* ihm sicher fühlst? Er wird dich doch nicht wieder kidnappen?«

»Das kann er nicht – und er wird es auch nicht tun. Erinnerst du dich, was ich mit der Pestkolonie gemacht habe?« Wie könnte man das so schnell vergessen?

Jack atmete auf. »Versprich mir, dass du dir von ihm kein schlechtes Gewissen einreden lässt. Wir beide werden zusammen sein, Evie. Tu mir ... tu mir einfach nicht mehr weh.«

Mit anderen Worten, mach keine Dummheiten mit Aric. »Ich habe mich noch nicht entschieden. Und bis es so weit ist, werde ich gar nichts tun ... mit niemandem.«

»Heißt das, der Bastard ist noch im Rennen?« Jack fuhr sich mit der Hand übers Gesicht. »Sag das nicht.«

»Ich kann unsere gemeinsame Vergangenheit nicht leugnen.« Und auch nicht die Arkana-Verbundenheit, die zwischen uns besteht.

Der Truckfahrer hupte ungeduldig. Hatte er keine Angst, Wiedergänger anzulocken?

»Ich muss gehen. Wir klären das später.« Zögernd trennte er sich von seinem Überlebensrucksack, legte die Armbrust aufs Bett und nahm die Pistolen aus dem Halfter. Immerhin behielt er die kugelsichere Weste an. »Hier, behalte den Empfänger.«

Er reichte mir ein Funkgerät. »Den zweiten nehme ich mit, dann kannst du mich jederzeit anfunken.«

Ich klemmte das Gerät an die Tasche meiner Jeans. »*Reviens sain et sauve. T'entends?*« Komm wohlbehalten zu mir zurück. Verstanden?

Dass ich Französisch sprach, verwirrte ihn. Als

könnte er den Impuls nicht unterdrücken, griff er mir in den Nacken und gab mir einen Kuss. Kurz. Heiß.

Noch bevor ich zurückweichen konnte, ließ er mich wieder los. »Ich will nicht gehen. Wenn diese Nacht hier vorüber ist, werde ich dich nie wieder alleine lassen.« Während er aus dem Zimmer ging, murmelte er noch einmal: »Tu mir nicht weh, *bébé*.«

Jack ging die Treppe hinunter, und ich hörte Aric noch sagen: »Sei versichert, Sterblicher, dass ich sie beschützen – und warm halten – werde.«

»Meine Knarre. Dein Schädel. Denk drüber nach.« Die Haustür wurde geöffnet.

Und fiel wieder zu.

Ich schloss mich ein und ging zum Fenster. Draußen wartete ein Konvoitruck der Armee, an dessen Seiten zwei Soldaten mit Maschinengewehren hingen. Begleitschützen, die bereit waren, alles abzuknallen, was sich dem Fahrzeug näherte.

Worauf hatte Jack sich da nur eingelassen? Mit zurückgezogenen Schultern schritt er an den aufgereihten Leichen vorüber. Dann öffnete er mit einer übertriebenen Geste zuerst die eine Seite seiner Jacke, dann die andere. Demonstrierte er ihnen, dass er keine Waffen trug?

Er kletterte in die Fahrerkabine und sah dabei zum Fenster hoch. Mit einem Nicken verabschiedete er sich von mir. Ich sah dem Truck hinterher, bis der Nebel die Rücklichter endgültig verschluckte.

Wie sollte ich mir keine Sorgen um ihn machen? Mal ganz abgesehen von meiner anhaltenden Angst um Selena und Matthew. Ich hätte mich gerne bei Matthew gemeldet, um zu hören, wie es ihm ging. Aber wenn er eine Pause von mir brauchte, würde ich das respektieren.

Ich öffnete meinen Rucksack, holte den Schlafsack hervor und rollte ihn entlang der Wand aus. Gerade überlegte ich, was Aric wohl machte, als er mich von unten rief.

»Komm zu mir, Herrscherin.« Fast konnte ich das Grinsen aus seiner Stimme heraushören. »Warum sich gegen die Versuchung sträuben?«

Ich war neugierig. Aber es wäre ein Fehler gewesen, jetzt zu ihm zu gehen. Ließ er seinen Charme spielen, war er die Verführung in Person. Das letzte Mal, als wir alleine waren, hatte er mich ehrfurchtsvoll berührt und dabei gemurmelt: *Was ich empfinde, muss reines Glück sein.*

»Ich geh schlafen«, schrie ich zurück.

»Dein Pech ...«

Ich atmete tief durch. Ach, was soll's.

29

Aric wartete unten an der Treppe auf mich. Die breiten Schultern gestrafft, das blonde Haar noch feucht. Im Schein des Feuers funkelten die blonden Bartstoppeln auf seinem markanten Gesicht wie Gold.

Er sah einfach zu gut aus, um wahr zu sein.

»Wir befinden uns in einem Haus mit Strom und Lebensmitteln. Schlägst du all diese Annehmlichkeiten aus, wird sie jemand genießen, der sie weniger verdient als du.« Er hatte den Helm unter den Arm geklemmt und sich seine lederne Satteltasche über die Schulter geworfen. Seine Variante eines Überlebensrucksacks. Was ein Mann wie er wohl dabeihatte?

Den eigenen Rucksack in der Hand, ging ich zu ihm hinunter. »Was schlägst du vor?«

»Wie wäre es mit einem warmen Essen? Komm schon, *Sievā*. Du musst ein wenig mehr essen, sonst kannst du unmöglich weiterreiten wie bisher.«

Bei der Vorstellung, noch einen dieser grässlichen Energieriegel hinunterzuwürgen, wurde mir übel. Und die Speisekammer hier war frisch gefüllt.

»Danach könntest du lange und heiß duschen.« Als ich zögerte, streifte Aric den Panzerhandschuh ab, legte mir die Hand auf den unteren Rücken und schob mich in die Küche. Bevor er mich losließ, spürte ich noch den sanften Druck seiner Fingerspitzen. Als würde es ihn Kraft kosten, die Hand von mir zu nehmen.

»Lass uns ein Festmahl zubereiten.« Er legte Schwerter, Handschuhe und Helm auf den Küchentresen, die Satteltasche landete auf dem Boden.

Dann streckte er die Hand nach meinem Rucksack aus, aber ich war mir noch nicht sicher, ob ich bleiben sollte. »Du willst im Haus eines Sklavenhändlers den Herd anwerfen und kochen?«

»So ist es.« Seine bernsteinfarbenen Augen funkelten übermütig. »Und sollten wir von der Arbeit durstig werden...« Mit der Spitze seines gepanzerten Stiefels öffnete er den Kühlschrank und zeigte mir einen Zwölferpack Bier. »Natürlich ist dieses Getränk nicht ganz so belebend wie der Wodka, den wir für gewöhnlich zusammen genießen, aber es wird seinen Zweck erfüllen.«

»Könnten nicht noch mehr Sklavenhändler auftauchen? Trotz der Leichen vor der Tür? Was, wenn die Männer in der Garage sich befreien? Oder Wiedergänger auftauchen? Wir leben im Zeitalter nach dem Blitz, wir haben allen Grund zur Sorge.«

»Sollte ich eine nahende Gefahr aus irgendeinem Grund nicht hören, ist Thanatos gleich hinter dem Haus. Und der verteidigt sein Revier.« Ja, und das war noch milde ausgedrückt.

Ich ging in die Speisekammer. Zwischen all den

Leckereien stand auch ein Glas Maraschinokirschen. Genau so eins hatte ich mit Jack bei Selena gefunden.

Jedes Mal, wenn ich mit Aric zusammen war, musste ich an Jack denken. Und umgekehrt. Vermutlich würde ich aus dieser Zwickmühle nie wieder herauskommen. Entschied ich mich für einen der beiden, würde mir der andere für immer im Kopf herumspuken.

Was immer ich auch tat, ich würde leiden. Der Gedanke deprimierte mich ...

Meine Nahrungssuche endete bei einer Familienpackung Lasagne im Gefrierschrank. Die Verpackung war noch nicht einmal vereist. Kein Feinschmeckermenü, aber eine warme Mahlzeit mit viel Käse.

Spiel, Satz und Sieg. Ich legte den Rucksack ab. »Also gut, essen wir. Aber nur, damit kein anderer die Lasagne bekommt.« Ich stopfte die Packung in die Mikrowelle und setzte mich mit einem Hopser auf den Küchentresen, das Funkgerät in Reichweite.

Aric öffnete – mit der Faust – zwei Bierflaschen und reichte mir eine.

Gründe, meine Sorgen zu ertränken, hatte ich mehr als genug: Womöglich würde ich bald sterben und mein Seelenzustand grenzte an völlige Verwirrung. *Also was soll's.*

Aric lehnte sich mit seinen breiten Schultern lässig in den Türrahmen. Er war so groß, dass er die Öffnung nahezu ausfüllte. »*Uz veselibu.*«

»Was bedeutet das?«

»Prost.« Wir nahmen beide einen Schluck. »Das Treffen muss dem Sterblichen sehr wichtig sein, wenn er uns beide hier alleine lässt.«

»Jack vertraut mir.«

»Könntest du ihm doch nur ebenfalls vertrauen.«

Ich sah ihn böse an. »Warum musst du ihn immerzu verspotten?«

»Weil er mir immerzu Anlass dazu gibt.« Er nahm einen langen Zug aus der Flasche.

»Du bezeichnest ihn als Säufer, dabei trinken wir gerade genauso. Dir ist dein Wodka doch auch heilig.«

»Aber ich habe keinen Liter davon im Gepäck.«

»Nein. Dafür hast du jahrhundertelang Opium geraucht.«

Seine Mundwinkel wanderten nach oben. »Man sollte dir einfach nichts anvertrauen.«

»Zum Beispiel wer meine Erbfeinde sind?«

Sein Grinsen wurde breiter. »Lässt du mir denn gar nichts durchgehen, meine Liebe?«

»Noch vor wenigen Tagen war Jack ein Gefangener der Liebenden. Ich weiß nicht, was sie ihm angetan haben, aber er hat auch ohne deine bösen Sticheleien sicher genug gelitten.«

Das Grinsen verschwand. »Ich zahle es ihm nur mit derselben Münze heim.«

»Versetz dich doch mal in seine Lage. Ein Mann, dessen Berührung tödlich ist, sucht sich sein Mädchen aus, um es telepathisch zu quälen. Es hat nicht die leiseste Ahnung, warum. Dann entführt der Mann das Mädchen. Gewaltsam. Wie würdest du denn reagieren, wenn jemand so etwas mit mir machen würde?«

Sein Gesicht verriet mir alles.

»Du bist so viel älter als er. Solltest du da nicht auch reifer sein?«

»Reif? Du weißt, dass mein Körper zwischen den Spielen nicht altert. Vielleicht gilt das ja auch für meinen Verstand.«

»Wie meinst du das?«

»Ich verfalle in eine Art geistige Starre.« Sein Blick ging an mir vorbei. »Die Jahrhunderte zwischen den Spielen fühlen sich an wie ein langer Traum. Die Spiele selbst hingegen gleichen einem kurzen Erwachen in der Nacht – voller Tücken und Gefahren. Danach sinke ich wieder in den Schlaf.«

Großer Gott, ein solches Dasein musste schrecklich sein. Und dann tauchte alle paar Jahrhunderte auch noch ich auf und machte ihm das Leben zur Hölle. Ich genehmigte mir einen ausgiebigen Schluck Bier.

Trotzdem konnte und *wollte* ich mich nicht länger für die Untaten meiner Inkarnationen schuldig fühlen. »Was du erleben musstest, tut mir leid, Aric. Ich wünschte, es wäre dir erspart geblieben. Ich wünschte, *ich* wäre dir erspart geblieben. Aber ich werde für die Taten vergangener Spiele nicht länger bezahlen.«

»Ist das wirklich so?« Aric kehrte aus seiner eigenen Gedankenwelt zurück.

»Als wir das erste Mal aufeinandertrafen, hast du mich mit dem Schwert aufgespießt. Also hast eigentlich du angefangen. Und hast du mich damals etwa gefragt, ob ich dich heiraten möchte? Nein, du hast es mir befohlen. Im Grunde habe ich es dir nur mit deinen eigenen Mitteln heimgezahlt.«

»Dein Standpunkt leuchtet mir ein.«

Damit hatte ich nicht gerechnet.

»Lass uns von vorne beginnen, Herrscherin.«

Ich zögerte. Dann sagte ich leise über den Hals meiner Flasche hinweg: »Ich habe mich noch nicht entschieden.«

»Der Sterbliche kann niemals so gut für dich sorgen wie ich.« Er klang verärgert. »Ich biete dir ein echtes Zuhause. Glaubt er denn, du willst in diesem schlammigen Fort leben?«

»Er hat vor, Haven House wieder für mich aufzubauen«, verteidigte ich Jack.

Wut blitzte in Arics Gesicht auf. Doch genauso schnell wie alles andere hatte er auch seine Gefühle wieder im Griff. Sie brodelten lediglich unter der Oberfläche. »Was immer du dir auch wünschst, du musst es mir nur sagen und schon hast du es. Das wirst du bald sehen.«

Ich schluckte. Meinte er damit das Geschenk, von dem er gesprochen hatte? Das Ass, das noch in seinem

Ärmel steckte? Ich hatte fast Angst davor, zu erfahren, was es war.

Was, wenn Aric das Spiel einfach so beenden konnte? Wenn er die Maschine in die Luft jagte?

»Niemals wird Deveaux dich so gut verstehen wie ich, wie ein Arkana.« Aric reichte mir noch ein Bier. Das erste hatte ich leer getrunken.

»Vielleicht nicht. Aber uns verbinden andere Dinge.« Ich dachte an das Haarband, das er mir gegeben hatte und das jetzt in meiner Tasche steckte. An die gemeinsame Sehnsucht nach unserer Heimat.

»So wie uns. Wir sind *verheiratet*.« Aric setzte die Flasche ab und stellte sich direkt vor mich. »In meinen Augen gehörst du mir. Jeden Tag muss ich mich unzählige Male zusammenreißen, um meine Frau nicht zu berühren.« Gleich würden seine Augen anfangen zu glühen. In diesem Zustand erinnerten sie mich weniger an Sterne als vielmehr an einen Sonnenaufgang.

Würde ich irgendwann vergessen, wie ein Sonnenaufgang aussah?

Sein ritterlicher Geruch stieg mir in die Nase: Regen, Stahl, Männlichkeit. Ich hatte Schmetterlinge im Bauch. Ohne Rüstung roch er nach Pinie und Sandelholz.

Er presste die Hüfte zwischen meine Knie, unsere Gesichter waren nur Zentimeter voneinander entfernt. »Wenn du wüsstest, was in mir vorgeht ... Da ist dieses nie gekannte Gefühl, das ich in zweitausend Jahren nicht einmal erfahren durfte.«

Ich schluckte, unsicher, ob ich wirklich hören wollte, was er gleich sagen würde.

Seine Augen wurden heller und heller, bis sie strahlten. »Ich liebe dich«, raunte er. Der unwiderstehliche Tod. »Und du erwiderst meine Liebe.«

Mein Blick war auf seinen Mund geheftet. Mir fiel wieder ein, wie ich diese kleine Vertiefung in seiner Unterlippe geküsst hatte. »Wie kommst du darauf?« Meine Stimme klang weit entfernt.

»Die unerbittliche Herrscherin hat für meinen Schutz gesorgt, bevor sie unser Zuhause verlassen hat. Diese Fürsorge hat mir viel verraten.« Stolz spiegelte sich in seinem Gesicht. »Welcher Feind, dachtest du, könnte zu mir gelangen, meine Liebe?«

Ich war völlig durcheinander. »Ich weiß es nicht, okay? Du hast gesagt, alle hätten es auf dich abgesehen.«

Wie zur Belohnung drückte er mir einen Kuss auf die Stirn. Dann schenkte er mir ein echtes Lächeln. Kein überhebliches Grinsen und auch kein verzerrtes Halblächeln. Es war ein Lächeln, wie ich es bisher nur wenige Male gesehen hatte.

Und es war *umwerfend*.

Ich zitterte innerlich. »Gib's zu: Als du nach meinem Giftkuss das Gegengift gesucht hast, hast du gedacht, ich hätte dir eine tödliche Dosis verpasst.«

»Ich gestehe es. Aber als ich wieder erwachte, habe ich mich für mein Zweifeln geschämt.«

»Geschämt? Du hast dich *geschämt*? Du hast mir das Herz gebrochen in jener Nacht! Du hast nicht einmal bemerkt, wie sehr du mich verletzt hast – oder es war dir egal!«

»Da ich feststellen musste, dass du über deine Schwärmerei für den Sterblichen noch nicht hinweg warst, wollte ich dich … testen.« Auf dem Leichenhügel hatte er mich auch *getestet*! »Ich musste wissen, ob du für mich ebenso starke Gefühle hegst wie für ihn.«

»Und wenn ich mich auf deinen Handel eingelassen hätte?«

Seine Lippen öffneten sich, als stellte er sich genau das gerade vor. »Ich kann zwar selbst nicht glauben, was ich nun sagen werde, aber ich bin froh, dass du es nicht getan hast. Du würdest mich dafür hassen, hast du gesagt. Damals habe ich dir nicht geglaubt, aber heute schon. Ich hätte dich niemals in eine solche Situation bringen dürfen.«

»Mich testen zu wollen ist keine Entschuldigung für das, was du getan hast. Nötigung ist kein Spaß.«

Er wich zurück und fuhr sich mit den Fingern durchs Haar. »Dann zeig mir, was dir gefällt! Ich habe keinerlei Erfahrung mit Frauen. Aber ich lerne schnell, das weißt du. Ich kann lernen, so zu sein, wie du es möchtest.«

»Ich glaube nicht, dass man das lernen kann. Es ist Teil deines Wesens, Teil deiner selbst.«

»Meine Erziehung und meine Vergangenheit haben mich geformt, aber ich entwickle mich ständig weiter. Mit jedem Spiel habe ich mich einem neuen Zeitalter angepasst.«

Zeitalter? Wie hatte er das nur ertragen? Wenn er so nah bei mir stand, war sein Verlangen fast greifbar. Ich konnte die herzzerreißende Einsamkeit, die ihn quälte, regelrecht spüren.

Ich sah ihn wieder in dem Mausoleum, das er sein Zuhause nannte, inmitten seiner leblosen Sammlerstücke. Er hütete diese Relikte aus der Vergangenheit wie einen Schatz, weil sie alles waren, was er hatte. Und je haben würde.

»Selbstlosigkeit ist wahrscheinlich einfach nicht dein Ding, Aric. Bei dir ist selbst der Sex an Bedingungen geknüpft. Was wäre passiert, wenn ich nicht bemerkt hätte, dass du kein Kondom hattest?« Beim Gedanken daran wallte Wut in mir auf. »Du wolltest mich reinlegen – *du* wolltest *mich* betrügen.«

Er hob die blonden Brauen. »Ich hatte keine bösen Absichten, *Sievā*. Ich wollte dich nicht betrügen.«

»Du hattest meine gesamte Zukunft schon verplant – einschließlich Schwangerschaft. Nur dass du mir nichts davon gesagt hast.«

Er stellte sich wieder vor mich und stützte sich rechts und links meiner Hüfte mit den Händen auf dem Tresen ab. »Aber so laufen die Dinge zwischen Männern und Frauen doch schon seit Tausenden von Jahren. Damals dachte ich, sollten wir mit einem Kind gesegnet werden, wäre das umso besser.«

Seine Vorstellungen von Ehe und Familie stammten tatsächlich aus einem anderen Zeitalter.

Er schluckte. »Du wirfst mir Berechnung vor. Dabei solltest du wissen, dass ich auf diesem Gebiet viel zu wenig Erfahrung habe, um berechnend zu sein.« Seine Wangen waren gerötet. »Als ich dich zum ersten Mal nackt in meinem Bett sah, konnte ich kaum sprechen – wie hätte ich da noch hinterhältige Pläne schmieden sollen?«

Plötzlich war meine Wut verflogen. »Ich glaube dir«, seufzte ich.

Mit einer Hand stützte er sich hinter mir an der Wand ab, die andere legte er auf meine Wange. »Dann ist der Anfang gemacht. Wir werden lernen, uns gegenseitig zu vertrauen.«

Etwas Ähnliches hatte Jack auch gesagt. Mein Blick wanderte zur Tür.

Aric ließ die Hand sinken. »Ich bewundere deine Loyalität. Und ich verfluche sie. Ohne sie würdest du mir gehören. Wir lägen in unserem gemeinsamen Bett und würden uns dem ersten Kuss einer langen Nacht hingeben.«

Ich legte Aric die Hände auf die gepanzerte Brust und drückte ihn von mir weg. Auf seiner Furcht einflößenden Rüstung wirkten sie blass und zerbrechlich. Wie oft hatte ich meine Klauen in einem verzweifelten Kampf schon in diesen Panzer geschlagen?

Nach einer Weile wich er zurück. »Der Sterbliche hat noch eine andere, die ihm wichtig genug ist, für sie sein Leben zu riskieren.« Er setzte sich an den Tisch.

»Jack liebt Selena nicht.«

»Aber vielleicht könnte er es, wenn du ihm Grund dazu gibst. Lass ihn gehen. Gib den beiden deinen Segen.«

Allein der Gedanke versetzte meinem Herzen einen Stich. Würde Jack die *Gelegenheit* doch ergreifen, wenn er sie noch einmal hätte? Oder vielleicht später einmal?

»Es wird anders werden, wenn du wieder mit mir nach Hause kommst. Ich werde dir alles über das Spiel beibringen. Wir werden die Geschichten und Chroniken, die ich gesammelt habe, gemeinsam erforschen. Und ich werde dich mehr über deine übernatürlichen Kräfte lehren.«

»Wäre der Unterricht nur *theoretisch*?«

Er deutete auf seine Schwerter. »Ich kann dir zeigen, wie man ein Schwert führt. Aber du bist noch nicht kräftig genug, es zu halten. Du hast noch keine Übung. Wie groß, glaubst du, wären deine Chancen, damit einen echten Kampf zu gewinnen?«

»Du bist nicht meine einzige Arkana-Quelle. Ich

kann mir Hilfe bei meiner Großmutter holen. Und bei Matthew. Er verlangt keine Gegenleistungen von mir.«

Sorge durchzuckte Arics Gesicht. »Er *muss* sich ausruhen, Herrscherin.«

Beim eindringlichen Klang seiner Stimme wurde mir unbehaglich ...

Ich zuckte zusammen. Die Mikrowelle hatte angefangen zu piepsen.

Bevor ich auch nur blinzeln konnte, war Aric da und reichte mir die Hand. Zuerst erwartete er von mir, dass ich mich alleine gegen blutrünstige Zombies verteidigte, und dann half er mir von einem Küchentresen?

»Wie kann ich mich nützlich machen?«

»Such zwei Teller und Gabeln.«

Nachdem wir uns zum Essen an den Tisch gesetzt hatten, sagte ich: »Das entspricht wahrscheinlich nicht ganz dem, was du gewohnt bist.«

»Nun, die Gesellschaft ist so erbaulich, dass auch das Mahl zum Genuss wird.«

»Galant bist du, das muss man dir lassen.«

»*Labu apetīti*. Guten Appetit.« Er schob sich einen Bissen in den Mund. »Das ist überraschend wohlschmeckend.«

»Das sagst du nur so.« Ich probierte meine Lasagne und riss die Augen auf. »Das schmeckt wirklich gut.«

Sein genüssliches Grinsen, das warme Essen und das

kalte Bier ließen mich etwas entspannen. Als ich nichts mehr auf dem Teller hatte, war ich nicht nur satt, sondern auch angenehm beschwipst.

»Ich wittere da ein paar Fragen.« Aric schien genauso entspannt wie ich. »Heraus damit!«

Vor einiger Zeit hatte er gemeint, ich hätte in diesem Leben schon mehr Fragen gestellt als in allen anderen zusammen.

»Warum hat Matthew dich *Tredici* genannt? Ist das dein Familienname?« Ich kannte nicht einmal Arics Nachnamen. Aber bis ich seinen Vornamen herausgefunden hatte, hatte es ja auch drei Monate gedauert.

»*Tredici* ist Italienisch und bedeutet *Dreizehn*. Es ist die Zahl auf meiner Karte. Ich glaube, der Narr stammt ursprünglich aus Italien.«

Matthew hatte sich als »Matthew Mat Zero Matto« vorgestellt. *Il Matto* war Italienisch für *Der Narr*.

Noch während ich diese neue Information abspeicherte, fügte Aric hinzu: »Mein Familienname – und auch deiner – ist Domīnija.«

Unwillkürlich probierte ich den Namen im Kopf aus: Evangeline Greene Domīnija. Ein ziemlicher Zungenbrecher.

Aber darüber wollte ich gerade nicht mit ihm diskutieren. »Verrätst du mir, warum Matthew dir einen Gefallen schuldet?«

»Ich habe ein Geheimnis für ihn gehütet.«

Erfuhr ich nun endlich, was die beiden verband?

»Und welches?«

»Würde ich es dir verraten, wäre es kein Geheimnis mehr.«

»Aber er hat dich doch hintergangen.«

Aric grinste. »Trotzdem verrate ich es dir nicht.«

Sackgasse.

Er stand auf, um mehr Bier zu holen. »Wie habe ich in vergangenen Spielen geheißen?«

Zögernd kam er zurück. »Diese Namen, als ich sie damals ausgesprochen habe ... ich ...« Er verstummte. Nach einer kurzen Pause sagte er: »Ich möchte lieber nicht darüber sprechen.« Ging ihm das nach so langer Zeit immer noch so nah?

Aric setzte sich wieder und öffnete die Flaschen.

Ich betrachtete seine Hand mit den vier kleinen Malen der getöteten Arkana: ein weißer Stern, eine dunkelblaue Waage, zwei schwarze Hörner und ein goldener Kelch. »Spürst du manchmal die Hitze des Gefechts?«

»Früher habe ich sie gespürt. Seit ich dich kenne, habe ich gelernt, sie zu kontrollieren.« Er schielte nach meinen Malen: eine Laterne und zwei erhobene Finger. »Der Narr sagte mir, du siehst deine Herrscherinnennatur als separate Existenz. Als *rote Hexe*.«

»Das hat er dir erzählt?« Wie peinlich! Aric musste mich ja für schizophren halten. Jack wusste es auch, aber nur weil er sich die Kassette mit meiner Lebensgeschichte angehört hatte.

Aric zuckte die gepanzerten Schultern. »Seit dem Blitz konnte ich immer wieder beobachten, wie du deine Herrscherinnennatur unterdrückst. Ich war neugierig, wie dir das gelang.«

»Jack hilft mir dabei.«

Arics Lippen wurden schmal. »Als du mir die Klauen in die Haut gegraben hast, ohne dein Gift zu injizieren, war Jack nicht in der Nähe. Diese *rote Hexe* hatte dir doch sicher eingeflüstert, meine Wehrlosigkeit zu nutzen und mich zu töten? Stattdessen hast du mich verschont.«

»Das stimmt«, gab ich zu. »Die Hexe ist verrückt nach neuen Malen, aber ich konnte sie in ihre Schranken weisen. Als ich Matthew davon erzählt habe, wollte er wissen, ob ich sie auch *heraufbeschwören* kann.«

»Du konntest die rote Hexe nur deshalb zügeln, weil du ihr noch nie freien Lauf gelassen hast. Du musst lernen, auch das zu tun.«

»Wie bitte? Ich hör wohl nicht recht! Ich hab eine Mine voller Kannibalen vergiftet und meine Ranken haben das Haus des Alchemisten zerdrückt wie ein rohes Ei.«

»Aber du hast dafür nur einen Bruchteil deiner Kräfte eingesetzt.«

Ich hatte immer Angst davor gehabt, mich endgültig in die Herrscherin zu verwandeln – und dann vielleicht nie wieder Evie sein zu können. Und nun, wo ich die Hexe endlich etwas besser unter Kontrolle hatte, wollten Aric und Matthew ihre ganze Macht sehen? »Mal angenommen, ich lasse sie los. Was würdest du tun, wenn sie dich töten wollte?«

»Ich würde mich nicht wehren. Damit du lernst, sie jederzeit wieder an die Zügel zu nehmen.«

»Das ist viel zu gefährlich.« In meinem ersten Kampf gegen den Tod hatte ich die Hexe losgelassen. *Ich bin die rote Hexe!*, hatte ich mir eingeredet. *Ich werde dieses Spiel gewinnen!* Doch ein Sieg der Hexe würde bedeuten, dass alle meine Freunde sterben müssten.

»Bisher bin ich auch so ganz gut klargekommen.«

»Einige der noch verbliebenen Arkana verfügen über unsagbare Kräfte. Willst du überleben, wirst du die Hexe heraufbeschwören müssen – so wie die Wiedergänger all ihre Kraft zusammengenommen haben, um sich aus dem Schlamm zu erheben.«

»Es sei denn, ich beende das Spiel.«

»Manche von ihnen werden dich in jedem Fall angreifen.«

»Der Herrscher zum Beispiel?«

Allein die Erwähnung dieser Karte genügte, dass Arics Augen sich verdunkelten und zu kalter Glut wurden.

»Was ist zwischen euch vorgefallen?«

»Dieses Thema ist zu unerfreulich und anstrengend für unseren gemeinsamen Abend.« Er nahm einen ausgiebigen Schluck. »Erzähl mir von deiner Großmutter.«

Seine Miene war so ernst, dass ich auf den Themenwechsel einging. Vorerst. »So lange, wie du dich schon in meine Gedanken schleichst, weißt du doch mindestens genauso viel über sie wie ich.«

»Ich war nicht ständig in deinem Kopf. Ich hatte auch noch ein eigenes Leben, um das ich mich kümmern musste. Soweit man von Leben sprechen kann.«

Seine Worte ließen mir das Herz schwer werden. Um meinen Kummer zu überspielen, nahm ich noch einen Schluck Bier. »Ich kann mich nicht sehr gut an sie erinnern. In mancherlei Hinsicht wiedersprechen sich meine Erinnerungen sogar.«

»Wie das?«

»Wenn ich an sie denke, erscheint sie mir freundlich und liebevoll, und dann fällt mir plötzlich wieder ein, wie sie von mir verlangt hat, ›böse‹ zu sein.« Was, wenn sie mich dazu überreden wollte, andere Karten auszuschalten? Meine Freunde?

Oder sogar Aric?

Vielleicht waren Arkana von Natur aus gar nicht böse, sondern wurden von ihren Chronisten und Verwandten dazu erzogen. »Jedenfalls habe ich meiner Mutter versprochen, sie zu suchen. Und das werde ich auch tun.«

»Ich helfe dir. Du kennst mein besonderes Talent, Dinge aufzuspüren – gleichgültig, ob es sich dabei um Ballettschuhe oder die Großmutter meiner Frau handelt.«

»Ja. Trotzdem halte ich das für keine so gute Idee. Wenn mich als Kind der Anblick deiner Karte traurig machte, wurde sie immer furchtbar wütend auf mich.«

»Du vergisst, wie charmant ich sein kann.«

Wie könnte ich das vergessen? »Als ich Matthew einmal fragte, ob du mich davon abhältst, meine Gran zu finden, meinte er nur, das Thema langweile dich. Und dass du, im Gegensatz zu mir, nicht an sie glaubst. Warum willst du mir also helfen?« Ich trank mein Bier aus.

Blitzschnell stellte Aric die nächste Runde auf den Tisch. »Als Tarasova weiß sie sehr viel.«

»Du hast meine Frage nicht beantwortet.«

»Es ist unwichtig, ob ich glaube, dass sie der Schlüssel zum Ende des Spiels ist. Du glaubst es – und ich glaube an dich.«

Ganz der galante, durchtriebene Ritter. »Was ist der Unterschied zwischen einer Tarasova und einem Chronisten?« Worin unterschied Gran sich von Gabriels Familie?

»Chronisten sind Geschichtsschreiber und Führer. Von den Tarasova hingegen behaupten manche, sie hätten das zweite Gesicht. Andere halten sie für kleine Arkana.«

Als ich Gran das letzte Mal gesehen hatte, hatte sie mit einem Glitzern in den dunkelbraunen Augen zu mir gesagt: »*Du wirst sie alle töten.*«

Mir schauderte.

»*Sievä?*«

Ich wechselte das Thema. »Erzählst du mir etwas über deine Kindheit, nun, da du beschlossen hast, mir zu vertrauen?«

Er senkte den Kopf. »Du weißt, dass mein Vater ein Kriegsherr war. Aber nicht nur das. Er war auch ein geachteter Gelehrter. Und so erzog er auch mich dazu, beides zu sein. Jeden Tag erhielt ich praktischen Unterricht in Kampftechnik, dann war Lesen an der Reihe und nach dem Abendessen führten wir Debatten.« Aric pulte am Etikett seiner Bierflasche und strich es mit seinen eleganten Fingern wieder glatt. »Es übersteigt meine Vorstellungskraft, was mein Vater von den heutigen Errungenschaften der Menschheit gehalten hätte. Zu seiner Zeit glaubte man noch, die Erde sei eine Scheibe.«

Und Aric war in dieser Zeit aufgewachsen. Wie hatte ich da erwarten können, dass er sich mir gegenüber wie ein moderner Mann verhielt? Seine Anpassungsfähigkeit war auch so schon erstaunlich genug. »Was für ein Mensch war deine Mutter?«

»Sie war fröhlich, hat immer gelacht. Mein Vater und sie wünschten sich nichts sehnlicher als ein zweites Kind. Im Spaß gaben sie immer mir die Schuld daran, dass es nicht dazu kam: ›Wärst du nicht ein so wunderbarer Sohn…‹ Ich hätte keine besseren Eltern haben können.«

»Sie fehlen dir.« Nach so langer Zeit?

»An jedem einzelnen meiner unzähligen Tage.«

Was sollte ich dazu sagen? Alles, was mir einfiel, klang abgedroschen.

Stille senkte sich über uns.

Aric nippte gedankenverloren an seinem Bier. Sicher dachte er an die Nacht zurück, in der er sie getötet hatte ...

30

Ich stand im oberen Badezimmer unter der Dusche und ließ das heiße Wasser über meinen Körper strömen, doch mein Schwips ließ sich leider nicht abwaschen.

Und meine Verwirrung auch nicht.

Jack war nach dem Abendessen noch nicht wieder aufgetaucht und die Sorge um ihn hatte mir keine Ruhe gelassen. Ich hatte mir meinen Rucksack geschnappt und Aric eine gute Nacht gewünscht.

Als ich schon fast aus der Küche war, hatte er noch gefragt: »Weißt du noch, wie du gesagt hast, ich wäre in diesem Spiel nur deshalb so gut, weil ich sonst nichts hätte?« Die Traurigkeit in seiner Stimme hatte mich innehalten lassen. »Du hattest recht, auch wenn ich es nicht wahrhaben wollte. Damals nicht. Und heute nicht.«

Ich hatte Aric schon zornig erlebt, fröhlich, entschlossen, gequält und leidenschaftlich, aber diese sanfte Traurigkeit war mir neu gewesen.

Und dann hatte er noch ganz leise hinzugefügt: »Nur um dich zu besitzen, bin ich bereit, mich gegen den Willen der Götter und die Macht des Schicksals aufzulehnen. Aber ein einzelner Sterblicher verstellt mir den Weg.«

Ich hatte die Schultern gestrafft und war geflohen.

Nun fuhr ich mir unter dem heißen Wasserstrahl mit den Fingern über die Lippen. Meine Gefühle waren ein einziges Chaos, doch mein Körper wusste genau, was er wollte. Ich begehrte sie beide: Aric *und* Jack.

Ich vergötterte Jacks rohe Leidenschaft und sehnte mich nach Arics überbordender Stärke.

Beide hatten mir Lust – und Leid – beschert ...

Nach dem Duschen ging ich zurück in mein Zimmer. Ich schloss die Tür hinter mir ab, zog mein Kapuzenshirt aus und knüllte es zu einem Kissen zusammen. Dann kroch ich in meinen Schlafsack und starrte an die Decke. Was sollte ich nur tun?

Aric fühlte ich mich in unerklärlicher Weise verbunden. Wir hatten uns in seiner Festung gemütlich eingerichtet. Hatten im Schein des Kaminfeuers gelesen und nächtelang geredet. Wir waren glücklich gewesen und sein Zuhause war fast schon auch meins geworden.

Jack und ich hingegen hatten noch nie wirklich zusammengelebt. Wir waren immer unterwegs gewesen ... Mein Überlebensrucksack! Er war noch im Bad. Ich hatte Jacks Ermahnungen schon wieder vergessen. Er hätte wohl noch strenger mit mir sein müssen.

Ich rannte aus dem Zimmer und bremste im Flur abrupt wieder ab.

Gerade kam Aric aus dem dampfenden Bad. Um die Hüfte trug er ein Handtuch. Sonst nichts. Sein schmales Gesicht war glatt rasiert, das nasse Haar stand ihm wirr vom Kopf ab. Seine Wangen waren gerötet.

Als er mich entdeckte, öffnete er die Lippen und seine Augen begannen zu glitzern. Ich war wie geblendet – als würde ich direkt in die Sonne schauen.

Ein Bild von einem Mann.

Ich ließ den Blick über seinen fantastischen Körper nach unten gleiten. Er verkrampfte sich, als hätte ich ihn geschlagen. Sehnen und Muskeln zogen sich zusammen, die schwarzen Tätowierungen auf seinem Oberkörper schienen sich zu bewegen.

Jede einzelne dieser Runen hätte ich gerne geküsst, noch nie hatte ich die Gelegenheit dazu gehabt.

Langsam rann ein Wassertropfen über die Mitte seiner Brust, vorbei an hart hervortretenden Brust- und Bauchmuskeln, bis hinunter zu der blonden Haarlinie, die in den Schritt führte ... Mein Mund wurde trocken.

»Willst du den?«, raunte er.

Ich hob den Blick. Die dunkle Gier in seinen Augen ließ mir den Atem stocken.

Mein Verstand setzte aus. Ob ich seinen Körper wollte? Was für eine Frage. Wer könnte dieser Versuchung widerstehen.

»Ich meinte *den* hier.« Er hielt meinen Rucksack in die Höhe. »Aber ich bin natürlich gerne bereit, meiner Frau alles zu geben, wonach ihr der Sinn steht.«

Sag was, Evie. Du musst was sagen.

Er kam näher. Tödliche Eleganz gepaart mit geballter Kraft. Ich stieß gegen die Wand und merkte, dass ich vor ihm zurückgewichen war. Immer weiter kam er auf mich zu, bis unsere Zehenspitzen sich berührten.

Die dampfende Hitze seiner Haut kam einer Umarmung gleich. Er war mir so nah, dass ich die blonden Spitzen seiner Wimpern erkennen konnte.

Den Rucksack warf er an mir vorbei in mein Zimmer. Dann glitt sein Blick hinab zu meinem Trägertop. Mit den Augen streichelte er meine Brüste und fuhr ihre Rundungen nach.

»Ich erkenne die Kleider wieder. Es freut mich zu sehen, dass du sie trägst. Wobei es mir noch mehr Freude bereiten würde, sie dir auszuziehen.«

Vielleicht war er ja unerfahren, aber dafür besaß er eine angeborene Sinnlichkeit. Alles an ihm versprach pure Lust – seine Bewegungen, seine Mimik, selbst der Rhythmus seines lettischen Akzents.

Dagegen war ich machtlos.

»Erst vor einer Woche hast du zum zweiten Mal nackt in meinem Bett gelegen. Ich habe dich geküsst. Gestreichelt.« Ganz nah an meinem Ohr flüsterte er: »Ich war kurz davor, dich noch einmal zu schmecken.«

Mein Atem wurde flach. »A... aber stattdessen hast du mir das Herz gebrochen.«

»Ich werde es wieder zusammensetzen. Werde den Schaden, den ich angerichtet habe, wiedergutmachen. In den letzten Spielen habe ich dir vertraut, wenn ich dir hätte misstrauen sollen, und misstraut, wenn ich dir hätte vertrauen sollen.« Er legte mir die Hände auf die Wangen. »Wenn du bereit wärst, mir zu verzeihen...«

Ich biss mir auf die Unterlippe. »Ich kann dir verzeihen. Aber das heißt nicht, dass ich mich noch einmal in eine solche Situation bringen werde.« Er beugte sich über mich. »Wir können uns nicht küssen, Aric. Ich werde dich nicht anrühren. Keinen von euch beiden.«

Versuchte er abzuschätzen, wie fest mein Entschluss war? »Dann küssen wir uns nicht. Lass mich nur dein wunderschönes Gesicht berühren.« Mit der Rückseite der Finger strich er über meine Wange und folgte der Linie meines Kiefers. »Ich werde diesen Luxus immer zu würdigen wissen.«

Ich kämpfte dagegen an, die Augen zu schließen und mich in seine Arme sinken zu lassen.

»Du bist so schön. Ich werde nicht ruhen, ehe du mir gehörst. Nicht eine Sekunde. *Es tevi mīlu.*«

Ich schnappte nach Luft. »Was bedeutet das?«

Er ließ seine eleganten Finger über mein Gesicht gleiten wie ein Künstler über eine Skulptur. »Ich liebe dich.«

Die Antwort lag mir auf den Lippen, aber ich konnte Aric nicht lieben.

»Liebe und Verlangen sind nicht dasselbe«, ermahnte ich ihn – und mich.

»Wenn ich nur eine Bettgenossin wollte, woher kommt dann meine Eifersucht? Warum habe ich so schrecklich gelitten, als wir voneinander getrennt waren? Für einen wie mich ist eine Woche ein Wimpernschlag und doch hat es sich angefühlt wie eine Ewigkeit.

Er legte mir die Hände auf die Schultern und streichelte mit den Daumen zart meinen Hals. Seine Hände zitterten, als berührte er einen unermesslich wertvollen Schatz. »Gott weiß, wie sehr ich dich begehre, *Sievã*, doch meine Liebe gehört dir ebenfalls, für immer. Ich lege sie in deine Hände. Geh sorgsam damit um.«

Verzweifelt versuchte ich, ihm zu widerstehen, mich zu erinnern, warum ich nicht schwach werden durfte.

»Wir sind einander seit vielen Leben verbunden. Das musst du doch auch spüren.«

Heftig schüttelte ich den Kopf. Eine unausgesprochene Lüge. Ich konnte das ewige Band, das Jahrhunderte überdauert hatte und durch nichts zu schwächen oder zu trennen war, durchaus spüren.

Zwischen uns bestand etwas Mystisches und... *Gutes?*

Ich ahnte und befürchtete es schon lange. Er war mein... Seelenverwandter.

»Die wenigen Tage ohne dich waren schrecklicher als all die Jahrhunderte davor.« Er fuhr mit dem Daumen über meine Unterlippe. Mein Herz raste. »Versprich mir, dass du mir gehören wirst. Versprich, dass ich nie wieder so einsam sein werde.«

In diesem Moment hätte ich ihm alles versprechen können... Ohne Vorwarnung hob er mich hoch und drückte mich gegen die Wand, sodass ich gezwungen war, meine Arme um seinen Hals und die Beine um seine Hüfte zu schlingen.

»Was tust du da?« Mich durchzuckte ein so heftiges Verlangen, dass ich scharf die Luft einsog. Sein unwiderstehlicher Duft hüllte mich ein.

»Ich will näher bei dir sein. Warum kann ich dir nie nah genug sein?« Er ließ den Blick wieder nach unten gleiten. Seine vom Duschen feuchte Haut hatte mein Top durchweicht. Es war durchsichtig. Seine Augen flackerten hell auf. »Du erregst mich über alle Maßen«, raunte er heiser und presste sich noch härter zwischen meine Beine.

Mir kippte der Kopf in den Nacken und er bedeckte meinen Hals mit unzähligen, kaum spürbaren Küssen. Sein warmer Atem strich über meine Haut wie eine Feder. Ich zitterte vor Verlangen.

Warum hatte ich nur gesagt, wir könnten uns nicht küssen?

Diese Nähe war so erregend wie ein echter Kuss. Oder noch erregender. Zu wissen, dass er sich danach verzehrte, seinen Mund auf meinen zu legen – sich aber zurückhielt –, machte mich ganz verrückt.

Seine Geisterküsse liebkosten mich weiter, bis ich keuchte und meine Arme sich um seinen Hals zusammenzogen. Beim Versuch, sich zu bremsen, zitterten seine Muskeln vor Anstrengung.

Er hob den Kopf und sah mich an. Unser Atem

mischte sich und mein Blick verlor sich im Funkeln seiner sternenklaren Augen. Noch immer mied er meinen Mund, was mein Verlangen nur noch steigerte.

Aber es durfte nicht sein. Nicht heute Nacht.

In meiner Hosentasche brannte mir das Haarband auf der Haut. *Tu mir einfach nicht mehr weh.*

»Aric, du musst mich gehen lassen.«

»Willst du das wirklich?« In seinen funkelnden Augen spiegelte sich Verwirrung.

»Bitte.«

Er stellte mich wieder auf die Beine. »Ich gebe dich frei. Vorerst. Letztendlich wirst du aber mir gehören, *Sievã* ...«

Ich schob ihn von mir weg und stellte wieder erschrocken fest, wie blass meine Hände gegen seine Haut waren. Wie oft schon hatte ich mich in dem verzweifelten Versuch, ihm noch näher zu sein, an seine nackte Brust geklammert?

Er trat einen Schritt zurück und ich ging benommen in mein Zimmer. Ich verschloss die Tür und lehnte mich zitternd dagegen.

Wie in Zeitlupe wankte ich zu meinem Schlafsack, überprüfte die Batterie des Empfängers und legte mich hin.

Wieder starrte ich an die Decke und versuchte, die Hitze in meinem Körper zu ignorieren. Es schienen Stunden zu vergehen, bis mir endlich die Augen zufielen.

Kurz bevor ich einschlief, spürte ich Aric im Raum. Sah er auf mich herab? Er dachte, ich schliefe!

Mit weicher Stimme flüsterte er: »Ich könnte dir so viel über das Spiel beibringen. Und du mir so viel über das Leben. Lass uns damit beginnen, Geliebte.«

Ich träumte vom Tod, als er ungefähr in meinem Alter war. Wollte Matthew, dass ich diese Vision sah, bevor es zu spät war?

Es war Nacht. Ein wilder Sommersturm peitschte über die Ostsee, Aric war auf dem Weg nach Hause.

Auf meinem Ritt vorbei an den vertrauten Runensteinen lassen die Hufe meines Hengstes die Erde erzittern, als forderten sie die Götter des Donners heraus.

Jene Götter, die unsere Siedlung mit Krankheit straften.

Hat meine Familie mit dem verschwenderischen Fest vor zwei Tagen ihren Zorn erregt? Hat sich das Haus Dominija der Hybris schuldig gemacht?

Ich versuche, einen klaren Gedanken zu fassen, will die Ursache der Krankheit verstehen, doch es gelingt mir nicht. Ich bin zu verwirrt. Auch mich hat eine Art Leiden befallen. Doch anstatt zu leiden, wie die anderen im Dorf, fühle ich mich stark.

Stärker als je zuvor.

Heute habe ich mit der bloßen Hand einen Stein zu Staub zerdrückt. Meine Kraft und meine Schnelligkeit nehmen täglich zu. Es ist, als näherte ich mich einem dunklen Abgrund, den ich noch nicht erkennen kann.

Zu Hause angekommen muss ich meine unnatürlichen Kräfte

verbergen, damit kein Vasall sie bemerkt. Über den gepflasterten Weg schreite ich auf das Haus meines Vaters zu. Ich finde ihn direkt hinter der Eingangstür, ungeduldig auf und ab gehend. Er hat meine Rückkehr erwartet. »Konntest du den Arzt für uns gewinnen?«, fragt er mich.

Arics Vater ist ein großer, blonder Mann mit breiten Schultern. Zwischen Vater und Sohn besteht eine auffällige Ähnlichkeit, auch wenn Arics bernsteinfarbene Augen sich von den eisblauen seines Vaters unterscheiden. Ihre Sprache verstehe ich wie meine Muttersprache. Matthew muss die Vision für mich übersetzt haben.

»Er kümmert sich bereits um die Kranken.« Wie konnte mein Vater in nur einem Tag um zehn Jahre altern? »Ich habe ihn direkt zu ihnen geführt.«

»Gut, gut«, erwidert Vater geistesabwesend. »Ich werde sogleich zurückgehen.«

»Aber du bist erschöpft und musst bei Kräften bleiben – für Mutter. Ruht sie sich aus?«

Er nickt. »Ich habe darauf bestanden.«

»Das alles muss schwer sein für sie.« Viele, die unser Haus besucht haben, sind erkrankt. Insbesondere die Töchter. »Ich werde an deiner Stelle zurückgehen.«

Seine Stirn legt sich in Falten. »Aber wenn dir etwas passiert ... wenn du dich ansteckst ... Ich könnte es nicht ertragen.«

»In meinem ganzen Leben war ich nicht einen Tag krank. Und ich bin fest entschlossen, das beizubehalten.«

Der Anflug eines Lächelns macht meinen Vater wieder zu dem

Mann, den ich kenne. Es ist seltsam, sein schallendes Lachen nicht mehr im Haus zu hören – gemeinsam mit dem meiner Mutter.

Ich lege ihm die Hand auf die Schulter und sehe ihm tief in die Augen. »Lass dir gesagt sein, wir werden das hier überstehen.«

Seine blauen Augen glänzen. »Habe ich dir schon gesagt, wie stolz ich bin, dein Vater zu sein?«

Ich werfe ihm einen gespielt verärgerten Blick zu. »Jeden Tag. Seit ich denken kann. Du hast es mir in die Seele graviert, wie in einen Runenstein.«

»Heute habe ich es noch nicht gesagt.« Vater legt seine Hand auf meine. »Mein Sohn, ich bin so stolz auf...« Ungläubig sieht er mich an und verstummt.

»Vater?«

Seine Augen weiten sich, die Haut wird blass. Als sein Gesicht sich schmerzvoll verzerrt, erfasst mich Panik. »Was geschieht mit dir?« Ich lege ihm die Hand auf die Wange und böse schwarze Linien breiten sich über sein Gesicht aus.

Wie bei den erkrankten Dorfbewohnern.

»S... Sohn?« Plötzlich ballen sich seine Hände zu Fäusten, seine Muskeln verkrampfen sich.

»Was ist das, Vater?« Ich schließe seinen zuckenden Körper in meine Arme und lege ihn sanft auf den Boden. »Was geschieht mit dir?« Ich sehe auf ihn herab und ein göttliches Licht breitet sich auf seinem gequälten Antlitz aus. Das Licht flackert... mit meinem Blinzeln? »Sag mir, wie ich dir helfen kann!«, flehe ich ihn an. »Ich bitte dich, sag es mir!«

Er kann mir nicht antworten, seinen Lungen fehlt die Luft. Das Leben weicht aus seinem Körper.

Er ist ... tot.

Trotz des überwältigenden Kummers, der mich überkommt, drängt sich mir ein Verdacht auf ...

»Aric!« *Vom anderen Ende des Saals erblickt meine Mutter ihren Mann. Sie schreit. Ihre Hände legen sich schützend auf den sich rundenden Bauch. Instinktiv versucht sie, das Kind, auf das meine Eltern so lange gewartet haben, vor Unheil zu bewahren. Sie schwankt, ihre Beine geben nach.*

Ohne nachzudenken, laufe ich los, um ihr zu Hilfe zu kommen. Im Bruchteil einer Sekunde bin ich bei ihr. Rechtzeitig, um ihren Sturz abzufangen.

Meine Berührung lässt sie aufkreischen.

»Mutter? Nein, nein, nein!« *Schwarze Linien ziehen sich über ihren Arm – ausgehend von meiner Hand.*

Mit einem Schrei ziehe ich sie zurück. Mir beginnt die Wahrheit zu dämmern. Mein Herzschlag pocht in meinen Ohren wie Götterdonner. Die Krankheit ...

Sie geht von mir aus.

»Kämpfe dagegen an, Mutter!«

Grausame Schmerzen nehmen ihr den Atem, verzerren ihre geliebten Züge.

Dennoch erkenne ich ihre Angst. »A... Aric?« *Auch sie hat mich in Verdacht.*

Sie windet sich unter ihren Qualen – und ich kann ihr nicht beistehen, sie nicht trösten. »Bitte, bleib bei mir!« *Meine Tränen treffen ihre Wangen. Auf ihrem Antlitz erscheint dasselbe göttliche Licht wie bei meinem Vater.* »Kämpfe, Mutter. Kämpfe für dein Kind. F... für mich.«

Wie gebannt sieht sie mir in die Augen – während aus ihren eigenen langsam das Leben weicht. Ihr Dasein ist zu Ende. Sie ist nun im Reich der Toten.

Ich habe keine Eltern mehr.

Ich habe meine Familie ausgerottet. Die getötet, die ich am meisten liebte, mit meiner Hände Berührung.

Der dunkle Abgrund hat sich aufgetan. Ich werfe den Kopf in den Nacken und brülle gegen eine grausame Erkenntnis an.

Ich bin der Tod.

31

Das Erste, was ich beim Aufwachen sah, war ein schlammiges Paar Stiefel. Jack?

»Weg von ihr, Sensenmann.« Er hielt eine Pistole in der Hand! »Oder ich puste dich weg.«

»Ach, wirklich?« Arics Finger wischten etwas von meiner Wange. Tränen?

Ich drehte den Kopf. Aric saß neben mir und hörte nicht auf, mich zu streicheln – trotz Jacks Drohung.

Ich sah wieder Jack an. »Nimm die bitte runter.«

»Meine Pistole, dein Schädel, Tod. Ich hatte dich gewarnt.« Seine wilden grauen Augen starrten mich an. »Hast du mit ihm geschlafen?«

»Was? Nein!« Zugegeben, die Szene erweckte einen anderen Eindruck.

Arics Oberkörper war nackt. Er trug nur seine tiefgeschnittenen Lederhosen, die Rüstung lehnte an der Wand. Das leidenschaftliche Glühen seiner Augen verriet, wie sehr er das Ganze genoss.

Gelassen meinte er: »Kannst du dir nicht vorstellen, wie es ist, sie nach so langer Zeit wieder zu berühren? Für diese Wonne riskiere ich gerne, erschossen zu werden. Dafür *lasse* ich mich sogar erschießen.«

Als ich von ihm zurückwich, schnalzte Aric bedauernd mit der Zunge.

»Ist es das, was ihr in der Festung gemacht habt?«, fragte Jack. »Nachdem du für ihn getanzt hast, durfte er dein Gesicht berühren?«

»Nimm einfach die Pistole runter. Bitte.«

Keine Reaktion. »Warum hast du meine Funkrufe nicht beantwortet?«

»Welche Funkrufe? Ich habe nichts gehört.«

»Weil ich den Empfänger leise gestellt habe«, bemerkte Aric mit einem Achselzucken. »Schlaf hatte die Herrscherin nötiger als mit dir zu reden.«

»Du machst mir Angst, Jack. Glaub mir, das hier sieht schlimmer aus, als es ist.«

Es verstrichen noch ein paar prekäre Sekunden, dann ließ er die Waffe sinken. »Du hast recht. Tut mir leid, *bébé*.« Er steckte die Pistole in seinen Gürtel. Es war keine der beiden, die er hiergelassen hatte. Hatte er heimlich doch eine Waffe dabeigehabt?

»Sie verbittet sich jegliche Avancen, Sterblicher, sowohl von mir als auch von dir.« Aric lehnte den Kopf an die Wand. »Bis sie sich klar für mich entscheiden kann.«

»Avancen? Heißt das, du hast versucht, ihr noch mehr Flausen in den Kopf zu setzen? Hast du ihr wieder von alten Spielen erzählt?«

»Ganz und gar nicht. Ich habe ihr nur einige der unzähligen Vorteile aufgezeigt, die es hat, mit mir zusammen zu sein. Dass ich gewisse Vorzüge habe, musst selbst du einsehen.« Aric schnellte wie ein geölter Blitz hoch und baute sich vor Jack auf. »Du hältst an deinem Stockholm-Syndrom doch nur fest, weil es dir widerstrebt, in Betracht zu ziehen, dass sie mit mir zusammen sein *möchte* und wir aufrichtig glücklich waren.«

Jack ballte die Fäuste und ich sprang auf. »Rühr ihn nicht an!«

»Ich vergifte mich doch nicht freiwillig. Jetzt, wo ich eine Zukunft vor mir habe.«

»Eben. Einen Neubeginn mit Selena. Meine Frau und ich wünschen euch nur das Beste.«

»Ich halte das nicht mehr aus, Evie!«, sagte Jack. »Ich muss wissen, woran ich bin.«

Und Aric fügte hinzu: »In diesem Punkt stimme ich ausnahmsweise mit ihm überein.«.

Beide sahen mich erwartungsvoll an.

Zum ersten Mal standen sie nebeneinander, ohne dass Aric seine Rüstung trug. Jacks Schultern waren breiter, seine Muskeln kräftiger, während Aric schlanker, tätowiert und ein kleines Stück größer war. Beide sahen so unglaublich gut aus, dass ich sie nur stumm anstarren konnte. Dann ging es wieder von vorne los.

»Du glaubst doch nicht im Ernst, dass sie dich mir vorzieht? *Imbécile!*«

»Daran habe ich nicht den geringsten Zweifel.« Woher nahm Aric nur diese nervtötende Selbstsicherheit? Würde sein Geschenk tatsächlich meine Entscheidung bestimmen? Hatte ich womöglich gar keine Wahl?

Meine Kopfschmerzen kehrten mit voller Wucht zurück. »Vielleicht entscheide ich mich für keinen von euch! Vielleicht schnappe ich mir einfach Matthew und wir suchen meine Großmutter. Nur er und ich!« Ich rieb mir die pochenden Schläfen. »Könnten wir uns für den Moment bitte nur auf Selena und die Liebenden konzentrieren? Bevor ich nicht ein wenig Zeit zum *Nachdenken* hatte, werde ich keine Entscheidung über meine Zukunft treffen. Das garantiere ich euch.«

»Teile uns deine Antwort mit, sobald wir Selena wieder ins Fort gebracht haben«, schlug Aric vor. »Dann wird dich der zurückgewiesene Freier in Frieden lassen.« Er streckte Jack die tödliche Hand entgegen. »Geben wir uns die Hand darauf.«

»Steck deine verdammte Waffe weg, Sensenmann. Oder ich ziehe meine auch wieder.« Mich fragte er: »Bist du damit einverstanden?«

»Ja, ihr werdet eure Antwort bekommen. Aber meine Entscheidung wird nicht nur zwischen euch beiden fallen, das sollte euch klar sein. Ich habe noch andere Möglichkeiten. Und so wie ihr euch gerade aufführt, erscheinen sie mir immer attraktiver.«

»Ich habe das zur Kenntnis genommen«, erwiderte Aric. Machte er sich über mich lustig? »Und werde nun besonders bemüht sein, die Bogenschützin zu finden.«

Endlich war auch er ernsthaft bei der Sache! Ich wandte mich an Jack. »Haben die Dissidenten Selena gesehen? Geht es ihr gut?«

»Keiner von der Aso Nord hat sie gesehen. Sie ist nicht dort.«

»Die Liebenden haben uns also angelogen.« Ich war geschockt.

»Milovníci hält sich zwar mit einem Zwillingspaar im Lager auf, aber ich weiß nicht, ob das die echten sind.« Jack rieb sich gedankenverloren über den Verband. Sicher brannte er darauf, die Liebenden zu finden und es ihnen heimzuzahlen.

»Das sind nicht die Originalzwillinge«, sagte Aric. »Sie können es gar nicht sein. Verfügte ich über die übernatürlichen Kräfte der Liebenden, würde ich mich an einem unerreichbaren Ort verschanzen und die Karnationen für mich arbeiten lassen.«

»Aber wie kannst du dir sicher sein?«, fragte ich.

»Ich kann die verzerrten Rufe der Karnationen schon hören.«

»Und warum haben die Zwillinge mich dann nach Dolor bestellt?«

»Eine Falle«, meinte Jack. »Das Lager ist umzingelt von Scharfschützen mit Betäubungsgewehren. Sie wollen uns lebend.«

Um uns zu foltern.

»Ich habe keine Ahnung, wo Selena sein könnte.«

»Glücklicherweise weiß ich es.« Aric lehnte sich mit der Schulter gegen die Wand. »Solange ihr Ruf noch ertönt, kann ich ihm folgen.«

Arkana-Rufe ertönen ununterbrochen, hatte

Matthew mir einmal erklärt. Erst wenn man sich einer anderen Karte so weit genähert hat, dass man ihren Ruf hört, kann man ihn ausblenden. »Ich dachte, er ertönt in einer Endlosschleife. Warte ... du meinst, solange sie noch am Leben ist? Du hast doch selbst gesagt, sie würden sie nicht sofort töten.«

»Es gibt noch andere Ursachen für das Verstummen eines Rufs.« Bevor ich genauer nachfragen konnte, fuhr er fort: »Ich schätze, sie befindet sich zwei oder drei Tagesritte nördlich von hier. Ich kann sie aufspüren. Das heißt aber nicht, dass wir auch an sie herankommen.«

Jacks Augen verengten sich. »Und warum nicht?«

»Die Liebenden könnten sich hinter einem Graben mit brennendem Öl verschanzen. Ganze Truppen von Karnationen könnten sie mit Maschinengewehren und Raketenwerfen beschützt. Und gegen Raketen hätte selbst ich meine Schwierigkeiten.«

»Was schlägst du also vor, Sensenmann?«

Ein eiskaltes Lächeln. »Wir nehmen uns ebenfalls eine Geisel.«

Tag 377 n. d. Blitz

»Showtime!«, sagte Jack.

Hinter der nächsten Biegung lag Dolor. Mehrere Stunden waren wir ein unerbittliches Tempo geritten, und ich hatte kaum Gelegenheit gehabt, mit ihm oder Aric zu sprechen. Wir waren zunächst einer Bahnlinie gefolgt und hatten nun an einer alten Kohlemine haltgemacht.

Der Blitz hatte die Schachtaufzüge, Minenwagen und Förderbänder gegrillt und die ganze Anlage in einen gespenstischen Schrottplatz verwandelt.

Aric nahm den Helm ab. »Wo sind deine Rebellen?«

Jack zuckte mit den Achseln. »Im Lager.«

»Ich bin etwas irritiert, Sterblicher. Wollten wir uns nicht mit den Dissidenten zusammenschließen und dann gemeinsam das Lager einnehmen?«

»*Ouais*. Das tun wir auch.«

»Dann brauchen wir Soldaten zur Unterstützung. Um es mit dem General aufzunehmen, benötigen wir moderne Waffen.«

»Nein, wir reiten einfach rein.« Ein nasskalter Windstoß pfiff uns um die Ohren. Jack schlug den Mantelkragen hoch. »Der General und die falschen Zwillinge werden schon gefesselt und geknebelt auf uns warten.«

Jacks lässige Selbstsicherheit ließ Aric die Brauen nach oben ziehen. »Und da bist du dir sicher?«

Thanatos scharrte ungeduldig mit den Hufen.

Auch wenn Jack sich gerade zu einem charismatischen Anführer entwickelte, klang das Ganze doch sehr nach einem Ritt ins Blaue. Ich kaute besorgt auf meiner Unterlippe herum. »Und wenn etwas schiefgeht? Sollten wir nicht einen Plan B haben?«

»Die Rosenkrone, die du neulich getragen hast, würde sich bei unserer Ankunft ganz gut machen.« Was er sagte, wurde immer rätselhafter.

»Glaubst du wirklich, wir können sie mit unseren übernatürlichen Fähigkeiten beeindrucken?«, fuhr Aric ihn an. »Sie werden viel zu sehr damit beschäftigt sein, auf uns zu schießen, um auf so etwas zu achten.«

Jack ignorierte ihn. Zu mir sagte er: »Dass er meinen Plänen nicht traut, wundert mich nicht. Aber du weißt, dass ich nicht dumm bin.«

Ich hatte versprochen, ihn nie wieder zu unterschätzen. Wenn er also einen Plan hatte und sich so sicher war ...

»Dann funk deine Leute an«, schlug Aric vor. »Überprüfe die Lage.«

»*Non.* Kein Funkkontakt.«

– Er bringt selbst meine unendliche Geduld fast zum Reißen.

Aber dir zuliebe werde ich den Frieden wahren. – »Angenommen, deine unblutige Revolution gelingt tatsächlich. Ein einziger treuer Soldat, der nach Verstärkung ruft, würde genügen, um alles zunichtezumachen.«

»Denkst du etwa, das habe ich nicht bedacht, Sensenmann? Alles ist unter Kontrolle.«

Aric sah mich an. – *Nimmst du ihm das ab?* –

Ich wollte nicken, konnte mich aber gerade noch bremsen. *Ja.*

– *Es fällt mir schwer zu glauben, dass ihn bei dem Preis, der auf ihn ausgesetzt ist, niemand hintergehen wird.* –

Du hast keine Vorstellung, wie gut seine Menschenkenntnis ist.

»Redet ihr beiden miteinander?«, maulte Jack.

»Wir diskutieren nur deine Menschenkenntnis«, sagte Aric. »Schließlich hängt allein von ihr unser beider Leben ab.«

»Vertraust du mir, Evie?«, fragte Jack. In seinen Augen lag etwas Unergründliches.

»Ich vertraue auf dein Urteilsvermögen.«

»Ich weiß dein Vertrauen zu schätzen.« Er bedachte den Tod mit einem überlegenen Grinsen.

Aric stülpte sich den Helm über. »Nicht zu fassen, dass ich mich auf eine solche Dummheit einlasse.«

»Du wolltest eine Geisel? Folge mir und du bekommst sie.« Mich fragte Jack: »Bist du bereit?«

Ich nickte und krönte mich mit meiner Körperranke. Blutrote Blüten und spitze Blätter. Ich sorgte dafür, dass die Krone permanent in Bewegung war und niemand auf die Idee kommen konnte, sie wäre falsch. Aber wenn ich nervös war, schlängelten sich die Ranken ohnehin unablässig um meinen Kopf.

Und wenn das hier kein Grund war, nervös zu werden, wusste ich auch nicht ...

Wir näherten uns der Biegung, Aric suchte meinen Blick. Ein weiterer Windstoß ließ die Förderbänder flattern und machte meine Nervosität noch schlimmer.

Das Lager kam in Sicht. Nun gab es kein Zurück mehr. Menschen standen aufgereiht da und erwarteten uns.

Ohne Gewehre?

Sie jubelten uns zu! Soldaten – und befreite Frauen – winkten, als wären wir ein Umzugswagen am Mardi Gras.

Ich atmete auf – mir war gar nicht bewusst gewesen, dass ich die Luft angehalten hatte. »Verdammt, Jack.«

Er schenkte mir ein sexy Grinsen.

»Eine unblutige Revolution. In der Tat.« Der Tod klappte das Visier hoch. »Wie ist dir das gelungen, Sterblicher?«

»Der *Tod* ist nicht immer die beste Lösung.« Ich sah Jack fragend an. »Gestern Abend habe ich den Soldaten Nervengaskanister übergeben, um sie ins Zelt der Milovnícis zu werfen.«

»Nervengas«, wiederholte ich. »Du hast es im Lager auf der anderen Flussseite gestohlen. Das war in deinem Seesack!«

»*Ouais*. Nachdem Rodrigos Männer die Milovnícis gefangen genommen hatten, erzählten sie so vielen Leuten wie möglich, dass ich mit einigen meiner Arkana-Verbündeten auf dem Weg hierher sei«, erklärte er mir mit einem Zwinkern. Aric warf er nur einen bösen Blick zu. »Alle wussten, dass wir das andere Lager befreit hatten und auf dem Weg hierher waren. Damit war die Befehlskette unterminiert.«

»Das ist unglaublich.«

Als wir in die Menge ritten, rissen sich die Leute darum, Jack die Hand zu schütteln, während sie den Tod und mich mit offenen Mündern anstarrten.

Sein ganzes Leben lang hatte Jack geglaubt, es gebe nichts, worauf er stolz sein könnte. Das hatte sich nun geändert. Entschlossene Miene. Aufrechte Haltung. Stählerner Blick.

Auch ohne übernatürliche Kräfte umgab ihn eine Aura der Macht. Die Menschen bewunderten ihn.

Verstohlen sah ich zu Aric. Der Traum von ihm verfolgte mich wie eine grausame Erinnerung. Er war ganz alleine auf dieser Welt. Ohne Hoffnung, je eine Partnerin zu finden.

Bedauerte ich ihn? Ja. Doch die vergangene Nacht war auch ein Beweis gewesen, dass Mitleid bei Weitem nicht der einzige Grund war, weshalb ich mich zu ihm hingezogen fühlte.

Unsere Blicke begegneten sich und ich drehte mich schnell weg. In der Menge entdeckte ich einen etwa zwölfjährigen grinsenden Jungen mit schwarzen Haaren. Mit seinen weit auseinanderstehenden Augen und der Zahnlücke sah er aus wie eine Miniaturausgabe von Franklin. Er musste sein Bruder sein. Bald würden sie wieder zusammen sein.

Dieser Junge war ein Sinnbild dessen, was Jack hier erreicht hatte.

Ganz langsam wurde mir klar: Wir hatten *Tausenden* von Menschen geholfen.

Mit einem breiten Grinsen im Gesicht kam uns Rodrigo entgegengeritten. »Zu den Milovnícis bitte hier entlang.«

»Und die Störsender?«, fragte Jack.

»Wir hatten sie die ganze Zeit eingeschaltet, General. Es konnten keine Funksignale nach draußen gelangen.« Er führte uns tiefer ins Lager.

Ich flüsterte: »Hat er dich eben ›General‹ genannt?«

»Zuerst wollte ich, dass sie damit aufhören«, erklärte Jack mit einem leichten Grinsen. »Aber dann wurde mir klar, wie einschüchternd das klingt, und ich hab es so stehen lassen.«

»Du hast Störsender eingesetzt, um die Funkverbindung zu unterbrechen«, sagte Aric. War da derselbe widerwillige Respekt in seinem Blick, den Jack letzte Nacht ihm gezollt hatte? »Deshalb hast du deine Leute nicht angefunkt.«

»Ich wollte die Kommunikation im Lager kontrollieren. Aber jetzt haben wir eine Geisel und eine komplette Armee. Wir müssen kein Geheimnis mehr daraus machen, dass ihr mit von der Partie seid. Und außerdem wird es Zeit, den Zwillingen einen Handel vorzuschlagen: ihr Vater gegen Selena.«

Ich wurde ganz aufgeregt. Ein Geiselaustausch könnte tatsächlich funktionieren!

Aric nahm den Helm ab und verstaute ihn hinten auf dem Sattel. »Wenn wir die Karnationen am Leben lassen, werden sie ihr Wissen an die Originale weitergeben.«

»Zu riskant«, sagte Jack. »Wir töten sie.«

»So sei es, Sterblicher. Wirst du deine Männer darüber informieren, dass die Zwillinge falsch sind?«

Jack dachte kurz nach. »*Non*. Das würde nur unseren Sieg schmälern und für Unruhe sorgen.«

Aric nickte. »Nun, da wir Milovníci haben, können wir ihm Informationen über die Zwillinge abpressen. Welche Sicherheitsvorkehrungen sie haben und wie hoch die Zahl der Karnationen ist beispielsweise.«

»So sei es«, sagte nun Jack.

Wir stoppten die Pferde und stiegen ab. Jack und ich übergaben die Zügel einem Soldaten, doch der Tod schüttelte nur den Kopf und führte Thanatos weiter mit sich.

Vor uns teilte sich die Menge und gab den Blick frei auf drei bewusstlose Gestalten, die gefesselt und geknebelt am Boden lagen. Der berühmte Milovníci und seine Brut. Oder besser, die Brut seiner Brut.

Endlich bekam ich den Mann zu Gesicht, der so viel Elend in eine ohnehin schon dem Untergang geweihte Welt gebracht hatte.

Der ehemalige General hatte scharfe Gesichtszüge, seine Nase erinnerte an einen Schnabel. Obwohl er dünn und drahtig war, hatte er ein rotes, aufgedunsenes Gesicht, das sicher noch röter wurde, sobald er sich aufregte.

Auf seiner hellbraunen Jacke stand MILOVNÍCIS ELITESICHERHEITSSERVICE zu lesen. Kleidung und Gesicht waren übersät mit Spucke – und Stiefelabdrücken.

Das sollte der große General Milovníci sein? Er wirkte harmlos. Und die Zwillinge? Sie glichen aufs Haar dem Paar aus dem anderen Lager und hatten die gleichen verzerrten Tableaus.

»Würdest du den Karnationen die Ehre erweisen, Sensenmann?«, fragte Jack. »Die Leute hier sollten sehen, wozu ihr beide in der Lage seid.«

»Wir sind doch keine Zirkusattraktion«, protestierte Aric leise. Und für mich fügte er noch hinzu: – *Ich habe diese Fähigkeiten ein Leben lang versteckt.* –

»Ich bin hier nur die Galionsfigur. Es ist die Armee, die für Ordnung sorgen kann, oder auch fürs Gegenteil. Je mehr Ordnung in der Welt herrscht, umso sicherer ist Evie. Und ob dir daran etwas gelegen ist, ist allein deine Entscheidung.«

Es kamen immer mehr Leute heran.

Aric schnaubte verärgert, streifte aber den Panzerhandschuh ab. Er kniete nieder und legte den Klonen kurz die bloße, von Malen gezierte Hand aufs Gesicht. Sofort breiteten sich die schwarzen Linien aus.

Ob er wohl bei jeder seiner tödlichen Berührungen an seine Eltern dachte? Ich hatte einmal gehört, auf diese Weise würde er seine Gegner am liebsten ausschalten. Doch vielleicht waren seine todbringenden Hände, ebenso wie die Tätowierungen, für ihn auch nur eine Erinnerung an vergangene Tragödien.

Als die Körper der Karnationen sich verkrampften, rangen die umstehenden Zuschauer nach Luft.

Jack war Aufmerksamkeit gewohnt, doch Aric fühlte sich unter den vielen Blicken sichtlich unwohl. War der kühle und gefasste Ritter früher womöglich einmal schüchtern gewesen? Der Gedanke zauberte ein warmes Lächeln auf mein Gesicht. In diesem Moment hörten die Repliken auf zu atmen.

Durch die Menge ging ein Murmeln. »Die wären wir los.« – »Schmort in der Hölle.« – »Die sind viel zu leicht davongekommen...«

Rodrigo räusperte sich. »Ähm, Sir, was soll mit Milovníci geschehen?«

»Er heißt ab jetzt Milo«, verkündete Jack. »Der Dackel meines Nachbarn hieß auch Milo. Hat sich die Tollwut geholt und musste erschossen werden.« Ein nervöses Gelächter brach los.

Der Tod erhob sich und streifte den Handschuh

wieder über. – *Raffiniert, dem Mann einfach den gefürchteten Namen zu nehmen.* –

Seit wir gemeinsam unterwegs waren, hatte Aric Jack ganz genau beobachtet, doch heute Abend schenkte er ihm sogar die doppelte Aufmerksamkeit. Als wäre sein Feind inzwischen ein lohnendes Forschungsobjekt.

Aric hatte seinen Wissensdurst, Jack seine Neugier. Gab es da überhaupt einen Unterschied?

Jack wies Rodrigo an: »Schaff den guten alten Milo und die beiden Leichen zurück in ihr Zelt. Ich möchte mich noch ein bisschen mit ihm unterhalten.«

»Jawohl, Sir.« Rodrigo konnte seine Schadenfreude kaum verbergen. Er befahl den Soldaten, die drei abzutransportieren, und fügte hinzu: »Vielleicht wäre es besser, Handschuhe zu tragen.«

»Der Tod ist nicht ansteckend«, sagte Jack.

Aric war erstaunt. – *Gelegentlich hört er mir tatsächlich zu.* –

»Oh, natürlich, Sir«, sagte Rodrigo. »Wenn Sie mir bitte folgen.«

Auf unserem Weg durch die Menge schüttelte Jack unzählige Hände und nahm Dankesbekundungen entgegen. Bis wir beim Zelt angekommen waren, hatten sie Milo schon an einen Stuhl gefesselt und für das Verhör vorbereitet. Die Karnationen lagen auf dem luxuriösen Sägemehlboden.

»Wir haben auch noch dreißig seiner ergebenen

Söldner, Sir«, sagte Rodrigo. »Sie haben uns angegriffen, aber wir konnten sie überwältigen. Was soll mit ihnen geschehen? Erschießungskommando?«

Ich sah Jack missbilligend an. »Du arbeitest mit Milos Methoden?«

»*Non*. Aber bestrafen müssen wir sie.«

Aric lehnte sich gegen Milos Schreibtisch. »Nur wie? Bevorzugst du einen harten oder einen gnädigen Führungsstil, Sterblicher?« Die Frage schien ihn zu faszinieren. Natürlich, sein Lieblingsbuch war ja auch *Der Fürst*. »Wenn du zu einem erfolgreichen Anführer werden willst, wird diese Entscheidung Auswirkungen auf dein späteres Leben haben.«

»Glaubst du, ich weiß das nicht?« Jack wandte sich an Rodrigo. »Sie werden achtzig Kilometer vom Lager entfernt ohne Schuhe, Hemden und Mäntel ausgesetzt. Jeder erhält eine Karte, die zu fünf Paketen mit Ausrüstungsmaterial führt.«

»Ich werde mich sofort darum kümmern, Sir.« Weg war er.

Arics Mundwinkel wanderten nach oben, er hatte ein Glitzern in den Augen. »Die meisten werden töten oder getötet werden, lange bevor sie ihr Ziel erreichen. Und ich nehme mal an, dass es keine Pakete mit Ausrüstung geben wird.«

Jack setzte zu einer Antwort an, besann sich dann aber eines Besseren. »Das sind Armeeangelegenheiten. Du bist nicht Mitglied der Armee.«

Ich sah mich im Zelt um. Es war äußerst geräumig und blitzsauber – ausgenommen der Bereich um Milovnícis Schreibtisch. Bücher, Stifte und Papier waren auf den Boden gefegt worden, zusammen mit einem gerahmten Bild seiner abartigen Kinder, das zerbrochen dazwischen lag. Als er bewusstlos wurde, musste er dort gesessen haben. »Glaubst du, Milovní... ich meine *Milo* wird etwas über seine Kinder preisgeben?«

Jack baute sich vor ihm auf. Der Hass, den er gegen diesen Mann hegte, spiegelte sich in jeder Faser seines Körpers. »Er wird uns alles sagen. Denn gegen das, was ihm bevorsteht, sind die Foltermethoden der Zwillinge ein liebevoller Klaps.«

Ich sah Jack ungläubig an. Er war so skrupellos, so unnachgiebig. Zwischen ihm und dem betrunkenen Kerl, dem nach dem Blitz alles gleichgültig gewesen war, lagen Welten.

Es war, wie Selena gesagt hatte: Jack hatte sich verändert.

Mit dem Handrücken schlug er Milo ins Gesicht. »Wach auf, *fils de putain*.« Keine Reaktion.

Während wir warteten, kniete Aric nieder und hob ein schweres schwarzes Buch vom Boden auf. Er wischte das Sägemehl ab und legte es auf den Schreibtisch.

Ich ging näher heran. »Was ist das?«

Anstelle einer Antwort schlug er die erste Seite auf.

Die vergilbten Blätter waren mit handgeschriebenen Texten gefüllt, deren Sprache mir fremd war.

Arics Augen strahlten so, dass das Papier leuchtete. »Gütiger Gott.«

»Was ist das?«

»Chroniken.« Er sah mich mit seinen funkelnden Augen an. »Die Chroniken der Liebenden.«

33

»*Was soll das?*«, presste Milo so wütend hervor, dass ihm der Speichel aus dem Mund spritzte. Endlich kam er zu sich.

Jack hielt mitten im Schlag inne und ließ die Hand sinken. »Seht mal, wer aufgewacht ist.«

Milos blassblaue Augen weiteten sich vor Schreck. »Ich kenne dich! Der berüchtigte Jäger! Was willst du von mir?«

»Deine Kinder«, erklärte ihm Jack. »Die echten. Du wirst sie uns ausliefern.«

Von draußen drang der Lärm der feiernden Menschen zu uns ins Zelt. Milos Entsetzen wurde noch größer. »Das kann nicht sein – meine Soldaten sind loyal!« Er zeigte uns seine fleckigen Zähne. »Sie werden das Lager zurückerobern.« Die Finger mit den langen gelben Nägeln zuckten bei dem Versuch, seine Hände aus den Fesseln zu winden. »Und dann…«

»Deine loyalen Soldaten sind quasi genauso tot wie deine Zwillinge.« Jack deutete mit dem Kinn auf die Karnationen. »Oder besser ihre Platzhalter.«

»Das ist die Handschrift des Todes.« Milos Kopf fuhr herum, bis sein irritierter Blick an Aric hängen blieb.

Lässig im Stuhl zurückgelehnt saß er an Milos

Schreibtisch und presste die Fingerspitzen gegeneinander. Das Buch lag aufgeschlagen vor ihm.

Milo starrte es an, dann schaute er schnell wieder in eine andere Richtung. Hoffte er, wir würden nicht bemerken, was wir da gefunden hatten?

Das Glück war auf unserer Seite gewesen. Milo hatte das Buch weder in seinem Safe eingeschlossen noch versteckt.

Er war der Chronist der Liebenden.

Als der Kanister in sein Zelt gerollt war, musste er gerade etwas eingetragen haben. Das letzte Wort zog sich über die ganze Seite.

Die schlechte Nachricht war, dass es sich bei der Sprache um Altrumänisch handelte.

Die gute, dass Aric meinte, den Text mit etwas Zeit übersetzen zu können.

»Der Tod war nicht Teil der Abmachung!«, bellte Milo.

»Meinst du die Abmachung, die deine Kinder längst gebrochen haben?«, fragte ich ihn.

»Du!« Tatsächlich wurde sein Gesicht noch röter, wenn er sich aufregte. Noch nie hatte mich jemand mit so viel Verachtung angesehen. »Mein Leben lang war mir bewusst, dass die Herrscherin für das jahrhundertelange Unglück meiner Familie verantwortlich ist.«

»Dass ihr mich für das letzte Spiel verantwortlich macht, kann ich ja verstehen. Aber für die Jahrhunderte danach? Das finde ich ein wenig übertrieben.«

Angewidert starrte er auf meine Rosenkrone. »Hättest du sie nicht verraten, hätten der Herzog und die Herzogin der Perversion das Spiel gewonnen. Sie wären zum Königspaar geworden. Nein, zu unsterblichen Göttern! Sie hätten unsere Familie auf ewig beschützt und immer reicher gemacht. Jede einzelne Generation weiß, worum du sie betrogen hast. Unser Clan hat Rache geschworen!«

Dann war es mein Verrat, der bei den Milovnícis über die Jahre für immer mehr Verbitterung gesorgt hatte? Und für ihr krankes Verhalten?

»Meine Kinder werden dieses Unrecht rächen und für ausgleichende Gerechtigkeit sorgen. Sie werden dieses Spiel gewinnen und dich im nächsten – und im übernächsten – büßen lassen.« Er bleckte die gelben Zähne. »Genieße die letzten Tage deines Lebens, du verräterische Schlampe!«

Dafür versetzte Jack ihm eine schallende Ohrfeige.

Milovníci stöhnte auf vor Schmerz. Es dauerte einige Zeit, bis er wieder klar fokussieren konnte.

»Reden wir über die Zwillinge, Milo. Wir werden sie anfunken und ihnen einen Geiselaustausch anbieten.«

»Für mich werden sie niemanden eintauschen.«

»Dann vielleicht für ihre Chroniken?« Aric steckte die Schwarte gerade in eine wasserdichte Hülle, die er gefunden hatte.

Milo rastete völlig aus. Der Speichel flog nur so

durch die Luft. »Dieb! Du hast kein Recht, sie anzufassen!«

»Bleib beim Thema.« Jack versetzte dem Mann eine zweite Ohrfeige, dass sein Kopf zur Seite kippte. »Deine Kids. Wo sind sie?«

»Ich werde sie euch *niemals* ausliefern!«

Jack lächelte nur. Obwohl Milo seine Strafe verdient hatte, konnte ich nicht dabei zusehen, wie er gefoltert wurde. Vor allem nicht von Jack.

Zudem könnte die rote Hexe darin eine nette Art der Freizeitgestaltung sehen und sich nach ähnlichen Vergnügungen sehnen.

Ich sah Jack an.

»Möchtest du lieber draußen warten, Evie?«

»Ich begleite dich.« Aric erhob sich mit dem Buch in der Hand.

Während wir rausgingen, sagte Milo zu Jack: »Ich erinnere mich an deine hübsche kleine Schwester. Vincent meinte, sie hätte so nett auf Französisch gebettelt...«

Sein Schrei zerriss die Nacht. Ich zuckte zusammen, aber für die rote Hexe war das Geräusch angenehm wie die sanfte Berührung eines Blütenblatts.

Ganz in der Nähe des Furcht einflößenden Thanatos setzte ich mich auf eine Bank. Der Anblick des Hengstes ließ vorbeikommenden Passanten das Blut in den Adern gefrieren.

Als Milo einen zweiten unterdrückten Schrei ausstieß, begann der Tod, mit klirrenden Sporen auf und ab zu gehen. »Verliert der Sterbliche die Kontrolle, wird das Ganze nicht funktionieren. Folter ist nicht ganz so einfach, wie man meinen sollte.« Auf und ab. Auf und ab. »Weiß Deveaux, was er tun muss, damit sein Opfer nicht das Bewusstsein verliert? Wird er die wichtigen Arterien aussparen? Die Aufgabe ist knifflig.«

»Du möchtest wieder reingehen, stimmt's?«

»Je früher wir Selena für Deveaux zurückholen, umso früher wirst du wieder mit mir nach Hause kommen.«

Ich wollte widersprechen, aber eigentlich konnte ich mir das auch sparen. Mit einer kurzen Handbewegung schickte ich ihn zurück. »Geh einfach.«

»Bleib du hier, *Sievä*... Und sei auf der Hut. Es könnten immer noch Milovníci-Getreue unterwegs sein.« Er ging zurück ins Zelt.

Während ich wartete, vernahm ich in unregelmäßigen Abständen Milos Schreie. Aber ich konnte auch hören, wie die Leute über Aric, Jack und mich sprachen. Eine Gruppe tratschender Frauen unterhielt sich über den »scharfen« Cajun-Akzent des Jägers und seine »stahlgrauen« Augen. Aric fanden sie »gruselig gut aussehend«.

Ich wurde ein wenig eifersüchtig – wegen beiden. Meine Eifersucht auf Jack und Selena war ja nichts Neues, aber dass ich wegen dem Tod eifersüchtig wurde, kam eher selten vor. Nur so zum Spaß stellte ich mir vor, wie er eine andere küsst.

Meine Klauen wuchsen.

Und was hielt man von mir in der Aso Nord? Die Männer machte ich »nervös«, aber sie fanden mich dennoch »ganz akzeptabel«. Die Frauen? »Sie ist so unheimlich.« – »Hast du die Ranken gesehen, die sich um ihren Kopf schlängeln?«

Dennoch lächelte ich jedem, der vorbeikam, freundlich zu. Die Leute nickten höflich, konnten ihr Unbehagen aber kaum verbergen.

Ich seufzte. Vor etwas über einem Jahr war ich noch zur Highschool gegangen und hatte keinerlei Probleme gehabt, neue Freunde zu finden.

Dann schnappte ich einen Gesprächsfetzen auf, in dem es um Jack ging. Die Stimme schien von hinter dem Zelt zu kommen. War das Rodrigo?

Ich schlich mich näher heran und lauschte. Gerade erzählte er einem anderen Soldaten, Jack habe vergangene Nacht einhändig Dutzende von Widerlingen kaltgemacht – nur mit einem Montiereisen bewaffnet.

Hatte Jack mir nicht versprochen, kein unnötiges Risiko mehr einzugehen?

Verdammt. Noch. Mal.

Ich schlenderte zu den beiden hinüber. »Kann ich mal kurz mit dir sprechen, Rodrigo?« Etwas in meiner Stimme musste dem anderen wohl klargemacht haben, dass es besser war zu verschwinden.

Rodrigo schluckte. »Klar ...«

»Was du da über Jack gesagt hast, das war übertrieben, oder?«

»Nein, Ma'am«, sagte er und entspannte sich ein wenig. »Ein paar der älteren Soldaten wollten die Gerüchte über Deveaux und die Widerlinge nicht glauben. Sie haben ihn aufgefordert, es ihnen zu beweisen oder die Klappe zu halten. Daraufhin hat er sich mitten in eine ganze Horde von Widerlingen gestürzt. Das habe ich mit eigenen Augen gesehen. Dieser Mann hat vor gar nichts Angst.«

Jack hatte sein Versprechen gebrochen – noch in derselben Nacht, in der er es mir gegeben hatte.

»Danke. Ähm, weitermachen, Soldat.«

Während Rodrigo mit einem amüsierten Grinsen davonging, zog ich das rote Haarband aus meiner Tasche.

Wieso setzte Jack sein Leben derart leichtsinnig aufs Spiel? Wollte er insgeheim doch sterben?

Aric und Jack kamen aus dem Zelt, und ich beschloss, ihn nicht mit der Sache zu konfrontieren. Vorerst. Wir waren kurz davor, Selena zu befreien. Das durfte ich nicht gefährden, nur weil ich sauer war oder Jack seine Versprechen nicht hielt. »Und?«

»Der Mann kann zwar foltern, aber Folter aushalten kann er nicht.« Jack fuhr sich mit der Hand übers Kinn, seine vernarbten Knöchel waren blutig. »Er hat uns verraten, dass sich die Zwillinge in einem Sicherheitsbunker befinden.«

»Er liegt etwas mehr als einen Tagesritt nördlich von hier«, fügte Aric hinzu. »Hoch oben im Gebirge. Er ist nur mit dem Pferd zu erreichen. Sie nennen den Ort den Schrein.«

Milo könnte lügen. »Kann man ihm glauben?«

»*Ouais*. Normalerweise habe ich ein gutes Gespür für so was. Zwischen all den Zähnen, die er wie gelbe Kaugummis ausgespuckt hat, war bestimmt auch die Wahrheit. Aber um auf Nummer sicher zu gehen, kann ich das noch überprüfen.« Jack nahm sein Funkgerät vom Gürtel. »Die Störsender habe ich abschalten lassen. Sollen wir mal eben die Zwillinge in ihrem Bunker anrufen?« Irrte ich mich oder hatte er tatsächlich mich *und* Aric gefragt?

»Mach schon.« Während Jack es versuchte, hielt ich den Atem an.

Und stieß enttäuscht und etwas besorgt die Luft wieder aus, als er keine Antwort erhielt.

34

»Ich kann mich nicht erinnern, wann mir das letzte Mal ein solches Spektakel geboten wurde.« Aric stand als dunkle Silhouette im Türrahmen der kleinen, alten Schindelkirche, in der wir Unterschlupf gefunden hatten. Über den schwarzen Himmel zuckten unzählige Blitze.

Jack inspizierte gerade Sprengkörper, die er von der Armee beschlagnahmt hatte, Milo war an eine der schlichten Kirchenbänke gefesselt. Ich gesellte mich zu Aric, um mir das Schauspiel ebenfalls anzusehen.

Nachdem wir uns stundenlang durch einen heftigen Sturm gequält hatten, waren wir an diese einsame, aber noch intakte Kirche gekommen und hatten beschlossen, uns und den Pferden ein paar Stunden Pause zu gönnen.

Die Grabsteine des nahe gelegenen Friedhofs waren schief und verkohlt – finster und unheilvoll wie Arics Rüstung. Bei unserer Ankunft hatte er inmitten der Kreuze, Grabsteine und Steinplatten innegehalten und tief durchgeatmet. Er schien sich zu Hause zu fühlen. Als ich ihm einen fragenden Blick zuwarf, meinte er grinsend: »Ich mag Kirchen. Und Friedhöfe.«

Aric hatte sein Pferd zwar Thanatos getauft und seine Rüstung an einer Leiche in einem Beinhaus gefunden, aber bisher hatte er mich noch nie wirklich an den, nun ja, Tod erinnert.

Trotzdem schreckte mich sein Verhalten nicht ab. Seine Begeisterung für Dinge, die mit dem Sterben zu tun hatten, wirkte sogar irgendwie anziehend auf mich. Sie war ein Teil von ihm.

Über den Himmel zuckte ein besonders greller und beängstigender Blitz. »Ich könnte schwören, den hat der Turm uns geschickt«, sagte Aric nachdenklich, »in vergangenen Spielen war er sehr mächtig.«

»Das kann ich mir kaum vorstellen.«

Arics adlige Züge wirkten entspannt. Die blonden Bartstoppeln waren im Laufe des Tages nachgewachsen. In seinen bernsteinfarbenen Augen reflektierten sich die Blitze und ließen sie funkeln wie Sterne.

Als ich ihn so ansah, wurde mir bewusst, dass ich zunehmend mehr für ihn empfand. Ich könnte mich sogar ... in ihn verlieben.

Ernsthaft verlieben.

»Damals warf der Turm beidhändig Speere, zwischen denen die Blitze hin- und herzuckten«, berichtete Aric weiter. »Zu meiner Schande muss ich gestehen, dass ich vor Ehrfurcht erstarrte, als ich das zum ersten Mal sah. Aber ich war neu im Spiel und erst sechzehn Jahre alt.«

Das musste gewesen sein, kurz nachdem er sein Zuhause verlassen hatte. Und seine Eltern ... gestorben waren.

Sofort war seine Anspannung wieder spürbar. »Du musst frieren. Komm zurück ans Feuer.« Gemeinsam gingen wir nach drinnen.

Im Kirchendach waren ein paar Brandlöcher und unter einem von ihnen hatten Jack und Aric uns ein Feuer gemacht. Heute hatte es zwischendurch immer wieder ausgesehen, als kämen die beiden ganz gut miteinander aus.

Ohne ein Wort zu wechseln, hatten sie gemeinsam eine Kirchenbank zu Feuerholz zerlegt und in einer angrenzenden Erkernische die Pferde festgemacht. Dann hatten sie mit erhobenem Schwert und der Armbrust im Anschlag die nähere Umgebung nach Wiedergängern abgesucht. Als wäre es abgesprochen, verbargen sie vor Milo ihre Feindseligkeiten und präsentierten sich als geschlossene Front.

Ihr Umgang miteinander schien sich zu verändern. Angefangen hatte es damit, dass sie gemeinsam das Haus der Sklavenhändler gestürmt hatten, und der Sieg über die Aso Nord hatte ebenfalls dazu beigetragen. Zudem milderte der gemeinsame Hass auf Milo offenbar den Hass, den sie gegeneinander hegten.

Waren sie überhaupt noch Feinde, die sich jederzeit töten würden?

Oh ja.

Doch sie würden es sicher nicht mehr so genießen.

»Ich wollte dich nicht von diesem spektakulären Schauspiel wegholen«, sagte ich zu Aric.

»Die Übersetzung der Chroniken wartet auf mich.«
Er schob mich ans Feuer, genau gegenüber von Jack.

Im Schneidersitz ließ ich mich nieder und hielt die durchweichten Hände in Richtung Flammen. Im Rücken konnte ich Milos hasserfüllten Blick spüren – zwei blassblaue Augen umrahmt von Blutergüssen.

Er zerrte an seinen gefesselten Händen, als wollte er mich am liebsten erwürgen. Mit den gebrochenen Fingern sicher kein Vergnügen.

»Du scheinst da etwas nicht zu wissen, Herrscherin.« Durch die geschwollenen Lippen und ausgeschlagenen Zähne klang seine Stimme verzerrt. »Dein neuer Weggenosse hat dich im letzten Spiel getötet! Er treibt ein falsches Spiel mit dir!«

»Natürlich weiß ich das. Er hat mich enthauptet. Ätsch!« Das klang, als wäre es mir egal. Dabei war mir unsere Vergangenheit alles andere als gleichgültig.

»Dann bist du ja noch dümmer, als ich dachte.«

Blitzschnell hatte sich Aric vor ihm aufgebaut. »Hör mal, Milo, wir hatten das doch besprochen. Erinnerst du dich? Kein Wort zu ihr, es sei denn, du möchtest, dass mein Pferd dich mit seinen Hufen kastriert.«

»Sie wird nie gekannte Qualen leiden...«

Der Tod schüttelte so langsam und bedrohlich den Kopf, dass Milo schluckte und die Klappe hielt – zumindest was mich anging. Denn sobald Aric sich wieder gesetzt hatte, wandte er sich an Jack. »Du kannst mir so viele Sprengkörper gestohlen haben, wie du willst, den Schrein wirst du damit niemals knacken.«

»*Non?* Für einen Mann, der den ganzen Tag gefesselt über einem Sattel hing, reißt du das Maul ganz schön weit auf.«

Die Soldaten im Aso-Lager hatten ihren früheren General mit Freude in dieser erniedrigenden Pose gesehen. Ausgenommen natürlich seine treuen Anhänger, die ihre eigenen Probleme zu lösen hatten.

Jack hatte für Milo eines der besten Pferde ausgewählt, die die Armee zu bieten hatte. Auf dem Rückweg sollte Selena es reiten.

Jack schien sich absolut sicher, dass wir sie da rausholen würden – und dass sie dann noch reiten konnte. Ich durfte gar nicht daran denken, was die Zwillinge womöglich gerade mit ihr anstellten …

Aric nahm die Chroniken aus der wasserdichten Hülle. Mit dem Rücken gegen die Wand saß er ganz in meiner Nähe und schlug erwartungsvoll die Seiten auf.

»Dieb!« Milos geschundenes Gesicht nahm einen alarmierenden Rotton an. »Das gehört dir nicht! Du hast kein Recht, es zu lesen!«

Er schien tatsächlich überzeugt, dass von uns vieren er der Unschuldige war. Aric war ein Dieb, ich eine verräterische Schlampe – die ganzen Generationen Unrecht getan hatte – und Jack ein aufrührerischer Rebell.

Als Aric nicht auf Milo reagierte, sagte er: »Spar dir die Mühe – du kannst sie nicht lesen.«

Ohne aufzusehen, blätterte Aric um. »Ach ja?«

»Sie sind auf Altrumänisch geschrieben.« Milo wirkte aufgebracht und zugleich arrogant.

»Ich spreche Altungarisch. Die beiden Sprachen haben gemeinsame Wurzeln.« Wieder blätterte er um.

Die Arroganz in Milos Gesicht verschwand. »Soll ich dir sagen, was drinsteht? Die Chroniken sind ein Racheschwur, der von einer Generation an die nächste weitergegeben wird. Eine stetige Erneuerung unseres Hasses auf die Herrscherin.«

»Nun, dann darf ich mich ja auf eine leichte Lektüre freuen«, gab Aric zurück. »Ich werde bald jeden einzelnen Buchstaben dieses Geschmieres übersetzt haben.«

»Bald? Du wirst den morgigen Tag nicht überleben. Meine Kinder werden deiner Leiche die Chroniken wieder abnehmen.«

Jack grinste. »Ach, dann sind wir also auf dem richtigen Weg?«

»Es macht gar nichts, dass ich euch ihren Aufenthaltsort verraten habe. Ihr werdet nicht hineinkommen.«

»Einen Bunker zu sprengen ist natürlich nicht ganz so einfach wie, sagen wir mal ... dir deine komplette Armee zu stehlen. Aber wir werden eine Lösung finden. Morgen essen – und trinken – wir deine Vorräte. Den Whiskey aus deinem Schreibtisch hab ich mir schon geholt.« Er zog eine Flasche aus seinem Überlebensrucksack und stellte sie griffbereit neben sich. »Fünfundzwanzig Jahre alt? Ein feiner Tropfen.«

»Genieß ihn, Jäger! Es wird dein letzter sein.« Je wütender der Mann wurde, umso mehr Adern traten auf seiner Stirn hervor. Für gewöhnlich zitterten die Menschen vor ihm, doch ich hatte ihn in der letzten Stunde schon mehrfach angegähnt. »Morgen werdet ihr alle sterben!«

»So etwas Schreckliches hat noch nie jemand zu mir gesagt«, erwiderte Aric mit gespieltem Entsetzen. »Aber sei's drum ...«

Jack widmete sich wieder seinem Sprengmaterial und untersuchte einen gefährlich aussehenden Zünder. »Du scheinst dich ganz gern aufzuspielen, Milo. Das ist typisch für Schwächlinge.«

Aric sah auf. »Stimmt, durch die Jahrhunderte konnte ich dieses Verhalten immer wieder beobachten. Mir fällt ein, wie Philipp II. einmal eine Drohung an die Spartaner sandte, die lautete: ›Wenn ich Lakonien erreiche, werde ich Sparta dem Erdboden gleichmachen.‹ Und wisst ihr, was ihm die Spartaner geantwortet haben? Nur ein Wort: ›*Wenn.*‹«

Jack hob den Kopf und ließ die Geschichte auf sich wirken. Ich hätte wetten könnte, dass er sich diese Anekdote einprägte.

»Im Gegensatz zu dir werden meine Kinder als unschlagbare Sieger die Welt beherrschen, Sensenmann!« Milo spuckte einen Mundvoll wässriges Blut auf den

Boden. »Was hast du als Sieger der Arkana denn schon erreicht?«

»Nun«, Aric blätterte amüsiert um, »was hätte ich denn erreichen sollen?«

»Die ganze Welt könnte den Tod als Gott verehren.«

»Aus historischer Sicht tun Arkana nicht gut daran, ihre geheimen Fähigkeiten zu offenbaren. Aber ich finde, ganz so schlecht war ich gar nicht. Zumindest hat jeder schon einmal von Gevatter Tod gehört. Und was ist mit den Totenkulten? Täglich beten Menschen an Gräbern und Grüften. Friedhöfe sind heilig. Sieh einfach zur Tür hinaus. Was ist von der Welt noch übrig geblieben? Mahnmale für den Tod.«

»Aber du hättest so viel mehr erreichen können. Als Gott über die Menschheit herrschen, deinen Nachkommen unsagbare Reichtümer hinterlassen. So wie meine Zwillinge Zerstörung säen werden, hättest du Angst säen können.«

»Und was, glaubst du, wird die Menschheit anbeten, wenn deine Brut das Spiel gewinnen sollte?«

»Die *Liebe*. Sie ist die destruktivste Macht des ganzen Universums.«

Ich hatte langsam genug von diesem Geschwätz.

»Meine Kinder werden die Welt nach ihrem Bilde neu erschaffen, sie mit Karnationen bevölkern. Im Laufe der Zeit werden sie so jeden Erdenbewohner kontrollieren und ein Spiel nach dem anderen gewinnen. Sie werden unsterblich sein!«

»Dazu wird es nicht kommen«, sagte Aric. »Sie werden schon bald Bekanntschaft mit dem Tod machen. Aber sei unbesorgt. Ich werde deine Chroniken für dich auf dem Laufenden halten.«

Ein höhnisches Grinsen verzerrte Milos Züge: »Du hast gesehen, wie sehr meine Kinder ihre unschuldigen Opfer lieben. Was, glaubst du, machen sie wohl mit der verräterischen Herrscherin, die sie gefoltert hat?«

»Mir reicht's jetzt!« Völlig entnervt sah ich mich nach einem Knebel um.

»Sie werden sie noch viel mehr lieben als deine hübsche Schwester Clotile«, sagte er zu Jack. »Die kleine französische Heulsuse.«

Jack wollte sich auf Milo stürzen, doch der Tod war schneller. Er zerrte den Schweinehund mit solcher Kraft von der Kirchbank hoch, dass die Fesseln zerrissen, und schob ihn in Richtung Tür.

»Du wirst dafür bezahlen, Herrscherin!«, schrie Milo über die Schulter zurück. »Die Kreatur verliert ihren Schwanz, aber sie bleibt am Leben. Du wirst schon sehen! Ausgleichende Gerechtigkeit!«

Jack biss die Zähne zusammen und starrte ihm mit bebender Brust hinterher.

»Alles okay?«, fragte ich leise.

Er löste den Blick von der Tür und sah mich an. »Noch nicht.« Dann holte er tief Luft. »Aber morgen. Morgen wird alles wieder okay sein.«

Gerade wollte ich ihn fragen, ob er mir jemals

erzählen würde, was mit Clotile und ihm passiert war, als er sich einfach umdrehte und die Whiskeyflasche aus seinem Rucksack holte.

Er öffnete sie und nahm einen langen Schluck. Das schien ihn ein wenig zu besänftigen.

Als Aric kurze Zeit später allein zurückkehrte, fragte ich: »Was hast du mit Milo gemacht?«

»Ich habe ihn bei Thanatos festgebunden. Direkt neben seinen geschliffenen Hufen.« Er schüttelte die nassen Haare. »Keine Garantie, dass er das überlebt.«

»Wir hätten ihn auch einfach nur knebeln können.«

»Seit dem Blitz wird es die erste Nacht sein, die er draußen in der Kälte verbringt. Die Erfahrung sei ihm gegönnt.« Etwas gequält fügte Aric noch hinzu: »Zudem hat Milo mit seinem Geschwätz deinen Rosenduft hervorgerufen. Da kann ich mich *unmöglich* entspannen.«

Machten wir nun schon Witze über vergangene Schlachten? War das nicht ein bisschen früh?

Er steuerte wieder auf die Chroniken zu und ich fragte ihn: »Wie lange wird es dauern, bis du sie übersetzt hast?«

»Einiges konnte ich schon entziffern.« Er setzte sich mit dem Buch in der Hand neben mich. »Sie wissen, dass deine Kräfte gebunden sind. Dass du in einer Welt ohne Sonne und Grün schwächer bist.«

Ich sah hinaus in die Nacht. In die endlose Nacht. Vielleicht konnte ich die rote Hexe ja gar nicht mehr in ihrer vollen Macht heraufbeschwören, selbst wenn ich das wollte.

Mit der Flasche in der Hand setzte Jack sich ebenfalls neben mich und bot sie mir an.

Was soll's. *Ein Schluck. Ein Brennen. Luft schnappen.* Ich reichte die Flasche dem Tod weiter.

Jack zog eine Grimasse. »Muss ich sterben, wenn ich aus derselben Flasche wie der Sensenmann trinke?«

»Zu meinem tiefen Bedauern«, Aric nahm einen ausgiebigen Schluck, »leider nicht.« Mit seiner behandschuhten Hand gab er Jack die Flasche zurück.

In gewisser Weise war es ein Vertrauensbeweis, dass Jack nach dem Tod wieder trank. Aber natürlich musste der kampflustige Cajun die Flasche etwas länger gekippt halten als Aric.

»Milo hat übrigens recht.« Jack hielt mir den Whiskey hin. »Es wird verdammt schwer werden, in den Bunker reinzukommen. Ich hab zwar Sprengstoff, aber Bunkertüren sind dafür gemacht, diesem standzuhalten. Wenn wir die Sprengkörper nicht irgendwie ins Metall stecken können, wird es nicht funktionieren.«

»Warum nicht?«, fragte ich mit dem Flaschenhals an den Lippen.

»Wirft man eine Stange Dynamit gegen eine Bowlingkugel, prallt sie ab. Steckt man sie in die Kugel ... Bum!«

»Vielleicht antworten die Zwillinge ja morgen.« Wir hatten den ganzen Tag versucht, sie zu erreichen, über Funk und über Aric. Keinerlei Reaktion. »Vielleicht wollen sie uns provozieren.« Obwohl ich natürlich hoffte, dass ihnen ihr Vater nicht scheißegal war, kamen mir allmählich Zweifel. Wir hatten sogar versucht, sie mit ihren Chroniken zu ködern. Nichts.

»*Ouais, peut-être.*« Ja, kann sein. Ich konnte Jack ansehen, dass auch er wenig Hoffnung hatte.

»Wo wir doch ohnehin schon alle Spielregeln der Zwillinge gebrochen haben«, sagte ich zu den beiden, »könnten wir doch auch die anderen Arkana zu Hilfe rufen.«

Zu meiner Überraschung legte Aric die Chroniken beiseite. War ihm Whiskey am Lagerfeuer lieber als zu lesen und zu forschen? »Nein, Herrscherin. Es gelten noch immer die Regeln des Narren. Er hat gesagt, wir *drei* müssten zusammen reiten und Selena retten.«

Ach ja, das Schicksal hatte es ja auf mich abgesehen, das hatte ich ganz vergessen.

»Diese Spartageschichte gefällt mir«, wandte sich Jack an den Tod. »Ist sie wahr?«

»So hat man sie mir damals erzählt.«

Damals. Er hatte zu der Zeit schon *gelebt*.

Jacks Neugier ließ ihm keine Ruhe. »Wie ist das, jahrtausendelang zu leben?«

Aric starrte in die Flammen. »Unsterblichkeit ist schlimmer als die Hölle.«

Seine harschen Worte trafen mich mitten ins Herz.

»Gibt es noch andere Unsterbliche wie dich?«

»Ich habe noch keinen getroffen.«

Noch einmal machte die Flasche die Runde. Ich konnte kaum fassen, wie lange die beiden miteinander redeten – ohne zu streiten. Um keine schlafenden Hunde zu wecken, hielt ich lieber den Mund.

Aric fragte: »Woher hast du deine erstaunliche Menschenkenntnis?« Hätte Aric diese Gabe auch gerne gehabt? Obwohl er schon so viele andere Fähigkeiten besaß? Er beobachtete die Sterblichen schon seit sehr langer Zeit, hatte aber kaum an ihrem Leben teilgenommen.

Jacks Blick verfinsterte sich. »*Nécessité.*« Aus der Not heraus. Ein großer Schluck. Die Flasche wanderte weiter. »Und die Geschichte mit deiner Rüstung? Ist die auch wahr?«

Heimlich blickte ich zwischen den beiden hin und her. Allmählich entspannten sie sich ein wenig.

»Sie entspricht der Wahrheit. Damals dachte ich, ich hätte den Verstand verloren. Ich litt unter Halluzinationen. Bis ich die Krypta entdeckte.«

»Dann ... gibt es diese Götter also wirklich?«

Aric nickte. »So ist das Spiel überhaupt erst entstanden. Die Götter langweilten sich.«

Als er nichts weiter dazu sagte, meldete ich mich doch zu Wort: »Und? Was haben sie gegen ihre Langeweile unternommen?«

»Du möchtest die Entstehungsgeschichte des Spiels hören?«

»Ähm, *ja*.« Ich reichte ihm die Flasche.

»Nun gut.« Er trank und gab sie für eine neue Runde an Jack weiter. »Eine Göttin der Magie ersann für auserwählte Sterbliche ein Spiel auf Leben und Tod. Dann lud sie die Gottheiten anderer Reiche dazu ein, Repräsentanten ihrer angesehensten Häuser zu entsenden – nur Jugendliche. Jeder Spieler trug das Emblem seiner Gottheit auf der rechten Hand.«

Mein Herz raste ... Eine dieser Jugendlichen war *ich*.

»Sie sollten im Reich Tar Ro kämpfen, einem heiligen Gebiet, so groß wie tausend Königreiche, und sich dort die Embleme ihrer Opfer erkämpfen. Nur der Spieler, der alle Embleme eroberte, konnte Tar Ro lebend verlassen. Natürlich betrogen die Götter und statteten ihre Spieler heimlich mit übernatürlichen Kräften aus, sodass diese mehr als nur Sterbliche waren. Darum nennt man uns auch Arkana, das lateinische Wort für Geheimnis.«

»Heil Tar Ro«, murmelte ich. »Die Hohepriesterin hat das zu mir gesagt.«

»Ein sehr alter Gruß. Sie kennt sich gut aus mit dem Spiel, zollt den alten Bräuchen Respekt.«

Vielleicht sollte ich doch nicht mit ihr darüber sprechen, wie man das Spiel beenden könnte.

»Warum haben die Götter ausgerechnet uns berufen?«

»Fachkräftemangel?« Typischer Arkana-Humor.

»Ich habe deine Hand gesehen«, sagte Jack. »Du hast in diesem Spiel schon vier Karten getötet?«

Das hatte er. Aber er hat es nicht gern getan. Ich wollte das Gesprächsthema gerne wechseln.

»Ja, vier«, bestätigte Aric. Man konnte hören, wie leid er das Ganze war.

»Ein Sensenmann, der keine Lust mehr hat zu töten?«, fragte Jack. Ihm entging nichts.

Aric riss sich zusammen. »Kannibalen und Sklavenhändler zu töten begreife ich als Sport. Doch mit den meisten Arkana ist es etwas anderes. Alles in allem würde ich lieber nicht töten.«

Jack machte ein nachdenkliches Gesicht und reichte mir die Flasche.

»Glaubst du, man kann das Spiel beenden?«

»In der Vergangenheit ist es mir nicht gelungen. Was nicht bedeuten muss, dass es nicht möglich ist.« Nur zu mir sagte Aric: – *Inzwischen glaube ich fest daran.* –

Weil er mich mit zurück in sein einsames Schloss der verlorenen Zeit nehmen wollte. Kinder mit mir wollte. Und sich ein langes – aber endliches – Leben wünschte. Anstelle einer Antwort drückte ich ihm den Whiskey in die Hand.

Nach all dem Elend, das ich gesehen hatte – die sich ausbreitende Pest, die Kannibalen, die angeketteten Frauen und Mädchen – konnte ich mich da einfach so zurückziehen?

Inzwischen ging es um mehr als nur um das Spiel.

Wir jagten die Liebenden nicht nur, weil sie Selena entführt hatten, sondern auch weil sie so viele unschuldige Menschen terrorisierten.

Ich hatte in vergangenen Leben so viel Böses getan. War es da nicht angebracht, in diesem ein wenig davon wiedergutzumachen?

»Manche Karten müssen allerdings in jedem Fall zerstört werden.« Arics freie Hand ballte sich zur Faust. Dachte er an den Herrscher? »Denn sie werden sich niemals in ein Ende des Spiels fügen. So wie die Liebenden.«

»Die beiden werden uns nicht mehr allzu lange Probleme machen.« Jack rieb sich gedankenverloren über den Verband.

»Du solltest dieses Brandmal nicht tragen, Sterblicher.«

»Als ob ich eine Wahl hätte«, gab Jack finster zurück.

»Brenne es mit einem anderen Zeichen aus.«

Nach einem kurzen Moment des Zögerns – in dem er den Vorschlag ganz offensichtlich erwog und für gut befand – fragte Jack: »Warum interessiert dich das überhaupt?«

Aric nahm einen langen Schluck. »Wenn du wüsstest, was die Liebenden der Herrscherin antun wollen, würdest du alles daransetzen, auch die letzte kleine Spur von ihnen auszumerzen.«

35

Von einem Hügel aus überblickte ich das Tal der Pestkranken. Matthew stand neben mir.

Das Letzte, an das ich mich erinnern konnte, nachdem mich der Whiskey wie ein Schlag mit einem Vierkantholz umgehauen hatte, war, wie ich in meinen Schlafsack gekrochen war.

Und nun war mein Freund bei mir. »Ich habe dich vermisst. Fühlst du dich besser?«

»Besser.« Er war nicht mehr ganz so blass. Der schwere Mantel, den er über einem Space-Camp-T-Shirt trug, stand offen.

»Ich bin so froh, das zu hören, Süßer. Warum hast du uns hierhergebracht?«

»Deine Bürde ist die Macht.«

Ich ließ den Blick über die vielen Leichen schweifen. »Ja, ich habe die Last gespürt, als ich all diese Menschen getötet habe.«

»Die Hindernisse werden mehr.«

»Welche Hindernisse?« Eine leichte Brise strich durchs Tal. »Wiedergänger, Sklavenhändler, Milizen oder Kannibalen?«

Er streckte die Finger einer Hand in die Luft. »Es sind nun fünf. Die Minenarbeiter beobachten uns. Sie schmieden Pläne.«

»Mit Minenarbeitern meinst du die Kannibalen, richtig?«

Gereizt scharrte er mit den Stiefeln über den Boden. »*Minenarbeiter*, Herrscherin.«

»Schon gut.« Ich strich ihm über den Arm. »Seid ihr in Sicherheit, du und Finn?«

Er starrte mit zusammengezogenen Brauen in die Ferne. »Wahnsinnig und gebrochen. Verfallen und getroffen.«

Ich blickte in dieselbe Richtung, als würden wir uns gemeinsam einen traumhaften Sonnenuntergang ansehen – nicht Tod und Pest. »Diese Worte hast du schon einmal erwähnt.«

»Du musst noch so viel lernen, Herrscherin. Hüte dich vor dem Schläfer.« Es gab eine Arkana-Karte, deren Kräfte noch nicht aktiviert waren. Sie wurden erst dann wirksam, wenn er oder sie eine andere Karte getötet hatte. »Wer ist es?«

»Frag nicht, wenn du es noch irgendwann erfahren möchtest.«

Ich wollte natürlich weiter bohren, aber Matthew schnitt mir das Wort ab. »Glaubst du mir denn, wenn ich dir sage, dass ich weit sehe?« Er sah mich an. »Glaubst du, dass ich eine Linie sehe, die bis in die ferne Ewigkeit reicht? Vor Jahrhunderten habe ich einer Herrscherin berichtet, dass eine Wiedergeburt ihrer selbst in einer Welt aus Asche leben wird, in der nichts Grünes gedeiht. Sie hat mir nicht geglaubt.«

Dass Phyta oder die Königin der Blüten am Narren gezweifelt hatten, konnte ich mir gut vorstellen. Sie waren ja, so weit das Auge reicht, von grünen Feldern und Wäldern umgeben gewesen.

»Nun sage ich *dir*: Uns stehen dunkle Tage bevor. Glaubst du mir?«

»Ja, ich glaube dir. Bitte sag mir, was geschehen wird. Wie dunkel?«

»Sehr, sehr dunkel. Die Macht ist deine Bürde, das *Wissen* die meine.« Unsicher, fast flehentlich, sah er mich mit seinen warmen braunen Augen an. »Du darfst mich niemals hassen.«

Ich streichelte sein Gesicht. »Ich war zwar wütend auf dich, Matthew, aber ich habe dich nie gehasst.«

»Vergiss nicht: Matthew weiß, was das Beste für dich ist.« Er klang wie seine Mutter, kurz bevor sie ihn ertränken wollte: *Mom weiß, was das Beste für dich ist, Kind.*

Ich ließ die Hände sinken. »Es macht mir Angst, wenn du das sagst.«

»Weißt du, was du wirklich willst, Herrscherin? Ich sehe es. Ich fühle es. Denk nach, Herrscherin! Sieh *weit*!«

Ich versuchte es ja! »Bitte hilf mir doch! Ich bin bereit dazu. Hilf mir, weit zu sehen!«

»Nicht alles ist, wie es scheint. Was würdest du opfern? Was ertragen?«

»Um das Spiel zu beenden?«

Mit belegter Stimme sagte er: »Es werden Dinge geschehen, jenseits deiner wildesten Vorstellungen.«

»Gute Dinge?«

Tränen traten in seine Augen. »Gut, böse, gut, böse, gut, gut, böse, böse. Auf Wiedersehen, meine Freundin.«

»Warte!«

Er war verschwunden. Hatte mich in Gesellschaft unzähliger Toter einfach zurückgelassen. Langsam atmete ich aus. Dann ließ ich noch einmal den Blick schweifen...

Mir blieb fast das Herz stehen. Da war ein *Mädchen* zwischen den Leichen. Sie lag auf dem Bauch, aus ihrem zerfetzten Rücken ragten Schwerter. Zehn Schwerter. Als sie mir den Kopf zudrehte, erkannte ich mich selbst. Ich weinte Blut...

Der Anblick, der sich mir bot, als ich aus dieser schrecklichen Vision hochschreckte, war mindestens genauso verstörend.

Mit nacktem Oberkörper kniete Jack am Feuer, kurz davor, sich sein rot glühendes Bowiemesser auf die Wunde auf seiner Brust zu drücken.

Aric saß in der Nähe und beobachtete das Ganze, als wäre es eine spannende Zirkusnummer.

Ich schoss hoch. »Was tust du da??«

»*Prend-le aisé, bébé.*« Ich sollte locker bleiben? War Jack betrunken? Neben ihm lag die leere Flasche. »Ein

Messerabdruck ist mir lieber als das Brandmal der Zwillinge. Ich kann's nicht mehr sehen. Nicht mehr fühlen.«

Ich sah Aric an. »Und du hältst das für eine gute Idee?«

»Dein Knappe ist recht unterhaltsam.« Er sprach mit starkem Akzent, die Worte klangen gedehnt.

Jack zeigte ihm mit der freien Hand den Stinkefinger.

Mir blieb der Mund offen stehen. Die beiden hatten sich gemeinsam volllaufen lassen.

Aric zuckte mit den Achseln. »Ich würde genau dasselbe tun.«

Männer waren mir ein Rätsel. Die beiden verabscheuten sich. Machten sich gegenseitig runter. Und trotzdem hielten sie bei so etwas zusammen.

Dann dachte ich an Selena. Vielleicht verstand ich Frauen ja genauso wenig.

Im Grunde genommen hatten wir beide uns genauso benommen.

Jack atmete tief ein und hielt die Luft an. Wilde Entschlossenheit breitete sich auf seinem Gesicht aus, während das glühende Metall sich seiner Brust näherte.

Näher. Das heiße Rot der Klinge spiegelte sich in den Perlen des Rosenkranzes und auf seiner schweißnassen Haut. Noch näher.

Aric reckte herausfordernd das Kinn und er drückte sich das Messer auf die Haut.

Zisch. Es versengte ihm das Fleisch. Jack stieß die Luft aus.

Sein Kopf fiel nach hinten, die Muskeln spannten sich. Lautlos ertrug er den Schmerz.

Es schienen Jahre zu vergehen, bis die Klinge abkühlte. Er senkte den Kopf und sah mich mit funkelnden Augen an. »Sie haben keine Macht über mich.«

Tag 378 n. d. Blitz

Vor dem Eingang zum Bunker sagte Jack: »Diese Tür stellt ein verdammt ernstes Problem dar.«

Aric schlug mit der gepanzerten Faust gegen das feuchte Metall. »Die muss mehr als drei Meter dick sein.«

Er war Selenas Ruf gefolgt und hatte uns durch enge Schluchten und über steile Gebirgspässe direkt bis hierher geführt. Seit ein paar Stunden hörte ich sie ebenfalls: *Siehe die Überbringerin des Zweifels*. Und auch der Ruf der Liebenden war zu hören. Dieses Mal der echte.

Ich betrachtete den Berg, in den der Schrein eingelassen war. Der Fels war verbrannt, der Gipfel von Nebel umhüllt. »Wird es mit dem Sprengstoff funktionieren?«

Jack warf einen schnellen Blick auf Milo, den wir in einiger Entfernung gefesselt und geknebelt hatten. »*Non*. Die Tür ist dicker als erwartet. Wir müssten uns irgendwie ins Metall bohren.«

»Und was machen wir jetzt?«, wollte ich wissen, während ich nach irgendeiner Öffnung oder Schwachstelle suchte – wie Efeu. »Wir kommen nicht rein und die Liebenden antworten uns nicht.« Schon den ganzen Tag ignorierten sie unsere Funkrufe.

Plötzlich erstarrte Aric.

»Was ist los?«

Er legte den Zeigefinger auf die Lippen und neigte den behelmten Kopf. »Der Ruf der Bogenschützin ist verstummt.«

Mir sackte der Magen in die Knie. Ich konnte sie auch nicht mehr hören! »Ist sie ...?«

»Ich spüre, dass sie noch lebt.«

»Hast du nicht gesagt, ein Ruf verstummt nur mit dem Tod? Wie ...?« Meine Hieroglyphen begannen zu glühen. »Warum?«

Aric sah mich ernst an. »Es passiert auch dann, wenn ein Arkana in einen katatonen Zustand verfällt.«

Jack fluchte leise.

»Ich verstehe das nicht.« Mein Blick wechselte zwischen den beiden hin und her. »Sie ist doch schon seit Tagen bei den Zwillingen. Wieso passiert das gerade jetzt?«

»Sie hat wohl den kritischen Punkt überschritten«, sagte Aric.

»Oder sie haben sie mit einem neuen Horror konfrontiert.« Jack fuhr sich mit den Fingern durchs Haar. »Als ich diese Kurbel sah, hat es mir auch fast die Sicherung rausgehauen.«

»Heißt das, ihr Verstand hat ausgesetzt? Oh, verdammte Scheiße! Wir müssen da rein. Sofort.«

»Ich versuch's mit dem Sprengstoff.« Jack marschierte zum Pferd, um die Zündsätze und mehrere Blöcke Plastiksprengstoff zu holen.

Während er die Tür präparierte, ging ich unruhig auf und ab. Aric schien in Gedanken versunken.

Nur wenige Minuten später hielt Jack den Zünder in die Höhe. »Das können wir vergessen. Der Sprengstoff könnte nicht mal eine dreißig Zentimeter dicke Tür sprengen.«

»Dann pflanze ich Ranken.« Ich hatte meine Kräfte ja ohnehin für Notleidende einsetzen wollen. Und hier ging es um *Selena*! »Sie können sich in den Berg graben. Oder ich pulverisiere ihn mit meinen Dornen. Irgendwie kommen wir da rein!« Ich hob die Hände, um mir in die Handflächen zu stechen.

»Warte, Herrscherin«, sagte Aric ruhig. »Ich kann die Tür für uns öffnen.«

Jack verdrehte die Augen, hakte dann aber doch nach. »Wirklich?«

Aric nickte. »Ich kann sie mit etwas sehr Altem – und Starkem – sprengen.«

»Dann tu's!« Ich ergriff seinen Panzerhandschuh. »Selena würde sagen: Angriff und Zugriff! Holen wir sie nach Hause!«

»Wir?« Der Tod zog die Hand weg. »Du hast mich nicht richtig verstanden. Es war nie die Rede davon, dass du bei diesem Unternehmen dein Leben riskierst. Nie. Wir werden es hier nicht mit Wiedergängern oder Sterblichen zu tun haben, und du hast noch nicht gelernt, die rote Hexe in ihrer vollen Macht heraufzubeschwören.«

Jack warf mir einen finsteren Blick zu. »Du hast ihm von der roten Hexe erzählt?«

Ich ignorierte seine Frage und sah beide an. »Hier draußen kann es für mich noch viel gefährlicher werden. Woher wollt ihr wissen, dass hinter dem Berg nicht eine ganze Armee von Karnationen auf der Lauer liegt? Außerdem wollen die Zwillinge mich ja lebend. Das heißt, solange ich in eurer Nähe bin, seid ihr sicher. Und ihren Vater haben wir ja auch noch. Ihn werden sie bestimmt verschonen.«

»*Ouais*, prima Idee. Wir benutzen dich einfach als lebenden Schutzschild.« Jack hob die Brauen. »Nicht mit mir.«

»Wir haben es bis hierher geschafft und nun werden wir sie auch retten. Du sprengst die Tür, Aric. Wir beide gehen zusammen rein, Jack. Falls ihr zwei mich hierlassen wollt, müsst ihr mich schon anketten.«

»Wenn wir zusammen in ihre Festung marschieren, sind das acht Zeichen«, knurrte Aric. »Sie werden erbarmungslos sein.«

Flehend sah ich ihn an. *Selena wird für Dinge bestraft, die ich getan habe. Du weißt besser als jeder andere, wie ich früher war. Wie soll ich denn weiterleben, wenn wir sie nicht retten?*

Als er immer noch nicht nachgab, fuhr ich meine

Klauen aus. »Wie viel Blut, glaubst du, werde ich brauchen, um ein Loch in den Berg zu bohren?«

Er brummte etwas auf Lettisch.

»Diesen Blick kenne ich.« Jack schüttelte resigniert den Kopf. »Aber keine Sorge, sobald sie ihren Dickschädel durchgesetzt hat, darfst du wieder den Kavalier spielen.«

Ich ließ die Hände sinken und straffte die Schultern. »Meinst du, wenn ich meinen Dickschädel durchgesetzt habe – oder wenn ihr tut, was ich sage?«

Jack hob ergeben die Hände. »Sag uns, wo's langgeht, *peekôn*.«

»Also«, fragte ich Aric, »was hast du im Gepäck?«

»Und wieder bestätigt sich, dass ich dir keinen Wunsch abschlagen kann.« Er murmelte noch etwas auf Lettisch, ging zu Thanatos und nahm ein kleines Bündel aus der Satteltasche. Dann kam er wieder zu uns zurück.

Jack platzte fast vor Neugier. Genau wie ich.

Behutsam schlug Aric den Stoff auseinander (natürlich war das Bündel schwarz) und seine Augen begannen zu funkeln. Er enthüllte ... einen silberglänzenden Stab.

Mir blieb die Luft weg. »Der ist von Joules!« Das gravierte Metall schimmerte. »Wo hast du den her?«

»Lange bevor der Turm Joules war, habe ich ihm den Stab abgenommen.« Trocken fügte er noch hinzu: »Gestört hat es ihn sicher nicht, schließlich hat er ihn ja weggeworfen.«

Ich musste grinsen. »Warum ist er dir nicht in der Hand explodiert? Du hättest den ganzen Arm verlieren können!«

»Ich habe ihn aus der Luft gefangen, wie ein rohes Ei. Alles oder nichts.« Aric sah mich an. »Ohne Risiko wäre das Leben fade, oder etwa nicht?«

Jack beobachtete unseren Wortwechsel mit Adleraugen.

»Du hast diesen Stab schon einmal gesehen, Herrscherin. Auf einem Regal in meinem Arbeitszimmer. Gleich neben den Kronen der Monarchen, die ich zu Fall gebracht habe.« Der letzte Satz war mit Sicherheit für Jacks Ohren bestimmt.

Seit einer Ewigkeit verwahrte Aric diese Schätze sicher in seiner Festung, und nun hatte er tatsächlich einen davon mit nach draußen genommen – weil er nun selbst draußen war, draußen in der Welt.

Er war kein reiner Beobachter mehr. Der Herr der Ewigkeit nahm am *Leben* teil. Aric hatte recht. Er machte Fortschritte.

»Der Stab ist unbezahlbar. Bist du sicher, dass du ihn hierfür benutzen willst?«

Er senkte den Kopf. »Für dich.«

War er nur deshalb bereit, sich von einem seiner Schätze zu trennen, weil er glaubte, wir würden zusammenleben? Und falls ich ihn nicht erwählte? Würde er dann wieder in sein einsames Elend verfallen?

»Warum hast du ihn mitgebracht?«

Arics Augen wurden eiskalt. Als hätte man einen Hebel umgelegt. »Für den Fall, dass wir auf den Herrscher treffen.«

Sobald wir Selena gerettet hatten, würde ich herausfinden, weshalb er diese Karte so sehr hasste.

»Hat dieses Ding auch genug Power?« Jack betrachtete skeptisch den Stab, dann die Bunkertür, dann wieder den Stab.

»Soweit ich verstanden habe«, sagte Aric, »hängt seine Sprengkraft davon ab, wie kräftig er geworfen wird. Und ich bin sehr viel stärker als Joules.«

Jack warf mir einen vielsagenden Blick zu: *Mit diesem Typen kann ich einfach nicht mithalten.*

»Ich werde sicherheitshalber auf den Sprengstoff an der Tür zielen.«

Milo hinter uns herzerrend gingen wir in etwa dreißig Metern Entfernung hinter einem Fels in Deckung. Aric hantierte mit dem Speer herum, bis er seine volle Länge hatte.

Milo riss die Augen auf und brüllte in seinen Knebel. Er musste erkannt haben, was Aric da in der Hand hielt.

»Bereit?« Aric sah uns fragend an. »Nachdem ich geworfen habe, werde ich die Herrscherin schützen. Ich habe die Rüstung.«

»Jetzt mach schon, Sensenmann!«

Er zielte, holte noch einmal tief Luft und warf mit zusammengepressten Lippen den Speer. Die geballte

Kraft seiner angestauten Aggression lag in diesem Wurf.

Der Speer beschrieb keinen Bogen, sondern raste kerzengerade auf die Tür zu. Wie eine Kugel. Kurz vor dem Einschlag duckte sich Aric schützend über mich. In unseren Ohren dröhnte der Widerhall der explodierenden Tür.

Der Berg bebte, der Boden zitterte. Vom Fels, der uns schützte, regneten kleine Steinbrocken auf uns herab. Während die Erschütterung verebbte, zog Rauch zu uns herüber.

Hatte es geklappt?

Langsam lichtete sich der Rauch wieder und gab den Blick frei auf ... eine komplett zerstörte Tür. Das Metall war geschmolzen und hatte ein riesiges Loch hinterlassen.

Aric hatte es geschafft! Ich wollte ihm um den Hals fallen, aber meine Begeisterung verflog sofort wieder. Das war ja erst der Anfang.

Und der Tod sah auch nicht gerade aus, als ob er in Feierlaune wäre. »Lass mich das bloß nicht bereuen, Herrscherin.«

Vorsichtig näherten wir uns dem Eingang. Im Inneren blinkten unheilvoll rote Warnleuchten. Sie waren die einzige Lichtquelle.

Jack umklammerte mit einer Hand die schussbereite Armbrust, mit der anderen Milos Jackenkragen. Aric hatte beide Schwerter gezogen. Meine Klauen tropften.

Der Eingangsbereich erinnerte an eine Industrieanlage. Dicke Rohre, überdimensionale Bolzen, verschweißte Platten. Die grauen Metallwände waren übersät mit orangefarbenem Graffiti. Jemand hatte in gotischen Buchstaben immer wieder dieselben Worte gemalt:

WAHNSINNIG GEBROCHEN VERFALLEN GETROFFEN.

Im rot blitzenden Licht schienen sich die Buchstaben zu bewegen. Dieselben ominösen Worte hatte auch Matthew erwähnt.

Jack schob Milo grob vorwärts. »Es führt nur ein Weg da rein.« Der Raum hatte keine Türen. Es gab lediglich einen Aufzug.

»Das ist eine Falle.« Aric sah nervös um sich.

»Nun komm schon, Sensenmann. Willst du etwa ewig leben?«

»Nein, und ich würde es auch niemandem empfehlen.« Zu mir sagte Aric: »Du darfst dich auf keinen Fall zurückhalten, wenn wir sie treffen.«

»Das werde ich nicht.« Zumindest nicht sehr. Ich ging in Richtung Aufzug. »Die Zwillinge haben sicher nicht damit gerechnet, dass wir hier reinkommen, und deshalb auch keine Fallen aufgebaut. Aber während wir hier quatschen, haben sie Zeit, sich vorzubereiten.« Ich drückte den Knopf. »Wir sollten uns beeilen.«

Die Aufzugtür öffnete sich. Im Inneren flackerte das gleiche grelle Licht wie das der Warnleuchten.

Aric drückte sich an mir vorbei und betrat den Aufzug mit gezogenen Schwertern als Erster. »Ich sehe mich um.« Kurz darauf bedeutete er mir, ihm zu folgen. Hinter uns schubste Jack Milo in die Kabine.

Leuchtende Knöpfe zeigten dreizehn Stockwerke an, wobei die Zahlenfolge umgekehrt war. Der zweite Stock befand sich nicht über, sondern unter uns.

So viele Ebenen gab es hier? Der Bau war wie ein unterirdischer Bienenstock.

»Sollen wir Milo ein wenig foltern, damit er uns das richtige Stockwerk nennt?« Aric riss Milo den Knebel vom Mund. »Oder möchtest du es uns freiwillig sagen?«

Wir hatten keine Zeit. »Aric, schau dir die Knöpfe an. Ganz genau.« Mit seinen übermenschlich scharfen Augen ... »Kannst du erkennen, welcher am häufigsten benutzt wird?«

Er inspizierte sie. »Der sechste Knopf ist am meisten abgenutzt. Wie passend. Die Sechs ist die Kartennummer der Liebenden.« Er drückte ihn.

Milo rastete aus. »Das ist Hausfriedensbruch – ihr habt kein Recht dazu! Wir sind die Verfechter der Gerechtigkeit in diesem Spiel. Wir sind die Zerstörer der Liebe!«

Die Tür schloss sich, Aric rückte näher an mich heran. Jack und ich warfen uns im zuckenden Licht einen unbehaglichen Blick zu.

Mein Herz pochte. Es ging abwärts. Zentimeter um

Zentimeter näherten wir uns der nächsten Ebene. »Ich bin nur der Eidechsenschwanz. Nur der Schwanz«, brabbelte Milo vor sich hin. »Fängt man uns, wirft man mich ab.« Das hatte er auch schon letzte Nacht gesagt.

Was meinte er damit? Wenn ein Kater eine Eidechse fing, warf die manchmal ihren Schwanz ab, um zu entkommen.

»Drück den Notfallknopf!«, schrie ich entsetzt. Die Zwillinge würden ihren Vater opfern. Wir waren doch in eine Falle getappt. Sie rechneten damit, dass ich überleben und regenerieren würde, sodass sie mich danach foltern konnten. »Wir müssen hier raus!«

Aber Arics Blick wanderte nach oben. Dort öffnete sich gerade eine Ausstiegsluke und ein Mädchen sah auf uns herab. Über ihr schimmerte ein kopiertes Tableau.

Kichernd ließ der Violet-Klon eine Handgranate in die Kabine fallen – dann schlug er die Luke wieder zu.

Jack hatte mich über Handgranaten aufgeklärt: *Sobald der Ring gezogen ist, ist eine Granate nicht mehr dein Freund.*

Die meisten explodierten innerhalb von fünf Sekunden.

Einundzwanzig ...

Aric und Jack hechteten gleichzeitig nach der Granate und stießen zusammen. Sie fluchten. Im flackernden Licht konnte ich kaum erkennen, was passierte.

Zweiundzwanzig ...

Milo trat nach ihren Gesichtern, ich schlug ihm die Klauen in den Körper. Aric erwischte die Granate.

Dreiundzwanzig ...

Er sprang nach oben und prallte so hart gegen die Luke, dass er sie aus den Angeln riss. Der Violet-Klon kreischte. Jack packte mich und drückte mich gegen die Wand. »Achtung, gleich ...!«

Vierundzwanzig ...

Mit einem Schrei schleuderte Aric die Granate senkrecht durch die Luke nach oben. Es war unsere einzige Chance.

Nur dass dort auch die Kabel waren. Und die *Bremsen*.

Fünfundzwanzig ...

BUM!

Wir ... rasten im freien Fall nach unten. Das Gefühl der Schwerelosigkeit presste mir einen Schrei aus den Lungen.

»Ich hab dich, *bébé*! Wir schaffen das. Wir schaffen ...«

Aufprall.

Ein Knochen zerschmetternder Schlag. Metall knirschte. Woher kam plötzlich dieser stechende Schmerz?

Jack wurde von einer Seite der zerbeulten Kabine auf die andere geschleudert, aber mich hielt irgendetwas zurück. Ich sah an mir herunter und schluckte. Aus meiner Taille, direkt über der Hüfte, ragte ein Stück Metall. Ich war aufgespießt.

Es regnete Schutt und Steine auf das Kabinendach. Der Klon schrie. Noch mehr Steine polterten herunter und purzelten durch die Lukenöffnung. Sie waren blutverschmiert von dem Mädchen über uns.

Ich musste mich *bewegen*. Einen Schrei unterdrückend wagte ich einen Schritt nach vorn und brach fast zusammen.

»Evangeline!« Jack tastete mich nach Verletzungen ab. »Großer Gott, blutest du?«

»D... das wird schon wieder. Bist du verletzt?«

»*Non*.«

»Aric?«, fragte ich.

»Mir geht es gut. Aber der gute alte Milo hat schon besser ausgesehen.«

Stöhnend vor Schmerz wälzte er sich auf dem Boden. Es fielen immer mehr Steine herab.

Jack sah nach oben. »Wir müssen weg, bevor wir hier begraben werden.«

Aric zog ein Schwert, um damit die verbogene Fahrstuhltür aufzustemmen. »Oder bevor eine andere Karnation noch mehr Sprengkörper nach uns wirft.« Er bog einen der Türflügel aus der Schiene, der krachend zu Boden fiel.

Ich presste mir die Hand gegen die Seite und lugte vorsichtig in einen schwach beleuchteten Lagerraum. Standen da palettenweise Dosen mit Lebensmitteln?

Durch das Rumpeln der Steine war ein Knurren zu hören.

Jack zog einen Leuchtstab aus der Manteltasche und warf ihn. Polternd kullerte die Röhre über den Boden.

Als sie zum Liegen kam, blieb mir die Luft weg.

Wiedergänger. Es mussten Hunderte sein. Und alle trugen ein Brandmal.

Milo lachte. »Der Schwanz. Der Schwanz. Die schlaue Eidechse entkommt.«

Wild knurrend griff die Meute an.

Jack schob mich zu Aric. »Bring sie raus!«

Dann riss er Milo hoch und schleuderte ihn den Widerlingen entgegen, während Aric mich in die Luke hob.

Ich ignorierte den Schmerz in meiner Seite und kraxelte aufs Dach, direkt neben den sterbenden Klon.

Auf ihrem zerschmetterten Oberkörper lag ein Felsbrocken. Es sah aus, als hätte sie versucht, ihn zu fangen.

Mit einem heiteren Lächeln im Gesicht sah sie mich an – als bräche sie nur zu einer abenteuerlichen Reise auf und wir würden uns irgendwann wiedersehen. Dann schlossen sich ihre Lider.

Steinschutt rieselte auf meinen Kopf, dann traf mich ein etwas größerer Brocken. Ich taumelte. Statt einem toten Klon sah ich plötzlich vier.

»Sie werden uns überrennen.« Jack zog die Pistole und knallte die Widerlinge einzeln ab.

»Klettert hier hoch!« Ich hatte geglaubt, er und Aric wären direkt hinter mir.

Das Knurren wurde lauter und lauter.

»Wenn wir sie nicht aufhalten«, Arics Schwerter blitzten auf, »werden sie sich bis aufs Dach der Aufzugskabine drängen.«

Ich sah nach oben. »Die nächste Ebene ist ungefähr zehn Meter über uns.« Die Explosion der Granate hatte die Aufzugtüren dort oben weit aufgesprengt. Es pulsierten rote Lichter in den Schacht.

»Bring sie da raus, Sensenmann!«, fauchte Jack. »JETZT!«

Bevor ich etwas erwidern konnte, sprang Aric zu mir hoch, packte mich um die blutige Hüfte und schob mich auf die gegenüberliegende Seite des Schachts. »Du kannst das.«

»*Was* kann ich?«

Er warf mich hoch in die Luft und ich streckte mich nach der Türöffnung.

Ufff. Ich landete mit der Wunde direkt auf der Kante. Meine untere Körperhälfte hing noch im Schacht.

»Mach schon, Herrscherin. Zieh dich hoch!«

Mit den Stiefeln suchte ich an der unebenen Schachtwand Halt. Aber bevor ich mich hochdrücken konnte, schoss mir ein stechender Schmerz durch den Kopf.

Noch ein Stein? Schädelbruch? Mir rann das Blut über die Schläfen. Meine Hieroglyphen flackerten. Mit letzter Kraft hievte ich mich in eine Art Lagerraum.

Das Knurren unter mir wurde lauter. Es waren keine Schüsse mehr zu hören. *Jack?*

Mit einem Dornentornado würde ich sein Leben riskieren. Gift wirkte bei den Wiedergängern nicht. Es gab keinen Boden, auf dem ich Ranken hätte wachsen lassen können. Und auch keine Pflanzen, die für mich kämpfen konnten.

Ich legte mich auf den Bauch und robbte an den Schachtrand. »Aric!« Durch den Blutschleier vor meinen Augen erkannte ich ihn kaum. Um mich sammelte sich eine dunkelrote Soße, die über den Fußboden rann und nach unten tropfte. »Lass ihn nicht im Stich!«

Eine Hundertstelsekunde zögerte Aric, dann griff er sich das Ende eines durchtrennten Aufzugkabels und riss es herunter. »Deveaux!« Er ließ das Kabel durch die Luke gleiten. »Halt dich fest!«

»Ich hab's! Los, zieh! Scheiße ... sie sind drin!«

In einer einzigen geschmeidigen Bewegung sprang Aric zu mir hoch und wuchtete gleichzeitig das Kabel mit nach oben. Doch auf halber Strecke wurde er plötzlich zurückgerissen. Er konnte sich gerade noch mit vier Fingerspitzen an der Kante festhalten. »Der Sterbliche ist an irgendetwas hängen geblieben.«

Jack baumelte in der Luke. Unter ihm klammerten sich die Widerlinge an seine Füße und versuchten, ihn nach unten zu ziehen.

Mit einer Hand hielt er sich am Kabel fest, mit der anderen feuerte er die Armbrust ab. Für jeden Wiedergänger, den er erschoss, tauchten zwei neue auf.

Nur an den Fingerspitzen hängend versuchte Aric, Jack – und die beiden Widerlingketten, die an seinen Beinen hingen – hochzuziehen. Ein fröhliches Tauziehen. »Ich kann mich nicht mehr lange halten. Vielleicht haben sie den Sterblichen ja schon gebissen.«

Ein Steinbrocken von der Größe eines Fußballs traf Aric am Hinterkopf und schlug ihm den Helm herunter.

Der Helm fiel ...

Und blieb an einem kleinen Felsvorsprung hängen – direkt über der steigenden Flut von Widerlingen.

»Den brauche ich.« Blitzschnell huschte Arics Blick zwischen seinem Helm und Jack hin und her. Würde er den »Sterblichen« fallen lassen, um seine lebenswichtige Rüstung zu retten? Und was, wenn er Jack *nicht* fallen ließ?

Was, wenn ich sie beide verlieren würde?

Nie mehr Jacks klare graue Augen sehen.

Nie mehr Arics offenes Lächeln.

Nein, die Herrscherin konnte man weder fesseln noch einsperren – und nichts und niemand würde ihr die nehmen, die sie liebte. Trotz meiner Verletzung wallte die Hitze des Gefechts in mir auf. Während ich mich auf die Knie hochdrückte, begann mein Herz zu rasen. Aric wollte, dass ich die rote Hexe heraufbeschwor? Ich war bereit!

Aber wie konnte ich die Wiedergänger ausschalten? Mein Blick huschte umher. *Wie?*

Grabe tief, flüsterte die Hexe. *Als wolltest du dich in die Erde graben.*

Konnte mein Arsenal ... auch aus mir selbst kommen?

»Verdammt!«, brüllte Jack. »Ich hab keine Pfeile mehr!«

»*Sievã* ... ich kann ihn nicht mehr halten.«

Mein Körper begann zu pochen, eine ganz neue Erfahrung. Mein Atem wurde flacher. In mir breitete sich ein elektrisierendes Glücksgefühl aus, ich fing an zu keuchen. Ich wusste, wie es sich anfühlt, wenn sich unter meinen Füßen die Wurzeln durch die Erde wühlen, und nun schienen sie sich in mir auszubreiten.

Es war ein *unvergleichliches* Gefühl.

Die rote Hexe zerrte an ihren Ketten, ich ließ sie frei. *Nimm dich vor ihr in Acht, Tod.* Durch meine Kleidung hindurch erstrahlten die Hieroglyphen und ließen mein Gesicht leuchten.

Kreischend beschirmten die Widerlinge ihre empfindlichen Augen.

Die Körperranke schoss mir aus dem Nacken und teilte sich in Rosen und Efeu. Wie eine gigantische Aura fächerten sich die schlängelnden grünen Seile hinter mir auf.

Ich packte die sich windenden Ranken an der Wurzel und riss sie mir aus dem Körper. Mit einem Schrei schleuderte ich sie in den Schacht.

Meine ganz persönliche Granate.

Ich stellte mir vor, wie die grünen Geschosse sich wie Arterien verzweigten und überall eindrangen – nur dass nicht die Erde sie hervorbrachte, sondern mein mächtiger Wille.

Mit einem glückseligen Lächeln auf dem Gesicht ließ ich mich von meinen Gefühlen treiben. Ich konnte spüren, wie meine Ranken sich in schleimige Brustkörbe bohrten, Schädel pfählten und den Wiedergängern die Innereien durchwühlten.

Oh ja. Es war *unvergleichlich*.

Die gefräßigen Saugnäpfe des Efeus gruben sich in die Haut der aufheulenden Widerlinge und zogen deren Hände fort von Jack.

»Du hast es geschafft, Evie! Ich bin frei!«

An den Wänden des Schachts schlängelten sich vor meinen Augen die Rosentriebe und das Efeu hoch. Mit ihrem schimmernden Grün überwucherten sie den Fels. Über mir webten die Ranken ein Netz, um mich vor herabfallendem Schutt zu schützen.

Aric löste die Finger von der Schachtkante und ließ sich ein paar Meter nach unten fallen. An einem der stabilen Stämme hielt er sich wieder fest und zog den am Kabel hängenden Jack zu sich hoch.

Die beiden kletterten zu mir herauf. Es war ein Gefühl, als würde ein versunkener Schatz für mich gehoben.

Als sie oben ankamen, fragte Aric Jack: »Bist du gebissen worden, Sterblicher?«

Jack krempelte die mit Schleim überzogene Jeans hoch und untersuchte seine Beine. Kein Blut. Keine verletzte Haut. »*Non*. Es war knapp, aber nein.« Wir hatten ihn gerade noch rechtzeitig hochgeholt.

Ich befahl dem Rankennetz, sich auf die Horde von Widerlingen unter uns zu senken. Während sie zerrend und reißend versuchten, daran hochzuklettern, tobte in mir noch immer die rote Hexe. Der Tumult unter uns war wie ein Spiegel meines inneren Kampfes.

Die Luft war geschwängert von Rosenduft, meine

Augen wanderten zum Tod. Fünf Zeichen allein von ihm und er trug keinen schützenden Helm.

»Zügele dich, Herrscherin.« Der Tod war angespannt, seine Brauen zusammengezogen. »Ich werde nicht gegen dich kämpfen. Vergiss das nicht.«

Hilfe suchend wandte ich mich an Jack. Doch als ich ihm in die Augen sah, erkannte ich, dass er kein Rettungsanker für mich war.

Nur eine Mahnung, meine Menschlichkeit nicht zu verlieren.

Doch auch Aric verkörperte nun eine Mahnung. Ich hatte geschworen, ihn nie wieder zu verletzen.

Also holte ich tief Luft und brachte all meine Willenskraft auf, um die Hexe in ihre Schranken zu weisen. Es verstrichen einige bange Sekunden, bevor meine Klauen sich zurückzogen und die Hieroglyphen verblassten.

Noch nie hatte ich meine Kräfte in diesem Ausmaß genutzt. Da war eine ganze Handvoll Zeichen vor meiner Nase gewesen – die ich mir nur hätte holen müssen –, aber ich hatte die Hexe im Zaum halten können!

Meine Ranken brachten mir den Furcht einflößenden Helm des Todes. Wie von Geisterhand schwebte er zu mir herauf und ich reichte ihn ihm. »Na? Wie war ich?«, fragte ich ihn atemlos. »War das zügellos genug für dich?«

Er schüttelte den Kopf.

»Jetzt hör aber auf! Kann ich denn noch schlimmer werden?«

Ein langsames Nicken. »Es war nur ein Bruchteil dessen, wozu du fähig bist, Herrscherin.«

»Das ist nicht dein Ernst.« So schnell die Hitze des Gefechts gekommen war, verschwand sie auch wieder. Ich war wie vor den Kopf gestoßen. »Meine Hieroglyphen hätten eine Kleinstadt erleuchten können. Und die Nummer mit den Ranken war reif für den *Kleinen Horrorladen*.« Der Vergleich stammte von Selena.

»Das ist richtig. Und dennoch war es nur ein Bruchteil.«

Jack fuhr sich mit der Hand über das Gesicht. »Wo hast du das gelernt, *peekôn*? Die Widerlinge dachten, die Sonne scheint! Wie viele Ranken kannst du auf einmal wachsen lassen?«

Wenigstens er war beeindruckt. »Ich weiß es nicht. Den Trick kannte ich selbst noch nicht.«

Jack wandte sich an Aric: »Ich dachte, du lässt meinen Cajun-Arsch jede Sekunde fallen. Aber du hast es nicht getan.«

»Vermutlich war deine Zeit noch nicht gekommen.« Aric setzte den Helm auf. »Wie auch immer. Mein letztes Stündlein hat jedenfalls nur dank dir noch nicht geschlagen.«

Aric fühlte sich mit Jacks Dankbarkeit sichtlich unwohl und kniete sich neben mich. »Du hast eine Platzwunde am Kopf?«

Langsam sank mein Adrenalinspiegel und in meinem Körper breiteten sich unerträgliche Schmerzen aus. Außerdem wurde mir schlecht.

Aric teilte vorsichtig mein Haar. »Das ist nicht nur eine Platzwunde. Du hast einen echten Schädelbruch. Und deine Seite ist durchbohrt.«

»Das wird heilen.«

Jack beobachtet uns mit zusammengekniffenen Augen.

Ich sah ihn ebenfalls böse an. »Was hast du dir eigentlich dabei gedacht, schlecht bewaffnet und ohne Rüstung auf die Wiedergänger loszugehen? Das war absoluter Schwachsinn.« Meine Sorge um ihn verwandelte sich in Wut. »Genau wie letzte Nacht, als du dich in eine ganze Meute von ihnen gestürzt hast! Trotz deines Versprechens.«

Jacks Gesicht fiel in sich zusammen.

»Vielleicht könnt ihr das ein anderes Mal besprechen«, sagte Aric. »Im Treppenhaus bewegt sich etwas.« Ganz in der Nähe leuchtete ein grünes AUSGANG-Schild. Die Tür darunter stand offen.

»Ich habe keine Munition mehr.« Jack wischte sich mit dem Ärmel den Schweiß von der Stirn. »Sind das noch mehr Widerlinge?«

»So viel Glück werden wir nicht haben.«

Aus der Türöffnung drang ein Stimmenchor zu uns: »*Wir werden euch lieben.*«

Mein vernebeltes Gehirn konnte kaum verarbeiten, was ich da sah. Unzählige Karnationen strömten in den Raum.

Perfekte Duplikate. Wie aus Papier geschnittene Figuren, die sich endlos aneinanderreihten. Nur dass diese hier Schwerter trugen.

Der Tod zog ebenfalls seine Schwerter und marschierte in die Schlacht. An seiner Seite Jack, der sich als Waffe einen Feuerlöscher gegriffen hatte.

Beim Versuch aufzustehen musste ich würgen. Dann erbrach ich mich in meine eigene Blutlache.

»Bleib, wo du bist, Herrscherin!«, rief Aric mir zu, während er mit seinen beiden Schwertern um sich schlug.

»Wir machen das schon!« Jack zertrümmerte einen Vincent-Schädel.

Wankend kam ich auf die Beine und lehnte mich gegen die Wand. Sobald ich wieder bei Kräften war, würde ich eine grüne Flutwelle aus dem Aufzugschacht aufsteigen lassen ...

Eine Hand legte sich mir über den Mund.

Der Boden unter meinen Füßen bewegte sich ... Nein, nicht der Boden, *wir* bewegten uns. Die Wand drehte sich und beförderte uns in einen geheimen

Raum. Würden Jack und Aric überhaupt bemerken, dass sie mich geschnappt hatten?

»Wenn du Selena lebend wiedersehen willst«, flüsterte eine männliche Stimme, »musst du ein braves Mädchen sein.«

Vincent. Ich konnte spüren, dass es der echte war.

Seinen Vorstellungen von einem braven Mädchen würde ich allerdings niemals entsprechen. Als er mir den Arm um den Hals legte, ließ ich die Dornenklauen wachsen, bereit, ihm mein Gift zu injizieren. Ein halbes Mal gehörte schon mir!

»Erkennst du den wieder?« Er hielt mir einen Drucksensor unter die Nase. »Nun trägt Selena das Halsband.«

Egal ... ich will das Zeichen der Liebenden ...

Nein. Nein, Selena war meine Freundin. Sie hatte den Pfeil, der für mich bestimmt war, absichtlich verschossen.

Ich atmete tief durch. Vincent würde mich durch den Schrein zu ihr führen – und zu Violet. Ich ergab mich und hob die Hände.

»Du erstaunst mich, Herrscherin. Dir scheint tatsächlich etwas am Leben einer anderen Karte zu liegen.« Er zerrte mich in einen geheimen Aufzug, der nicht viel größer war als ein Speiseaufzug.

»Vi und ich hatten uns schon gefragt, ob unsere Drohung wohl genügt, um deine Blutgier zu bremsen.«

Gemeinsam fuhren wir nach unten. Schwer zu

sagen, wie viele Stockwerke wir passierten, bevor der Aufzug stoppte. Vincent stieß mich in einen Gang, der ebenso industriell anmutete wie der Eingangsbereich. An die Wände waren dieselben orangefarbenen Wörter gesprüht:

WAHNSINNIG GEBROCHEN VERFALLEN GETROFFEN.

Über Vincent erschien sein Tableau. Es stand auf dem Kopf, war aber kristallklar zu erkennen.

Endlich stand ich einem Originalzwilling gegenüber.

Mit seinen makellosen Karnationen hatte Vincent nur wenig gemein. Sein Körper war dürr, aber irgendwie aufgedunsen, die gelbliche Haut glänzte fettig. Das schwarze Haar war verfilzt, sein ärmelloses T-Shirt und die Jeans blutverschmiert. Auf dem Arm trug er zahlreiche Narben und frische Schnitte, die ganz offensichtlich vom wiederholten Aderlass rührten.

Bei den Karnationen, die er schuf, idealisierte er sein Aussehen. Eitel und aufgeblasen? Das konnte man wohl sagen.

Ich war gespannt darauf, die echte Violet zu Gesicht zu bekommen. »Gib's zu: Deine Karnationen sind mit Photoshop bearbeitet.«

»Ausgerechnet du willst über mein Aussehen lästern?« Sogar die Stimme war piepsiger als die seiner Karnationen. »Du bist von oben bis unten voll Blut. Erstaunlicherweise ist es dieses Mal dein eigenes.«

Wo er recht hatte, hatte er recht. »Wo sind deine Schwester und Selena?«

»Ich bringe dich zu ihnen.« Er gab mir ein Zeichen, ihm zu folgen.

Ich entschied mich mitzuspielen, bis mein Körper geheilt und ich wieder bei Kräften war. Mir würde schon etwas einfallen, um an den Sensor zu kommen, die Zwillinge auszuschalten und dann zurück zu Aric und Jack zu gelangen.

Seite an Seite schlenderten Vincent und ich den Gang entlang, als wären wir auf dem Weg in unser Klassenzimmer. Niemand hätte vermutetet, dass ich ihn bei der erstbesten Gelegenheit töten wollte, während er sich gerade ausmalte, wie er mir den ersten Schrei entlocken konnte.

Und so wie er sich benahm, hätte auch niemand vermutet, dass die Widerlinge gerade seinen Vater verspeist hatten.

Es war die Ruhe vor dem Sturm. Und wir wussten es beide.

»Warum stehen überall diese Wörter an der Wand?«

»Damit sie Violet und mich stets an die Macht erinnern, die wir ausüben.«

»Und die wäre?«

»Wir kontrollieren die destruktivste Kraft des Universums.«

Ich konnte es nicht mehr hören. »Ich habe mich getäuscht, als ich das über die Liebe gesagt habe.«

Er machte ein finsteres Gesicht. »Aber nein, du hattest recht. Denn ihr verdanken wir unsere Macht. Liebe erzeugt Gewalt, Mord und Krieg. Warum sonst sollten die Sterblichen sie mit so schrecklichen Dingen gleichsetzen?«

»Wovon redest du?«

»Wir sind nicht nur wahnsinnig vor Schmerz, vor Kummer oder vor Einsamkeit, sondern auch vor Liebe. Wir leiden nicht nur an gebrochenen Gliedern, sondern auch an gebrochenem Herzen. Warum sagt man nicht, ›sich in die Liebe *erheben*‹, sondern ›der Liebe *verfallen*‹? So wie wir der Gier oder dem Wahnsinn verfallen?«

Darauf hatte ich keine Antwort. Wie sollte man Liebe definieren? Ich wusste es nicht. Sicher war nur, dass Vincents Vorstellung von Liebe pervers war.

»Die Liebe trifft einen mitten ins Herz, wie ein Pfeil. Klingt ziemlich schmerzhaft, oder etwa nicht?« Mit der freien Hand zog er den Kragen seines T-Shirts nach oben und ließ den Kopf kreisen. »Einmal vom Pfeil der Liebe getroffen, befällt einen eine unsichtbare, quälende Krankheit.«

»Ja, ja, schon gut. Liebe tut weh. Ich hab's verstanden.«

Er grinste. Ich zog eine Grimasse, die gelben Zähne erinnerten mich an seinen Vater. »Du leidest, Herrscherin. Deine Liebe ist nicht getrübt. Sie ist geteilt – zwischen dem Tod und dem Jäger.«

Irgendwo hier in diesem Bunker kämpfte Aric für mich – unermüdlich. Vincent hatte recht. Ich liebte ihn. So wie Jack.

»Das ist kompliziert.« Meine Standardantwort.

»Du hast unsere Abmachung gebrochen und den Tod mit hierhergebracht. Aber ich bin froh darüber. Nun haben wir zwei Geliebte, mit denen wir dich foltern können. Wir sollten sie lebend fangen.« Vincents Blick wurde leer, seine Iris schwarz.

»Siehst du gerade durch die Augen deiner Karnationen?«

»Das tun wir.«

– Sievã, öffne mir deine Gedanken! –

Aric! Mir geht es gut so weit. Und du und Jack? –

– Wir sind beschäftigt. –

Ich bin bei Vincent. Selena und Violet konnte ich bisher nicht finden.

– Ich komme bald. Halte durch. –

Ich kann ihn noch hinhalten.

Keine Antwort.

Vincents Augen wurden wieder klar. »Hast du dich an unsere gemeinsame Vergangenheit erinnert?«

Ich schüttelte den schmerzenden Kopf. »Aber sobald der Tod eure Chroniken übersetzt hat, werde ich alles nachlesen.«

»Während wir uns hier nett unterhalten, holen sich unsere Karnationen die gestohlenen Chroniken aus den Satteltaschen eurer Pferde zurück.«

»Du meinst, sie wollen sie dem gepanzerten Pferd des Todes abnehmen?« Ich musste lachen. »Na dann viel Glück.« Thanatos hatte Kraft für zehn und stampfte mit den Hufen Widerlinge zu Brei. Da wäre es für die Klone besser, wenn sie den Hengst nicht erwischen würden. »Warum sind diese Chroniken so wichtig für euch?«

»Unser Vater hat uns schon seit unserer frühesten Kindheit jeden Abend vor dem Zubettgehen daraus vorgelesen.« Ziemlich blutrünstige Gutenachtgeschichten. »Wir sind in diesen Dingen ein wenig sentimental.«

Sentimental? »Du und deine Schwester, ihr seid dafür verantwortlich, dass euer Vater gerade *verdaut* wird.«

Er nickte. »Heute haben wir unseren Vater geliebt. Und als wir anfingen, die neuen Karnationen zu erschaffen, liebten wir unsere Mutter.« War sie bei ihrer Geburt gestorben?

Ein Verdacht regte sich in mir. »Hast du diesen Ort jemals verlassen, Vincent?«

Er blinzelte. »Warum sollten wir das?«

Ich sah ihn ungläubig an.

»Unser Vater hat den Schrein gekauft, als unsere Mutter mit uns schwanger war – für den Fall, dass die Geburt seiner Kinder ein neues Spiel und eine neue Katastrophe einläuten würden. Als er dann erfuhr, dass es Zwillinge waren, wusste er: Das Spiel beginnt. Wir waren hier drin schon in Sicherheit, noch bevor wir geboren wurden.«

Die Zwillinge hatten noch nie die Sonne auf ihrer Haut gespürt?

Er zeigte auf eine offene Tür. »Da entlang.«

Wieder beschloss ich, ihm zu folgen.

Sobald wir über eine Stufe eingetreten waren, machte er hinter sich die Tür zu. Mit einer Kombination, die ich nicht erkennen konnte, schloss er uns ein, ohne den Finger vom Sensor zu nehmen. War ich mit ihm gefangen?

Nein, *er* war mit *mir* gefangen.

Komm, Liebender, berühre mich ...

Vincent hatte mich in ein geräumiges Spielzimmer geführt. An einer Wand standen ein Kühlschrank und eine Mikrowelle, daneben war ein Waschbecken. Der Mülleimer quoll von leeren Chipstüten und Tiefkühlkostverpackungen über, drum herum lagen zerknüllte Klamotten verstreut.

Entlang einer zweiten Wand stand ein Hightech-Schreibtisch, vollgepackt mit Tastaturen und Videospielcontrollern. Darüber hingen riesige Bildschirme. Mehrere Videospiele standen auf Pause.

Vor einem bequemen Computersessel standen ein Teller mit einer halb gegessenen Pizza und eine Dose Cola.

»Das ist also der Palast des Herzogs. Hier sitzt du also den ganzen Tag und spielst?« Während der Rest der Welt ums Überleben kämpfte. Hatte das übelste Arschloch auf diesem Planeten diese Bude verdient?

»Wenn wir gerade nicht unsere Macht ausüben – oder gestört werden –, spielen wir.« Er warf mir einen genervten Blick zu und ließ sich mit dem Sensor in der Hand in seinen Stuhl fallen. »Unser ganzes Leben ist eine Art Videospiel. Wir, die Spieler, sitzen hier in unserem Schrein und schicken unsere Avatare in die Welt hinaus.«

Vincent war ein Monster. Dennoch klang er mehr wie ein aufgeregter Teenager, als er sagte: »Wir haben den Schrein in eine Kammer des Schreckens verwandelt! Auf jedem Gang patrouillieren Karnationen, und im Keller haben wir Widerlinge, die unseren Schatz beschützen. Herzlichen Glückwunsch, Herrscherin, du hast unsere kleine Explosion überlebt und so den geheimen Bonuslevel erreicht. Leider hast du nun nur noch ein Leben übrig.« Grinsend zeigte er mir wieder sein ekelhaftes Gebiss.

Vincent Milovníci schien zwar massenhaft Mikrowellenfraß zu besitzen, aber keine Zahnbürste. Ich drehte seinem Grinsen den Rücken zu und betrachtete nachdenklich die zerknüllten Kleider neben dem Mülleimer.

Waren das Selenas?

Ja, das T-Shirt, die Jacke und die Stiefel gehörten ihr – zu entsorgen mit dem Verpackungsmüll. Gingen die Zwillinge davon aus, dass sie sie nie wieder brauchen würde?

»Wo ist Selena? Was habt ihr mit ihr gemacht?«

»Wir haben sie geliebt«, gab er leicht verdutzt zurück.

Ich konnte meinen Zorn nicht mehr unterdrücken. »Du hast sie vergewaltigt?«

»Ich? Vi betrügen? Bist du verrückt?« Er war so entrüstet, dass ich ihm glaubte. Wer hätte gedacht, dass ich einmal froh wäre über Vincents Treue zu Violet. »Du hast versprochen, mich zu Selena zu bringen.«

Wieder zog er an seinem T-Shirt-Kragen. »Wozu die Eile? Wir haben alle Zeit der Welt.«

»Ist es dir peinlich, mir deine kranken Fantasien zu zeigen?«

Er grinste. »Unsere *liebeskranken* Fantasien.«

Netter Witz. Mein angewidertes Gesicht hätte Selena alle Ehre gemacht.

Seine schwarzen Augenbrauen zogen sich zusammen. »Wir sind stolz auf unsere Arbeit, Herrscherin. Das waren wir schon immer.«

Arbeit?

»Nun denn, wenn du so scharf darauf bist, erleuchtet zu werden ...« Er drückte einen Knopf auf seinem Schreibtisch, woraufhin eine Wandverkleidung aufklappte. Eine Folterkammer kam zum Vorschein. Die Luft, die mir entgegenschlug, roch so faulig, dass ich mich um ein Haar wieder übergeben hätte.

Gegen das, was ich hier sah, war die Folterkammer im Zelt der Aso Süd ein Spielplatz für Amateure. Der Raum war mit sämtlichen Geräten ausgestattet, die wir auch dort schon gesehen hatten, plus einem Pranger, einer Streckbank und einer echten Guillotine.

Von den Balken hingen Fesseln. Auf einer Werkbank lagen blutverkrustete Hackbeile und Hämmer. An einer Werkzeugwand hingen diverse Metallmasken, Eisensägen, Heckenscheren und Apparaturen mit Kurbeln.

In einer Feuerstelle mit Abzug brannte ein großes Feuer, daneben lag griffbereit eine Reihe von Zangen und Schürhaken.

Auf einem mit Stacheln versehenen Stuhl verweste eine Leiche, eine zweite verrottete in einem von der Decke hängenden Käfig.

»Mein Vorrat an Opfern geht langsam zur Neige.« Vincent seufzte, als wäre es ihm peinlich, mir nur ein so klägliches Massaker präsentieren zu können. »Aber nun bist ja du hier. Deine Fähigkeit zur Regeneration wird uns eine Art endloses Videospiel bescheren.«

In der Folterkammer stand auch ein Bett mit zerknüllten Laken. Die Zwillinge schliefen hier, inmitten der Leichen und des Gestanks. »Wo ist Violet?«

»Sie ist immer *in der Nähe.*«

»Wenn du und deine Schwester Zwillingskräfte besitzt, warum seid ihr dann nicht immer zusammen?«

»Wir bauen unsere Fähigkeiten aus.« Er schien das witzig zu finden.

Ein gutes Stück rechts von mir entdeckte ich einen Hauklotz, in dem eine Axt steckte. Jemand kniete davor.

»*Selena?*«

Regungslos kniete sie da, ihre Augen starrten ins Leere.

Das lange Haar fiel ihr ins Gesicht. Sie trug nur Jeans und BH und sah aus, als hätte sie innerhalb der letzten Tage zehn Kilo abgenommen. Ihre nackte Haut war übersät mit Blutergüssen.

»Eure Ankunft hat uns unterbrochen.« Vincent klang gereizt. »Wir wollten ihr gerade die Hand abhacken ...«

Ich rannte zu ihr und ließ mich neben ihr auf die Knie fallen. »Selena!« Hinter der fiesen Klinge der Axt lag ihr ausgestreckter Arm auf dem Hauklotz.

Großer Gott, sie hatten ihr einen rostigen Nagel durch die Hand getrieben, damit sie sie nicht wegziehen konnte. War es das, was Selena ausgeknockt hatte?

Behutsam strich ich ihr das Haar aus dem Gesicht und legte es über ihre Schulter. Auf ihrer Brust prangte ein verkrustetes Brandmal: zwei sich überschneidende Dreiecke, die von zwei Pfeilen geteilt wurden.

Eine rasende Wut kochte in mir hoch. Aus meinem Nacken wuchs die Körperranke und verzweigte sich hinter meinem Rücken. Doch dieses Mal war es keine grüne Aura, vielmehr fühlte es sich an, als hätte ich Kobras auf dem Kopf.

Vincent schüttelte es vor Abscheu. »Du kannst dir gar nicht vorstellen, wie abstoßend du auf uns wirkst.« Er hielt den Sensor in die Höhe. »Ganz ruhig, Herrscherin. Nun, wo wir dich haben, brauchen wir die Bogenschützin eigentlich gar nicht mehr.«

Verdammt, der Sensor! Doch ich konnte meine Wut nun kontrollieren. Zähneknirschend zwang ich meine Ranke, sich wieder zurückzuziehen.

Sie gehorchte nur zögerlich. Nachdem sie unter meine Haut geschlüpft war, wandte ich mich wieder Selena zu. »Bitte sag was.« Sie reagierte nicht. »Selena, antworte mir!« Nichts.

Ich sah zu Vincent. »Was zum Teufel habt ihr mit ihr gemacht?«

Er saß auf einer Truhe am Fußende des Bettes. »Während wir darauf gewartet haben, dass ihr Arm heilt, hatten wir sie mit einer Schlinge um den Hals in einen Schwitzkasten gestellt. Sie musste auf Zehenspitzen auf einer heißen Kochplatte balancieren.« Er plauderte genauso locker über die Folter, wie ich es schon von seinen Karnationen kannte. »Sterbliche brechen meist nach ein paar Stunden zusammen, aber sie hat das tagelang durchgehalten, ohne Nahrung und Wasser. Sie kam da völlig unbeschadet raus, sodass wir direkt mit ihr weiterarbeiten konnten.«

Wenn sie Selena so etwas angetan hatten, was hatten sie dann erst mit Jack gemacht?

»Für heute hatten wir eigentlich geplant, ihr jeden

Finger einzeln abzuhacken und sie mit der Gewissheit zu quälen, nie wieder einen Pfeil abschießen zu können. Aber Vi hat sich umentschieden. Sie wollte die Hand der Bogenschützin lieber am Stück. Selbstverständlich habe ich unsere Gefangene daraufhin sofort festgenagelt und die Axt geschliffen.« Seufzend fügte er hinzu: »Was tut man nicht alles für die Liebe.«

Meine Klauen tropften. Ich sehnte mich regelrecht danach, sie ihm in seine fettigen Schweinebacken zu bohren.

»Kurz bevor ihr gekommen seid, habe ich meine Axt über den Kopf geschwungen und dann innegehalten. Du weißt schon, um ein bisschen Spannung zu erzeugen. Eigentlich hatte ich erwartet, sie würde winseln und flehen – so wie Gefangene das normalerweise machen. Aber die kaltblütige Bogenschützin hat nicht einmal geweint. Als hätte man alle Tränen schon aus ihr herausgequetscht. Sie ist einfach zusammengebrochen. Vi glaubt, man hat ihr beigebracht, sich mental auszuklinken, wenn sie gefoltert wird. Aber ich glaube, sie ist zusammengeklappt, weil sie zum ersten Mal meine Schwester gesehen hat.«

Ein kaltes Schaudern kroch mir die Wirbelsäule entlang. »Warum sollte Selena bei Violets Anblick in einen katatonen Zustand verfallen?« Konnte mir das auch passieren?

Er grinste. »Du wirst schon sehen.«

Ich schluckte.

»Da du nun hier bist, haben wir mit dem Abhacken noch gewartet. Wir hatten gehofft, du könntest sie vielleicht aus ihrem Dämmerzustand holen. Sie sollte unsere Arbeit doch bei vollem Bewusstsein...« Er verstummte und starrte auf etwas hinter Selena. »Eine Sekunde. Wir haben einen kritischen Punkt erreicht.« Er stand auf und schlurfte zu einer großen Blutlache.

»Ist das Selenas Blut?«

Anstelle einer Antwort verdrehte er die blassblauen Augen. Mit der freien Hand zog er ein Rasiermesser aus der Tasche seiner Jeans und ließ es aufschnappen. Dann schnitt er sich in den Arm. Er stöhnte – vor Lust? – und hielt die Wunde über die Blutlache, den Sensor fest in der ausgestreckten Hand.

Als der erste dunkelrote Tropfen die Lache traf, fing die Luft über der Oberfläche an zu flirren. Ich spürte ähnliche Kräfte, wie wenn Finn eine Illusion zauberte. »Du erschaffst eine Karnation.«

Vincent klappte das Messer zusammen und steckte es wieder ein. »Wir lassen unsere Kinder direkt neben den Gefangenen schlüpfen, damit sie unsere Art der Liebe unverzüglich begreifen.«

Ich musste Jack und Aric Zeit verschaffen, um hierherzukommen – das hieß, diesen Irren weiter in ein Gespräch zu verwickeln. »Müsst ihr euer Blut nicht mischen, du und Violet, um euch selbst zu klonen?«

»Ihr Blut ist da drin.«

»Wie viele habt ihr schon gemacht?«

Stolz reckte er die Brust. »Legionen. Wir schicken sie als Kundschafter in die ganze Welt, bis zum früheren Pazifik und sogar an den Äquator.«

Er konnte alles sehen, was sie sahen. »Und? Wie sieht es dort aus?«

»Genau wie hier, nichts als Asche und Trümmer. Überall Verwüstung. Die Welt wurde geliebt, und nun ist sie zerstört.«

Er redete, als wäre das Ende schon gekommen. Aber das konnte unmöglich schon alles gewesen sein! Es musste irgendwie weitergehen. Das alles musste doch einen Sinn haben. Wir mussten ihn nur finden und dann die Lehre daraus ziehen. Ansonsten blieb uns nichts anderes übrig, als die uns verbleibenden Jahre zu ertragen – bis zum bitteren Ende.

Und Grausamkeiten wie die hier zu akzeptieren.

Wieder zerrte Vincent an seinem T-Shirt-Kragen. »Es gibt Überlebende, die durch die Asche wandern und Gerüchten über einen Zufluchtsort hinterherjagen. Aber sie sind verarscht worden. Da draußen gibt es nichts mehr.«

Doch. Es könnte ein Haven geben.

Vielleicht ging es letztendlich nur darum, trotz all dem Elend die Hoffnung nicht aufzugeben – und anständig zu bleiben. »Du und deine Familie, ihr hättet so viel Gutes tun können in der Welt. Stattdessen seid ihr zum Albtraum geworden.«

»Du meinst im Gegensatz zu dir? Sieh den Tatsachen

ins Gesicht, Herrscherin. Du bist böse. Alle Karten sind böse.«

»Das ist nicht wahr. Der Tod ist nicht böse.«

»Wenn du das glaubst, kennst du ihn nicht besonders gut.«

»Ich kenne ihn schon seit mehreren Leben«, gab ich zurück, während ich abwesend in die Blutlache starrte. Das Feuer, das sich darin spiegelte, hatte eine Erinnerung in mir geweckt.

Ein Sommerabend.

Der überwältigende Duft von Rosen.

Ich fragte jemanden: »Wie geht es meiner Blume?«

Plötzlich brachen Finger durch die Oberfläche der Blutlache und die Erinnerung löste sich in Luft auf. Mir stockte der Atem. Eine Karnation stieg empor!

Wie aus einem Grab.

Die ganze Hand tauchte auf, an der porzellanartigen Haut klebte kein Blut. Eine Tätowierung erschien, schwarze gotische Zeichen. War das eine Nummer? Eine Art Seriennummer? Die Anzahl an Karnationen konnte unmöglich richtig sein.

Selena reagierte nicht einmal auf diese ... Geburt.

Immer weiter stieg die Karnation empor. Nun tauchte auch die zweite Hand auf. Als ich meinen Blick endlich lösen konnte, bemerkte ich, dass Vincents tote Augen wieder dunkler geworden waren. Beobachtete er den Kampf? Bedeutet dieser Blick, dass er das, was um ihn her geschah, nicht mehr wahrnahm?

Aric hatte sich schon eine ganze Weile nicht mehr gemeldet.

»Dieser Kampf könnte noch interessant werden. Der Tod wird den Jäger sicher töten, nun wo er glaubt, dass du weg bist und es nicht siehst.«

»Das würde er niemals tun. Der Tod hat Ehrgefühl. Sieh's einfach ein, Vincent, manche Karten sind gut...« Mein Blick wanderte wieder zu der Blutlache, aus der sich die Violet-Kreatur erhob.

Irgendwo an der Oberfläche meines Bewusstseins schwamm die Erinnerung an meine Vergangenheit mit den Liebenden. Ich konnte mich an einen Hügel voller Rosen mit Dornen so dick wie Dolche erinnern und an Violets Blut, das von oben heruntertropfte. Wie Regen hatte ich es in meinen zu einer Schale geformten Händen aufgefangen.

Warum war sie über mir gewesen?

Plötzlich offenbarte sich mir die ganze Szene. Mir blieb die Luft weg. Meine Lungen verkrampften sich, der Raum schien mich zu erdrücken. Violet war mit Ranken gefesselt und an die Flügel einer Windmühle gebunden. Ihr Blut durchtränkte den weißen Stoff, mit dem die Flügel bespannt waren, und tropfte nach unten in meine Hände.

Die Mühle ächzte unter dem Gewicht meiner Rosentriebe. Die Ländereien der Liebenden waren komplett überwuchert.

Ich hatte den Ranken befohlen, sich unter Violets

Haut zu graben – sie aber am Leben zu lassen. Während sie sich wieder und wieder im Kreis drehte, trug es ihre gequälten Schreie weit hinaus in die Landschaft.

Sie war jünger als ich jetzt. Mein Magen verkrampfte sich.

Die Armee wälzt sich voran, eine Windmühle dreht sich. Ich hatte geglaubt, Matthew hätte mich damit vor der Aso gewarnt.

Hatte er auch – nur nicht so, wie ich gedacht hatte.

Tagelang hatte ich Violet so gefangen gehalten, bis Vincent kam und sich für sie opferte.

Komm, geselle dich zu ihr, bezahle den Preis. Es ist keine Schande, sich zu ergeben, Liebender. Ich hatte die Dornentriebe geteilt und ihn näher herangerufen. *Wie kunstvoll wir locken. Wie vollendet wir bestrafen.*

Dann riss ich ihn mit den Klauen in Fetzen und erwürgte sie beide mit meinen Ranken. Ich kratzte ihnen die Augen aus und pflanzte Sprösslinge in die leeren Höhlen.

Die Zwillinge waren damals nicht zwingend Monster gewesen – ich schon. Eine böse rote Hexe, die gnadenlos ihre Macht ausübte.

Und Aric wollte, dass ich dieser Hexe freie Hand ließ? Ich hatte behauptet, den Tod zu kennen, dabei kannte ich nicht einmal mich selbst.

»Du erinnerst dich!« Vincent blinzelte und sah mich wieder mit klaren Augen an. »Zumindest hast du damals dein Versprechen gehalten, uns gemeinsam ins

Jenseits zu befördern. Aber du hast unsere sterblichen Überreste entweiht. Als unsere Chronisten uns fanden, wucherten deine grässlichen Rosen in unseren Körpern!«

Mein Atem wurde immer flacher, ich hyperventilierte fast.

Sobald wir hier raus waren, würde ich meine Erinnerung als Strafe ansehen und mich ihr stellen. Doch nun musste ich Selena helfen.

Vincent sagte: »In diesem Leben wird Vi und mich nichts mehr trennen können – nichts und niemand.«

Aber wo in diesem Höllenloch hielt sie sich versteckt?

Seine Augen flackerten wieder. »Wir haben beschlossen, dass einer deiner Geliebten noch heute sterben soll. Und du darfst entscheiden welcher. Der Sensenmann? Oder der Jäger?«

Ich schüttelte heftig den Kopf. »Ihr könnt mich nicht zu einer Entscheidung zwingen.«

»Dann bleibt sie wohl uns überlassen.« Er tippte sich nachdenklich mit dem Finger ans Kinn. »Der Jäger wird sterben. Unsere Karnationen werden sich gleich darum kümmern.«

Aric! Hilf Jack! Bitte!

— Was hast du nur für absurde Wünsche, Frau. —

Hatte Selena gerade gezuckt? Ich wollte Jack unbedingt helfen. Selena womöglich auch? Konnte ich sie damit zurückholen?

Wenn es irgendetwas gab, womit man zu ihr durchdringen konnte, dann das ...

Für Jack konnte Selena Luna alles schaffen.

»Meine Kinder töten niemanden einfach nur so«, bemerkte Vincent spöttisch. »Der diebische Jäger wird *qualvoll* sterben.«

Okay. Jetzt war Selena definitiv zusammengezuckt.

In einem unbemerkten Moment, als Vincent gleichzeitig mit der Geburt des Klons und seinen Kämpfern beschäftigt war, flüsterte ich Selena zu: »J.D. ist in Gefahr, Selena. Sicher wundert er sich, warum du ihm nicht den Rücken freihältst.« Meine Güte, was ich da tat, war echt krank. »Du hängst mit all deiner Kraft und Schnelligkeit hier rum, während er um sein Leben kämpft?«

Unter dem Ring um ihren Hals schlug der Puls schneller.

»Was hast du zu ihr gesagt?« Vincent blinzelte hektisch.

»Ähm, ich glaube, deine Karnation braucht dich.« Ich deutete auf die Blutlache neben Selena. Beide Arme und die obere Hälfte des Kopfs ragten aus der Lache. Der Klon griff immer wieder in die Luft, wie ein Kleinkind, dass hochgehoben werden wollte.

Vincent kniete sich neben die Lache und säuselte: »Folge meiner Stimme ...«

WUSCH.

In einer Fontaine von Blut hatte Selena ihre festgenagelte Hand losrissen und schlug mit dem ausgestreckten Arm nach Vincent. Sie traf ihn direkt an der Kehle.

Sein Kopf kippte nach hinten und baumelte in einem merkwürdigen Winkel an seinem Hals. Dann fiel er rückwärts um.

Kaum war Selena zu sich gekommen, hatte sie Vincent mit einem einzigen Schlag das Genick gebrochen.

»Der Sensor!« Ich hechtete danach, aber er hatte ihn zu der versinkenden Karnation in die Blutlache fallen lassen. »Selena!« Blitzschnell drehte ich mich um und schlitzte mit meinen Klauen den Halsring auf.

»Schon in Ordnung«, murmelte sie.

»Nichts ist in Ordnung!« Ich zerrte ihr den Ring vom Hals und warf ihn weg.

Sie sah mich an. »Ich hab gesehen... wie sein Daumen abgerutscht ist... nichts ist passiert. Der Sensor ist kaputt. War schon kaputt.«

Ohne Vorwarnung stürzte sie sich auf mich.

»Selena, nein!«

»Evie!«, schrie sie und umarmte mich ganz fest. »Du bist gekommen.«

»Oh! Ähm, ja. Alles wird wieder gut«, versprach ich, während ich ihr über das verfilzte Haar strich. »Aber wir müssen noch Violet erledigen.«

Selena zeigte auf Vincent. »Schau ihn dir mal genau an.«

Er lag ausgestreckt auf dem Rücken, die blassen Augen starr zur Decke gerichtet. Sein T-Shirt war verrutscht und entblößte eine seltsame Tätowierung auf seiner Brust.

»Er hat ein ganz besonderes Zeichen«, fügte sie hinzu.

»Was meinst du? Lass mich mal sehen.« Ich befreite mich aus ihrer Umarmung und ging einen Schritt näher heran ...

»*AHH!*« Ich stolperte rückwärts, rutschte in der Blutlache aus und setzte mich mit den Armen rudernd auf den Hintern. Unter Vincents Schlüsselbein, direkt über seinem Herzen, starrte mich ein weit aufgerissenes Auge an.

Blassblau. Wie das Auge eines toten Fischs.

»Großer Gott. Was *ist* das?« Ohne den Blick abzuwenden, drehte ich mich auf die Knie. Das Auge blinzelte mich an. Ich unterdrückte einen Schrei. War es wirklich? Unwirklich?

»*Das* ist Violet«, schnaubte Selena. »Er hat sie so sehr geliebt, dass er sie in sich aufgenommen hat. Noch bevor die beiden geboren wurden. Die Herrscherin sollte sie nie wieder trennen können.«

Vincent hatte seine Schwester in der Gebärmutter aufgesaugt. Sie war nie eine eigene Person gewesen.

Wie Matthew gesagt hatte: *Die Zwillinge sind unzertrennlich. Niemals zu trennen.* »A... aber Vincent hat doch so getan, als ob sie wirklich existierte. Und der General auch.«

»Die waren ja auch komplett wahnsinnig.«

Kein Wunder, dass Matthew so verwirrt gewesen war. Kein Wunder, dass die Zwillinge ihre mächtigsten Kräfte nie eingesetzt hatten. Sie konnten gar niemandem gemeinsam ins Ohr flüstern oder Händchen halten und die Arme schwingen.

Das Auge bewegte sich unruhig hin und her. Links. Rechts. Dann hielt es still, riss weit auf und wurde so glasig wie die Augen des Bruders.

Violet war tot.

Ich konnte kaum atmen, war kurz davor durchzudrehen. Dabei sollte das Schlimmste ja erst noch kommen, wenn man Matthew glauben konnte. »Bin gleich wieder da, Selena. Ich hol nur deine Klamotten. Okay?« Ich stolperte zur Tür, die aus der Folterkammer führte. Abgeschlossen. Konnte der Tod die Kombination knacken?

Aric? Was ist los bei euch?

– Die übrigen Karnationen sind zusammengebrochen. –

Vincent ist tot. Die Liebenden sind Geschichte. Geht es Jack und dir gut?

– Sobald wir euch gefunden haben. Seid ihr in Sicherheit?

Ja, uns geht's gut. Wir sitzen hier nur fest.

-Hilf mir, euch zu finden. – Ich hörte ihn brüllen: »Herrscherin!«

Das klang weit entfernt!

– Und jetzt? – Er brüllte wieder, zusammen mit Jack. *Näher.*

Während ich auf das nächste Rufen wartete, ging ich

zum Waschbecken und wusch mir eilig die schlimmsten Blutflecke ab. Dann schnappte ich mir Selenas Kleider und eine Rolle Toilettenpapier und ging zurück. »Ich mach dir einen improvisierten Verband für deine Hand.« Ich war mir nicht sicher, aber es sah so aus, als hätte der Nagel den Knochen nicht getroffen. Ich faltete das Toilettenpapier und umwickelte damit die Hand. »Okay. Zeit zum Anziehen.«

»W... wo ist J. D.?«

»Er kommt. Es geht ihm gut. Alle Karnationen sind tot umgefallen.«

Sie nickte. Hörte gar nicht mehr auf zu nicken. Dann verlor sie die Fassung.

»Er hat mich gebrandmarkt, Evie.« Ich konnte nicht sagen, was mich in diesem Raum mehr erschütterte, Violets Aufenthaltsort oder Selenas Reaktion auf die Folter.

Sie wollte weinen, aber man hatte ihr das Weinen abtrainiert.

Ich nahm ihre gesunde Hand. »Wir sind bei dir. Wir werden das gemeinsam durchstehen.«

Wieder hörte ich Arics Rufen. *Ihr kommt näher.*

»Das ist nicht J. D.«

»Ähm, okay. Dann ziehen wir dir mal dein T-Shirt an.« Ich half ihr, hineinzuschlüpfen. »Jetzt die Stiefel.« Als sie angezogen war, sagte ich: »Hey, du solltest vielleicht wissen, dass Aric mitgekommen ist. Dank ihm haben wir dich hier gefunden.«

Sie fuhr zusammen. »Der Tod?«

»Er und Jack haben gemeinsam gegen die Karnationen gekämpft. Und davor gegen Widerlinge und Sklavenhändler. Seit Tagen kämpfen sie Seite an Seite.«

Polternde Schritte waren zu hören. Sie waren fast da. *An der Tür ist ein Kombinationsschloss. Könnt ihr es knacken?*

– Nichts kann mich davon abhalten, zu dir zu gelangen, Herrscherin. –

Die Nachricht, dass der Tod hier war, hatte Selena wieder leicht apathisch gemacht.

»Nein, Mädchen! Bleib bei mir. Er wird dir nichts tun. Er hat uns auf dem ganzen Weg hierher geholfen. Sie holen uns hier raus, okay?«

Wenige Sekunden später donnerten Arics gepanzerte Stiefel gegen die Metalltür. Noch einmal.

Schick Jack zuerst rein. Selena geht es nicht gut. Wenn sie dich sieht, dreht sie womöglich durch.

Plötzlich stieß sie einen Schrei aus, der von den Wänden wiederhallte. Entsetzt starrte sie auf ihre unverletzte Hand.

Dort begann sich ein Mal abzuzeichnen, das exakt zu dem auf ihrer Brust passte. Die Bogenschützin war gebrandmarkt von den Liebenden.

Zwei Mal.

40

Selena starrte unverwandt auf das Mal – auch dann noch, als die Tür nachgab.

»Evie?«, rief Jack. »Selena?«

»Wir sind hier drin.«

»Wo ist die Schwester?«

»Sieh dir seine Brust an«, sagte ich.

Jack warf einen finsteren Blick auf Vincent, dann zuckte er zurück. »Ist das ...«

»Ja. Vincent hat seine Zwillingsschwester absorbiert.«

»*Mère de Dieu.*« Nachdem er die Fassung wiedererlangt hatte, meinte er: »Dann ist das wohl erledigt. Geht's euch beiden gut?«

»Ich denke schon.« *Was auch immer unter »gut« zu verstehen ist.*

»Ist das dein Blut, Evie?«

Ich schüttelte den Kopf. »Und was ist mit dir?« Er hatte einen oberflächlichen Schnitt am Hals und einen tieferen am Arm.

»Alles okay. Wie geht's dir, Selena?« Der Muskel in seinem Kiefer zuckte, als er sich die Bogenschützin genauer ansah. »Komm schon, *fille*, antworte mir.«

»J. D.?« Selena erwachte aus ihrem Dämmerzustand. »Du bist hier!«

»Du kommst wieder in Ordnung. Wir bringen dich nach Hause.«

Als der Tod den Raum betrat, wich Selena kriechend vor ihm zurück. »B... bitte nicht!«

»Er wird dir nichts tun«, versicherte Jack. Aric und ich trauten unseren Ohren nicht. Er kniete nieder und nahm ihre unverletzte Hand. »Du kannst mir vertrauen, *chère*.« Die Haltung wirkte romantisch.

Ich schämte mich ein bisschen dafür, dass mir dieser Gedanke gekommen war.

»Du musst mich hier rausbringen«, flehte Selena. »Ich muss hier raus.«

Er hob sie hoch und drückte sie gegen seine Brust. Ihr langes Haar fiel ihm über den Arm. »Wir gehen.«

»Der Tod und ich werden noch nach Überlebenden suchen«, erklärte ich ihm.

Mit einem Nicken trug er Selena aus dem Raum und murmelte ihr dabei beruhigende französische Worte ins Ohr.

»Und wieder ist ein Tag vergangen, wieder eine Karte ausgestochen.« Aric sah mich scharf an. »Ich bin überrascht, dass die Bogenschützin das Mal der Liebenden trägt. Wollte deine Hexe es nicht?«

Ich schüttelte den Kopf. »Durchsuchen wir das Gebäude – und dann nichts wie raus hier.« Ich wollte endlich nach draußen in den Regen und mich abduschen.

»Natürlich.«

Während wir den mit Graffiti besprühten Gang entlanggingen, gestand ich Aric: »Ich erinnere mich jetzt wieder, was ich den Liebenden in der Vergangenheit angetan habe.« Zwei Teenagern.

Ich hatte mich immer gefragt, ob Arkana von Natur aus böse waren oder erst böse wurden. Ob ihre Bosheit also angeboren war oder sie ihnen von den Chronisten anerzogen wurde. Aber konnte es nicht auch sein, dass wir Arkana uns gegenseitig böse machten? Vielleicht trugen wir mit unseren Rachegelüsten die Bosheit von einem Spiel ins nächste, sodass sie sich immer wieder neu ausbreitete.

So wie die Pest.

Ich schlang die Arme um meinen Oberkörper. »Ich will nie wieder so sein. Vielleicht war es ja selbstsüchtig, aber ich wollte dieses Zeichen nicht, Aric. Ich habe genug vom Töten. Ich bin fertig mit dem Spiel.«

Was ich gesagt hatte, schien ihm Sorgen zu bereiten. »Das Spiel beginnt nun erst richtig. Du solltest vorbereitet sein, *Sievã*. Es könnten Zeiten kommen, in denen deine Kaltblütigkeit sich auszahlen wird.«

Ich sah ihn an. »Aber du warst doch auch nicht kaltblütig heute Nacht. Du hättest Jack zwei Mal sterben lassen können.«

Mitten auf dem Gang blieb er stehen. »Ich wollte dir beweisen, dass ich auch selbstlos sein kann.« Er streifte den Panzerhandschuh ab und legte seine bloße Hand auf meine Wange. »Ich kann sein, wie du es möchtest.«

Die roten Lichter erhellten sein faszinierendes Gesicht. Jedes Mal, wenn wir alleine waren, hatte ich das Gefühl, für ihn bestimmt zu sein. Aric verstand mich besser, als Jack das jemals könnte. Er kannte meine wahre Geschichte, wusste, wie ich einmal gewesen war. Und trotzdem wollte er mich.

Hatten Jack und ich uns schon zu weit voneinander entfernt?

»Gib den Sterblichen frei, Herrscherin«, bat der Tod mit verführerischer Stimme. »Deveaux wird der Bogenschützin dabei helfen, zu heilen. Sie wird die perfekte Partnerin für ihn sein. Gib den beiden deinen Segen.«

Jack hatte Selena auf Französisch ins Ohr geflüstert. Dabei hatte ich gedacht, das wäre eine Sache nur zwischen uns. Großer Gott, wie kleinlich konnte man eigentlich sein?

»Deine Augen sind grün«, stellte Aric fest. »Die Eifersucht beherrscht dich.«

Ich wich seinem Blick aus. »Ich kann das kontrollieren.«

»Wenn du das wirklich kannst, möchte ich wissen, wie es dir gelingt. Mein ganzes Leben lang hatte die Eifersucht mich fest in ihren Fängen. Ich war auf jeden Mann eifersüchtig, dessen Berührung nicht tötete. Auf jeden, der eine Frau und eine Familie haben konnte. Doch nichts stachelt meine Eifersucht so sehr an wie die Vorstellung von dir und Deveaux.«

»Falls es dich tröstet: Ich habe mir auch schon vorgestellt, wie du eine andere küsst, und es hat mich genauso eifersüchtig gemacht.«

Obwohl ihm das zu schmeicheln schien, sagte er: »Aber es wird nie eine andere geben.«

»Durch irgendeinen dummen Zufall bin ausgerechnet ich die Einzige, die du berühren kannst. Aber es hätte doch genauso gut auch Selena oder sogar Tess sein können.«

»Glaubst du, es geht mir nur darum, dich zu berühren? Ich wurde zum Krieger und Gelehrten erzogen und brauche ein passendes Gegenüber. Die Quintessenz könnte mit mir lesen und forschen, aber sie ist keine Kriegerin. Selena ist eine Kriegerin, durch und durch, aber keine Gelehrte.« Er streichelte mir mit dem Daumen über den Wangenknochen. »Ich wollte mich nicht in dich verlieben, ich wusste, es wäre mein Untergang. Mit all meiner Kraft habe ich versucht, dir zu widerstehen. Doch gegen deinen leidenschaftlichen Mut und deinen scharfen Verstand war ich machtlos.«

»Leidenschaftlicher Mut? Ich will doch überhaupt nicht kämpfen.«

»Aber wenn man dich dazu zwingt, kämpfst du, um zu gewinnen. Deine Strategie, um mich und meine Verbündeten zu vernichten, nachdem wir dich gefangen hatten, war brillant.«

»Ich habe die Schlacht verloren.«

»Wir waren *drei* Arkana und du hättest uns um ein Haar besiegt. Ich habe dich dafür bewundert. Vielleicht sogar mehr als das. Dennoch konnte ich dir widerstehen – bis zu jener Nacht in unserem Arbeitszimmer.«

Ich schmiegte meine Wange in seine Hand. Sie war so warm. So tröstlich.

»Was hat dich umgestimmt?«

Seine bernsteinfarbenen Augen leuchteten. »Deine Faszination für jede Art von Wissen. Dein gieriger Verstand, der immerzu auf der Suche nach Nahrung war. Das sprach meinen eigenen Intellekt so sehr an, dass ich mich geschlagen gab.« Er lachte bitter. »Kannst du dir wirklich vorstellen, wie ich gemeinsam mit Selena Bücher lese? Oder wie sich die Quintessenz den Daumen abschneidet, um mir den Kopf abzuschlagen?«

Die nette, gutmütige Tess hätte geweint, anstatt zu kämpfen. Und die Bogenschützin hätte sich im Arbeitszimmer des Todes nur gelangweilt. Sie hätte ihr Buch in die Ecke gepfeffert und darauf bestanden, loszuziehen und so richtig auf die Kacke zu hauen.

Vielleicht waren Aric und ich ja tatsächlich das perfekte Paar.

Moment mal ... »Was hast du da eben über meinen Verstand gesagt?« Ich wich einen Schritt zurück und kniff die Augen zusammen. »Ich dachte, du findest meine Gedanken ›banal und öde‹?«

Im Weitergehen murmelte er: »Nur wenn sie sich um Deveaux drehen.«

»Tu's. *Jetzt*«, presste Selena hervor.

Jack blickte von dem Bowiemesser auf, das er gerade in die Flammen hielt, und sah sie an. Als sie vorhin nebeneinander geritten waren, hatte er ihr von seinem Brandmal erzählt und wie er es sich ausgebrannt hatte. Selena hatte sich von seiner Schilderung nicht abschrecken lassen.

Also hatten wir in derselben Kirche eine Pause eingelegt und mit einer zweiten Kirchenbank ein Feuer gemacht.

Der Tod und ich saßen den beiden gegenüber. Selena hatte sich die ganze Zeit über geweigert, ihn anzusehen. Sie tat, als würde er gar nicht existieren. Achselzuckend hatte er die Chroniken hervorgeholt.

Aric war die ganze Nacht in meiner Nähe geblieben. Beim Durchsuchen des Schreins hatten wir Medikamente, noch mehr Lebensmittelvorräte, Benzin, Waffen und Munition gefunden – der feuchte Traum eines jeden Preppers – aber keine Überlebenden.

Danach hatte er mir geholfen, mir im Regen das Blut aus den Haaren zu spülen, mich zu waschen und meine heilenden Wunden zu versorgen.

Mein Körper erholte sich, aber meine Gedanken rasten. Und meine Gefühle spielten komplett verrückt.

Eifersucht und Schuldgefühle lieferten sich einen erbitterten Kampf ...

»Der Schmerz ist schlimmer als beim ersten Mal«, warnte Jack Selena – die es natürlich trotzdem durchziehen würde.

Bis sie erfahren hatte, wie sie das Brandmal loswerden konnte, waren ihre Augen so ausdruckslos wie die eines Zombies gewesen. »Das ist mir scheißegal. Ihr Zeichen werde ich wohl nicht mehr loswerden«, die Finger ihrer unverletzten Hand krallten sich in das Symbol der Zwillinge, »aber das Brandmal will ich nicht mehr sehen.« Mit gewohnt stoischer Miene zog sie für Jack das T-Shirt nach unten und entblößte die versengte Haut.

»Also gut. Dann wollen wir mal.« Er holte die Klinge aus den Flammen und kniete sich vor sie. Wieder sah seine Haltung sehr romantisch aus. Und wieder schämte ich mich für meine Gedanken.

Der Tod unterbrach seine Lektüre. – *Die beiden haben Qualen erlitten, die wir nie kennen oder verstehen werden.* –

Jack und Selena waren von Anfang an das ideale Paar gewesen und nun schweißte diese Erfahrung sie noch enger zusammen. Sie hatten beide die Liebenden überlebt und trugen die gleiche Narbe.

In einer Hand hielt Jack die rot glühende Klinge, mit der anderen umklammerte er Selenas Schulter. Nicht eine Sekunde wichen ihre dunklen Augen seinem Blick aus, während er sie versengte und auf ewig brandmarkte. Dieser Akt verband die beiden fürs Leben.

»Schau sie dir an, Herrscherin«, flüsterte Aric mir zu.

Als ob ich irgendwo anders hätte hinsehen können.

Jack hatte sich in den drei Monaten, in denen ich weg gewesen war, so sehr verändert. Warum sollten sich seine Gefühle nicht ebenfalls ändern können? Er war noch nicht einmal zwanzig! Stünde ich ihm nicht im Weg, könnte Jack die Bogenschützin lieben.

Eine Entscheidung für Jack würde nicht nur Arics Schicksal besiegeln, sondern auch Selenas.

41

Tag 381 n. d. Blitz

»Das haut mich echt um«, murmelte Selena. Der Tod und Jack ritten Seite an Seite vor uns her.

Wir waren auf einer leicht abgeänderten Route der Sklavenhändler unterwegs in Richtung Süden. Erst vor Kurzem hatte die Aso eine Abkürzung entdeckt und kartiert.

Es war ein kalter und dunkler »Tag«, immer wieder nieselte es. Ab und an meinte ich, eine einzelne Schneeflocke zu entdecken – wie damals in Arics Festung –, aber es war jedes Mal nur Asche.

»Wenn mir vor einer Woche jemand erzählt hätte, ich würde bald mit dem Tod reiten«, fuhr Selena fort, »hätte ich ihm den Hals umgedreht.«

Wir hätten auch einen Truck nehmen und die Pferde daran festbinden können, aber jeder von uns hatte seine eigenen Gründe, warum er lieber ritt.

Selena wollte, dass ihre Wunden noch besser verheilten, bevor sie sich in Fort Arkana den anderen zeigte. Dank ihrer beschleunigten Heilung waren die Blutergüsse schon fast verschwunden und ihre Hand und die neue Brandwunde verheilten. Sicher würde sie ihren geliebten Bogen bald wieder spannen können.

Sie futterte ununterbrochen und hatte wieder ordentlich Gewicht zugelegt. Nur an dem Mal auf ihrer Hand kratzte sie so viel, dass sie inzwischen Handschuhe trug.

Jack hatte fürs Reiten gestimmt, weil er unbedingt sämtliche Sklavenhändler, die sich auf dem Gebiet der Aso aufhielten, verscheuchen wollte. Bisher hatten wir allerdings noch keine entdeckt.

Und mir war jede zusätzliche Sekunde, die ich über meine Entscheidung nachdenken konnte, recht. Schon heute Nacht würden wir den Stützpunkt erreichen und ich hatte meine Wahl noch nicht getroffen.

Der Tod hatte über die Idee, sein Pferd an einen Truck zu binden, laut gelacht. Verständlich, wenn man bedachte, was der Hengst mit den Karnationen angestellt hatte, die sich die Chroniken unter den Nagel reißen wollten.

Als der vor Kraft strotzende Thanatos mit ihnen fertig gewesen war, konnte man die Karnationen nur noch als Fischfutter gebrauchen ...

Selena lenkte ihr Pferd näher an mich heran. »Du hast das sicher nicht gehört – du hast ja eine Sinneswahrnehmung wie ein Stein –, aber die beiden haben vorhin miteinander geredet.«

»Ach ja, worüber denn?« Ich verstellte meine Stimme. »Du hast dich wacker geschlagen, ehrenwerter Feind.«

»Hör schon auf. Also, J. D. hat gesagt: ›Ich bin Jackson Deveaux. Wir haben zusammen gekämpft. Sagst du mir nun deinen richtigen Namen oder nicht?‹ Der Sensenmann war völlig perplex. Als wäre er es nicht gewohnt, dass man ihn nach seinem Namen fragt.«

War er auch nicht. Und noch weniger war er es gewohnt, die Frage zu beantworten. Aric würde Jack niemals seinen Namen verraten.

»Aber dann sagt der Sensenmann plötzlich: ›Ich heiße Aric Domīnija‹«, berichtete Selena weiter.

Ich war fassungslos. So wie Aric selbst hatte auch sein Name den Weg in die Welt gefunden. Ich musste lächeln. Doch dann fiel mir die bevorstehende Entscheidung wieder ein. Egal wie ich mich entschied, es würde wehtun.

Selena reckte den Kopf. »Wenn J. D. mit Domīnija klarkommt, dann werde ich wohl auch mit ihm klarkommen. Dass er diesen grässlichen Helm nicht auf dem Kopf hat und nicht ständig ein Schwert in der Hand, macht es immerhin einfacher.«

Inzwischen hatte Aric seinen Helm die meiste Zeit an den Sattel gebunden. Offensichtlich traute er Selena und Jack zumindest so weit, dass sie ihn nicht unvermittelt angriffen. Und vielleicht hatte er auch bemerkt, dass wir gegen Bedrohungen von außen gemeinsam bessere Chancen hatten.

Es war ihm wohl nicht entgangen, dass es leichter war, neue Kontakte zu knüpfen, wenn er sein Gesicht zeigte.

Jack erhielt einen Funkruf von Rodrigo und beantwortete ihn in wichtig klingendem Militärjargon.

»Hab ich's dir nicht gesagt? Er ist ein echter Anführer.« Selena seufzte fast. »Ist er nicht unglaublich?«

Mich beschlich das Gefühl, sie wollte ihn mir anpreisen. Oder machte es ihr einfach Spaß, mit ihm anzugeben?

»Ich bin froh, dass du gestern Abend mitbekommen hast, wie sich J. D. in der Armee verhält.«

Jack hatte eine inspirierende Rede über die Macht des Guten gehalten – und seine Absicht, den Überlebenden Schutz zu bieten. Dann hatte er seine Pläne dargelegt. Die Aso Süd sollte nach Louisiana marschieren und damit anfangen, die neue Siedlung zu errichten. Die Aso Nord sollte zum Schrein ziehen, die Widerlinge eliminieren und sämtliche Vorräte sichern.

Dann würden sich beide Armeen wieder zusammenschließen und das neue Acadiana bilden.

Jack hatte wie ein Magnet gewirkt. Er hatte den Leuten etwas gegeben, an das sie glauben konnten. Die Hoffnung war fast greifbar gewesen. Obwohl die Temperaturen immer weiter fielen – und die ewige Nacht anhielt.

Ich sah in den finsteren Himmel. »Selena, denkst du, die Sonne wird irgendwann mal wieder scheinen?« Die Frage erinnerte mich an Jack: *Denkst du nicht, wir haben was Besseres verdient als das Basin?* Wenn er damals den Mut gehabt hatte, zu hoffen, sollte ich ihn jetzt nicht auch haben?

Selena verdrehte die Augen. »Jetzt echt, Mann, Evie. Wenn die Sonne untergeht, dann geht sie auch wieder auf.« Sie holte ihre Trinkflasche raus und versuchte, sie mit den Zähnen aufzuschrauben.

Ich beugte mich zu ihr rüber und nahm sie ihr ab. Was sollte ich mit diesem Mädchen bloß machen? »Hier.« Ich gab sie ihr geöffnet zurück.

Sie nahm einen Schluck und wischte sich mit dem Jackenärmel übers Kinn. »Hey, lass dich mal ein bisschen zurückfallen. Ich will mit dir reden.«

Würde sie mir endlich etwas über die Folter anvertrauen? Ich hatte sie schon ein paar Mal danach gefragt, aber sie hatte sich stets geweigert. »Mit mir kannst du über alles reden, Selena. Ich bin für dich da.«

»Nein. Darum geht's nicht. Ich hab das aus meinem Kopf verbannt.« Die Ringe unter ihren Augen straften ihre Behauptung Lügen.

»Du kannst das Ganze nicht einfach ignorieren.«

Mit ihrem typischen Ihr-könnt-mich-alle-mal-Gesicht fragte sie: »Denkst *du* denn dauernd an die Kannibalen, die du plattgemacht hast? Oder an das rohe Menschenfleisch, das du fast gegessen hättest? Oder daran, wie du die Pestopfer getötet hast? Ja, ich hab davon gehört. Schmerzlichen Erinnerungen häng ich genauso wenig nach wie du.«

Ich ließ es gut sein, auch wenn ich die Hoffnung, dass sie sich mir eines Tages anvertrauen würde, noch nicht ganz aufgab. »Worüber willst du dann reden?«

»Ich will wissen, was zwischen dir und Jack abgeht.«

Ausgerechnet die Bogenschützin fragte mich das. »Na ja, nachdem er seine Rede gehalten hatte, haben wir über die vergangenen Tage und so geredet.« Er hatte mich ohne ein Wort hinter ein Zelt gezogen ...

»Wie sieht's aus, peekôn?«

»Warum hast du dein Versprechen nicht gehalten?« *Er konnte es einfach nicht lassen, ständig sein Leben zu riskieren. Immer musste er überall mitmischen. Ich konnte und wollte das nicht mehr länger hinnehmen.*

»Die Aso-Soldaten bewundern Mut, und bevor sie sich hinter jemanden stellen, muss er ihnen seinen Mut beweisen. Verstehst du meine Strategie?«

Die verstand ich sehr wohl. Wie viele Male hatte ich auf unserem kleinen Ausflug Jacks Unerschrockenheit schon bewundert. Obwohl er verwundbar war, stand er hier draußen seinen Mann. Der Tod hingegen war nahezu unverwundbar, aber er wollte nur so schnell wie möglich zurück in seine Festung.

Wobei ... *»Und im Schrein, Jack? Was war das für eine Aktion?«*

Er wurde rot. »Na ja, sicher nicht die klügste.«

»Wenn das mit uns beiden funktionieren soll, müssen wir ein Team bilden und Entscheidungen gemeinsam treffen. Diese Jack-stürmt-los-und-rettet-die-Welt-Scheiße geht gar nicht.« Sonst

sollte ich lieber den Tod wählen. Immerhin machte er Fortschritte ... und keine Rückschritte.

Ich schlug nach einem vorbeischwebenden Aschefetzen. »Wir haben über meine Großmutter gesprochen«, erzählte ich Selena. »Ich möchte sie noch immer finden, aber die Aso Süd bricht morgen schon auf.«

Jack hatte nur gegrinst, als ich ihm meine Bedenken mitteilte. »Mann, Evie, ich erteile hier die Befehle. Wir beide nehmen uns einfach ein paar Männer und machen uns auf den Weg zu den Outer Banks. Und wenn wir deine Gran gefunden haben, treffen wir uns mit den anderen in Louisiana.« Er klang so zuversichtlich. »Du willst das Spiel beenden, Evangeline? Dann lass uns das machen. Gemeinsam schaffen wir alles. Schon vergessen?«

»Und dann haben Jack und ich noch über ein paar andere Dinge geredet.« Wie beispielsweise darüber, was zwischen ihm und der Zuckerschnecke neben mir lief.

Er sah mir tief in die Augen. »Selena ist eine Verbündete und eine Freundin, mehr nicht. Weil du für mich bestimmt bist, peekôn.« Er legte mir den Finger unters Kinn. »Wenn sie in der Nähe ist, explodiert in mir kein gottverdammtes Feuerwerk. Mein Herz gehört nur dir, wie soll ich es da ihr schenken? Ich kann ihr nichts geben, das mir nicht mehr gehört.«

Ich räusperte mich. Unter Selenas kritischem Blick war ich rot geworden. »Und, ähm, dann haben wir noch über den Tod gesprochen.«

»Wenn du dich für den Sensenmann entscheidest, weil du mehr für ihn empfindest als für mich, muss ich das akzeptieren. Aber

versprich mir, ihm nicht deshalb den Vorzug zu geben, weil sein beschissenes Schicksal dein Mitleid erregt.« Er kam näher und legte seine Stirn an meine. *»Ich habe auch ein Schicksal.«*

»Was meinst du damit?«

»Ich hab mal gesagt, ohne dich würde ich das Leben nach dem Blitz nicht durchstehen. Das stimmt so nicht mehr. Ich werde auf jeden Fall weitermachen – weil ich jetzt eine Aufgabe habe –, aber ohne dich würde es mir niemals richtig gut gehen. Ich muss dich bei jedem Schritt bei mir spüren, Evangeline.«

Für die Bogenschützin brachte ich ein gleichgültiges Achselzucken zustande. »Wir konnten nicht lange reden. Rodrigo brauchte ihn, um die Plünderung des Schreins zu besprechen.« Jack hatte mir einen Kuss auf den Kopf gedrückt und war dann zögernd gegangen.

»Aha. Und hast du auch mit dem Tod gesprochen?«

»Kurz. Er war den ganzen Abend ziemlich wortkarg.« Wann immer er Gelegenheit dazu hatte, las er in den Chroniken. Noch nie hatte ich ihn so vertieft in etwas gesehen. Die Übersetzung musste extrem schwierig sein, denn sein Werben um mich war ziemlich in den Hintergrund gerückt.

Als wir mal eine Weile nebeneinander geritten waren, hatte ich ihn gedrängt, mir von seinen Erlebnissen mit dem Herrscher zu erzählen.

»Dir kann ich einfach nichts abschlagen«, sagte Aric mit einem ergebenen Seufzen. *»Im vorletzten Spiel hat er dich getötet. Noch bevor ich dich gefunden hatte. Ich hatte keine Chance fest-*

zustellen, wie du warst und ob wir vielleicht ein Paar sein könnten.« Er ballte die Fäuste, seine Augen wurden sternenklar. »Der Herrscher hat meine Frau getötet.«

»Und wer hat ihn getötet?«

»Ich. Um dich zu rächen. Ich musste ihn dafür bestrafen, dass er uns getrennt hatte. Damals habe ich mir dein Zeichen von ihm geholt.« Aric sah auf seine Hand und seine Stimme wurde heiser. »Immerzu habe ich dein Mal angestarrt, während die Jahrhunderte verstrichen.«

Was würde Aric wohl tun, wenn ich mich für Jack entschied?

»Du musst dich entscheiden.« Sie gab mir die Trinkflasche zurück, damit ich sie für sie zuschraubte. »Und mal ganz im Ernst, ich hab keine Ahnung, wo dein Problem liegt.«

»Das Problem ist«, sagte ich ihr ganz ehrlich, »dass ich im Moment nicht mehr weiß, wo vorne oder hinten ist.«

»Dann musst du's verdammt noch mal rausfinden.«

»Klar.« Ich machte eine gespielt lässige Handbewegung. »Schon entschieden. *Voilà*.«

»Jetzt bleib mal ernst. Du hast es geschafft, dass Domīnija und J. D. friedlich nebeneinanderher reiten, da dürfte es ja wohl ein Kinderspiel sein, eine kleine Entscheidung zu treffen.«

Ich seufzte. Ich hätte sie gerne mit meiner Standardaussage abgespeist, das Ganze sei kompliziert, aber wie konnte ich von ihr erwarten, sich mir anzuvertrauen, wenn ich selbst nicht bereit dazu war? »Ich liebe Jack, aber da ist auch diese Seelenverwandtschaft mit Aric.« Ein Band, geknüpft über Jahrtausende, wie Wellen, die für alle Ewigkeit ans Ufer schlagen.

Heute hatte er mich lange angesehen, doch ohne seine gewohnte Selbstsicherheit. Er hatte aufgewühlt gewirkt – als ob er den Verdacht hege, ich würde mich von ihm entfernen. Aber das tat ich nicht. Mein Herz war nach wie vor geteilt. »Ich ... ich glaube, ich habe mich auch in ihn verliebt.« Er hatte sich solche Mühe gegeben, solch enorme Fortschritte gemacht. Ich war überzeugt, dass er mir ein guter Partner sein konnte.

Falls er sich nicht wieder zu einer Nötigung hinreißen ließ. Ich fürchtete mich vor dem Ass, das er noch im Ärmel hatte.

»Scheiße, warum das denn?«

Ich funkelte sie an. »Als ob ich etwas dafür kann.« Dank meiner Träume wusste ich, was die beiden zu den Männern gemacht hatte, die sie heute waren. Aber meine Entscheidung wurde dadurch nicht leichter.

Sie zupfte sich eine silberblonde Strähne von der Wange. »Okay, der Tod ist nicht, wie ich dachte, aber könntest du dich wirklich für ihn statt für J.D. entscheiden?«

»Aric meint, ich solle dir und Jack meinen Segen geben.«

»Du kannst uns segnen, so viel du willst«, schnaubte sie verächtlich, »wir zwei werden nie ein Paar.«

Ich sah sie böse an. »Du hast doch selbst gesagt, die Dinge zwischen euch hätten sich geändert.«

»Stimmt genau. Weil ich mich nämlich damit abgefunden habe, dass wir nie zusammen sein werden. Das mit euch beiden war schon beschlossene Sache, bevor ich überhaupt auf der Bildfläche erschienen bin.«

»Warum bist du dir da so sicher?«

»Nachdem er erfahren hatte, dass du nichts mehr mit ihm zu tun haben willst, ging's ihm echt schlecht. Er hat den Kopf hängen lassen, sich die Haare gerauft – das volle Programm. Also haben wir zwei uns die Kante gegeben. Betrunken wie ich war, habe ich ihm dann gestanden, was ich für ihn empfinde, und versucht, ihn zu küssen.«

Eifersucht wallte in mir auf.

»Und weißt du, was er getan hat?«

Ich hielt den Atem an.

»Er hat mich weggeschubst. ›In der Familie meiner Mutter verliebt man sich nur einmal‹, hat er gesagt. ›Und dann betet man, dass man den oder die Richtige erwischt hat. Denn ist es einmal passiert, ist nichts mehr zu ändern.‹ Er hat mir von der unerwiderten Liebe seiner Mutter zu seinem Vater erzählt. Neunzehn Jahre Unglück hatten dieser Liebe nichts anhaben können.«

Ja, für seine Mutter war sie die Wurzel allen Übels gewesen.

Selena sah zu Jack. »Und deshalb müsst ihr beide

auch wieder zusammenkommen.« Keiner konnte einen so scharf und finster ansehen wie die Bogenschützin. Wirklich sanft sah sie eigentlich nur Jack an. »Ich ertrage es nicht, wenn er so leidet.«

»Dann habt du und er nie …?«

»Nie. Er schaut mich nicht mal an, wenn du in der Nähe bist.«

Ich hatte ihm in Bezug auf Selena nicht vertraut und nun nagte das schlechte Gewissen an mir. Vielleicht verdiente er mein Vertrauen ja doch?

»Außerdem würde ich mich nie mit jemandem einlassen, der mich nicht voll und ganz lieben kann. Sieh mich an. Sehe ich aus wie ein Mädchen, das eine Familie gründen will?« Sie straffte die Schultern. »Oder als würde ich mich mit dem zweiten Platz zufrieden geben? Mein ganzes Leben lang war ich bei allem immer die Nummer eins.«

Normalerweise hätte mich ihr Gerede genervt, aber im Moment war ich eher erleichtert. Selena würde sich von den Liebenden erholen, davon war ich nun überzeugt.

»Nur wegen einem Typen werde ich den ersten Platz nicht aufgeben.«

»Und was, wenn der Typ ansonsten perfekt für dich wäre?«

»Dann wäre das, was wirklich zählt, dennoch nie perfekt«, erklärte sie. »Ich hab sogar mit Finn rumgemacht – so wie man mit Finn eben rummacht –, um mich ein bisschen abzulenken. Aber der Magier hängt immer noch an Lark.«

»Und was ist mit Gabriel? Du erinnerst dich nicht daran, aber bevor wir die Zeit zurückgedreht haben, wurden wir von Soldaten verfolgt. Die Erste, die er gerettet hat, warst du. Der Erzengel hat sich in die Bogenschützin verliebt.«

»Oh Mann, mit einer anderen Karte ein bisschen Spaß haben ist okay. Aber sich in einen Arkana ernsthaft verlieben?« Sie sah mich an. »Das tun nur Idioten.«

Ich widersprach ihr nicht. Mich in Aric zu verlieben, obwohl ich Jack liebte, *war* idiotisch.

42

FORT ARKANA

»Ihr habt die Liebenden plattgemacht!« Finn kam auf den Hof gehumpelt, um uns zu begrüßen. Dicht gefolgt von Zyklop.

Als Selena blass wurde, sagte Jack schnell: »Ja, Kumpel, die sind wir los.« Er stieg ab und half ihr vom Pferd. »Sobald wir uns ein wenig ausgeruht haben, erzähl ich dir alles.«

Ausruhen. Ich wollte mich nur noch in mein Feldbett plumpsen lassen und alle viere von mir strecken. Davor musste ich aber unbedingt nachsehen, wie es Matthew ging.

Außerdem stand ja auch noch meine Entscheidung an. Ich sah zu Jack, dann zum Tod.

Seit dem Blitz war das Leben so prekär geworden, dass die Zeit langsamer verstrich. Schon ein Tag schien eine Ewigkeit zu dauern, ganz zu schweigen von einer Woche. Ich konnte das unmöglich länger aufschieben. Zudem würde die Armee morgen in aller Frühe aufbrechen.

Jack musste wissen, ob er mit ihnen ziehen oder mit mir nach North Carolina reiten würde.

Und auch Aric hatte lange genug gewartet.

Der Tod stieg vom Pferd und half mir aus dem Sattel. Am Boden drehte ich mich sofort von ihm weg – weg von der Frage, die in seinen Augen brannte.

Ich musste ihnen eine Antwort geben. Wenn ich doch nur wüsste, welche!

»Wo sind alle?«, fragte ich Finn. »Wo ist Matthew?« Als wir uns dem Fort näherten, hatte ich keine Rufe gehört. Andererseits hatte ich den kompletten Weg durch das Minenfeld auch im Sattel geschlafen.

»Joules und Konsorten sind vor ein paar Tagen verduftet. Sie haben die restlichen Verräter aufgespürt und ins Exil geschickt. Allesamt ›Riesenarschlöcher‹, wenn man Joules glauben darf.«

»Und für Gabriel war es in Ordnung zu gehen?« Er hatte sich solche Sorgen um Selena gemacht.

Finn warf dem Tod einen schnellen Blick zu. »Matthew meinte, es wäre gefährlich, wenn sich zu viele von uns an einem Ort aufhalten. Ihr wart schon auf dem Heimweg und die Priesterin hängt auch immer noch hier rum. Er war ziemlich kompromisslos, was das angeht.«

Circe war noch da? Bei jedem Wasserlauf, den wir auf dem Rückweg passiert hatten, waren mir Erinnerungen an sie gekommen. Einmal hatten wir beide so sehr lachen müssen, dass uns die Tränen über die Wangen liefen. Und wenn wir es endlich geschafft hatten aufzuhören, mussten wir uns nur ansehen, und brachen wieder in Gelächter aus …

»Joules & Co wollten zum Überwintern wieder hier einchecken«, sagte Finn. »Vielleicht verbringen sie ja die Feiertage mit uns.«

Feiertage? Gab es so etwas noch? Andererseits, warum eigentlich nicht. »Schläft Matthew?«

Plötzlich war Finns gute Laune wie weggeblasen. »Oh. Der ist auch irgendwie ... verschwunden. Er ist vor ein paar Tagen weggeritten. Wohin, weiß ich nicht.«

»Was soll das heißen, *verschwunden*?« Meine Hieroglyphen begannen zu leuchten.

»Immer mit der Ruhe, Blondie. Matto ist ein erwachsener Kerl. Wie hätte ich ihn denn aufhalten sollen?«

Ich strich mir die Haare aus dem Gesicht und sah verzweifelt in die Runde. »Er hat einen Riesenvorsprung!« Er musste das Fort schon verlassen haben, bevor er mich in der Vision besucht hatte! War das ein Abschied gewesen? Für immer? »Wie soll ich ihn nur finden?«

»Versuch es erst gar nicht«, sagte Aric ruhig.

»Wie bitte?«

»Der Narr kennt das Spiel und die Welt besser als jeder andere. Er kann auf sich selbst achtgeben.«

»Aber er kann seine eigene Zukunft nicht sehen! Und er war so krank.« Ich sah Selena und Jack an, die ebenfalls unsicher wirkten.

»Matto ging es schon wieder viel besser«, versicherte mir Finn.

»Er wird sich einen Reisegefährten suchen, *Sievã*. Kennt er die Zukunft seines Gefährten, kennt er auch seine eigene. Du siehst immer nur seine Schwächen und ignorierst dabei seine Stärken.«

»Was soll das bedeuten?«

Seine blonden Brauen zogen sich zusammen. »Ich sag's noch einmal, Herrscherin, lass ihn ausruhen.«

Konnte ich das? Ich brauchte die Gewissheit, dass es ihm gut ging. Andererseits wollte ich auch nicht der Grund dafür sein, dass es ihm nicht gut ging. »W... wann kommt er zurück? Werde ich ihn wiedersehen?«

Aric sah mich mit todernsten Augen an. »Er wird dich finden, wenn du am wenigsten damit rechnest...«

In Finns und Selenas Zelt angekommen ließ ich mich auf das freie Feldbett fallen, noch immer wie betäubt wegen Matthews Verschwinden.

Jack und Aric waren mitgekommen. Beide waren so groß und breit gebaut, dass man den Eindruck hatte, neben ihnen sei für andere kaum noch Platz im Zelt.

»Dem *coo-yôn* wird nichts passieren«, sagte Jack. »Er ist schon öfter auf eigene Faust losgezogen.«

Das überzeugte mich nicht. Selbst wenn Matthew nicht in Gefahr war, konnte ich den Gedanken, dass er da draußen alleine unterwegs war, nur schwer ertragen. Vor ein paar Monaten war ich selbst ganz ohne Begleitung von Finns altem Zuhause weggegangen und noch nie hatte ich mich so einsam gefühlt wie damals. Zum ersten Mal in meinem Leben hatte ich plötzlich keine Freunde oder Verwandte mehr gehabt – niemanden, mit dem ich reden konnte oder der auf mich wartete.

Ungefähr so musste sich Aric Domīnija in den letzten zweitausend Jahren gefühlt haben.

Bei mir waren es nur ein paar Tage gewesen, bei ihm eine Ewigkeit.

Da war so viel, dass ich noch verdauen musste. »Können wir bitte morgen früh reden?« Keiner konnte mich zwingen, mich zu entscheiden, wenn ich noch nicht bereit dazu war – mein altes Credo. »Gibt es noch ein Zelt, in dem Aric schlafen kann?«

»*Ouais.*« Jack fuhr sich über die schwarzen Bartstoppeln. »Aber bevor du dich entscheidest, Evie, solltest du noch eins bedenken.«

»Und das wäre?«

Fast schuldbewusst wandte er sich an Aric. »Du hast mir das Leben gerettet, Domīnija. Und du warst mir gegenüber fair. Trotzdem kann ich mein Mädchen nicht noch einmal verlieren.«

Aric ballte die Fäuste – als ob er wüsste, was Jack gleich sagen würde.

Jack sah mich an. »Was passiert, wenn du das Spiel nicht stoppen kannst? Dann läuft es immer weiter, solange mehr als ein Spieler am Leben ist – und in dieser Zeit altern die lebenden Arkana. Das heißt, der Sensenmann wird einen Gewinner brauchen.«

»Wovon redest du?«

»Er wird jeden Arkana, der eine Bedrohung für euch darstellt, töten. Und wenn dann nur noch ihr beide übrig seid, wird einer von euch als Erster sterben und der andere als Unsterblicher auf der Erde weiterleben. Aber was, wenn du achtzig wirst, bis er stirbt? Arkana oder nicht – in diesem Alter wirst du gebrechlich sein, vielleicht krank – und das wird dann Jahrhunderte so bleiben. Wie willst du im nächsten Spiel kämpfen?«

Ich schluckte. Es war eine schreckliche Vorstellung, so lange zu leben – insbesondere wenn man bis in alle Ewigkeit dazu verdammt war, schwach und krank zu sein.

Ich starrte Aric an. Es war, als würde seine Welt in sich zusammenzufallen – und er musste tatenlos zusehen.

»Der Sensenmann ist klug. Er hat diese Krux sicher erkannt«, fuhr Jack fort. »Um euch beiden dieses Schicksal zu ersparen, wird er eine Karte am Leben lassen, die dann die Last des Sieges auf sich nehmen muss.«

Daran hatte ich nie gedacht. Jack war wirklich clever. »Hattest du das so geplant, Aric?«

»Es ist unsere feste Absicht, das Spiel zu beenden. Und sollte uns das nicht gelingen, stehen die Chancen, in dieser Welt achtzig Jahre zu überdauern, extrem schlecht.«

»Beantworte meine Frage.«

Er zuckte mit den Achseln. »Lark hat sich freiwillig dazu bereit erklärt. Sie muss nicht jung und kräftig sein, da sie ja ihre Tiere hat. Ihr Ziel ist es, die Zahl ihrer Kreaturen wieder zu vermehren.«

Mir blieb der Mund offen stehen. »Das hättest du mir sagen müssen. Schon wieder hast du mein Leben verplant, ohne mich zu informieren, was du vorhast.«

»Das ist richtig«, gab er betreten zu.

In meinem Schädel begann es wieder zu hämmern. Ich rieb mir die Schläfen. Wie hatte ich mich nur in diese Situation manövrieren können? Ich wusste es nicht, war nicht in der Lage, auch nur einen klaren Gedanken zu fassen. »W... wir reden morgen über alles. Gebt mir noch etwas Zeit zum Nachdenken, alle beide.«

Jack öffnete den Mund, um noch etwas zu sagen, schloss ihn dann aber wieder und drehte sich um. Am Zeltausgang murmelte er: »Es wird immer nur Evie und Jack geben, *peekôn*.« Dann war er weg.

Aric kam durch das Zelt auf mich zu und kniete sich vor mir nieder. Mit gedämpfter Stimme sagte er: »Ich hatte vor, dir etwas zu geben, das garantiert hätte, dass du mich erwählst. Doch du hättest mich wieder des Taktierens und der Nötigung beschuldigt.«

Daher also die plötzliche Unsicherheit. »Sprichst du von dem Ass, das du noch im Ärmel hast? Von deinem *Geschenk*? Ich habe mich schon davor gefürchtet.«

»Du siehst mich stets im schlechtesten Licht«, bemerkte er resigniert. »Aber daran bin ich wohl selbst schuld. Du hast nichts mehr zu befürchten. Ich werde mein Ass nicht ausspielen.«

»Sag mir, was du mir geben wolltest.«

Er schüttelte den Kopf. »Dann hätte ich in jedem Fall verloren. Denn würde ich dich mit dem Geschenk für mich gewinnen, wäre das so gut wie eine Niederlage.« Er zog seinen Panzerhandschuh aus und legte mir die Hand auf die Wange. Seine Augen glühten. Er kostete die Berührung aus, als wäre es die letzte. »Ich habe in den vergangenen Tagen viel über dich gelernt, Herrscherin. Ich habe verstanden, dass es bedeutungslos wäre, dich unter Zwang mit mir zu nehmen, und dass ich dir alles sagen muss, was deine Zukunft betrifft. Ich habe es nun endlich begriffen, *Sievã*. Ist es schon zu spät?«

Ich gab keine Antwort, weigerte mich, irgendwelche Zugeständnisse zu machen.

»Ich möchte, dass du dich für mich entscheidest, weil du mich so liebst, wie ich dich liebe«, sagte er heiser. »Meine Hoffnung ist daher das einzige Geschenk, das ich dir heute Abend geben kann.«

Trotz meiner Wut und Verwirrung rührten Arics Worte mein Herz.

»Was du da sagst, bedeutet mir sehr viel.«

»Aber wird es genügen?«

Dieser Mann war ein Teil von mir, schon seit Jahrhunderten. Wieder konnte ich unsere tiefe Seelenverwandtschaft spüren, konnte hören, wie die Wellen für alle Ewigkeit ans Ufer schlugen. Und dennoch erwiderte ich flüsternd: »Ich weiß es nicht.«

43

Als der Magier mit Zyklop zurückkam, döste ich auf meinem geliehenen Feldbett vor mich hin.

Finn wuchtete sich umständlich auf sein Bett und legte das Bein hoch.

»Kannst wohl nicht schlafen, Blondie?« Der Wolf fläzte sich neben ihm auf den Boden.

Bum, bum, bum ging der mächtige Schwanz.

Ich schüttelte den Kopf. »Wo ist Selena?«

»Sie redet mit Jack. Wenn du mich fragst, versucht sie, ihn aufzumuntern. Du musst dich entscheiden, was? Das ganze Fort schließt schon Wetten ab. Und morgen machst du dich dann, mit wem auch immer, aus dem Staub?«

»So sieht's wohl aus.« Ich setzte mich auf und rieb mir die Augen.

»Und? Welchen Jüngling wirst du erhören?«

»Bisher weiß ich nur, wen du für mich aussuchen würdest.«

Er nickte. »Der Cajun hat echt Klasse. Der Tod hingegen hatte sich mit Ogen verbündet – der wiederum den Berg plattgemacht hat, in dem ich gerade festsaß. Ergo ...«

»Aber der Tod hat uns auch geholfen, Selena zu befreien. Und er hat Jack das Leben gerettet.«

Finn kraulte den Wolf hinter seinem vernarbten Ohr. »Schon klar. Dinge ändern sich. Leute ändern sich. Man muss einfach zusehen, dass man am Ball bleibt.«

»Bei Lark zum Beispiel?«

»Glaubst du, ich sollte es noch einmal mit ihr versuchen?«

»Ich weiß, dass sie ein gutes Herz hat. Und sie mag dich.«

Zyklops Schwanz schlug schneller. Hörte Lark zu?

»Wenn das so ist, sollte ich vielleicht ein paar Stunden Paartherapie in meine Süße investieren. Hey, du hast doch hoffentlich nichts dagegen, dass der Wolf bei mir bleibt? Sobald ich wieder reiten kann, wird Zyklop mich zu Lark bringen.«

»Kein Problem. Ich bin froh, dass wenigstens du weißt, was du willst.«

Entschied ich mich für Jack, würde das auch bedeuten, dass ich Finn und Lark nie wiedersah.

Und Aric.

Und Matthew? »Finn, wie war Matthew drauf, als er ging? Hat er seine Ausrüstung mitgenommen? Essen?« Der Narr war immerzu hungrig.

»Er hat eine ganze Tonne Lebensmittel mitgeschleppt.«

»Hat er sich von dir verabschiedet?«

»Gewissermaßen. Du kennst doch Matto. Er hat jede Menge wirres Zeug gefaselt.«

»Was denn zum Beispiel?« Sein wirres Zeug konnte überlebenswichtig sein.

Finn starrte zum Zeltdach. »Er sagte: ›Ich sehe weit‹ und ›Die Götter kennzeichnen uns alle‹. Und dann noch so was Ähnliches wie ›Die Dinge sind nicht, was sie scheinen‹. Ich dachte, er macht Quatsch, aber er hat nicht gelacht.«

»Noch was?«

Finn schnippte mit dem Finger. »Oh, genau. Kurz bevor er losgeritten ist, hat er mich angesehen und gesagt: ›Ich habe meinen Frieden damit geschlossen.‹«

Womit?

Lange nachdem Finn eingeschlafen war, lag ich immer noch wach und lauschte dem Rhythmus seines Atems. Er murmelte im Schlaf vor sich hin.

Manchmal redete er vom Surfen: »Die allergeilste Welle überhaupt.« Doch meistens von seinen Eltern: »Sie haben das gepackt. Kalifornien ist sicher. In Kalifornien geht's immer allen gut.«

Merkwürdigerweise kam Selena nicht zurück ins Zelt. Wo sie wohl so spät noch steckte?

Ich machte mir immer noch Sorgen um sie. Die Stunden krochen dahin und inzwischen war ich es fast schon gewohnt, sie in der Nähe zu haben. Gegen ein bisschen Gesellschaft hätte ich nichts einzuwenden gehabt. Ich hatte sogar schon daran gedacht, Circe zu besuchen.

Stattdessen grübelte ich vor mich hin und bereitete mich auf die wichtigste Entscheidung meines Lebens vor.

Vor meinem inneren Auge sah ich Arics Gesicht. Es gab eine Verbindung zwischen uns, eine Seelenverwandtschaft. Alles in mir sträubte sich dagegen, ihn in seinem Unglück alleine zu lassen. Sein Schicksal war beschissen, aber das musste ja nicht so bleiben.

Wenn ich ihn mir vorstellte, wie er die einsamen Gänge seiner Festung auf und ab ging, auf ewig alleine, traten mir die Tränen in die Augen. Doch eine Zukunft mit ihm brächte jede Menge Schwierigkeiten mit sich.

Unsterblichkeit. Intrigen. Verschwörungen.

Ich glaubte fest daran, dass er lernen konnte, mich so zu behandeln, wie ich es erwartete. Er konnte sich noch mehr ändern – weil er wirklich versuchte, für mich ein besserer Mann zu sein. An Jack hatte ich das immer bewundert.

Als Aric seinem Rivalen das Leben gerettet hatte, musste er hart mit sich gekämpft haben. Aber er hatte es getan. Für mich...

Dann stellte ich mir Jack vor. Er war meine erste Liebe und wir wollten einander auf mehr als nur eine Art. Aber da war so viel, das ihn von mir ablenkte. Er befehligte nun ganze Armeen, war ein angesehener Mann – so wie er es sich von Kindesbeinen an gewünscht hatte. Sollte ich mich für ihn entscheiden, musste ich einen Weg finden, ihm zu vertrauen. Und ich musste akzeptieren, dass er seine Geheimnisse nie mit mir teilen würde. Bei Jack musste ich alles auf eine Karte setzen und hoffen, dass er mich nicht enttäuschte.

Misstrauen. Angst. Verletzlichkeit.

Beide wollten mir helfen, meine Großmutter zu finden. Mit Aric gelänge das sicher schneller. Doch Gran könnte auf Rache aus sein, wenn sie ihn sah ...

Die Hähne krähten und kündigten die Morgendämmerung an – obwohl es die eigentlich schon lange nicht mehr gab. Es wurde Zeit für meine Antwort.

Und plötzlich dämmerte mir anstelle des Morgens die Antwort, die ich ihnen geben würde.

Ich stellte mir mein Leben als Reise vor. Als einen langen Weg, der vor mir lag. Wen würde ich bitten, mich zu begleiten? Aric oder Jack?

Ich wusste, was ich zu tun hatte.

44

Tag 382 n. d. Blitz

Ich rannte durchs Fort. Die Luft war noch kälter geworden. Mein Atem dampfte. Jedes Mal, wenn ich neben die Planken trat, knirschte der gefrorene Schlamm unter meinen Stiefeln.

Vor Arics Zelt blieb ich stehen. Ich konnte hören, wie er drinnen mit klirrenden Sporen auf und ab ging. Ich wusste, dass er nicht geschlafen hatte. »Kann ich reinkommen?«

Er öffnete die Plane und führte mich ins Zelt. Dann sah er mir direkt in die Augen und erstarrte. »Du hast den Sterblichen erwählt.«

Da war zwar dieses Gefühl, dass ich zu ihm gehörte, aber ... »Ich hatte mich schon in Jack verliebt, bevor du dich für mich geändert hast. Die Sache war längst entschieden.«

In Arics Augen glühte ein tiefer Schmerz auf, dann schloss er sie.

Doch es gab noch mehr Gründe, weshalb ich mich für Jack entschieden hatte: Ich wusste nun, was ich mit meinem Leben anfangen wollte. Ich wollte die Maschinerie des Spiels in die Luft jagen – und anständig bleiben. Ich wollte meinem Leben einen anderen Sinn geben, nach Haven zurückkehren und mir wieder eine Existenz aufbauen – mit Jack, Gran und irgendwann einmal Matthew.

Ich wollte für ein besseres Leben für alle Menschen kämpfen. Aber dazu musste ich raus in die Welt und konnte mich nicht in Arics Schloss der verlorenen Zeit verbarrikadieren.

Aric öffnete die Augen. »So, wie Deveaux sich verhält, muss man sich fragen, ob er für dich tatsächlich dasselbe empfindet. Ich habe mit ihm gesprochen und ein paar Tatsachen geklärt...«

»Stopp. Bitte. Ich vertraue ihm, so wie er mir vertraut.«

»Dann ist die Entscheidung... gefallen?« Für Aric schien das alles unbegreiflich zu sein. Er sah aus, als würde er jeden Moment zusammenklappen – oder etwas zertrümmern. »Ich habe so viel für dich empfunden, ich dachte... Ich war so sicher, dass du dasselbe fühlst.« Er wirkte verzweifelt. Noch nie hatte er jemanden geliebt und wusste nun nicht, wie ihm geschah.

Empfand er es als Fluch? Ich verscheuchte den Gedanken. »Ich liebe dich, Aric. Aber Jack habe ich zuerst geliebt.«

»Wie viel deiner Entscheidung beruht auf dem, was er dir gestern gesagt hat?«

»Ich hätte nie zulassen können, dass Lark das Spiel für uns gewinnt.« Und wie hätte Finn in diesen Plan gepasst? »Wenn das die einzige Möglichkeit ist, mit dir zusammen zu sein ... Verstehst du denn nicht, warum es falsch wäre?«

»Es war nur ein Notplan. Falls wir das Spiel nicht stoppen können.«

»Glaubst du denn überhaupt, dass wir es beenden können?«

Ein kurzes Kopfschütteln. Ehrlich wie immer.

»Du möchtest, dass ich mich in eine schreckliche Hexe verwandele und Kräfte in mir freisetze, die niemals ans Tageslicht hätten kommen dürfen. Ich kann das nicht. Ich kann so nicht leben.«

Seine Pupillen waren riesig, als stünde er unter Schock. Mit fest aufeinandergepressten Kiefern legte er mir die Hand in den Nacken. Die Faust seiner anderen Hand war so fest geballt, dass das Metall ächzte. Seine Stimme war zu einem rauen Krächzen geworden. »Erinnerst du dich noch an die Vision, die dir der Narr von mir geschickt hat? Die, in der es nur Finsternis und Ruinen gab?«

Ich nickte. »Du hast gesagt, so sähe es in deinem Kopf aus. Und dann hast du gefragt: ›Hast du gedacht, der Tod träumt in Farbe?‹«

»*Sievã*, als wir zusammen waren, sind meine Träume tatsächlich farbig geworden. Willst du mich wieder zurück ins Nichts verbannen?«

Mein Herz pochte, meine Augen wurden feucht.

»Deine Tränen rühren mich zutiefst – selbst jetzt

noch.« Er ließ die Hand sinken und wandte sich von mir ab. »Ich kann ... Ich kann hier nicht bleiben.«

»Warte, können wir nicht einfach miteinander reden? Werden wir uns nie wiedersehen?«

Er drehte sich zu mir um. »Glaubst du, ich kann noch in deiner Nähe sein? Nun, wo ich weiß, dass keine Hoffnung mehr besteht, dass du mir gehören wirst? Dazu würdest du mich verdammen? War denn mein unsterbliches Leben noch nicht lange genug davon beherrscht, dich zu begehren?«

Mir rannen die Tränen übers Gesicht. »Ich will dich nicht verletzen.« Um Kraft zu schöpfen, steckte ich die Hand in die Tasche und rieb an meinem Haarband. Ich hatte mich entschieden, es Jack zurückzugeben. Mein Entschluss stand fest.

Warum war es nur so unerträglich, mich von Aric zu trennen? Warum fühlte es sich so *falsch* an? Warum war ich am Boden zerstört? »Es fällt mir einfach schwer zu akzeptieren, dass das hier das endgültige Lebewohl ist. Für immer.«

»Oh nein, nicht für immer«, krächzte er mit einem gequälten Funkeln in den Augen. »Du wirst dieses Spiel gewinnen, Frau. Dafür sorge ich. Und dann wirst *du* eine Ewigkeit auf *meine* Rückkehr warten.« Mit einem letzten sehnsüchtigen Blick sagte er: »Das ist nun die Strafe, für all diejenigen, die ich getötet habe, Herrscherin. Heute stirbt ein Teil von mir.« Er ging davon.

Zitternd starrte ich einige Zeit ins Leere. Hatte ich gerade den größten Fehler meines Lebens gemacht?

Aric Domīnija war ein wunderbarer, großartiger Mann, der nichts mehr wollte als mich. Und ich liebte ihn. Würde ihn immer lieben. Es war eine Schicksalsliebe. Eine ewige Liebe.

Ich stolperte hinaus in den dunklen Morgen. Völlig benommen machte ich mich auf den Weg zu Jack. Er musste mich in die Arme nehmen, mir auf Französisch ins Ohr flüstern, dass alles gut werden würde.

Und ich wollte wissen, worüber Aric mit ihm gesprochen hatte. Über welche *Tatsachen*?

Ich betrat sein Zelt ...

Mir blieb die Luft weg. Es war leer! Sein Rucksack war verschwunden, seine Bücher ebenfalls. Ich fiel auf die Knie, um unter seinem Feldbett nachzusehen. Auch seinen Whiskeyvorrat hatte er mitgenommen.

Jack hatte mich verlassen.

45

Ich war kurz davor zu hyperventilieren, als ich einen Brief auf seinem Schreibtisch entdeckte. Daneben lag ein Funkgerät. Während ich las, tropften die Tränen aufs Papier.

Evangeline,

ich reite heute Morgen schon sehr früh mit der Armee los. Ich weiß, dass deine Wahl nicht auf mich fallen wird. Nun, wo ich den Mistkerl besser kenne, muss ich den Tatsachen ins Auge sehen. Du warst nicht mit ihm zusammen, weil er dir Flausen in den Kopf gesetzt hat, sondern weil du ihn mir vorgezogen hast. Du und der Tod, ihr habt etwas, das mir unbegreiflich bleiben wird. Ich muss versuchen, über dich hinwegzukommen.
Muss deine Dornen aus meinem Fleisch ziehen.
Trotzdem werde ich über die Schulter zurückblicken und beten, dass du hinter mir hergeritten kommst. Oder du dieses Funkgerät nimmst und mir sagst, dass ich zu dir zurückkommen soll.
Selena reitet mit uns. Sie sagt, es wird dich eifersüchtig machen, und ich hätte dann bessere Chancen. Schön wär's, peekôn.
Aber ich rechne nicht damit. Du wirst Richtung Osten reiten,

um deine letzte Angehörige zu suchen. Und wenn du deine Großmutter gefunden hast, wirst du sie beschützen müssen. Sie gehört genauso wenig auf die Straße wie du. Im Haus des Sensenmanns werdet ihr in Sicherheit sein. Ihr könnt es euch gemütlich machen und Wurzeln schlagen.
UV-Lampen, Essen und Schutz. Klingt doch wunderbar.
Genau das möchte ich für dich.
Weil ich dich liebe.
Vielleicht ist dies das Selbstloseste, das ich je getan habe.
Dennoch leidet mein Herz Höllenqualen.

Je t'aimerai toujours,
Jack

Je t'aimerai toujours. Ich werde dich immer lieben.

Ich griff nach dem Funkgerät und drückte auf die Sprechtaste. »Jack!«

Rauschen.

»Hörst du mich? Ich komme zu dir!«

Nichts.

Ohne das Funkgerät aus der Hand zu legen, stopfte ich den Brief in meine Jacke. Ich rannte zurück zu Finns Zelt, um meinen Überlebensrucksack zu holen. Er schlief noch.

»Auf Wiedersehen, Magier«, flüsterte ich. Zyklop hob den Kopf und seufzte. Ich beugte mich nach unten und kraulte seinen zerzausten Kopf. »Danke für alles, Junge. Ich hoffe, dass ich dich und Lark eines

Tages wiedersehe.« Dann schnappte ich mir den Rucksack und sprintete zu meinem Pferd.

Wie viel Vorsprung hatte Jack? Sicher würde ich die Armee schon in ein paar Stunden einholen. Die Fahrzeuge des Konvois zogen Anhänger und die Straße war schlecht. Ich würde einfach den Radspuren folgen.

Jack wusste gar nicht, wie sehr ich ihn liebte. Die Worte »Ich liebe dich« waren mir nie über die Lippen gekommen. Doch nun brachte mich das Verlangen, bei ihm zu sein und es ihm zu sagen, fast um.

Als ich in den Stall stürmte, sah meine arme Stute mich an, als wollte sie sagen: *Oh verdammt, muss das sein?*

Ich sattelte sie in Rekordzeit und preschte zum Tor hinaus. Mist, die Minen! Wie konnte ich sie alleine umgehen? Ich wusste nur ungefähr, wo sie lagen.

Dann entdeckte ich Spuren im gefrorenen Schlamm: Thanatos' Hufabdrücke. Irgendwie schien es nicht fair, mit ihrer Hilfe zu Jack zu gelangen, aber ich tat es trotzdem.

Vorbei an den Minen folgte ich dem Fluss durch den Steinwald bis zur Brücke.

In der Ferne erspähte ich den Tod. Ohne Helm und mit gestrafften Schultern stand er auf einem Hügel. Sein helles Haar wehte im Wind.

Noch aus dieser Entfernung und trotz meiner Panik konnte ich seine Sehnsucht spüren. In einem anderen Leben hätten ich mit ihm glücklich sein können. Und wer weiß, vielleicht würde ich es irgendwann sogar sein.

Wieder traten mir Tränen in die Augen und ich wandte mich schnell von ihm ab. *Nicht zurücksehen, Evie. Nicht zurücksehen.* Er würde es als ein Zeichen verstehen. Als Ermutigung. Dessen war ich mir sicher.

Trotz allem musste ich den Mann, der mein Leben auf den Kopf gestellt hatte, noch ein letztes Mal ansehen. Unsere Blicke trafen sich, seine Augen waren wie Sterne.

Die Zeit schien stillzustehen. Ich dachte an die Tätowierungen auf seiner Brust und die Jahrhunderte voller Sehnsucht. Er wusste nun, was ihm fehlte. Die Woche, die wir getrennt waren, sei eine einzige Qual gewesen, hatte er gesagt. Und nun verließ ich ihn für den Rest seines Lebens. Verdammte ihn zu einem bedeutungslosen, einsamen Dasein.

Wie konnte er das ertragen?

In mir wallten Zweifel auf. Nein, ich liebte Jack und wollte mit ihm zusammen sein. Ich wollte mich nur noch auf den Weg vor mir und auf meine Zukunft konzentrieren. Und die Vergangenheit hinter mir lassen.

Als ich den Blick von Aric löste, dröhnte ein Schrei über das Land, der einem das Blut in den Adern gefrieren ließ.

Den Handrücken gegen den Mund gepresst unterdrückte ich ein Schluchzen. Ich erreichte die Brücke und galoppierte über Circes Abgrund. Den Wegezoll bezahlte ich in Tränen ...

Dann ritt ich über eine Stunde so weiter. Auf jeder Erhebung überprüfte ich den Empfang.

Nichts als Rauschen.

Ich glaubte, eine Schneeflocke zu entdecken, die wie ein Blütenblatt zu Boden schwebte. Aber wahrscheinlich war es wieder nur Asche ...

Nein, da war noch eine. Und noch eine. Echter Schnee! Das musste ein gutes Zeichen sein. Der Schnee machte die Welt zwar nicht besser, aber er veränderte sie. Wenn die Sonne unterging, dann ging sie auch wieder auf.

Noch einmal versuchte ich mein Glück mit dem Funkgerät. Nichts.

Die Flocken wurden zu einem Schneegestöber. Schon bald bedeckte eine weiße Schicht den Boden. War es noch kälter geworden? Ich genoss den weißen Flaum, der sich auf den Schlamm legte, auch wenn das Reiten dadurch gefährlicher wurde.

Sah Aric den Schnee auch? Erinnerte er ihn an die Heimat seiner Kindheit im Norden? Ich konnte noch immer nicht begreifen, dass ich ihn nie wiedersehen würde.

Alle paar Minuten traf mich eine Schneeflocke direkt ins Auge und trübte meine Sicht. Ich blinzelte. Vor meinem inneren Auge tauchten kleine Details einer meiner letzten Begegnungen mit dem Tod auf.

»Kannst du dir nicht vorstellen, wie es ist, sie nach so langer Zeit wieder zu berühren?«, hatte er Jack mit verschleiertem Blick gefragt. »Für diese Wonne riskiere ich gerne, erschossen zu werden. Dafür *lasse* ich mich sogar erschießen.«

Blinzel.

Seine Hände hatten gezittert, als er mich im Arm hielt. Als wäre ich das Zerbrechlichste und Wertvollste auf der ganzen Welt. »... meine Liebe gehört dir, *Sievã*, für immer. Ich lege sie in deine Hände. Geh sorgsam damit um.«

Blinzel.

Spät in der Nacht hatte er gemurmelt: »Ich könnte dir so viel über das Spiel beibringen. Und du mir so viel über das Leben. Lass uns damit beginnen, Geliebte.«

Blinzel. Blinzel. Blinzel. Meine Tränen mischten sich mit den Schneekristallen ...

Die Zeit verging und die Landschaft wurde immer felsiger und vereister. Unter dem weißen Flaum war der Weg kaum noch auszumachen.

Ich kam am Eingang einer verlassenen Mine vorüber – ein unwirtlicher Ort. Ich ritt schneller. Wie lange hatte ich das Funkgerät schon nicht mehr ausprobiert? Ich trieb die Stute einen steilen Pfad hoch. »Los, los!« Oben angelangt drückte ich die Sprechtaste. »Jack? Bitte antworte mir!«

»Evie? ... kann dich nicht ...«

»Ich komme zu dir!« Die Hufe der Stute rutschten auf dem Eis den Hügel hinunter. Ich gab ihr die Sporen und ritt auf eine noch höhere Erhebung.

»Kannst du mich hören?«

Von meinem Aussichtspunkt konnte ich in der Ferne die Armee erkennen! Sie war unten im Tal. Die Lichter des sich langsam vorwärtsschiebenden Konvois erinnerten an einen leuchtenden Wurm, der sich durch die verschneite Dunkelheit wand. Aber es war kein Weg nach unten zu erkennen.

»*Bébé*, wo bist du?«

»Ich kann die Aso-Trucks sehen! Ich bin auf der Erhebung über dem Tal!«

»Du kommst mit mir, *peekôn*?«, keuchte er. »Wirklich? Du hast dich für den guten alten Jack entschieden?«

»So schnell wirst du mich nicht los, Cajun.« Ein Grinsen breitete sich auf meinem Gesicht aus. Ich war überzeugt, die richtige Entscheidung getroffen zu haben. »Ich will nie wieder von dir getrennt sein.«

Im Hintergrund hörte ich Selena: »Hab ich dir nicht gesagt, dass es funktionieren wird, du Idiot?« Besserwisserisch wie immer. Und wie immer an seiner Seite, um ihm den Rücken freizuhalten. »Los, holen wir sie da runter, bevor sie sich noch ihren dummen kleinen Hals bricht.«

Es war wohl besser, sich an die Bogenschützin zu gewöhnen. Ganz offensichtlich würde sie ebenfalls mit von der Partie sein, wenn ich mit Jack, Matthew und Gran im neuen Acadiana lebte. »Ich reite zu euch.« Ich schirmte meine Augen mit der Hand gegen den Schnee ab. »Sagt mir einfach, wie ich am besten zu euch runterkomme.«

»*Non*. Du bleibst, wo du bist!«, sagte Jack schnell. »Der Weg ist vereist. Ich weiß, wo du bist. Wir kommen zu dir!«

»Okay, dann warte ich hier.« Ich konnte gar nicht mehr aufhören zu lächeln. Genau das hier war der Grund, warum wir ununterbrochen ums Überleben kämpften. Für die Liebe.

Vincent hatte gar nichts begriffen. Und ich auch nicht. Die Liebe ist nicht die destruktivste Kraft des Universums.

Die Liebe *ist* das Universum. Nur darum ging es.

Schwer atmend meinte Jack: »Das ist dann also Schnee, was?« Er hatte noch nie welchen gesehen.

Aufgeregt drückte ich die Sprechtaste. »Ist er nicht fantastisch?«, fragte ich lachend. »Alles sieht so sauber und rein aus.«

Über die Hufschläge seines Pferdes hinweg schrie er ins Funkgerät: »Ich kann immer noch nicht glauben, dass du mit mir kommst. Ich werde dich nach Hause bringen, Evangeline Greene!« Die Freude in seiner Stimme ließ mein Herz hüpfen. »Gott verdamm mich, Mädchen, ich liebe dich.«

Ich öffnete den Mund, um endlich die drei Worte zu sagen ...

– *ERBEBT VOR MIR.* –

Ich zuckte im Sattel zusammen. Ein Arkana-Ruf?

Schlagartig wurde mir bewusst, was uns drohte. »Jack!«, brüllte ich. »Der Herrscher ist hier! Du musst verschwinden!«

BUM! BUM!

Zwei Explosionen erschütterten nacheinander das verschneite Tal. Dann, den Bruchteil einer Sekunde später ...

... stülpte sich der weiße Boden um und wurde schwarz.

Die glühende Hitze traf mich wie eine Schockwelle, versengte mir das Gesicht und riss mich vom Pferd. Ich flog hoch durch die Luft und landete auf der Rückseite des Hügels. Das Funkgerät fest umklammernd kullerte ich den Abhang hinunter und schrie nach Jack.

Wie weit war er schon geritten? Ein Steinbrocken traf mich am Kopf. War er noch weit genug von der Explosion entfernt gewesen? Die Luft wurde zu Schwefel.

Mit dem Kopf voraus krachte ich auf einen Felsen. Knochen brachen. Das Funkgerät zersplitterte. Noch mehr Beben erschütterten die Erde.

»*Jack!*« Während ich nach ihm schrie, spritzte mir das Blut aus dem Mund. Ich kämpfte mich auf alle viere und kroch den bebenden Berg hinauf.

Etwas stimmte nicht mit meinen Augen ... was ich da sah, konnte einfach nicht wahr sein. Vor mir erhob sich ein Atompilz aus Rauch, wie nach einem Bombeneinschlag.

War er entkommen? Ich kreischte: »*JACK!*«

Auf der Anhöhe angelangt zwang ich mich aufzustehen. Dann starrte ich ins Tal.

In die Hölle.

Der Boden spie Lava. Überall Flammen, so heiß, dass sie den Stein schmolzen. Von zwei Berggipfeln floss die glühende Masse hinab ins Tal. Wo die Armee gewesen war, war nur noch ein glühend roter See.

Ich wollte nicht glauben, was ich sah. Da unten war Jack. »Nein. NEIN!« Ranken schossen aus dem Boden und folgten mir, während ich in Richtung Feuersbrunst rannte. Selbst in dieser Entfernung bildeten sich durch die Hitze Blasen auf meiner Haut.

Kurz bevor ich den roten See erreichte, legte sich ein Arm um meine Taille.

War das der Tod? War er hinter mir hergeritten?

»Du kannst ... den Sterblichen ... nicht retten«, keuchte Aric. »Der Herrscher ... rückt näher. Wir müssen weg ... *jetzt gleich*.«

»NEIN! Ich muss zu Jack!« Ich wehrte mich mit aller Kraft, doch Aric drückte mich fest gegen seine Brust. Meine Klauen schlugen sich in das heiße Metall seines Panzers. »Lass mich zu ihm! Lass mich LOS!« Niemand konnte mich davon abhalten, bei Jack zu sein. Meine Ranken schlangen sich um den Tod, versuchten, mich aus seinem eisernen Griff zu befreien.

»Die Flammen werden dich töten!«

»Das ist mir egal! Du willst nur, dass Jack stirbt! Du willst nicht, dass ich ihn rette! Aber ich finde ihn!«

Der Tod packte mich an den Schultern und schüttelte mich so heftig, dass mein Kopf wackelte. Dann drehte er mich in Richtung Tal. »Siehst du dort unten irgendein Lebenszeichen? Kein Mensch konnte das überleben!«

»Unterschätz ihn nicht! Jeder unterschätzt ihn. Aber Jack ist IMMER für eine Überraschung gut. Er lebt!«

»Sieh doch hin, Herrscherin!« Die ganze Talsohle war bedeckt von Lava, bestimmt zehn Meter tief. An den Hügel, auf dem wir standen, schlugen glühende Wellen. »Sieh dir die Verwüstung an. Wo willst du denn nach ihm suchen?«

Ich wusste es nicht. Ich wusste nur, dass ich zu Jack wollte. Aric zog mich weg. Ich wehrte mich, so gut ich konnte.

Die Arkana erhoben ein Geschrei.

– Der Herrscher hat zugeschlagen. –

– Er hat die Bogenschützin getötet. –

– Der Mond geht unter. Der Mond geht auf ... nie wieder. –

War das Matthews Stimme?

MATTHEW, ICH BRAUCHE DICH! *Wo ist Jack?*

Stille.

ANTWORTE MIR!

Selena war direkt neben ihm geritten, hatte ihm den Rücken freigehalten. Wenn sie tot war ...

»*AHHHHHHH!*« Ich schrie meinen Schmerz und meinen Zorn hinaus in die Welt. Wieder bebte die Erde – doch dieses Mal wegen mir.

»Bleib hier. Du wirst nur sein Grab teilen!«

»*Das möchte ich auch!* Lass mich zu ihm!« Immer weiter zog mich der Tod von Jack weg. Ich reckte die Arme, spreizte die Finger in Richtung der Hitze. »Er kann nicht tot sein«, schluchzte ich. »Das kann er nicht. *NEIN, NEIN, NEIIIIN!*«

»Wenn du dem Sterblichen unbedingt in den Tod folgen möchtest, dann übe zuerst Rache. Der Herrscher macht sich über deinen Schmerz lustig.«

Ich konnte ihn in meinem Kopf hören – dieses Ungetüm lachte über mich.

Mit einer Macht, die ich niemals hätte kontrollieren können, explodierte die rote Hexe in mir. »Du wirst dafür *BEZAHLEN!*«, kreischte ich.

Der Herrscher hörte gar nicht mehr auf zu lachen. »Ich habe deine Großmutter, *Sievã*«, flüsterte mir der Tod ins Ohr. »Sie ist das Geschenk, von dem ich gesprochen habe. Wir beide werden dir beibringen, wie du den Herrscher töten kannst. Du wirst Deveaux rächen.«

»Jack ist nicht *TOT!* Verstehst du das nicht?«, schrie ich immer wieder. »Er lebt!«

Während ich drohte, den Verstand zu verlieren, entdeckte ich über uns etwas am Himmel. Ungläubig schnappte ich nach Luft.

War das wirklich? Unwirklich? Kurz bevor ich das Bewusstsein verlor, wogte ein Berg aus Wasser über uns hinweg und rauschte hinab in die Flammenhölle ...

Danksagung

Aus tiefstem Herzen bedanke ich mich bei:

Meiner Lektorin Zareen Jafferey und der Herstellungsabteilung bei S&S Books for Young Readers dafür, dass ich ein wenig über den Rand malen durfte. (Ihr habt mir das Leben gerettet!)

Marie L. für ihre unbezahlbare Hilfe mit dem Cajun-Französisch und ihre geduldigen Antworten auf all meine Fragen.

Beth Kendrik und Barbara Ankrum für ihre Argusaugen beim Korrekturlesen und all ihre Unterstützung.

Ohne euch wäre dieses Buch nie zustande gekommen.

Kresley Cole
Poison Princess

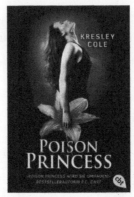

Band 1
608 Seiten, ISBN 978-3-570-30898-1

Der Herr der Ewigkeit – Band 2
512 Seiten, ISBN 978-3-570-30899-8

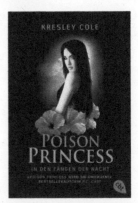

In den Fängen der Nacht – Band 3
ca. 500 Seiten, ISBN 978-3-570-31001-4

www.cbt-buecher.de

Dana Sheen
The Make Up Girl –
Vor der Kamera

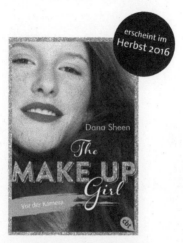

ca. 320 Seiten, ISBN 978-3-570-31073-1

Kim Cassidy hat nur einen Traum: Sie will Make-Up-Artist im Showbusiness werden. Dafür hat sie ihre Familie und ihren Freund Frankie in Irland zurückgelassen und schlägt sich nun im Mekka von Hollywood durch: Tagsüber paukt sie am College, abends macht sie die Promi-Gäste in der Talkshow Late Night With Larry für das Scheinwerferlicht zurecht. Ungewollt wird Kim dabei immer wieder in das glamouröse Leben der Stars verwickelt. Gut, dass sie weder den Kopf noch ihr Herz so schnell verliert ...

www.cbt-buecher.de

Sara B. Larson
Schwert und Rose

400 Seiten, ISBN 978-3-570-30945-2

Alexa ist eine exzellente Schwerkämpferin. Als sie mit vierzehn ihre Eltern verliert, tritt sie der königlichen Leibgarde bei – und aus Alexa wird Alex. Drei Jahre später hat sich Alexa an die Spitze von Prinz Damians Elitegarde gekämpft. Als sie zum Leibwächter des Prinzen avanciert, stellt sie fest, dass der hochmütige Prinz dunkle Geheimnisse verbirgt. Ihr eigenes Geheimnis droht ans Licht zu kommen, als Damian, Alexa und Rylan, ein weiterer Gardist, entführt werden. Plötzlich steht Alex am Abgrund einer tödlichen Intrige – und zwischen zwei Männern, die um ihr Herz kämpfen ...

www.cbt-buecher.de